Henri Vincenot

La billebaude

Denoël

Les téléspectateurs ont appris à aimer le visage, l'accent, les gilets brodés du Bourguignon Henri Vincenot, conteur incomparable. Il est né à Dijon en 1912, de vieille souche bourguignonne. Son grand-père maternel, natif de Châteauneuf dans l'Auxois, de son état ferronnier ferrant, fut le premier des Vincenot à se mêler à la grande aventure du chemin de fer. Son père fut dessinateur projeteur de la voie à la compagnie du P.L.M. Henri Vincenot lui-même, après avoir « fait » H.E.C., entrera à son tour à la Compagnie.

Remarqué par Roger Ferlet, alors directeur de *La vie du rail*, Henri Vincenot deviendra pendant plus de vingt ans l'un des principaux collaborateurs de cette revue pour laquelle il signera les célèbres « Voyages du professeur Lorgnon », illustrés de ses propres croquis.

Dès 1952, découvert par Robert Kanters, il publie son premier roman chez Denoël, *Je fus un saint*, suivi de *Walther, ce boche mon ami* en 1954. Puis en 1956 et 1958, *La pie saoule* et *Les chevaliers du chaudron*, qui lui valurent le Prix Chatrian et dans lesquels il racontait l'épopée des premiers cheminots.

Il écrivit ensuite : *Les yeux en face des trous*, *A rebrousse-poil*, *La princesse du rail* pour la télévision en 1969, *Le sang de l'Atlas* en 1974.

Dans tous ses romans, la Bourgogne fut présente mais jamais elle ne le fut autant, jusqu'à *La billebaude*, que dans *Le pape des escargots*. C'est pour ce roman, paru en 1972, qu'Henri Vincenot obtint le Prix Sully-Olivier-de-Serres. Enfin, en 1978, *La billebaude* devient un best-seller, et un très large public découvre son œuvre colorée et savoureuse.

Celui qui va conter cette histoire veut s'effacer absolument derrière ses personnages, qui sont, tout bonnement, la campagne bourguignonne et l'Homme bourguignon.

Ce sont eux qui respirent, frémissent, murmurent dans ce témoignage tout chaud que vous pouvez tout aussi bien lire comme un roman...

... C'est votre affaire.

1

Dans ce temps-là, la nuit pénétrait dans les maisons et ne restait pas à la porte, car on ne la rejetait pas durement dehors comme maintenant. On n'avait à lui opposer que la clarté dansante des flammes du foyer et celle de la lampe Pigeon que l'on appelait, chez nous, une « lusote ».

L'obscurité arrivait, lente, digne et fière. On la voyait monter au flanc du mont Roger, elle hésitait, puis gagnait la combe, lentement, avec ses voiles sombres flottants. Elle s'étendait doucement sur les prés du bas de la montagne et repliait son écharpe sur le village pour se glisser dans les chambres et dans la grande salle. Enfant, je la regardais venir avec un frisson d'inquiétude et de plaisir.

Lorsqu'elle régnait partout, sur les bois, les friches, les forêts, aussi bien que dans la maison, je me blottissais près du haut poêle de faïence et je regardais ma grand-mère aller et venir avec, sur le visage et sur les mains, seuls visibles, les couleurs de La Tour et de Rembrandt. Alors, j'écoutais les bruits du dehors et j'essayais de reconstituer la vie terrible des sauvagines, l'agitation des lièvres et des chevreuils, les noires errances du sanglier et du blaireau. Mon grand-

11

père me parlait si souvent de tout cela que, sans avoir jamais osé dépasser, après le crépuscule, le mur du petit jardin, je pouvais l'imaginer avec délices en toute liberté.

Un soir, j'en étais là de mes fantasmes, il était très tard et mon grand-père n'était pas encore rentré. Tout à coup on entendit son pas puis son coup de pouce sur la chevillette. Le loquet claqua sec et le Vieux entra. Son visage reflétait une grande exaltation.

A voix basse, il parla à ma grand-mère qui leva les bras au ciel. Il posa son fusil, puis il alluma une bougie et descendit au bûcher, prit un sac et une brouette et me fit signe de le suivre.

Mon grand-père était un homme sec et poilu. De sa personne s'exhalait un parfum de bête sauvage que je pus comparer plus tard à celui du marcassin. Lorsqu'il parlait, de ses lèvres minces et mauves, cachées par une forte moustache un peu rousse, à la gauloise, s'échappait une haleine terrible. Tout cela personnifiait si bien, à mes yeux, la chasse que je me surprenais souvent à regretter que mon haleine fût douce et parfumée, car j'avais remarqué également que l'haleine des bons chiens de chasse est violente. J'avoue qu'à force de manger abondamment des viandes traitées à notre façon et de boire sec les vins sévères de nos Arrière-Côtes, j'en suis arrivé aujourd'hui au même résultat et je n'en suis pas plus fier pour autant.

Nous partîmes tous deux dans la nuit. Le grand-père suivit une sente qui contournait les pâturages et montait vers les halliers. Nous traversâmes de noirs buissons et, après trois quarts d'heure de marche, le Vieux m'invita à m'accroupir dans un roncier. Il faisait nuit. Il prit alors ma main et, la plongeant dans la broussaille, me fit tâter un corps tiède couvert de poils ras, fins et réguliers.

12

— Tiens, murmura-t-il, tu le sens ? Tu n'en as jamais touché, hein ? Tu le sens ton noms de dieux de petit chevreuil ?...

Il continua...

— Nous allons le mettre dans le sac. Aide-moi et surtout ne fais pas de bruit, si tu ne veux pas que nous allions en prison !

La prison, à cette époque, me paraissait être réservée exclusivement aux gens de rien et je craignais fort d'y aller à cause du pain à l'eau et des rats, mais c'était si enthousiasmant de fourrer un petit chevreuil dans un sac, que je n'y pensai guère.

Nous rentrâmes au village dont les fenêtres brillantes constellaient la zone sombre des arbres du parc du château. Nous rencontrions des gens qui nous saluaient.

— Alors, Tremblot, voilà que tu rentres du jardin à cette heure ? disaient-ils en croisant mon grand-père ; et je riais sous cape.

Cette promenade glorieuse vers la maison, par cette nuit noire sans lune, fut la toute première initiation à la mise à mort de la bête sauvage. Lorsque nous fûmes rentrés, on descendit le chevreuil dans le cellier. Mon grand-père me laissa le caresser à rebrousse-poil, le biser entre les oreilles, tâter son petit front, lui ouvrir les paupières pour regarder ses yeux immobiles. Le Vieux riait de me voir soulever la petite queue du chevreuil, mignonne houppette, et inspecter un anus légèrement souillé d'une fiente semblable à celle qu'il m'arrivait de lâcher dans ma culotte au temps des prunes. Je m'enhardis jusqu'à passer mon doigt à cet endroit et le porter ensuite à mon nez. C'était là le geste du sensuel que je suis resté. Il n'étonnera que ceux qui n'ont jamais su, ou osé, profiter de tous leurs sens épanouis.

13

Ce fut une sorte d'ivresse : cette fiente sentait bon ! On peut avoir une idée de son parfum en broyant ensemble des noisettes, des mûres dans du lait aigre avec un je-ne-sais-quoi qui rappelait la terre, le champignon, la mousse, la touffeur des ronciers épais où n'entrent jamais les rayons du soleil. C'était plus qu'il n'en fallait à l'époque pour me saouler.

— Ça sent bon ! m'écriai-je.

Mon grand-père qui donnait du tranchant à un long couteau, répondit :

— Pardi, si ça sent bon !

Lui, le cher homme, ne vidait jamais le petit gibier à plume. Il prétendait que le plus fin d'une bête sauvage, c'est l'intestin bourré, comme un boudin, de ce que l'on sait. Je regardai aussi les petits pieds fourchus, aux sabots couleur d'agate brune, que j'inspectai à fond. Gravées en creux dans ma mémoire comme dans l'humus des sous-bois, ces empreintes bien-aimées ne pouvaient plus désormais se confondre avec aucune autre. Je chatouillai ses petits tétons couleur de puce sans parvenir à en déterminer l'usage.

— C'est un brocard, tu vois, me dit le grand-père.

— Oui, c'est un brocard, répétai-je d'un air entendu, sans toutefois comprendre. N'avait-il pas comme moi, ce brocard, des petits tétons rose pâle ? Que la nature était donc compliquée et que me restait-il à apprendre ! Et cette sensation me gonflait d'une immense soif de vivre.

Là-dessus, le grand-père pendit la bête au gros crochet et, au fil de son couteau, suivit la ligne médiane du petit ventre. En un clin d'œil, le chevreuil fut ouvert et la tripe, avec des bruits chuintants, déborda sur le thorax et tomba à terre. Ce fut alors un tourbillon de parfums exaspérés. Je voyais les narines du grand-père se dilater voluptueusement. Ces par-

14

fums attirèrent la chienne. Elle lapait avec préciosité un sang pâle que la bête laissait couler goutte à goutte de son mufle.

Pendant ce temps-là, le grand-père parlait. Il disait :

— Oh ! le grand sale, il a sali son petit cul blanc !

— Oui, pourquoi qu'il a fait dans sa culotte, lui demandai-je ?

— Parce qu'il a eu une foutue peur lorsqu'il m'a vu droit devant lui, tu peux m'en croire ! et il éclata d'un rire en « hahaha », qui résonna comme les abois d'un chien fou.

Là-dessus, pendant qu'il continuait son travail, il racontait sa chasse. Ma grand-mère était entrée dans le cellier avec des plats bien propres et des linges blancs à bordure rouge. Lorsque le grand-père se taisait, elle murmurait : « Pauvre petite bête !... » et j'avais envie de pleurer.

Le Vieux, au fur et à mesure qu'il découpait, disait en serrant les dents comme s'il eût été en colère : « Un bon petit cuissot, hein ! On va se régaler !... » et puis « Voilà qui fera un fichtrement bon frichti ! » ou bien encore : « Ça, avec une bouteille de la romanée du cousin, tu m'en donneras des nouvelles ! » et puis en riant sous sa grande moustache brûlée : « Quel gueuleton ! Mais quel gueuleton avec l'Auguste, bordel de dieux ! Justement j'ai de la bonne goutte !... », et je pensais aux heures délicieuses passées devant cette table immortelle où ma grand-mère posait, avec l'air de rien, des plats qui lui eussent valu pour le moins la Légion d'honneur si elle l'eût tant seulement demandée.

J'éclatais de rire en battant des mains. Je me vois encore le nez dans le thorax ouvert de l'animal. Je vois encore ce diaphragme brillant, presque palpitant, et ce liquide rose qui, doucement, s'amassait dans la conque des côtes. Le bénéfice que je tirai de cette soirée fut, on le voit, énorme, précieux et multiple, mais surtout mon grand-père raconta sa chasse avec tant de précision qu'il m'instruisit beaucoup sans que j'y prisse garde et que je peux encore la raconter à mon tour, en m'en faisant le héros, bien entendu, avec un maximum de crédibilité.

Ce qui me plaisait surtout, déjà dans ce temps-là, c'était cette saveur du fruit défendu, ce climat de mystification dans lequel ma race s'épanouit à l'aise. En effet, la chasse était fermée, je ne l'ignorais pas, et je savais bien aussi que tout cela s'était passé dans le bois de la marquise de Ségur, la cousine par alliance de la comtesse, née Rostopchine, dont les gardes surveillaient spécialement mon grand-père tout en lui demandant d'ailleurs des conseils en matière de cynégétique.

A l'heure qu'il est, en écrivant ces choses, je sens encore un petit pincement à la hauteur du mamelon gauche.

Pour m'avoir vu humer l'anus d'un chevreuil, mon grand-père n'attendit pas longtemps pour déclarer devant ma grand-mère d'abord, puis auprès des parents et même devant des étrangers, que je ferais un bon petit chasseur. Je ne m'inquiétais guère des réactions que provoquaient ces paroles, il me suffisait qu'elles fussent dites par l'homme qui, de longtemps, devait monopoliser mon admiration. Cette admiration venait du fait que le vieux possédait trois fusils, trois fusils bien à lui et que toutes ses vestes étaient du type « vestes de chasse » avec la grande poche dorsale et les boutons représentant des têtes de marcassins, de cerfs et de renards. Moralement, il méritait bien aussi que l'on s'occupât de lui avec sympathie et respect : c'était un bon buveur, tantôt follement prodigue, tantôt d'une avarice sordide, un grand gueulard dont la franchise

16

tombait, coupante comme une cognée, un adroit mystificateur, un infatigable marcheur, spécialiste indiscuté des bois et des sentiers.

Sa cervelle était une sorte d'atlas complet de la région, cultures, friches, forêts, cours d'eau, sentiers, roches et fontaines. Tout cela sans cesse révisé au fur et à mesure des ventes, défrichements, mises en jachère, emboisement, éboulements, affaissements et autres modifications foncières ou géologiques. Sa mémoire était claire comme ces soirées de mars où l'on voit à la fois, du haut de nos roches, le mont Beuvray au sud-ouest, et le mont Blanc au sud-est. Il était le seul du village qui puisse se glorifier de se souvenir de tout sans jamais confondre le fils avec le père ou l'hiver de 1892 avec celui de 1893. Il mettait en défaut les matrices cadastrales qui retardaient souvent d'un demi-siècle dans les villages. Il avait aussi à mes yeux cette particularité séduisante de n'avoir point d'occupation précise.

Sans doute avait-il, dans une des dépendances de la maison, un atelier de bourrelier-sellier, sans doute y travaillait-il et il m'arrivait souvent même de l'aider à préparer le ligneul ; sans doute aussi fabriquait-il, avec une grande habileté, des harnais de toute espèce, de la sellerie fine pour M. le Comte aussi bien que des harnachements de trait, mais il allait et venait dans le pays, entouré d'une grande considération. Au café, on l'écoutait. A la maison commune, il prenait la parole bien qu'il ne fût point du conseil municipal. On l'interrogeait sur les sujets les plus importants, à mon sens : sur le temps qu'il ferait le lendemain par exemple, et l'on tenait compte de ses oracles. Il cultivait son champ, son jardin, récoltait les fruits de ses vergers, parfois aussi il semblait plus actif que de coutume : il parcourait la rue du village à grandes enjambées, entrait ici ou là, s'absentait pendant deux ou trois jours, puis revenait. Il semblait graviter autour des hôteliers, restaurateurs et aubergistes de toute la région, et moi je m'imaginais qu'il possédait comme cela toute la contrée. Il avait toujours assez d'argent pour boire une chopine et savait très bien payer. J'entends par là qu'il n'était pas de ces gens qui semblent regretter de débourser et perdent ainsi le plaisir qu'ils pourraient trouver à boire.

Lui, le cher homme, avait pour payer, un geste grandiose et bienfaisant. Ce geste-là m'a toujours semblé être l'indice d'une conscience pure et d'une grande richesse spirituelle. Je n'en dirai pas plus aujourd'hui sur cet homme qui ramenait à la cuisine, en temps prohibé, le chevreuil défendu comme d'autres vont tout bonnement acheter une daube ou un pot-au-feu. On a compris qu'il s'agissait d'un de ces êtres qui allaient bientôt se faire de plus en plus rares en France et pour lesquels la liberté avait un sens précis et concret à chaque seconde de leur joviale existence.

Ce ne fut qu'après l'ouverture de la chasse que mon grand-père se décida à me tendre une main secourable. J'avais, paraît-il, subi avec succès la première épreuve. J'avais acquis le droit d'affronter des aventures plus corsées.

Je me revois avec mon tablier noir d'écolier, mes petits brodequins, mon calot, en ce matin d'automne. Mon grand-père avait passé une couenne rance sur le cuir de mes souliers et on m'avait mis des guêtres qu'il m'avait faites. N'était-il pas le maître bourrelier-sellier de la vallée ?

18

Le village me sembla attentif lorsque nous le traversâmes dans toute sa longueur pour gagner le petit bois où j'avais tué mon premier chevreuil (qu'on me permette cette expression absolument fausse : elle est dans l'esprit de l'enfance et correspond quoi qu'on puisse penser à quelque chose de très réel).

C'était la première battue de l'année. Les chênes avaient encore des paquets de feuilles couleur tabac de Virginie. Au loin le Morvan était violet. Il faisait tiède. La température était bien de trois ou quatre degrés au-dessus de zéro, et je peux dire que, dès que les dernières maisons du village furent franchies, cela se mit à sentir le sanglier. Je ne compris rien à la statégie qui présida à nos allées et venues. J'étais seul avec mon Vieux, qui passait son temps à regarder le sol en grognant. Au bout d'un moment, en un murmure, il me fit part de ses impressions et me montra sur le sol un pataugis fangeux, disant à voix basse : « Une mère suivie ! » et puis plus loin : « Ils montent en Fontaine-d'Argent et coupent en Vaujun ! »

Je prenais contact avec le jargon de la chasse, dont on ne m'avait jamais expliqué le premier mot, mais que je comprenais cependant. C'était merveilleux. Plus loin, le Vieux s'arrêta en reniflant.

« Ça sent le cochon pour sûr ! Ils sont logés par là, à cent mètres ! »

Nous battîmes en retraire, en grand mystère, et le grand-père m'entraîna sur un autre versant où des mélèzes s'amusaient à faire de la musique avec le vent. C'était le blanc du matin. On commençait à entendre chanter quelques oiseaux. « Reste là, me dit le chasseur, et ne bouge plus ! » Il s'éloigna pendant quelques instants. J'en profitai pour me livrer à des exercices d'imitations auxquels excellent les jeunes garçons, pourvu qu'ils aient quelque imagination. Je me mis à inspecter le sol humide et mou, dans lequel la nuit avait laissé des traces énigmatiques. J'y lus des drames affreux. J'en conclus que tous les animaux sauvages pullulent littéralement dans les forêts et qu'il n'y a qu'à se baisser pour les ramasser.

Sûr de mon fait, je m'assis sur une pierre et j'attendis, non sans m'émouvoir à chaque bruit suspect. Lorsque le grand-père revint, il me félicita de ma bonne tenue et répéta cette phrase enthousiasmante :

— Tu feras un bon petit chasseur.

Dès lors, notre principal souci fut, me sembla-t-il, de rejoindre une sorte de belvédère, qui méritait bien son nom de « Rassemblement », car nous y trouvâmes au bas mot dix messieurs en qui je reconnus parfaitement, certes, des hommes du pays, mais qu'une atmosphère nouvelle transformait considérablement.

Il y avait aussi cinq chiens que je connaissais bien également pour avoir joué avec eux, vingt fois, dans le village mais ils ne parurent pas faire attention à moi. Eux aussi étaient changés. Assis sur leur queue, ils étaient graves et suivaient d'un œil singulièrement brillant les gestes des hommes, particulièrement ceux de mon grand-père. Il y avait même là, couplée avec une corniaude grave et puissante, notre chienne qui faisait mine de m'être étrangère. Je l'appelai.

— Tremblotte !

Mon grand-père se surnommait Tremblot et toute notre famille était appelée ainsi. Même nos chiens. Elle tourna la tête, mais ne me sourit point car elle souriait très bien en temps ordinaire, tout comme une femme, mais elle me regarda d'un air qui voulait dire : « Allons, Allons ! De la tenue ! On ne plaisante pas, ici ! » En effet les cinq chiens étaient dignes, bien qu'ils parussent être très nerveux et pleins d'inquiétude. Ils se gardaient bien de se renifler mutuellement le der-

20

rière, comme ils prennent plaisir à le faire aux moments banals de la journée.

Mon grand-père lui-même était bien changé, ses fortes chaussures et ses courtes guêtres maculées de boue, sa cartouchière flasque sur le ventre, sa petite cravate mince nouée à la billebaude[1] sur le col cassé que ma grand-mère lui fabriquait dans de la percale à petites fleurs, tout cela qui m'était habituellement familier prenait une physionomie nouvelle. Pour lors, il parlait d'une voix ferme en faisant des gestes brefs mais nobles. Il indiquait, de son bras levé, des directions mystérieuses, prononçait des phrases fort ambiguës, mais belles comme des poèmes. Les hommes l'écoutaient, les chiens aussi. J'étais certainement le seul à ne pas très bien comprendre. Là-dessus, il donna des avis et distribua le travail en disant : « Voilà comme je ferais, moi, si j'étais que vous. »

Alors, M. Seguin réfléchit, puis il se mit à répéter tout ce que lui avait dit mon grand-père, mais en donnant des ordres, toutefois. Les autres écoutaient en silence. C'était très impressionnant.

On regroupe les chiens, et mon grand-père réunit tous leurs traits dans sa main. La caravane se forme. Je vois les hommes qui chargent leurs fusils. Gestes solennels. Dans toute cet hermétique liturgie, je suis oublié, perdu, négligé et je me mets à faucher avec ma trique de hautes tiges de mancennes qui tombent avec

---

1. *A la billebaude :* au hasard. *Billebauder :* chasser au hasard des enceintes et des voies. Faire les choses au hasard. *Chasser à la billebaude :* chasse au hasard des rencontres.

un grand bruit de moulinet, alors mon grand-père se fâche à voix contenue :

— Vas-tu t'arrêter, toi le gamin ! Si tu fais le moindre bruit je te renvoie à ta grand-mère à la cuisine !

Tout le monde me regarde. J'ai peur qu'ils ne m'excluent de leur compagnie et ne me renvoient au village, car je sens que, sur ces versants, il va se passer quelque chose. Quelque chose qu'il me faut voir sans faute. Et je m'immobilise jusqu'à ce que mon grand-père me dise :

— Allons reste auprès de M. Seguin et suis-le bien !

A ce moment, M. Seguin caresse notre Tremblotte en lui disant :

— Fais nous entendre ta belle voix, ma belle ! Et mène-les ! Hein ! Mène-les !

Jamais, non jamais je n'ai entendu de phrase aussi belle, aussi pleine de lumière, de joie, de mystère aussi !

Ah ! qu'ils sont donc à plaindre tous ces camarades qui sont en bas, dans les maisons, près des grand-mères !

Déjà la première équipe disparaît dans les halliers alors que depuis longtemps le silence s'est refermé derrière eux. Nous restons là cinq, avec les chiens qui se sont tous levés. M. Seguin dit à mon grand-père :

— Au premier coup de trompe, vous attaquez au bas des sapins, en remontant !

Là-dessus, il sort de sa poche une corne de belle couleur à embouchure de cuivre et voilà qu'il la pend à son cou par un cordon rouge.

— En route ! dit mon grand-père, que les chiens regardent intensément.

Aussitôt les bêtes se lèvent et tirent sur leurs traits en traînant le vieux Tremblot qui les suit en courant un peu à l'amble. Et il disparaît dans un bruit de branches cinglées sur le coutil de sa veste à beaux boutons, pendant qu'un premier rayon de soleil dore les bois bruns du versant. Au loin une éclaircie laiteuse se promène lentement sur les monts noirs.

A cette époque, la truculence m'échappait. Je passais près d'elle sans la voir et je le regrette fort, car si j'y avais prêté quelque attention j'aurais pu conserver de cette bande de chasseurs une collection unique de portraits en pied, alors qu'il ne m'en reste hélas qu'un fatras très savoureux, mais disparate, que je ne peux assembler sainement.

Je me souviens que M. Seguin, avec qui je me trouvais ce jour-là, était cet homme qui, à la paroisse, chantait le *Minuit chrétien* le jour de Noël. Il était très grand, mais ne quittait guère le petit chapeau-bol des Bourguignons cossus. Autant il me paraissait quelconque dans le village, autant avec son fusil, ici, dans ces bois, il me semblait anobli par le rôle important qu'il paraissait jouer. En réalité, c'était le régisseur du château et, en début de saison, il tenait la place du maître de chasse : le comte de Voguë, qui était absent et dans les bois duquel allait se dérouler la chasse.

Nous passâmes vingt bonnes minutes à attendre après avoir gagné un tertre sur lequel se dressait un très gros tilleul que l'on nommait l' « Arbre creux », contemporain de Sully, disait-on. Il était marqué sur les cartes d'état-major et servait de repère à une foule de gens à vingt kilomètres à la ronde. Seguin me cacha dans le tronc qui effectivement était creux et, y étant pénétré à son tour, s'assit sur une des grosses pierres qui s'y trouvaient disposées en rond comme des fauteuils dans un salon. Il sortit un bon quignon de pain et un morceau de fromage et mangea, tout en regardant sa montre oignon qu'il tenait à la main ; puis tout d'un coup il se leva, plia soigneusement le reste de son pain dans sa serviette, mit la petite trompe à sa bouche et souffla doucement à trois longues reprises et l'appel se répercuta sur les versants qui semblaient se répondre. C'était merveilleux.

— Reste là bien caché, me dit-il et ne bouge pas, tu les verras peut-être passer.

Puis ce fut le silence. Que se passait-il ?

Au bout d'un long moment, on entendit un chien qui donnait deux coups de gueule. Ce fut solennel et prodigieux. D'un seul coup, la fanfare lui répondit, une grande clameur sortit des profondeurs du bois. M. Seguin me regarda en souriant ; on entendit une voix extraordinairement aiguë qui criait « hallahou ! »... Le père Seguin murmura :

— Tu l'entends ton grand-père qui nous envoie les sangliers ?

Du diable si je reconnaissais là la voix de mon grand-père ! A partir de ce moment, M. Seguin devint impénétrable, tantôt il se penchait en avant, tantôt s'approchait de l'arbre au point de boucher complètement l'ouverture de ma cachette, tantôt s'accroupissait.

On entendait les chiens s'approcher, puis s'éloigner. Cela devenait très monotone. Je m'étais penché à ma petite fenêtre pour voir, mais il n'y avait rien à voir. Alors, accroupi dans le tronc creux, je m'amusai avec des petits cailloux. Parfois le vent faisait frissonner les chênes dont les feuilles sèches faisaient un bruit curieux. « Les voilà ! » me disais-je et je me précipitais à l'ouverture. Je voyais M. Seguin qui tendait l'oreille.

— Qu'est-ce que c'est, monsieur Seguin ?

— Ils sont dans la Grande-Touffe ! Tu n'as pas froid au moins ?

— Non, monsieur Seguin !

Très tard nous entendîmes trois coups de fusil

égrenés et ce fut tout. J'aurais mauvaise grâce à raconter toute la chasse car outre que le sens de notre stratégie m'échappa complètement, nos marches et contre-marches brisèrent mes petites jambes, mais un espoir farouche m'incitait à suivre M. Seguin qui semblait être le pivot de l'opération. Je comptais bien, en effet, voir courir une de ces bêtes-là.

C'est à demi mort de fatigue que je vis descendre, sur les bois ravinés, un soir roux et mordoré comme un ventre de carpe. Le fond était violet, oui je peux le dire, violet comme une vieille lie de vin, me croira qui voudra. Sur les versants, les troncs vert pâle des hêtres montaient alignés sans ordre, mais harmonieux, parmi les tâches noires des prunelliers rabougris, et leurs branches finement ramifiées dessinaient dans le ciel de cruelles petites estafilades. Sur la terre rougeaude et brune, trois sangliers morts, tirés par les groupes indistincts, glissaient avec un froissement qui nous faisait chaud au cœur. Et les chiens quoique harassés, les pattes en sang, les mordillaient en grognant.

Partis des friches avant le crépuscule, nous plongions, au fur et à mesure de notre descente, dans la nuit. Les pâturages du bas étaient brillants de rosée, et bientôt cela sentit le feu de bois. C'étaient les fumées du village. J'entendais mon grand-père qui disait en faisant de grands gestes :

« Je le vois, je le tire, comme il passe la ligne ! Mais ouatte ! J'étais trop loin ! Je le vois frétiller du cul. Touché que je me dis ! Le voilà qui s'assied sur ses fesses !... »

A cinq cents mètres du village, on fit la pause et les hommes se relayèrent aux traits. Très tard les sangliers glissèrent enfin sur la route blanche qui passe près des maisons. Les groupes s'arrêtèrent à l'auberge, mais ma grand-mère qui m'attendait là, morte de peur, m'em-

mena dans un rêve. A peine ai-je senti qu'elle m empoi-
gnait par le bras. Elle voulut me voir manger ma
soupe, mais il paraît que je tombai le nez dans
l'assiette. Elle dut me déshabiller et me porter dans
mon lit.

Telle fut ma première chasse au sanglier. Elle fut
inoubliable mais pourtant décevante. Je sentais bien
que je venais de côtoyer un monde merveilleux mais
sans pouvoir y pénétrer. Tout s'était passé en dehors de
ma vue ; j'en voulais à mon grand-père de m'avoir
laissé en compagnie de ce vieux radoteur, et lorsque le
lendemain on m'affirma que j'avais dormi pendant
plus d'une heure dans mon creux, je m'en fus dans le
verger, où, fou de rage, je cassai la plus belle branche
d'un jeune prunier.

Par la suite, je m'imaginai longtemps que les gens
qui riaient lorsque je passais devant l'auberge se
moquaient de moi. J'attendais que les gars du pays
me surnomment « celui qui s'endort à la chasse » ou
bien « le Dreumoux », ce qui veut dire « le dormeur »
dans notre parler. Mais mon attente fut déçue, ce qui
ne me satisfit point non plus car je pensais que la chose
était grave puisqu'ils en parlaient entre eux en
cachette sans oser se moquer de moi bien franchement.

Ainsi commença l'époque la plus fiévreuse de ma vie.
J'étais bien décidé de ne plus jamais parler de chasse
à mon grand-père, car le bonhomme avait la dent dure
et je craignais ses railleries comme le feu. Je faisais de
grands détours pour éviter de rencontrer M. Seguin ou
quelque autre de ces messieurs, afin de ne pas m'exposer à leurs quolibets et, de ce fait, cinq ou six parcours

m'étaient interdits dans ce beau village qui s'allongeait au long des cinq tournants de la petite route.

Pourtant, je ne pouvais refuser d'aller chercher l'eau, le pain et le bois. C'étaient là les travaux journaliers des jeunes garçons et, je peux bien le dire, ils m'étaient fort agréables, mais le boulanger était sur le seuil de son fournil occupé à cribler ses braises et on ne pouvait entrer dans la boutique sans échapper à ses sottes plaisanteries, aussi j'usais de tous les subterfuges pour l'éviter.

A propos de ce pain, de cette eau et de ce bois dont j'avais la tâche quotidienne d'approvisionner la maison, je crois utile de donner quelques précisions qui sont d'une grande importance pour comprendre le genre de vie que l'on menait chez nous en ce temps-là.

Pour le pain, c'était simple : pas besoin d'argent. Je n'avais qu'à prendre dans la grande salle une petite planchette accrochée à un clou planté dans le bois de la cheminée. On l'appelait « la taille ». Ce système était fondé sur une sorte de crédit à très court terme et permettait de tenir une comptabilité rigoureuse pour payer le boulanger. La taille était constituée de deux planchettes s'encastrant exactement l'une sur l'autre. Le client en possédait une, le boulanger conservait l'autre. Lorsque je prenais deux kilos de pain, je donnais ma planchette à la boulangère qui l'appliquait contre la sienne et, de son grand couteau, faisait deux entailles, une par kilo, dans le bois des deux tailles accolées, ainsi chacune d'elles conservait autant d'entailles que nous avions consommé de kilos de pain.

Toutes les deux semaines on comptait les crans, et

ma grand-mère passait payer la boulangère qui contrô-
lait en confrontant notre planchette avec celle qu'elle
conservait à notre nom, et l'on renouvelait les planchettes tous les mois.

J'étais émerveillé par ce procédé pourtant rudimentaire, mais qui éliminait sans conteste toute fraude et
toute discussion, sans la moindre écriture. J'avais beau
tourner, retourner ce problème dans ma cervelle,
j'étais obligé de convenir que l'inventeur lointain de ce
système, remontant paraît-il au Xe siècle, était un
grand esprit, et le Moyen Age qui avait donné naissance à ce procédé m'apparaissait comme une grande
et lumineuse époque. Contrairement à ce que nous
apprenait l'instituteur qui en faisait, je ne sais trop
pourquoi, une période d'affreuses ténèbres.

Par exemple, ne disait-il pas que le Moyen Age était
une période de guerres incessantes ? Alors que depuis
que mes oreilles s'étaient ouvertes au fracas de notre
XXe siècle, je n'avais entendu parler que de batailles,
de victoires, de défaites, et pleurer les femmes, alors
que la liste des « morts au champ d'honneur » s'était
allongée de jour en jour sans interruption, battant
même tous les records historiques ? N'étais-je point
moi-même pupille de la nation et mon père n'avait-il
pas été tué dans l'enfer de Verdun ? Mes aïeux
n'avaient-ils pas fait « celles » de 1870, de Crimée, du
Mexique, d'Italie, d'Algérie, du Tonkin, de Madagascar, et le début du Maroc ?

Ce n'était pas là la seule occasion que j'avais de
trouver illogique et tendancieux l'enseignement du
maître d'école, mais c'est là une autre histoire que je
conterai en son temps.

Pour aller chercher l'eau, puisque j'en suis à ces
éléments essentiels, c'était encore bougrement plus
simple, je n'avais qu'à prendre mes deux seaux, faire

seulement huit mètres et tourner la manivelle du treuil de notre puits pour ramener à la surface deux seaux pleins d'une eau transparente, fraîche et pure comme la vérité. J'avais compté qu'il me fallait tirer neuf seaux par jour à des heures fixes pour approvisionner notre petit ménage. Quatre-vingt-dix litres d'eau par jour suffisaient à la toilette et à la cuisine de six personnes. Cela me paraissait alors énorme. Quatre-vingt-dix litres par jour, quelle débauche !

Aujourd'hui, lorsque je vois le gaspillage prodigieux que l'on fait de ce précieux liquide, je suis effrayé et si l'on avait dit à mon grand-père que, soixante ans plus tard, il faudrait aux hommes au moins deux cents litres d'eau par tête et par jour, on aurait entendu son grand rire d'incrédulité ou de colère.

Pour être complet je dois dire que, pour tirer mes seaux, je me gardais bien de me pencher par-dessus la margelle qui était une belle dalle monolithique lisse et usée comme une croupière. Si l'on se penchait, on risquait en effet d'être happé par la Mélusine, bête pharamine, une Vouivre pour l'appeler par son nom, la mâtine ! Préfigure de la femme qui, disait mon grand-père, guettait le mâle pour l'entraîner où il ne voulait pas aller.

Je déjouais les tours de la Mélusine et, de rage de ne pouvoir m'agripper, cette garce secouait durement le seau et tentait de le tirer vers le fond lorsque, moi, je cherchais à le remonter à la lumière du jour. C'est tout au moins ce que ma grand-mère m'avait appris dès que j'avais pu marcher. De fait, je sentais bien quelque chose qui résistait et raidissait la corde par à-coups. J'avais fait des déductions qui me permettaient de penser que la Vouivre, la mère Lusine, n'avait pas affaire ici, mais par prudence je me tenais néanmoins sur mes gardes.

La mère Lusine animait la légende de nombreuses sources forestières. On prononçait « mère Lusine » pour la « Mélusine » et cela se confondait fort justement avec le nom de cette Mélusine celtique que je ne devais connaître qu'au cours de mes lectures clandestines, car à l'école on ne devait m'apprendre que la mythologie romaine, grecque et même égyptienne, et je me suis toujours demandé pourquoi l'on passait sous silence la véritable et grandiose mythologie de notre race.

Pour le bois, je l'avais empilé dans le bûcher. On l'avait débardé de la coupe à grand bruit avec une voiture et trois chevaux harnachés à sonnailles qui résonnaient dans les versants. Cela s'entendait jusque dans les villages, si éloignés qu'ils fussent, avec les terribles grincements d'essieux dans les hautes fondrières. Le grand-père l'avait scié chaque matin au petit jour. C'était sa mise en train, sa culture physique en somme. Et moi, je fendais chaque jour, au merlin, les plus grosses billes en revenant de classe.

Le voilà bien le sport à l'école ! Il était général celui-là et obligatoire, et il vous faisait de bons muscles lombaires, d'excellents pectoraux et remarquables dentelés. Quant à la poigne, marche, cela valait mieux que le maniement du porte-plume.

A la hachette, je faisais, dans les rondins de frêne et de tilleul, du bois d'allume, fin comme macaroni, tout prêt pour le lendemain matin. J'empilais tout ça dans le « coin à bois », à droite de la cheminée. C'est sur cette pile que je m'asseyais pour la veillée, la bonne veillée à la lueur de la seule lampe Pigeon qui suffisait pour que je lise mes leçons, pour que les grand-mères tricotent et que les hommes fassent un panier ou rafistolent une charpaigne.

N'ayez crainte, le feu ronflait car je savais le bois qu'il fallait choisir. Le frêne et l'acacia pour faire de la flamme, le chêne et le foyard pour faire de la braise, le vieux nerprun et l'épine blanche pour durer. Je gardais quelques quartiers d'érable et de noyer pour les sculpter.

Quant à l'allumage, c'était une des joies de la journée. On prenait une allumette, une énorme allumette de contrebande, grosse comme un crayon, et on la frottait sur la pierre du foyer.

N'ayez crainte, elle s'enflammait au moindre contact, les allumettes de la Poloche !

Cette Poloche était une femme étrange, barbichue comme chèvre, qui courait les villages, son grand cabas à la main. Un cabas rempli, apparemment, de pissenlits ou de cresson de fontaine, mais en réalité bourré d'allumettes qu'elle fabriquait avec son homme.

De temps en temps, on achetait, par pur civisme, des allumettes de la Régie, mais c'était « de l'argent jeté par la fenêtre », comme disait ma grand-mère, car « elles prenaient quand elles en avaient le temps ! » (Tout ce qui est fabriqué par l'État ne vaut rien, chacun sait ça ! et les socialistes n'y changeront rien !) Celles de la Poloche, en revanche, « prenaient » du premier coup.

Ajoutons que nous n'utilisions une allumette que lorsqu'il n'existait, dans la maison, aucune autre flamme. Si la lampe Pigeon était allumée, on économisait une allumette en se servant d'une « papillotte ». C'était une espèce de petit cornet obtenu en enroulant en spirale une bande de papier. C'était le travail des veillées. Un travail d'une haute rentabilité, puisqu'il permettait d'épargner chaque semaine le prix d'une boîte de « suédoises » de cinq sous ! Rockefeller a, paraît-il, commencé comme ça.

J'ai calculé que, dans les douze premières années de ma vie, j'ai réussi à économiser ainsi une cinquantaine de francs (anciens, bien sûr), ce qui n'est pas négligeable.

Mais rien n'est négligeable.

On commence par gaspiller une allumette et on finit sur la paille et, forcément, « communiste ».

2

C'est à ce moment que revinrent à la maison les trois chasseurs inconnus qui avaient participé à la première chasse que j'ai racontée. Ils étaient arrivés dans une voiture automobile. Cet instrument devant le portail faisait l'admiration de plusieurs commis assemblés.

Lorsqu'il me vit, l'un des visiteurs se mit à rire de bon cœur et, m'ayant tendu la main, s'écria :

— Mais le voilà notre jeune chasseur !

Je leur sus gré de ne point rappeler ma faute et je les regardai : c'étaient des « gens d'ailleurs ». J'appelais ainsi, par opposition aux « gens d'ici », tous ceux qui n'avaient pas exactement le bon accent, le nôtre. Car les accents changeaient de vallée à vallée. Il y avait les bons et les mauvais accents.

C'étaient de gros hommes bien gras, bien roses, aux muscles mous et au souffle court. Contrairement aux gens d'ici qui étaient secs, osseux et diablement durs. Ils étaient d'une jovialité qui me plaisait. Ils déchargèrent de leur auto une caisse de bouteilles de vin dont ils nous firent cadeau, s'assirent devant des verres que ma grand-mère remplit avec dévotion. Le premier disait à mon grand-père :

33

— Ça, mon vieux Tremblot, vous nous avez fait voir de la chasse !

Et le grand-père répondait :

— La prochaine fois, vous en tuerez chacun un, je vous en réponds, ou alors vous êtes de foutus maladroits, des pignoufes, car je vous placerai dans un endroit où c'est immanquable !

— C'est égal, disait le second, j'en ai vu comme de ma vie je n'en avais encore jamais vu. Et quel beau couvert ! Et quels chiens !

Là-dessus, ils burent à plaisir sans quitter le sujet de la chasse qui paraissait leur tenir à cœur !

— Ah ! Tremblot, disait le plus court, qui était aussi le plus large. C'est un homme comme vous qu'il nous faudrait ! Voilà que vous allez avoir l'âge de vous retirer des affaires, mais venez près de nous, nous vous logeons, nous vous payons bien et vous vous occupez de notre chasse !

— Messieurs, messieurs, j'ai mon petit bien ici dans notre Montagne. Que voulez-vous que j'aille bricoler dans votre Val de Saône ? D'abord vos bois de plaine me désorientent et mes jambes fatiguent en diable, en terrain plat, aussi vrai que je vous le dis !

Et les quatre hommes parlèrent sérieusement à voix couverte, en buvant. Il était question de chiens. Le grand problème était, je le comprenais bien, car on ne parlait alors que de cela dans l'atelier du père Tremblot, d'éviter les chasses trop rapides où la bête de chasse, surprise par une forte bande de chiens puissants, débuchait en effroi devant eux et se faisait mener dare-dare, à la façon du courre, ne donnant que de très mauvaises occasions de tirer.

— Au contraire, disait mon grand-père, il fallait des chiens lents, voire faiblards, des chiens de nez, bien sûr, mais avec lesquels le cochon aurait plutôt tendance à s'amuser, à « faire ferme » comme on dit, à se faire battre sans sortir trop vite de l'enceinte, donc à donner à tous les tireurs sinon l'occasion de tirer du moins celle de voir, par corps, la bête de chasse !

— Nous traînons de vieilles manies de chasse à courre ! disait le grand-père en tapant du poing sur notre table où les verres tressautaient, nous sommes des manants, il nous faut faire une chasse de manants, pas une chasse de seigneurs, croyez-moi ! Quelques méchants chiens lents qui ne dominent pas la bête de chasse et nous la promènent sous le nez une heure ou deux, voilà ce qu'il nous faut ! Au diable les grands vautraits qui les sortent tout de suite du canton ! Nous ne sommes pas à cheval, nous, messieurs ; et fatiguer la bête n'est pas notre lot. Nous sommes des pedzouilles ! C'est à pied qu'il nous faut l'approcher, la voir, et la revoir vingt fois. C'est ça notre chasse ! Il n'y a pas besoin de trompe ni de « bien-aller », ni de relais, ni de chiens de forlonge !

Comme on le voit, c'était une discussion de doctrine pure.

— Bien ça !... Vous voyez juste, Tremblot !... Voilà qui est bien parlé ! opinaient les visiteurs en sirotant leur ratafia. Et moi, le dormeur, je sentais que ma tête s'appesantissait. Elle tombait bientôt sur mon bras replié.

Dans les jours qui suivirent, il se prépara des choses mystérieuses, ce qui n'empêcha pas le grand-père de me raconter une ou deux de ces aventures incroyables qui arrivent aux grands nemrods. Après quoi, dans les prés, un soir, près d'un de ces feux de brindilles qu'il allumait lorsqu'il taillait ses haies vives, il me demanda si j'avais bien compris la chasse de l'autre jour.

C'était le soir. L'automne se raffermissait en se refroidissant. Les brindilles dont on alimentait le grand feu de broussailles, pétillaient et crissaient à merveille. Notre fumée glissait au vent, répondant à toutes celles qui s'élevaient, semblables à la nôtre, sur les versants. Je fis le fier, je lui dis que j'avais bien compris ce qui s'était passé. Il me pria alors de lui en faire le récit. Cela me parut facile, mais je dus faire tant de bêtises qu'il éclata de rire.

— Je vois, dit-il, qu'il faut que je t'apprenne à faire le pied. Découpler, mettre les chiens sur les voies, se placer, tirer, ça n'est qu'un jeu! Ce qui est difficile, ce qui compte, c'est la connaissance des bêtes! Tu as assez de jambe maintenant, tu peux me suivre.

Il ne m'en parla plus jusqu'au surlendemain. Ce jour-là, il avait gelé blanc. Il me réveilla sans prévenir en basculant mon édredon rouge et en tirant d'un seul coup la couverture jusqu'à mes pieds. Il faisait encore nuit.

— Allez, viens, si tu veux devenir un chasseur, il faut commencer comme ça!

Par jeu et pour m'apprendre ce métier splendide, il me fit courir dans les lignes et contourner les couverts. Il pleuvait des feuilles rouges de cornouiller que la gelée détachait de leurs tiges. Le père Tremblot me montra des traces fraîches de la nuit et du matin, en me faisant voir la différence qui existait entre elles, puis il m'en fit voir d'autres où le froid avait fait lever des petites boursouflures. C'étaient les vieilles traces, celles de la veille. En revanche, sur un lit de feuilles blanches de gelée, il me montra des meurtrissures plus foncées :

36

— Un cochon est passé par là, il n'y a pas un quart d'heure, dit-il, regarde son pas qui monte vers les forts du Creux-Chardon.

A midi, nous étions de retour. A vrai dire, j'avais fait semblant de voir et de comprendre, mais je sentais que si j'étais retourné au bois à l'instant même, j'aurais été incapable de reconnaître la moindre trace et le chagrin me prit.

Le soir le grand-père partait pour une destination inconnue.

Ce fut pendant une semaine l'ennui et l'inquiétude que je combattis tant bien que mal en tendant les pièges élémentaires que nous apprenions tous à fabriquer en gardant les vaches. Pièges variés, depuis la cabillotte jusqu'à la fournottière en passant par le regipiâs qui est un collet tendu à une branche bandée comme un arc, et où, je dois le dire, rien n'est venu se faire prendre cet hiver-là.

Notre vallée regarde vers le sud et ses quatre villages s'alignent le long de la route que la montagne rejette vers le Haut-Auxois. De loin, on reconnaît le nôtre à ce que, de la masse sombre des grands arbres, plantés au temps d'Henri IV, pointent les deux poivrières des tours rondes et les deux toits en bâtière des tours carrées de « notre » château.

Entre ces quatre silhouettes qui ressemblent à des écuyers casqués du XIIIe siècle, on aperçoit des pans du manteau brun de ses toitures entre deux grandes masses de verdure que perce la flèche mauve de l'église.

Vous pouvez essayer d'apercevoir tout autour quelques façades claires de nos maisons, mais il faut de bons yeux car le long de la rivière aux eaux rares, qui est une source de la Vandenesse, c'est le pays des grands arbres et nos maisons s'y cachent à l'affût des grands vols de canards et de sarcelles qui glissent dans le ciel en changeant de versant.

La vallée est comme une profonde conque verte d'herbes et d'arbres emmêlés. Les pâturages montent raide jusqu'aux petites falaises claires qui marquent le rebord de la montagne, ourlée du revers mystérieux des bois taillis. Des chemins clairs jaillissent et les rejoignent en cinq ou six bons coups de reins et par là-dessus, en trois plans, se superposent le dos du pays d'Arnay, le revers sombre du Morvan de Saulieu et la longue ligne sinueuse et indigo du grand Morvan éduen, avec le triple épaulement du Bois-du-Roi flanqué du Beuvray, notre Montagne sacrée, et du haut Folin.

Cette montagne sacrée ressemble à une grosse bête assoupie sur l'horizon avec sa nuque épaisse, saillant entre ses deux épaules. Dans la dépression, brillent les aiguilles d'acier du canal de Bourgogne, les flaques ovales des trois lacs et les fils d'argent d'un curieux lacis de rivières qui, sans en avoir l'air, ont une particularité extraordinaire et magique, celle de partager nos eaux entre la Manche, l'Atlantique et la Méditerranée. Ce qui fait dire à mon grand-père que notre vieille tribu tient le toit du Monde occidental, ni plus ni moins.

Mon village, c'est sûr, s'est construit autour du château. On le voit bien à la façon dont les maisons tournent leurs faces vers la demeure féodale en cherchant à lui faire révérence. On n'approche cette grande demeure seigneuriale qu'en cheminant sous les voûtes puissantes des tilleuls, des ormes et des marronniers dont les troncs noirs font comme les énormes piliers d'un narthex de cathédrale, et en franchissant un pont jeté sur les douves où dort l'eau verte. Mais, attention, on ne parvient chez nous qu'après de rudes montées et de vives descentes pour franchir les trois ou quatre barres sombres et abruptes des Arrière-Côtes, c'est ce qui faisait dire à ma mère que nous vivions dans les « pays perdus », car à l'époque il fallait, depuis Dijon, la capitale, plus de dix heures, aux pas des mules du messager, pour débarquer, rompu, devant l'auberge auprès de la grosse tour ronde.

Mais j'ose dire qu'une fois arrivés là, on pouvait se tourner dans toutes les directions sans voir autre chose que de grandes pâtures, et puis marcher cinq ou même dix heures à travers les bois et les friches sans rencontrer âme qui vive.

Il y a, bien sûr, une autre façon de voir le village au fond de sa vallée. C'est celle de mon grand-père. Mais lorsqu'il l'avait exprimée un soir de chasse alors que toute l'équipe fourbue savourait à grand bruit une gruillotte [1] de marcassin, ma grand-mère lui avait fait les gros yeux en me désignant d'un mouvement du menton.

— Lorsque vous êtes sur le tertre de notre église, disait néanmoins le vieux, et que vous regardez vers le haut de la vallée, vous voyez deux jolis nichons, un à gauche, c'est le mont Toillot, un à droite, c'est le mont Roger. Deux jolis petits nichons bien ronds, avec au-dessus le téton sombre des bois. De sorte que vous avez tendance à penser que notre village a choisi la bonne place, tout juste dans la « vallée du diable », entre les deux cuisses de la montagne qui s'ouvrent gentiment vers le gaillard soleil... si vous voyez ce que je veux dire !

Tout le monde avait franchement ri, moi aussi, pour faire croire, et ma grand-mère était devenue toute

1. *Gruillotte* ou *gruyotte* : civet confectionné avec les abats et la saignette des bêtes tuées. On sert la gruillotte au repas que les chasseurs prennent en commun (dialectal).

40

rouge et avait dit d'un ton de reproche : « Oh ! Joseph ! » Un autre avait répliqué :

— Pas étonnant alors qu'on y soit si bien dans votre village !

— Je me demandais aussi, surenchérissait un autre, pourquoi, lorsqu'on y était venu une fois, on n'avait de cesse d'y revenir !

— Oui, c'est vrai, ajoutait un troisième, on y est si bien que dans le chaud d'une fille !

Je vous transcris ça tout net, comme on parle dans mon pays. Le comparatif d'égalité n'est jamais exprimé avec « aussi ». On disait, et on dit encore : « Il est si grand que moi. » C'est pourquoi l'homme tout à l'heure disait : « On y est si bien que dans le chaud d'une fille. »

Le soir, j'aimais voir arriver chez nous le Jacotot, le garde-chasse. Franchement, c'était l'homme qui me semblait le plus digne d'estime et d'intérêt de toute la région, car sa vie était motivée exclusivement par la chasse, il ne parlait jamais de jardinage, ni de maison, ni de vendange, mais de bauges, de voies et de viandis. Il avait couru les conscrits avec mon grand-père qui, pour cette raison, ne lui adressait jamais la parole sans l'interpeller par un : « Ô conscrit ! » qui me faisait penser aux phrases lues dans l'eucologe de ma grand-mère : « Ô David », « Ô mon roi », « Ô doux Jésus », « Ô très pieuse Vierge Marie ». Et, de ce fait, le Jacotot prenait pour moi figure de prophète. Il avait d'ailleurs la même moustache que mon Vieux, les mêmes orbites creuses comme une caverne au fond desquelles on apercevait, sous le roncier des sourcils, l'eau incroyablement brillante de ces petits yeux gris-vert qui, par moments, avaient des reflets noisette. Il parlait par saccades sans trop s'occuper de la place des verbes et des compléments, en mélangeant les « qui », les « que » au-petit-bonheur-en-veux-tu-en-voilà.

Il annonçait d'entrée, encore debout dans l'encadrement de la porte :

— Une compagnie de ragots qui tourne dans la Brosse !... Le fermier des Gordots qui fait dire qu'ils revorchent [1] tout !... que mossieur le comte te fait dire de faire le pied demain matin... qu'on se rassemblera au carrefour des Griottes !

— Ô conscrit, chairete-toi donc ! disait le Tremblot en poussant la chaire d'un revers de cuisse. L'autre se chairetait les mains aux genoux, l'air perdu comme sarcelle en fournil, et restait coi. Il attendait que son camarade amorçât la liturgie traditionnelle en avançant deux verres et en débouchant bouteille. Après quoi, on commentait et on répartissait les tâches.

J'écoutais, bien décidé à retenir le thème, le lieu et l'heure de la manœuvre, afin d'aller me cacher à l'avance si l'on omettait de m'y inviter. Je m'enivrais de la belle langue de la vénerie, cette langue qui a tant enrichi le langage français, et que je commençais à trouver diablement limpide et précise.

— ... Les ragots sont dans les forts et les laies suivies sont en contrevent dans les tailles de cinq ans ! disait l'un.

— Qu'un solitaire qu'est sûr dans les roches, pas très loin des jeunes pour renifler les petites femelles en chaleur ! répondait l'autre.

— ... Alors, tu prends par le revers et tu remets les premières ! reprenait le grand-père.

1. *Revorcher :* bouleverser — au propre et au figuré (dialectal).

— Et toi, que tu prends par le Greppot, et que tu détournes jusqu'en Vouivre-Haute, continuait le second.

... Et ainsi de suite.

Ah ! Mesdames ! quel beau psaume alterné ! Quelles Vêpres ardentes nous donnaient ces deux chantres-là ! A les entendre, la chasse devenait ce qu'elle était vraiment : la plus noble, la plus sûre, la plus haute préoccupation de l'être humain, roi de la terre. Ils s'entendaient tous deux comme un couple de renards pour se partager les grands espaces libres, après quoi, ils passaient en revue leurs troupes et les disposaient théoriquement sur le terrain. Et puis le Jacotot continuait sa tournée. Il allait chez les quinze autres chasseurs de la paroisse pour annoncer de sa grosse voix de passetougrain [1] piqué :

— ... Qu'on chasse demain ... Rendez-vous à dix heures au carrefour des Griottes !

Chez tous, il buvait un canon ou deux, si bien qu'il n'avait pas besoin de bouillotte pour s'endormir, tournée faite, sur le coup de minuit. Le lendemain il était pourtant fin prêt avant les aurores, guêtres brillantes, fusil graissé, trompe de corne en sautoir.

Avant l'aube, il quittait sa petite maisonnette en bordure de route et montait droit au bois. A la même heure, mon grand-père sortait de chez nous, mais par la petite porte de derrière, le bougre, pour ne réveiller personne, et, dans les premières blancheurs de l'aube, ils étaient tous deux, chacun de leur côté, en train de contourner leur massif, comme convenu, l'œil au sol pour y lire ces quelques signes discrets qui leur permettaient de remettre les bauges chaudes, de faire

1. *Passetougrain :* vin rouge de Bourgogne fait avec des raisins de différentes espèces.

leurs brisées et de donner au rassemblement un rapport d'une précision hallucinante.

Il est vrai que je vous parle là une drôle de langue, je le sais, mais, petit à petit, je ne manquerai pas de vous donner le sens de chacun de ces mots que vous reconnaîtrez sûrement, car ils forment le fond de notre langue française.

Les neiges commencèrent vers la fin novembre, je crois, et les chasses eurent lieu sans discontinuer. Je ne fus invité à aucune, car la neige était trop épaisse pour mes courtes jambes ; je me contentais d'ouvrir la porte du bûcher pour écouter si le vent ne m'amènerait pas les fanfares des chiens par-dessus les crêtes et les friches. Je ne pouvais que me rendre à la rentrée des chasseurs, le soir, aux remises du château où avait lieu le partage des bêtes.

C'était dans une pièce dallée où l'on pendait les sangliers à des sortes d'échelles, la hure en bas, le ventre en avant. Quand on entrait là, on avait l'impression que tous les parfums de la forêt y étaient concentrés. Des lampes d'écurie pendues aux solives donnaient une lumière juste suffisante pour discerner les masses noires, dans la pénombre, autour desquelles des hommes s'affairaient. Je reconnaissais Paul Tainturier avec sa très longue barbe à deux pointes et son crâne bien chauve, ce qui le faisait ressembler au Moïse de Claus Sluter. Il secondait mon grand-père,

44

les manches retroussées sur ses bras sanglants. Je m'accroupissais bien sagement entre le mur et l'un de ces sangliers et, de mes ongles, je grattais sa hure. Je sentais, sous les longues et dures soies, une peau granuleuse d'où la crasse se détachait en petites plaques, pour s'amasser sous mes ongles ; alors je retirais ma main et je la portais à mes narines ; personne ne me voyait dans le noir, aussi je respirais longuement l'odeur de cette crasse bien-aimée.

Lorsque les bêtes étaient ouvertes, j'étais chargé de recueillir le sang dans les cuvettes, pour la gruillotte et les civets. Je m'en acquittais avec ardeur et précaution, et, depuis ce temps-là, je n'ai pas mon pareil pour ramasser le sang dans le thorax vide d'une laie, si grosse soit-elle, et pour le faire couler, sans en perdre une goutte, dans un cuveau.

Ensuite, à la lueur des lanternes, on découpait les bêtes et on en faisait des parts, le cuissot de droite était pour le chasseur qui avait tué la bête, mais le reste était tiré au sort. On utilisait ma candeur pour tirer les numéros, selon les plus pures règles démocratiques. C'était un moment solennel et inoubliable.

Ces minces fonctions, tout en me maintenant en contact avec la chasse, ne me suffisaient point, on le devine, mais je sens que j'ai plus appris dans ces boucheries de gibier que dans toute une vie d'études livresques.

Parfois le vieux comte Arthur apparaissait à cette cérémonie drapé dans une grande cape de drap puce, un petit chapeau melon gris clair sur la tête, il s'appuyait sur une canne à pommeau d'argent et contemplait la scène. Il avait habituellement l'air triste, mais là, il semblait pourtant prodigieusement heureux. Il ne manifestait pas bruyamment, comme nous autres, la joie que donnait le spectacle de cinq ou six grands animaux morts et de ce sang que je battais voluptueusement à la fourchette de bois en le mélangeant au verre d'eau-de-vie ou de vin qu'on y ajoutait pour l'empêcher de coaguler. Il passait néanmoins près de chaque bête et donnait son appréciation sur chacune en des termes de grand veneur que je recueillais pieusement. Je me souviens qu'une fois il s'arrêta devant celui que je traitais et me fit compliment pour la façon dont je m'y prenais.

— Joseph, dit-il à mon grand-père, c'est votre petit-fils, n'est-ce pas ?

— Oui, mossieu le Comte ! répondit le Tremblot.

Puis, s'adressant à moi :

— Sais-tu comment on appelle cette bête dont tu t'occupes ?

— Oui, mossieu le Comte : c'est un quartenier.

— Fort bien ! Et pourquoi ?

— Parce qu'il a quatre ans, mossieu le Comte.

Il eut dans les yeux un éclair de joie et il me complimenta. Je n'avais, à vrai dire, pas grand mérite, car ce sanglier était précisément celui sur lequel mon grand-père venait de me faire un cours. Du bout de sa canne, le vieux seigneur désigna le pied postérieur de la bête :

— Vois-tu, dit-il, chez les mâles, au fur et à mesure qu'ils vieillissent, les pinces s'arrondissent, la sole et le talon s'élargissent...

Il s'interrompit pour reprendre souffle, mais moi, je continuai, récitant la leçon :

— ... Les côtés deviennent moins tranchants, les éponges s'ouvrent, les gardes s'élargissent...

Mon grand-père me fit un clin d'œil et le comte me regarda, plus ému qu'il ne voulait le paraître :

— Fort bien ! dit-il, fort bien !... Et ne remarques-tu rien encore ?

46

Je pris la patte en main :

— Si, mossieu le Comte !

— Et quoi donc ?

— C'est un pigache, mossieu le Comte : la pince de droite est plus longue que l'autre, et recourbée !

— Compliments, Tremblot ! lança le comte à mon grand-père, vous avez là un digne émule !... On ne lui donnera pas facilement le change !

Puis, plus bas et presque sur un ton de tendresse :

— ... Je ne me fais pas de souci pour votre succession. Joseph ! On en fera un bon veneur !

Mon grand-père, sans lâcher un foie qu'il débarrassait de sa vésicule biliaire, jeta, avec son air de tout savoir et de tout diriger :

— ... J'espère bien, mossieu le Comte, en faire quelqu'un de mieux que ça !

Le comte eut l'air de ne pas entendre, mais moi, j'avais entendu. Qu'avait-il voulu dire par là, le terrible Tremblot ?

C'est de ce jour que je commençai à sentir le poids de la lourde et mystérieuse fatalité qui pesait très curieusement sur moi, et dont la menace allait s'accentuer avec l'âge. C'est aussi ce soir-là que je compris pourquoi on appelait le Lazare Beurchillot : le « Pigache ». Il avait, c'était visible, un pied plus long que l'autre, ce qui lui donnait une démarche particulière.

Quelques jours après cette mémorable soirée, j'étais en train de poisser du ligneul dans l'atelier, et le grand-père posait les rembourrages d'un collier de trait, lorsqu'on vit arriver la Miss. C'était la gouvernante anglaise du jeune comte, Charles-Louis, le petit-fils du vieux comte Arthur.

Cette belle Anglaise, blonde et rose, aux dents un peu trop longues à mon goût, portait une tenue de satin gris perle, égayée de motifs de soutache, de manchettes et d'un col empesés blancs. Elle enseignait l'anglais, les mathématiques et les sciences au jeune comte. Un professeur particulier venait de Dijon et lui enseignait le français, l'histoire et la géographie, et le curé, je crois, lui apprenait le latin, mais la gouvernante vivait au château et apprenait les bonnes manières au jeune homme. Les bonnes manières anglaises qui sont très bizarres, comme on sait.

Cette jeune femme, qu'on ne voyait que très rarement dans le village, était chargée par le comte de prier ma grand-mère de m'envoyer tous les jeudis passer la journée auprès de son petit-fils, Charles-Louis.

Cett invitation de mossieu le Comte, bien que faite par personne interposée, donna le tournis à ma grand-mère qui manqua sa mayonnaise ; elle put néanmoins m'appeler et me dire, du même air qu'elle m'eût annoncé la visite du pape : « Tu es invité à passer le jeudi près de mossieu le Comte. »

Je ne connaissais ce garçon que pour l'avoir vu chaque dimanche à l'église où il assistait à la messe dominicale dans un des bas-côtés, séparé de la nef par une balustrade en bois sculpté. Les bancs y étaient garnis de coussins de velours rouge et on l'appelait pour cette raison « la chapelle du château ».

De reconnaître un sanglier « pigache » me valait donc d'être présenté au jeune héritier du châtelain du village. C'est un honneur dont je rêvais depuis quelques mois, non que j'eusse envie de faire la connaissance du jeune homme dont j'avais serré la main une douzaine de fois à la sortie de la messe, mais parce que cela me permettrait enfin de voir le chenil du château et sa meute, ou ce qu'il en restait.

Il n'en restait que quatre vieilles chiennes et deux chiens, de ces courants blanc, noir et feu, que nous appelions, dans le pays, « les tricolores ». Je connaissais leur voix pour l'avoir entendue par-dessus les hauts murs. Je savais qu'ils étaient tenus dans le chenil, je savais que le Pierre Bonnard les sortait chaque jour mais ne les découplait que dans le parc qui était clos. On ne les sortait plus jamais pour nos chasses de village. Le comte Arthur, qui ne chassait plus lui-même, l'interdisait formellement de peur qu'ils ne se gâtent au contact de nos corniauds de tout poil. En quelque sorte, la pureté de leur race et leur haute réputation les condamnaient à l'oisiveté, à l'empâtement et à la solitude. Et je les comparais un peu à la famille de ces nobles châtelains qui, pour conserver leur sang et leurs manières, en arrivaient à se couper du reste de l'humanité dans leur château. C'était tout au moins ce que j'en pensais à cette époque et j'en étais navré.

Le premier jeudi, dès que nous nous fûmes serré la main, le jeune comte, très distant, me demanda en me vouvoyant à quoi je voulais jouer : au croquet, au tennis, au jacquet, au diabolo ? J'avais heureusement des curiosités autrement plus relevées : voir les célèbres tapisseries de la salle des Gardes, voir les chevaux, les harnais, les bridons et les selles dont mon grand-père me vantait la grande beauté ; et je répondis :

— D'abord, voir les chiens.

Charles-Louis eut alors, pour me dévisager, un long regard mouillé. En réalité, il avait de grands yeux bleus, un peu neutres et souvent humides. Je vis que ma question l'exaltait :

— Les chiens ? murmura-t-il en s'approchant spontanément de moi.

— Oui, les chiens de la meute, dans le chenil !

Il se contenta de sourire. S'il n'avait été dressé par sa Miss, je suis sûr qu'il m'eût donné une bonne bourrade amicale dans le dos.

Le chenil était composé d'un petit pavillon dont j'eusse fait volontiers ma maison d'habitation pour la vie ; de chaque côté, les stalles s'alignaient, entourées de la cour, ceinte de hauts murs.

Les cinq chiens survivants de la meute s'étaient levés pour nous accueillir ; ils s'approchèrent et un mâle, en notre honneur, donna de la voix. Ce fut un moment inoubliable. Ce n'était pourtant qu'un simple récri de bienvenue, mais c'était une musique profonde, une belle voix de mezzo, aux multiples harmoniques, riche et généreuse. J'étais transporté. Je l'exprimai comme je pus :

— Une voix comme celle-là, au bois, quelle fanfare ça doit faire !

— Il s'appelle justement Fanfaro ! dit simplement le comte, heureux de pouvoir faire le rapprochement.

Pierre Bonnard arrivait. Il calma Fanfaro d'un seul mot. Pierre Bonnard était le maître des chiens, premier piqueur. Il avait conduit la meute de quarante chiens. C'était un vieux camarade de mon grand-père et il m'avait fait sauter sur ses genoux, mais ici, dans son sanctuaire, il était sérieux comme un pape et semblait ne pas me reconnaître. Sa grande moustache qui lui barrait la figure d'une oreille à l'autre lui donnait l'air terrible. Pour saluer, il enleva sa bombe de chasse et la tint quelques secondes sur sa poitrine en s'inclinant légèrement, à l'ancienne mode, puis il se remit à faire la pâtée des chiens, en versant dans une marmite les petites miches de pain de seigle qu'il avait pétries et cuites lui-même, selon la coutume.

Fanfaro venait seul à la main pour les civilités qui furent longues et copieuses : à cette époque, j'avais déjà l'estime spontanée des chiens, sans doute parce que j'avais pour eux ce respect qui exclut toute familiarité puérile, et toutes tendresses bêtifiantes.

Les autres restaient bien groupés, épaule contre épaule, la langue affectueuse et le fouet battant, mais en retrait, respectueusement. La plus âgée des femelles se coucha même, sans nous quitter des yeux, avec émotion, les bajoues pendantes.

— Des tricolores ! dis-je pour montrer ma science.

— Oui, des Haut-Poitou, rectifia le comte, qui se devait d'être plus complet que moi. C'est le seul à avoir la silhouette greyhoundlike, parce qu'un de ses ancêtres était le chien de Larry, qui descendait du Norfolk-hound !

J'étais distancé. Il me fallait trouver un couplet plus corsé :

— Le rein est harpé, ajoutai-je, l'arrière-main est puissante...

Je cherchais dans ma mémoire les belles phrases de mon grand-père. Je ne pus que dire :

— C'est un chien d'allures rapides !...

Le comte, lui, très à l'aise, continuait :

— ... Il est plus en profondeur qu'en largeur. Sa tête est fine et élégante. C'est le plus vite de tous nos courants français... Mais ça ne l'empêche pas de prendre le loup adulte !

— Le loup ?

— Oui, le loup adulte !

Je n'avais vu qu'un loup dans ma vie, un matin de décembre 1917, l'année terrible. Il était sorti devant moi du bois de Romont, avait sauté le chemin pour monter les pâturages qui nous séparaient des Grands-Bois. Son saut, ses allures, sa taille m'avaient fortement impressionné et effrayé, aussi eus-je, sur-le-champ, pour les Poitevins, une admiration sans borne.

— C'est un rapprocheur de voies hautes à vives allures ! reprenait le comte.

— Ça prouve qu'il a du nez..., hasardai-je.

— ... Et un caractère décidé ! Avec lui, on peut prendre tous les animaux courables !...

Et ainsi nous récitions par cœur, tous les deux, les dogmes reçus dès le berceau, mais dans des langages différents.

Tout en parlant, nous plongions la main dans la marmite aux chiens pour y prendre, au vol, une petite michotte de pain de seigle que nous croquions de bon appétit, alors que Pierre Bonnard, de sa grosse voix, criait :

— Hélà hélà ! Laissez-en pour mes bêtes, cré nom de nom ! Vous allez me les affamer !

En tout état de cause, j'étais au bout de mon rouleau, car il ne m'échappait pas qu'à la suite de mon nouvel ami, nous nous précipitions dans un secteur inconnu de moi : la chasse à courre ! Il me fallait « rompre, battre aux champs et me forlonger pour sortir des enceintes », comme eût dit Pierre Bonnard, en termes de vénerie.

— Nous, dis-je d'un air un peu désinvolte, ces vautraits ne nous intéressent plus. Nous ne chassons pas à courre, nous sommes des manants, il nous faut des chasses de manants ! ajoutai-je, en imitant le Vieux sur un ton doctrinal. Nous ne sommes plus à cheval, nous ! Nous sommes des pedzouilles !... C'est à pied qu'il nous faut..., etc.

Et me voilà parti à réciter ce que j'entendais dans le village depuis plusieurs mois et qui révolutionnait les veillées.

Pour m'écouter Charles-Louis avait un sourire, non pas méprisant, mais condescendant, il opinait : « Oui, bien sûr, vous chassez à la *billebaude !*

— Oui, la billebaude », répétais-je mais en donnant à ce mot une allure noble et triomphante.

Une énorme différence doctrinale nous séparait, cela crevait les yeux, mais le jeune comte n'en tirait pas vanité, il admettait que les temps avaient changé, que le courre n'était plus possible pour toutes sortes de raisons. D'ailleurs, il précisait que son grand-père, qui conservait la direction du clan, puisque son fils aîné avait été tué le premier jour de la guerre de 1914, avait décidé de laisser mourir de vieillesse les derniers survivants de la meute. Il en serait alors fini de la vénerie traditionnelle.

J'eus même l'audace de suggérer, avec de nombreuses précautions oratoires, que la nouvelle façon de chasser avait, elle aussi, sa grandeur et sa beauté. Et il eut la courtoisie d'en convenir.

La courtoisie ! Je me suis souvent demandé ce qui faisait de ces messieurs du château des êtres supérieurs, eh bien, c'était la courtoisie. Et, chose curieuse, les gens du village qui cherchaient en tout à imiter les gens du château avaient fini par devenir plus courtois eux aussi, et un peu différents des gens des autres villages privés de châtelains. J'entends de vrais châtelains, des « mossieu De... », comme on disait.

Nous étions là tous deux à philosopher, à parler gravement sur la chasse.

Sur un grand panneau de menuiserie, deux centaines

de pieds de chevreuils et de sangliers étaient cloués bien alignés avec une inscription pour chacun, portant la date et le lieu de sa capture, mais ils étaient tellement vieux qu'il n'en restait plus que le squelette où se collaient encore quelques poils desséchés et, au bout des tarses, le sabot, ou plutôt « l'ergot » encore frais et luisant comme une amande d'ébène.

Le comte Charles-Louis me montra gravement l'autre panneau qui faisait face au premier, beaucoup plus mouluré et plus luxueux, et où étaient alignés une douzaine de pieds, pas davantage, mais beaucoup plus grands et plus forts que les autres, et encore plus desséchés. Ceux des grands cerfs pris à courre du temps où le comte Arthur allait découpler dans les forêts du Châtillonnais voisin, de l'autre côté de la ligne des crêtes qui partage les eaux entre Seine et Rhône, car dans nos bois à charbonnette, aux taillis bas et serrés, le cerf n'était jamais venu que pour se forlonger et hélas y mourir d'épuisement, les andouillers emmêlés aux gaulis[1]. Tout cela vous avait autre allure que les pieds de sangliers et de chevreuils négligemment cloués sur la porte de notre grange.

Au loin, on entendait les aboiements vulgaires d'un chien à vaches dans les fermes du hameau, et Fanfaro le ridiculisa d'un seul coup de voix. Un chant, devrais-je dire, d'une grande beauté et qui dut s'entendre jusqu'au fin dessus de notre Montagne et qui dut faire trembler tous les sangliers qui s'y trouvaient remisés.

Je devais conserver de cet après-midi d'automne au chenil du château un souvenir merveilleux qui allait

1. *Gaulis :* bois de jeune taillis, assez serré. Bois à charbonnette — dialectal. (En celte : *gawl,* prononcer gaeul : perche, origine du mot « gaule » : perche de ligne.)

54

me mettre la larme à l œil bien souvent au cours des événements douloureux qui jalonnèrent notre amitié.

Il avait fait une discrète allusion à la mort de son père tué le 4 août 1914, troisième jour des hostilités. Jamais plus il ne devait m'en parler désormais. Il savait bien aussi que mon père avait été tué comme le sien, et cela nous faisait sans doute une raison de plus de fraterniser, mais jamais il n'y revint au cours de nos douze années de fréquentation.

Ce jour-là, comme nos connaissances sur les chiens étaient à peu près épuisées, nous décidâmes de passer à un autre genre d'exercice. Il proposa de faire une partie de tennis, mais je réussis à lui prouver que ce sport sanctionné par des règles aussi rigides que stupides et pratiqué dans un espace rigoureusement délimité par des gens de petite quête, ne pouvait convenir à des hommes libres et de grand nez comme nous. En quelques minutes j'arrivai à lui exposer qu'il nous fallait explorer le cours de la rivière pour y découvrir la noue mystérieuse et déserte où nous construirions une hutte sur pilotis afin de pouvoir guetter les sarcelles qui, avec les grands froids, n'allaient pas manquer de remonter dans les abreuvoirs et les ruisseaux de la montagne. J'envisageais même l'hypothèse où nous pourrions voir, pour peu que les vents du nord fussent favorables cet hiver, la sarcelle élégante du lac Baïkal et, qui sait ? Sa Majesté le canard tadorne.

Il avait scrupule à se lancer dans semblable entreprise sans en référer à Pierre Bonnard, le maître de chiens, qui était aussi son mentor et son conseiller technique. D'ailleurs, Bonnard seul pouvait fournir les outils nécessaires ; de plus, sortir du parc du château était interdit au dernier héritier des de Voguë. Ce fut un jeu pour moi de le convaincre de chaparder les outils en se glissant, par la lucarne, dans l'atelier fermé à clef... Sauter en fraude le mur du parc et concevoir seuls notre cabane corsaient le plaisir de la chasse à la hutte. Cette technique de manant frustré fut une révélation exaltante pour mon jeune aristocrate complexé, comme diraient les exégètes surexcités du petit père Freud.

C'est avec enthousiasme qu'il parut découvrir que la vie des jeunes ilotes avait autrement de saveur que celle des repus, mais je ne m'aventurerai pas plus dans les ambiguïtés dialectiques.

Quand je rentrai à la maison, fort tard le soir, et crotté, mon grand-père me demanda avec un gros rire si je ne m'étais pas trop ennuyé « chez les Burgondes ». Il appelait ainsi les nobles authentiques, car il soutenait que les « Monsieur de », les nobles de l'Ancien Régime, étaient les envahisseurs burgondes et francs, qui s'étaient installés brutalement en Gaule et avaient asservi nos pères les Gaulois, jusqu'à la Révolution française. D'ailleurs cette « grande » révolution n'avait été, à son avis, que la revanche des Gaulois opprimés sur les oppresseurs, qui n'avaient pas tous péri sur l'échafaud, tant s'en fallait ; et même ne voyait-on pas, gravées au fronton des écuries et des grandes remises, les dates de 1789 et 1793, ce qui prouvait que lorsque l'on s'étripait ailleurs, chez nous l'on construisait les remises neuves de notre château. Il affirmait que le vieux comte Arthur avec sa grande taille, son teint sanguin, ses yeux bleu-gris, représentait le type parfait du Burgonde, bien différent du paysan et de l'artisan de nos villages bourguignons qui étaient, eux, des Celtes encore à peu près parfaitement purs, des « Bagaudes » comme il disait les soirs de grande colère vengeresse.

Où le vieux Tremblot avait-il pris toutes ces théories qui me gonflaient d'un curieux enthousiasme ? Je me le

suis longtemps demandé, mais bien plus tard il me
revint que le soir, à la veillée, Joseph Tremblot, ou
encore « Bien-disant le Généreux, la Conscience du
Tour de France », dévorait les œuvres de Gobineau aussi
bien que celles d'Alphonse de Lamartine, notamment
l'*Essai sur l'inégalité des races humaines* du premier et
l'*Histoire des Girondins* et les *Méditations poétiques* du
second. Et surtout l'*Histoire de France* de Michelet.

On peut s'étonner maintenant qu'un artisan sellier
de cette époque eût des lectures aussi relevées. C'est
parce que l'on ignore que les œuvres de Lamartine,
publiées entre 1850 et 1870 dans des éditions populaires, avaient eu grand succès dans les campagnes. Pas
de menuisier de village, pas de charpentier, pas de
boutiquier qui n'eût été abonné pour recevoir, en
« livraison », ces œuvres qui ne sont plus connues
aujourd'hui que des érudits. Certains de mes aïeux,
tout manants qu'ils fussent, récitaient par cœur, pour
cette raison, de longues tirades de Jocelyn et ma grand-
mère Tremblot, la plus pieuse, élevée à cette école des
sœurs qui fut longtemps, jusqu'en 1895 la seule école
de nos villages pour les filles, se tirait les larmes des
yeux en disant, de sa voix douce et réservée, les
strophes de cette pièce bien oubliée aujourd'hui, inti-
tulée : *Le Crucifix* :

Toi que j'ai recueilli sur sa bouche expirante
Avec son dernier souffle et son dernier adieu,
Symbole deux fois saints : don d'une main mourante,
Image de mon Dieu.

Il faut dire que Lamartine était le poète préféré de
tous mes compatriotes. N'était-il pas, bien que Burgonde au dire du vieux Tremblot, Bourguignon salé et

vigneron lui-même et ne venait-il pas faire ses fredaines et rêver dans nos « forêts obscures », dans nos « grottes profondes » et dans nos « précipices affreux », lorsqu'il séjournait chez son oncle tout près de chez nous dans la vallée voisine de l'Ouche, au château de Montculot ?

Quoi qu'il en soit, j'avais trouvé, dans une malle poilue découverte au grenier, des centaines de fascicules brochés, destinés à être reliés, et contenant au moins cent mille vers de « notre Alphonse » comme on disait encore. Et ces cent mille vers avaient été lus, j'en avais la preuve, car ils étaient annotés de la main de mon trisaïeul Bonaventure, tisserand de village, puis de mon bisaïeul Antoine, cultivateur, puis de mon grand-père Joseph, qui, tous trois, avaient mis là leur grain de sel. Chaque annotation, qui valait son pesant de fromage d'Époisses, était d'ailleurs datée et appuyée d'un signe magnifiquement contourné, qui servait d'ex-libris à ces lecteurs obscurs et passionnés, et qui n'était autre, pour Bonaventure et Joseph, que leur marque compagnonnique.

Puis-je préciser que chacun de ces fascicules coûtait dix sous. Quatorze numéros devaient donc constituer un tome qui coûtait sept francs, sept francs anciens, bien sûr.

Tout autre était, certes, le livre de Gobineau, qui était arrivé, je ne sais comment, dans la cantine d'un certain « Fleurdelisant le Magnanime, le Courage du Tour de France », qui l'avait donné à mon grand-père le 7 mars 1883. C'était dans celui-ci que le vieux Tremblot puisait, sur les races, non pas des idées, mais le droit d'en avoir et même d'en fabriquer selon son humeur et son entendement. Enfin, dans l'*Histoire de France* de Michelet, il fortifiait son admiration pour ses frères les Gaulois qu'il prétendait rencontrer tous les jours dans ses pérégrinations.

Ces six volumes de Michelet, il les avait achetés à Paris au cours de son Tour de France, alors qu'il y travaillait comme compagnon sellier fin dans les selleries des Omnibus parisiens dont le marquis de Maupeou était alors chef de cavalerie. Comment avait-il rapporté, dans son sac de trimardeur, ces six lourds tomes de cinq cents pages ? Cela formerait un récit qui remplirait un important ouvrage, que j'écrirai peut-être un jour, car il en dit long sur la vie du compagnonnage et sur la formation professionnelle et le niveau intellectuel de cette époque.

Puisque j'en suis aux portraits de famille, il me revient que j'ai parlé de mes « six grand-mères ». On aurait tort de croire à une erreur typographique, aussi vais-je donner tout de suite des précisions, car, dans la suite du récit, vous ne vous y reconnaîtriez certainement pas.

Je vivais le plus souvent chez mes grands-parents maternels Joseph et Valentine, dont je viens de vous parler abondamment, mais vivaient également dans la maison du bourrelier, sa mère, mon arrière-grand-mère, Anne, surnommée simplement Mémère-Nannette, la guérisseuse, qui avait alors quatre-vingt-cinq ans, je crois, puis la mère de ma grand-mère, dont le prénom était Claudine et que je nommais Maman Daudiche (Daudiche c'est Claudine en patois). Celle-là était âgée de quatre-vingt-dix ans. Dans le village tout proche vivaient mes grands-parents paternels, Alexandre et Céline, que j'allais voir souvent, avec leur mère,

Mémère Étiennette, quatre-vingt-quinze ans et Mémère Baniche âgée de quatre-vingt-douze ans, j'avais donc bien six grand-mères. Mais ce n'est pas tout ! car j'ai conservé le meilleur pour la fin. J'avais aussi cinq grands-pères, car, en plus de mes deux grands-pères, j'étais chaperonné par trois arrière-grands-pères. Un seul manquait à l'appel. Un laboureur, disait-on, qui était mort accidentellement pour être tombé à la renverse d'un char de paille vers les quatre-vingt-deux ans. A la fleur de l'âge, quoi !

Les trois survivants de l'Ancien Régime avaient respectivement quatre-vingt-dix, quatre-vingt-douze et quatre-vingt-quinze ans. En tout : onze aïeuls, et je vous prie de croire que je faisais, en fin décembre, pour les étrennes, une fameuse fricassée de museaux ! Onze vieux-qui-piquent à embrasser, car ils piquaient tous, les femmes aussi drûment que les mâles ! Sacrée sinécure ! Mais rente appréciable, car si les uns ne me donnaient que des poires séchées ou une poignée de noix, les autres me glissaient dans la poche une pièce de bronze à l'effigie de Napoléon III et qui valait le dixième de l'ancien franc. Un seul, qui n'était pas le plus riche, tant s'en faut, me faisait cadeau en grande cérémonie d'un louis d'or, plutôt d'un napoléon, en me recommandant de n'en jamais faire la monnaie et de le garder dans ma tirelire jusqu'à la mort inclusivement.

Tout cela, pour dire, entre autres, à propos de chasse, deux choses : premièrement, que la jeunesse d'aujourd'hui aurait tort de s'imaginer que tout le monde, jadis, mourait de sous-développement à quarante-cinq ans, comme les astuces de la statistique tendent à le faire croire aujourd'hui. Secondement, que le genre de vie absolument primitif et aussi peu hygiénique que possible qu'avaient mené ces vieilles gens ne conduisait pas à la déchéance, tant morale que physique. Mes

60

vieux et mes vieilles avaient tous moissonné à la grande faucille, et la plupart se soutenaient encore chaque jour d'un bon bol de trempusse au ratafia, dont je me repentirais de ne pas donner ici la recette : verser un quart de litre de ratafia dans un bol, y tremper de grosses mouillettes de pain frais ou rassis selon les goûts et manger les mouillettes. Comme on voit, cela n'est pas boire puisque l'on se contente de manger le pain et que c'est lui qui a tout bu. Quant au ratafia, mon grand-père disait : c'est la boisson la plus saine qu'on puisse imaginer car on la fait en versant un quart de marc à 55° dans trois quarts de litre de jus de raisin frais. Le jus de raisin ainsi traité se conserve indéfiniment en se bonifiant, bien entendu.

Pour lors, tous ces vieux vivaient au domicile de l'un de leurs enfants qui, selon l'expression consacrée, les avaient « en pension ». Cela signifiait que celui de leurs enfants qui les hébergeait recevait de ses frères et sœurs une petite somme d'argent fixée à l'amiable. Cette pension était en réalité très faible car les vieillards étaient considérés comme précieuse main-d'œuvre et, de ce fait, dédommageaient en partie l'enfant qui les accueillait. Mes arrière-grand-mères tricotaient et reprisaient toutes les chaussettes, ravaudaient le linge, récoltaient les simples, donnaient la main aux quatre lessives de l'année, s'occupaient des couvées et assuraient la permanence de la prière.

Mes arrière-grands-pères faisaient et réparaient toute la vannerie et la sacherie de la maison, entretenaient, raccommodaient, remmanchaient les outils, aiguisaient les lames, régnaient sur le bûcher et avec les jeunes garçons, mes cousins et moi, approvisionnaient les feux.

Si je vous raconte cela, c'est pour vous montrer comment étaient alors réglés ce qu'on appelle maintenant les « Problèmes du troisième âge ». On peut avoir intérêt à méditer là-dessus, en notre grandiose époque qui pratique si délibérément l'abandon officiel des enfants et des vieillards, tout en leur consacrant par ailleurs tant d'articles exhaustifs dans la presse, tant de discours à la tribune et tant de crédits pour réaliser à leur égard la ségrégation des âges avec les crèches, les écoles enfantines, les asiles et les maisons de retraite. Pour parler clair, je dirai qu'il n'y avait pas de « problème de l'enfance » ni du « troisième âge », parce que la famille assumait alors toutes ses responsabilités.

Mais de quoi vais-je me mêler là, moi, le conteur, qui ne devrais que conter ?

L'automne s'était bien installé avec les premières neiges, fondues aussitôt que tombées. On entrait dans le vif de l'année. La saison idéale tant attendue où, après la chute somptueuse des feuilles, le sous-bois devenait chassable. Pour la même raison, la forêt qui est, en été, un étouffant décor opaque de lourdes courtines de velours vert comme celui d'un salon second Empire, où l'on ne peut même pas respirer, devient nu, clair et gai, comme la basilique de Vézelay ou le cloître de notre abbaye de Fontenay.

De quelque endroit qu'on soit placé, même au plus profond des forts, on voit à travers le gaulis le fond des vallées, la tache des villages avec leurs fumées, la brillance des lacs, les roches claires. Oui, pendant l'hiver que les pignoufs appellent « la mauvaise saison », la forêt a une âme transparente de moine.

On avait tardivement rentré les pommes de terre en pataugeant dans la boue et tout à coup les neiges apparurent glorieusement, bien avant que la Saint-Martin ne leur eût donné le signal du départ. Puis, tout de suite, le froid, un froid bien sévère, digne de février. Le rêve, vous dis-je ! Tous les mâles, jeunes et vieux, étaient en émoi.

Le rêve, oui, parce que c'était le bon temps pour abattre et qu'abattre est une des joies de l'existence. Et justement cette année-là était une année d'affouage. Là encore, je vous dois un petit cours sur ce droit forestier, qui est, comme l'usage du bois et tant d'autres choses, tombé en désuétude. L'affouage c'est la répartition, en lots, des bois communaux ; chaque lot est attribué à un feu du village. Ainsi moyennant un droit d'inscription d'un franc (un franc ancien), chaque chef de famille pouvait en ce temps-là assurer le chauffage de sa maison et cuire son pain, pour peu qu'il ait le courage de « monter au bois » pour couper sa portion (c'est encore l'usage aujourd'hui).

Chez nous, il y avait affouage tous les deux ans. Le vieux Tremblot bourrelier et sellier fin du village prenait sa portion et celle d'une voisine, la veuve d'un cuirassier qui avait chargé à Reichshoffen. Et dès que les coutumes forestières le permettaient, c'est-à-dire à la Saint-Martin, il partait avant jour, montait au bois où il retrouvait un quarteron de camarades et bûcheronnait jusqu'au carillon de l'angélus de midi qu'on entendait monter de la vallée. Et le jeudi, j'y montais avec lui, ma petite serpe et mon goûter dans ma musette, mon vieux couteau rouillé dans la poche.

On partait avant le jour. On mettait une demi-heure

pour gravir les raidillons des raccourcis. On arrivait bons premiers dans la coupe, on allumait le feu avec les ramées de la veille, au moyen du briquet à amadou. Un à un, les autres arrivaient, on voyait leurs feux s'allumer par-ci par-là, dans la coupe et on entendait leur cognée qui répondait à la nôtre. On criait à droite : « Ô Auguste ! » — « Ô ! » répondait l'Auguste. Ou bien, à gauche : « Ô Denis ! » — « Ô ! » répondait le Denis.

Et c'était tout. Ça voulait dire : « Bonjour, comment vas-tu ? On est là. Tout va bien. » Et les cognées recommençaient leur répons : le coup sourd pour tailler, le coup clair, à plat, pour faire sauter l'ételle. Le psaume était interrompu par l'ample souffle et le cri de l'arbre qui tombait.

Moi, j'élaguais avec ma serpe, je formais les fagots avec la ramille bien droite, je jetais le reste sur le brasier qui pétaradait. Quand on s'interrompait pour boire le premier coup, on mettait à chauffer la gamelle dans les braises, elle était chaude pour les dix heures. C'était en général un ragoût de pommes de terre et de haricots avec du lard ou un morceau de tête bien cartilagineux qui rogômait[1] gentiment dans sa gamelle quasiment recouverte de cendres brûlantes. C'était « le quart d'heure ». Toutes les cognées se taisaient alors, et on se rendait visite de feu à feu en mangeant, et on parlait.

Oui, je défie qui que ce soit au monde d'inventer travail plus digne de l'être humain. Surtout qu'en vérité cette promenade à l'aller et au retour et ce séjour au cœur des bois ne sortaient pas du domaine de la chasse. On recoupait les voies de toutes les bêtes de la nuit : la petite patte carrée du renard, celle du blaireau, plantigrade prudent, l'empreinte propre et ronde

1. *Rogômer :* mijoter pour constituer un rogôme.

du chat sauvage, celle de toutes les belettes, martres, putois et surtout l'Y du lièvre, le fin sabot du chevreuil et la franche passée du sanglier, sorte de basse venelle, souvent piétinée comme une draille à moutons. Et, enfin, on risquait de voir ces bêtes par corps. De fait, on en voyait souvent.

Je me souviens d'un chevreuil, qui, surpris par nous lorsque nous arrivions à la coupe, resta debout, face à moi, pendant que j'avançais sur lui ; il était magnifique, tout dressé, tête haute, narines frémissantes, mais immobile comme une statue. Je crus que j'allais pouvoir le toucher, mais lorsque je levai la main, les quatre pattes se détendirent ensemble et il fit une volte-face prodigieuse en franchissant du même élan une cépée de repousses hautes de plus de trois mètres. Mon grand-père m'expliqua qu'il ne m'avait pas vu arriver car j'étais juste dans l'axe du soleil qui éblouissait la bête.

Une autre fois, une harde de sangliers traversait le chantier en trombe avec un bruit de tonnerre, renversant tout sur son passage et une bande de chiens, longtemps après, arriva en se récriant, l'air vexé d'avoir été distancés.

C'était une chasse qui, sortant de son buisson, venait de loin. On identifiait les chiens au passage : « C'est le Taïaut du Louis », disait-on, ou bien « C'est la Fanfare de la Grande Vendue », car on connaissait, même à la voix, tous les chiens à dix kilomètres à la ronde !

Lorsque le grondement de la harde au galop s'était éteint et que les chiens, le nez au sol, passaient à leur tour, loin derrière, en donnant de la voix sans même nous apercevoir, le grand-père éclatait d'un grand rire en Ha et, revenant immanquablement à son idée fixe : « Regarde-les, regarde-les ces grands chiens fous !... Tu

65

les as vus niouffer [1] comme des imbéciles aux trousses de leurs bêtes en effroi ? Tu les as vus ? Voilà des ragots qui sont poussés par des chiens trop forts et trop ardents. Ils se sont mis sur pied aussitôt qu'ils ont entendu le rapproché des chiens. Ils sont partis sans attendre et ils iront loin, marche ! et les foutus chasseurs ne les reverront jamais ! »

Il triomphait, comme toujours, sans la moindre vergogne.

La neige arriva vers la fin novembre et les battues commencèrent. Sur nos trois chiens courants, l'un était malade, l'autre avait été éventré au ferme par un solitaire et l'on voyait ballotter ses boyaux sous sa peau lorsqu'il marchait. Aussi fallait-il se procurer d'autres bêtes. Mon grand-père en profita pour faire élever par ma grand-mère deux petits foxes à poil dur qu'il avait ramenés de son voyage mystérieux. Un petit mâle et une petite femelle. Bien sûr, ils étaient trop jeunes pour chasser cette année-là.

C'était de cette façon que mon grand-père voulait introduire la chasse lente dans le pays. Les autres chasseurs y étaient hostiles. Ils préféraient le chien courant, les vautraits, les corniauds choisis parmi les plus puissants ; les hommes se réunissaient sur la place ou à l'auberge pour parler de ça, et chacun donnait son avis. Souvent le grand-père, qui tenait à son idée, allait chez l'un et chez l'autre pour le prendre à part et le gagner à ses théories. J'allais avec lui. Nous trouvions ces gens occupés à faire des cartouches, mesurer plomb

_____

1. *Niouffer* : pousser des petits cris maladroits (niouf, niouf).

et poudre, bourrer et sertir avec la sertisseuse, dont je tournais la manivelle.

Il y eut des réunions un peu partout. On parlait chien, poudre, fusil ; on sentait que quelque chose se préparait.

Dans la journée, je parcourais en grand mystère les zones permises autour du village et je m'efforçais d'y retrouver sur le sol les moindres indices capables de me mettre sur une piste convenable. Mais j'avais déjà la nostalgie des friches et des bois où chaque empreinte vous a une autre valeur que ces innombrables traces bâtardes et équivoques que l'on trouve autour des villages. Et, accessoirement, j'allais à l'école et au catéchisme.

Avant d'aller plus loin, il faut que je vous dise que cet hiver-là une cousine extraordinaire, dont on parlait à mots couverts dans la famille, vint nous faire visite. C'était une très belle et très forte fille dotée d'une poitrine merveilleuse qu'un caraco cintré et soutaché mettait bigrement bien en valeur. Ses cheveux étaient cachés par un bonnet blanc à bord tuyauté comme la cornette que portaient mes six grand-mères, mais les rubans très larges flottaient dans son dos jusqu'à sa croupe, et j'admirais fort cette croupe tellement généreuse que mon grand-père n'hésitait pas à affirmer qu'elle était adroitement faite de coussins posés au bon endroit pour faire rebiquer la jupe et le caraco ; il appelait ça un faux cul ; pour moi, je ne pouvais croire que les femmes fussent à ce point menteuses et je soutenais mordicus que les rondeurs étaient naturelles.

— T'y as été voir, toi l'galapiat ? T'y as délacé son bustier pour le savoir ? rétorquait le Vieux de sa voix de trompette basse.

— Non bien sûr, répondais-je.

— Alors coye-toi [1] !

La cousine Honorine, c'était son nom, était très respectée et même enviée, car elle venait de prendre, disait-on, sa quatrième « nourriture » à Paris. On entendait par là qu'elle avait quitté son mari, sa famille, son village, à la naissance de chacun de ses quatre enfants afin d'aller allaiter à Paris le fils d'un grand bourgeois. C'est cela qu'on appelait « prendre une nourriture ».

C'était une coutume qui nous venait du Morvan, ce Morvan dont on voyait les noirs sommets proches et qui, tel l'horizon de Christophe Colomb, reculait au fur et à mesure qu'on avançait vers lui. Aussi loin qu'on pouvait aller vers l'ouest, le Morvan commençait toujours à la commune suivante. A cette époque personne ne voulait être Morvandiau, je ne sais trop pourquoi, sans doute parce que l'on disait dans nos vallées que du Morvan ne venaient ni bon vent ni bonnes gens. Il y avait, c'est sûr, un vieux compte qui se réglait encore depuis dix-huit ou vingt siècles entre le peuple éduen et leurs clients, les Mandubiens, dont nous sommes.

La cousine nourrice nous racontait comment vivaient les riches bourgeois israélites parisiens, ses maîtres ; comment, dans l'hôtel particulier qu'ils possédaient derrière l'église de la Trinité, elle vivait au troisième étage avec son « nourrin », comment, tous les jours de beau temps, un fiacre venait les prendre elle et le petit pour les conduire au parc Monceau ;

1. *Se coyer :* se tenir coi.

comment, aussi, les jours de grandes réceptions, on la priait d'amener l'enfant dans le grand salon parmi les invités où tout le monde l'admirait, lui faisait une petite risette, ses parents pas plus que les autres, après quoi on la priait de ramener l'enfant « dans ses appartements ».

Ce qui me frappait, c'est que cette superbe cousine donnât le sein aux enfants des autres. Son lait, son bon lait bourguignon allait à des lèvres étrangères alors que ses propres enfants, élevés au village par une grand-mère, se contentaient de lait de vaches, de bouillie et de gaudes [1] !

Sans doute, son lait était-il le meilleur du monde, mais ce sein, la belle peau rose de ce sein rebondi, entrevu au hasard et admiré passionnément, était caressé par des mains profanes et qui plus est, par des mains juives ! Horreur ! Mon grand-père n'en parlait qu'à voix basse, les lèvres serrées, l'œil mauvais. L'affaire Dreyfus, dont il n'avait eu connaissance que par *Le Petit Journal illustré* en couleurs, l'avait définitivement dégoûté des Juifs qu'il ne citait, comme tous les Gaulois, qu'avec un rictus de violent mépris.

Le fait que les plus notoires d'entre eux eussent choisi une poitrine bourguignonne et des tétons de notre famille pour amender leurs petiots, le portait certes à beaucoup d'indulgence. Il convenait que ces gens-là savaient reconnaître les qualités de notre race laitière, ce qui rachetait bien des choses. « Mais, ajoutait-il, ils auront beau téter nos femmes, ce seront toujours des drôles de crevards ! Jamais comme nous ! Ils peuvent toujours avaler des feuillettes de notre lait

1. *Gaudes* (pluriel) : bouillie bourguignonne de farine de maïs grillé — dialectal. (Racine celtique : *god* ou *yod* : bouillie.)

pour essayer de nous ressembler, ils seront toujours des Youtres ! »

Précisons que mon vieux Tremblot, ainsi que les gens de nos pays, n'avait de sa vie vu qu'un seul Juif, un certain Levy, sorte de marchand de chevaux à Dijon, qui traînait les foires et les écuries et que l'on craignait comme le mildiou. Mais jamais un seul autre israélite n'avait sans doute mis les pieds dans les quatre vallées. On prononçait les noms bizarres de deux ou trois marchands de biens, dans les ventes, mais c'était tout.

Le Vieux affirmait qu'ils étaient tous terrés dans le ghetto dijonnais et il ajoutait : « Et que viendraient-ils faire dans nos régions ? Couper du bois ? Hahaha ! Labourer ? Piocher les treuffes[1] ? Haha ! C'est pas le genre de leur acabit ! » et il riait jusqu'à la pituite rouge.

La mauvaise réputation que les Juifs s'étaient acquise dans le coin venait d'abord de ce qu'ils avaient tué le Christ. Le curé avait beau dire à mes compatriotes qu'eux aussi le tuaient tous les jours par leurs péchés et leur manque de charité, nos gens ne voulaient rien entendre. Les Juifs, eux, vendaient la paille de l'armée nationale et républicaine et spéculaient sur les terrains là où ils savaient, par des espions, bien entendu, qu'on allait construire une ligne de chemin de fer. On l'avait bien vu autour de 1850 pour la construction de la ligne Paris-Lyon-Marseille à six lieues de chez nous et en 1900 pour celle de Dijon à Épinac.

Pour en revenir à nos belles Gauloises laitières, disons que cette profession de « nourrice en place »

1. *Treuffe* : pomme de terre.

était très pratiquée par nos voisines morvandelles. On disait que dans certains villages, au-delà de l'Arroux, et entre Yonne et Armançon, neuf sur dix des jeunes mamans laissaient leurs propres enfants à leur mère ou à une matrone du village pour « porter » leur lait à Paris. Ç'avait même été une industrie qui avait donné lieu quarante ans plus tôt à toutes sortes d'abus affreux qu'on racontait aux veillées et qui m'effrayaient. Cet usage avait réussi à remonter jusqu'à nos régions, au partage des eaux entre Manche et Atlantique, que le vieux Tremblot appelait le « Toit du Monde occidental ». Mais nous étions à l'extrême limite septentrionale de l'aire des « nourrices bourguignottes » comme on les appelait. Et la cousine Honorine habitant la frontière raciale faisait un peu figure d'originale.

On avait pour ces femmes assez de méfiance, mais lorsqu'elles avaient ainsi allaité quatre, cinq ou six « petits Paris », on les admirait car elles faisaient construire au pays une belle maison où elles logeaient leurs enfants et leur mari. Cette fameuse « maison de lait » leur valait une certaine considération, surtout si elles la faisaient couvrir d'ardoises ; en pays des toits de chaume, c'était déjà navrant, en pays de belles tuiles roses, c'était la catastrophe, mais c'était ainsi que l'on montrait sa richesse !

Quoi qu'il en fût, j'admirais fort la cousine Honorine à cause de sa poitrine qu'elle portait d'une façon généreuse, même provocante, et de son odeur. Sa peau sentait le lait, la sueur aussi, mais une sueur abondamment féminine qui me bouleversait. Bref, j'étais fortement amoureux d'elle au point de lui tripoter le bras pendant qu'elle parlait. Des bras merveilleux ! J'enviais fort le bébé fortuné qui jouissait sans retenue de cet enivrant épiderme et de ces généreux tétons.

Donc, cette chère cousine Honorine qui devait à son séjour en maison bourgeoise parisienne de ne presque plus parler patois, sans pour autant avoir perdu son accent, venait d'être priée par ses israélites de patrons d'abandonner son « nourrin » parce que subitement elle s'était fait tourner les sangs. Aujourd'hui, on dirait tout bêtement qu'elle faisait un eczéma et même un eczéma géant. Ses mains, ses belles mains étaient couvertes de squamosités purulentes surtout entre les doigts ; elle nous les montrait en disant : « J'me dévore, c'est à n'y pas croire ! »

Elle savait que son arrière-grand-tante Annette avait « le don », et elle avait demandé à l'Auguste de la conduire chez la Tremblotte.

— A Paris, ils ont tout fait pour me soigner. J'ai vu vingt docteurs, mais ouatte ! Ça fait deux ans que ça m'a pris et plus je bois de leurs drogues, pire c'est !...

Le grand-père hochait la tête d'un air entendu, comme pour dire : « Ça va de soi. » Il savait bien que l'eczéma, ce n'est pas l'affaire des docteurs.

La cousine Honorine continuait :

— C'est ma mère qui m'a dit : « Va donc voir la tante Tremblotte, elle, elle va t'arranger ça en un tournemain. »

La cousine Honorine était sûre de son fait : la tante Tremblotte la guérirait. Mon arrière-grand-mère prenait son air le plus modeste, sa voix la plus benoîte pour dire :

— Oh ! j'y fais plus tellement, ça me fatigue, ça m'épuise.

Le grand-père lui disait :

— Allez, allez mère, va chercher tes encolpions[1].

Elle disparaissait dans son taborgniau[2], revenait avec un livre crasseux en répétant :

— J'ai pas fait ça depuis au moins dix mois... et j'y crains ! Tellement ça me va jusqu'au tréfonds !

Le grand-père haussait les épaules :

— Allez, allez, mère, ne fais pas de manières, tu peux bien faire ça pour la cousine, non ?

Alors il se produisait un grand silence. La grand-mère Nannette ouvrait son livre, le missel eduen-romain (c'était imprimé dessus) qui avait été son livre de première communion. Elle en tirait une sorte de feuille parcheminée pliée en douze et si déchirée et usée, et si noire, qu'on tremblait, lorsqu'elle la dépliait, de la voir tomber en poussière entre ses mains. Elle demandait le silence et l'attention de tous, prenait la main gauche de la cousine Honorine, se mettait à tracer dessus et dessous, avec son pouce, des signes de croix à n'en plus finir en marmottant des mots incompréhensibles qu'elle semblait lire sur son parchemin, mais qu'elle récitait en définitive par cœur ; ça durait dix bonnes minutes, alors que nous retenions notre respiration, le cousin Auguste, Honorine et moi. C'était très impressionnant ; à la fin de la dernière phrase murmurée, la grand-mère disait à voix haute : « Amen ! », puis :

— Honorine, il te faudra maintenant, pendant neuf jours, boire une tisane faite avec neuf têtes de pensées sauvages, à neuf heures du matin, en récitant neuf

1. *Encolpions* (terme d'alchimie) : accessoires du magicien ou de l'alchimiste — amulette. Par extension : instrument bizarre, matériel de médecin ou de chirurgien, voire objet du culte. Par dérision : accessoire de guérisseur.

2. *Taborgniau :* petit espace, petite pièce inconfortable ou sordide. Auberge malpropre ou mal famée (penser à *taverne*).

Pater et neuf Avé. Elle insistait : Neuf jours, neuf têtes de pensées sauvages, neuf heures, neuf Pater, neuf Avé ! N'oublie pas : Neuf, à neuf heures ! En même temps, moi, je travaillerai pour toi !

— Pas de danger que j'oublie, cousine ! opinait la belle Honorine, de sa chaude voix de Bourguignonne affranchie.

— Au bout du troisième jour, ce sera sec, précisait la guérisseuse, au bout du sixième, ça ne te démangera plus. Au bout du neuvième, ça sera cicatrisé. Et neuf jours plus tard, ta peau sera rose et fragile, mais tout sera terminé et tu pourras retourner vers ton nourrin !

Honorine voulait payer.

— Surtout pas, Honorine ! criait le grand-père, surtout pas si tu veux guérir !

Il faut dire que trois jours plus tard les squamosités étaient sèches, au bout du sixième jour les démangeaisons avaient disparu, au bout du neuvième jour tout était cicatrisé. Et, un mois plus tard, nous recevions une enveloppe timbrée de Paris, dans laquelle notre cousine Honorine nous en informait, ajoutant que sa peau était nette comme les fesses de son « chéri » (un mot qu'on n'employait que dans le grand monde parisien) et qu'elle avait pu reprendre sa place chez ses bourgeois.

Je savais bien que ma grand-mère Nannette avait le don et qu'on venait d'assez loin pour obtenir la guérison d'un asthme, d'un eczéma ou d'une croûte de lait, mais c'était la première fois que j'assistais à une opération et surtout à une guérison aussi flagrante. Que ma belle cousine Honorine en eût été la bénéficiaire donnait plus de prix à la chose. J'étais transporté de joie à la pensée que cette peau bien-aimée avait recouvré sa souplesse, sa couleur et son parfum qui produisait sur moi un effet si curieux.

J'en parlais, au bois, avec mon grand-père. C'était le chiffre 9, systématiquement utilisé, qui me troublait le plus dans cette prodigieuse histoire. Le grand-père, qui n'était jamais pris de court, me faisait une petite démonstration qui ne faisait qu'accroître mon étonnement :

— Haha ! Le nombre neuvaine ! C'est toute une histoire !

— Le nombre neuvaine ?

— Mais oui, tu sais que nous sortons de Caïn et de ses deux sœurs, disait-il en zézayant comme chaque fois qu'il voulait paraître pompeux et savant. Nous sortons donc de la combinaison démoniaque de ces trois suppôts, et ils ont perpétré leurs opérations criminelles jusqu'à ce que le Créateur exerce sur leur postérité le châtiment que fut le fléau des eaux. Et, de cette façon, cette postérité coupable fut anéantie. C'est depuis ce temps-là que le pouvoir du nombre neuvaine, trois fois trois, répété trois fois, est parvenu à la Connaissance !

Où allait-il chercher tout cela, je me le demandais. Et je n'y comprenais rien du tout, pas plus que vous qui me lisez, j'en suis sûr, mais le Vieux accompagnait cela d'une sorte d'exercice d'arithmétique tellement convaincant que je ne doutais pas un seul instant qu'il n'eût raison.

— Prends trois fois trois fois trois, c'est-à-dire neuf fois trois. Additionne ou multiplie, ça donne toujours vingt-sept. Or, deux plus sept font neuf.

J'ouvrais de grands yeux étonnés et il riait d'un air fin :

— Et ce n'est pas tout ! continuait-il. Si tu multiplies neuf par lui-même, ça donne quatre-vingt-un. Or huit et un font NEUF !

Je bâillais bleu.

— Récite-moi la table des neuf ! ordonnait-il enfin.

J'ânonnais, en chantonnant comme il se doit :

— Neuf fois deux : dix-huit

— Huit et un : NEUF !

— Neuf fois trois : vingt-sept

— Sept et deux : NEUF !

— Neuf fois quatre : trente-six

— Six et trois : NEUF !

— Neuf fois cinq : quarante-cinq

— Cinq et quatre : NEUF !

... Et ainsi de suite. Toute la table des « neuf » y passait et le total des chiffres du résultat donnait toujours NEUF, que le vieux clamait de plus en plus fort. Et il continuait, pour lui seul :

— ... Neuf fois onze : quatre-vingt-dix-neuf, or neuf et neuf, dix-huit : huit et un NEUF !...

Et il grimpait comme cela jusqu'à neuf fois trente-six : trois cent vingt-quatre. Or trois plus deux plus quatre : NEUF ! J'avais le vertige des NEUF. J'étais au comble de l'émerveillement alors que le grand-père concluait, avec un sens du raccourci qui m'échappait forcément :

— Voilà pourquoi ta cousine Honorine est guérie !

Et effectivement la cousine Honorine, dont le seul nom mettait la chamade dans mon cœur, avait fait une neuvaine et elle était guérie ! D'ailleurs, pour faire venir la pluie ou demander une grâce ou un signe, le curé ne faisait-il pas faire, lui aussi, une neuvaine à des vieilles femmes, et une neuvaine complexe, en récitant neuf chapelets pendant neuf jours ? Et tout ça parce que Caïn, ce vieux sale, avait fatalement couché avec ses deux sœurs ? Que la vie était donc curieuse, belle, inquiétante, enivrante !

C'est au moment où, accroupi devant le brasier où nous cassions la croûte, que nous avions ce dialogue, et à peine le Vieux avait-il fini sa phrase qu'un fracas de branches éclatait à moins de trente mètres de notre campement et qu'une bande de sangliers, des ragots de deux ans, traversait la coupe en frâchant [1] tout sur son passage. Le temps de bondir sur le fusil, ils étaient passés.

J'avais pourtant eu le temps de les compter. Eh bien, me croira qui voudra : ils étaient NEUF !

Voilà qui vous marque un homme, n'est-il pas vrai ?

Aux veillées, alors que le feu pétillait, que les femmes chantaient, ou que l'Antoine Vigot racontait pour la centième fois peut-être sa bataille de Saint-Privat, mon esprit pouvait s'évader, car je connaissais ce récit par cœur, et alors, en rêvant, je découvrais avec émotion que lorsque mon arrière-grand-mère Nannette marmonnait ses Avé sur le coup de neuf heures du matin alors que nous étions à l'herbe aux lapins, c'était pour guérir un pauvre eczémateux à quinze, vingt lieues de là, par l'intermédiaire de la Vierge Marie, grâce au mérite du nombre neuf et de la faute de Caïn.

C'est ce qui explique que lorsque le curé nous fit un cours sur la communion des saints, je n'eus aucune peine à comprendre le divin mécanisme qui était pourtant fichtrement compliqué pour tous les autres. Mais moi, j'avais une aïeule guérisseuse : la Nannette.

1. *Frâcher :* froisser.

Cette guérisseuse, parlons-en : c'était la mère de mon grand-père, je l'ai dit et elle vivait chez lui. Elle avait sa petite chambre, son lit à rouleaux, sa chaise, son fauteuil, et son énorme armoire de noces, où elle rangeait son bonnet, son linge et ses fichus et ses encolpions, ses images pieuses ou présumées telles, colloques et formulaires, chapelets, buis bénis, flacons d'eau de Lourdes et reliques de sainte Marguerite-Marie Alacoque, la sainte bourguignonne ; elle tenait « le don » de sa mère, qui le tenait de sa mère, et ainsi de suite... Par chez nous le don se transmettait par les femmes.

Comme elle n'avait qu'un fils, elle allait pouvoir le lui transmettre, mais ce serait là tout. Le don, dans ce cas particulier, se perdrait faute de descendance femelle, le mâle pouvant recevoir mais ne pouvant transmettre. Revanche sexuelle de la femme qui ne crée que si elle reçoit.

Le don se composait de deux choses : « le pouvoir » d'abord, qui était mystérieux et congénital, certainement d'essence divine. Et ensuite « la formule » ; elle était inscrite sur cette feuille parcheminée et tant culottée sur laquelle la Nannette lisait à mi-voix. C'était un charabia aux consonances barbares.

Ce texte qui a disparu était certainement diabolique, lui, bien que ma grand-mère fût comme toutes les femmes de la famille, d'une très grande piété. Jamais, au grand jamais, elle ne m'eût autorisé à toucher la feuille magique. Elle seule le pouvait car le don l'avait immunisée. Et c'est probablement dans le maniement des armes du diable par une main pure que résidait l'efficacité de ce mécanisme. Comme jamais personne n'a pu fournir une explication à ces choses par la mathématique, la physique ou la chimie, j'ai bien le droit de donner celle-là ; d'ailleurs les docteurs de la région ne se faisaient pas faute de lui envoyer les gens pleins d'eczéma, d'asthme ou de croûtes de lait et toutes ces engeances que la science d'aujourd'hui met sur le compte des allergies ; et tout ce monde s'en retournait guéri aussi vrai que je suis là.

Quand elle disait que ces guérissements l'épuisaient, elle ne mentait pas, notre vieille Nannette. Quand nous étions à l'herbe aux lapins le long de la rivière, elle me donnait le nom de toutes les herbes, de la vulgaire chicorée aux yeux bleus, jusqu'à la centaurée, l'aubépine et la bourdaine. A chacune de ces plantes elle me récitait une formule rythmée et rimée qui, sans avoir l'air de rien, vous donnait ce qu'on appellerait aujourd'hui la posologie. Souvent même, cela se chantait sur un air de rengaine ou de psaume. Et quand sonnaient neuf heures au clocher de Sombernon, qu'on entend dans les trois cantons, parce qu'il est construit à six cents mètres d'altitude au plus haut de la bourgade, elle se taisait brusquement, s'asseyait à l'ombre sous un grand parapluie bleu ouvert ; ses yeux se fermaient, ses lèvres se mettaient à trembler en marmottant. Elle s'abîmait dans une immobilité inquiétante : elle travaillait !

Elle travaillait pour la cousine Norine, aussi bien que pour le plus galeux des commis dévorés par la gigite, le vezou ou la bourbouille.

En quoi consistait ce travail, je ne le sus jamais, bien que je lui eusse demandé bien des fois. Elle répondait à mes questions par un silence grave et têtu, qui lui donnait une figure hiératique comme celles de notre jeu de tarots aux images si inquiétantes. Elle regardait dans le vide, les yeux écarquillés, les lèvres pincées. Et c'était là sa réponse.

Ce que ce travail opérait sur cette bonne vieille à la figure ronde de pomme d'api de l'an passé est indescriptible : au bout d'un quart d'heure, elle était méconnaissable. Mais dix minutes plus tard, tout était terminé. Son visage redevenait normal, serein et doux. Elle reprenait sa quête d'herbes. Sa faucille en main droite, la gauche protégée d'une mitaine, elle fonçait sur les traces des luzernes folles aussi sûrement qu'émouchet sur poulettes, séparant avec dextérité le trèfle de la couleuvrine, le sainfoin du mouron rouge.

Aussitôt qu'elle trouvait une plante nouvelle pour moi, elle m'appelait, me la montrait en donnant son nom, son nom local, bien entendu. Elle récitait la petite comptine, le mode d'emploi en quelque sorte, que je répétais en riant. Si une guêpe ou un train me piquait, elle choisissait trois herbes différentes, les écrasait dans ses mains et frottait la piqûre en disant :

> *Que verte, reverte en chasse le venin.*
> *Que vorne envorne et revorne bien,*
> *Par l'âne de saint Saturnin!*

et la démangeaison était gobée, broutée et avalée par l'âne de saint Saturnin avec une telle aisance, qu'il m'arriva de me faire piquer exprès pour voir. Mais cette fois-là, l'âne de saint Saturnin et les trois herbes restèrent sans effet, ce qui prouve bien qu'il y avait du Bon Dieu là-dedans, ou du démon, va comprendre, ou peut-être bien des deux à la fois, en tout cas un grand savoir et un grand pouvoir de la part de cette bonne vieille femme au bonnet blanc toujours immaculé et tuyauté au petit fer.

Je m'en voudrais de ne pas préciser que si j'écris « Nannette » avec deux n, c'est pour tenter de transcrire la prononciation d'alors. Il serait encore plus judicieux d'écrire Nan-nette, car on prononçait comme si le prénom eût été écrit en deux mots : « Nan », et « nette » ; le prénom Anne se prononçait d'ailleurs An-ne, comme l'on disait une an-née.

C'est ainsi que parlaient Bossuet, Molière, Piron et Restif de la Bretonne, nous n'en doutions pas. Nous avions donc nos références ! Ce sont les cuistres prétentieux qui ont changé ça, et il n'y a pas si longtemps.

3

La chasse pour la fête de Noël, celle qui devait fournir la venaison rouge pour la « fête du solstice et de l'espoir réunis », fut faite le 20 décembre. Les bêtes abattues avaient le temps de rassir au moins quatre ou cinq jours, et les amateurs de chair mortifiée pouvaient donc les faire attendre jusqu'au Jour de l'An, soit une neuvaine de jours, ce qui n'est pas trop en hiver pour le sauvage. Chacun sait cela.

Cette chasse fut organisée sans même qu'on en parlât devant moi, et j'en fus quelque peu vexé. Avais-je tellement démérité en m'endormant, paraît-il, dans mon arbre creux ? Je ne sais. Toujours est-il que je résolus d'y participer malgré tout, et malgré tous. Je tendis l'oreille à tous les bruits et à toutes les conversations. J'observai toutes les allées et venues. Il me fut très simple d'en déduire que, la neige étant tombée depuis deux jours, les sangliers étaient dans la Brosse, aussi certainement que la colique suit le vin doux. En raison du vent du nord persistant, l'attaque devait se faire au Gros-Chêne. Les bêtes remonteraient sur la crête et, sentant le front des chasseurs placés sur les roches, reviendraient sur les bois de Loiserolle se faire saluer par les bons fusils que le Tremblot ne manquerait pas d'y placer. C'est alors que le plus malin de la harde débanderait, donnerait le change, reviendrait sur ses voies en profitant de l'avance qu'il avait sur les chiens, sauterait en contrebas et rebrousserait pour sortir par les voies dérobées que le grand-père pour cette raison appelait « la passée de la Rebrousse ».

Voilà comme les choses devaient se passer, aussi sûr que mon nez était à l'avant-garde de ma figure. Donc, c'est d'un air goguenard que je regardai partir la procession des chasseurs ; tout le chapitre était là, même l'Hippolyte, le palefrenier du château, qui traînait vingt litres d'eau dans sa panse d'hydropique (être hydropique et s'appeler Hippolyte voilà qui vous montre les fantaisies du sort !).

Ils défilèrent tous dans les rues du village, glissant sur la neige tassée et souillée par le passage des bestiaux vers l'abreuvoir, le passe-montagne relevé jusqu'aux yeux, la casquette enfoncée jusqu'au cou, les mains dans les poches. Riant en faisant, par leurs narines, de grands jets de vapeur comme l'étalon de l'Antoine.

Il faisait nuit encore, mais sur la neige, on y voyait comme en plein jour. J'avais entrouvert mes volets pour m'assurer de leur direction et je les regardais tituber en jurant. Riez, riez bien mes jolis ! Riez mes pangniâs ! pensai-je. J'en connais un qui va bien rire aussi.

C'était séance pleinière ; tous les domestiques du château avaient sorti la pétoire, jusqu'au Paul Chevènement, le vacher chef et le père Vanney, qui, rouge comme une cornouille, chantait constamment *La Madelon* et sentait la pipe, de quoi écarter le gibier à deux kilomètres. Le comte avait mobilisé tous ses poilus. Le village était là au grand complet. Lorsque le grand-père était parti, une demi-heure avant la piétaille, je l'avais entendu dire : « M. le Comte est avec nous. — M. le Comte le vieux ? », avait demandé ma grand-mère. « Bien sûr, le vieux, tu sais ben que le comte Charles est mort. — Mon Dieu miséricorde ! Mais c'est vrai. Je n'ai encore pas pu m'y faire ! » avait gémi la chère Tremblotte qui n'avait pas encore accepté la grande hécatombe des paysans français de 1914.

J'attendis sagement mon bol de café au lait avec une bonne demi-douzaine de grandes tartines de beurre et de miel. En sifflotant je me donnais l'air de flâner, quand jaillissant de l'enclos par un passage secret, je fus bientôt dans la haute neige des pâtures. Je longeai les bouchures, me faufilai dans les ronciers de la chaume aux Jaunottes et, à couvert, je gagnai les forts ; tout à coup, je vis dans la poudreuse un tel chaos de traces et de roulis que j'eus l'impression d'être tombé net sur les bauges. Il n'en était rien, fort heureusement ; c'était un simple viandis où une harde de cinq ou six bêtes était venue s'amuser à déterrer des arnottes.

J'avançais prudemment alors que la trompe sonnait l'attaque très loin au sud. Je me repérai, retrouvai les passées de la Rebrousse et, collé à un chêne, sans un mouvement, j'attendis le débuché.

Il ne tarda point. Un débuché en fureur, tous les chiens ayant rallié au premier récri de notre Tremblotte, se déroula avec une vitesse incroyable. Ça partait de la Brosse, comme je l'avais prévu, et j'en éprouvai quelque satisfaction. La chorale était bien en voix, on peut me croire, et les bêtes de chasse ne devaient pas avoir beaucoup d'avance, car par grande neige une harde est lente à se mettre sur pied.

Cela partit donc d'un trait vers les hauteurs, et, sans plus attendre, la bande se fit saluer par trois des fusils qui étaient placés sur les roches et dès lors ce fut le silence, le grand silence où tout était possible : ou bien les bêtes avaient été tuées, mais personne ne sonnait la mort, ou bien elles avaient forcé la ligne des tireurs, mais alors elles étaient sorties du buisson et bonsoir messieurs-dames ! Ou bien encore les chiens déroutés par un écart, dévoyés par un change, reniflaient la neige en rond et perdaient du temps ; mais dans ce cas, le plus plausible, que faisaient les sangliers ?

Ce qu'ils faisaient ? Eh bien, c'était très simple : ils avaient tous sauté en contrebas et, comme si je leur avais tracé moi-même leur itinéraire, gagnaient en se dérobant la passée de la Rebrousse et venaient sur moi ! J'en eus la sensation, car un grand frisson venait de me saisir ; non de peur ni de faiblesse, mais de certitude, de jouissance ; je tenais la chasse en main. J'étais le fils des bois et des guérets, l'ami de la Dahut. J'étais de la race !

Je n'eus pas le temps de frissonner longtemps. Une bande de sept sangliers qui fendent la neige haute dans les repousses, ça vous fait le même bruit qu'un paquebot de haute mer qui taille les flots. Je m'en suis rendu compte beaucoup plus tard dans mes sacrés voyages. Ce bruit-là qui naissait dans le haut du versant, venait bel et bien sur moi. Je n'avais qu'à attendre, raide comme une souche et j'aurais même leur odeur ! Mais d'un coup je pensai que cette sortie n'étant pas gardée, la harde sauterait par là, sortirait de l'enceinte, gagnerait les pâturages et à grande vitesse se forlongerait vers les grands bois, perdue pour tout le monde.

Le bruit était maintenant grandiose. Par-dessus les tailles de trois ans, je vis un nuage de poussière de neige s'élever, tout brillant, dans le soleil levé. Puis, d'un seul coup, la première bête déboucha entre deux cépées de foyards. Par bonds, elle fendait la neige qui s'écartait en deux gerbes. Derrière elle, groupés le nez de l'un dans le cul du précédent, les autres donnaient l'impression de ne former qu'une seule machine de guerre, toute noire, imaginée pour traverser l'enfer sans y perdre un poil.

Alors j'eus l'idée de sortir brusquement de mon arbre en hurlant comme un piqueur : « Hou la houla-hou ! » en remuant les bras comme un fou.

Si invraisemblable que cela puisse paraître, le meneur fit un grand écart, pivota sur ses membres postérieurs et, rompant sans bavure, se jeta sur sa gauche, et toute la bande le suivit. Ç'avait été une vision sublime qui faisait de moi le grand favori des dieux. Rien, jamais rien ne pourrait empêcher que je fusse un être supérieur, un élu parmi la race élue, mais je n'en perdis pas pour autant le nord et, faisant mon office, j'appelai les chiens, je les forhuai de toute la force de ma petite voix de gamin : « Tayaut, tayaut ! A moi les chiens ! Tiâ ! Tiâ ! »

Notre Tremblotte, qui suivait, reconnut son petit frère et fondit sur moi ; je la remis sur la voie, et la fanfare reprit, grossie de la voix des autres corniauds qui rempaumèrent. Instinctivement, je tendais l'oreille, j'attendais ce quelque chose inévitable qui se produisit là-bas à l'aile droite de notre chasse ; j'entendis un coup de feu sec, clair. C'était le fusil Tremblot qui parlait et puis, un instant plus tard, la trompe Tremblot qui par quatre coups brefs suivis du Taratata annonçait la mort. Ce « taratata », je le savais, était pour moi : c'était le ricanement du Vieux qui disait : « A la bonne heure, petiot, je savais ben que tu serais là pour me revirer la chasse et je me suis placé là où je savais que tu me la renverrais ! »

Mais déjà la chasse remontait sur les hauts. Pour la deuxième fois, la harde, diminuée d'une unité, passait en vue des hommes placés. Pour la deuxième fois, ils étaient salués ; la salve était plus nourrie et il y eut, très loin, un hallali, puis tout redevint silencieux.

J'en savais assez, je redescendis au village en coutournant les bois et j'y rencontrai le Vieux qui, lorsqu'il appuyait les chiens, était partout à la fois et battait un terrain du tonnerre, toujours là où on ne l'attendait pas ; j'étais saoul de l'alcool capiteux de la réussite cynégétique, cet alcool délicieux que distille le subtil mélange de l'intelligence, de l'instinct, de la logique, de la connaissance, avec un doigt de fraude pour pimenter le tout ; bref, un breuvage cosmique et élémentaire dont rien n'approche.

A la nuit tombante, j'étais à l'arrivée : on vit descendre de la montagne un premier groupe de trois hommes qui traînaient une bête moyenne. Derrière, un autre groupe de cinq chasseurs peinaient aux traits pour faire glisser sur la route glacée un mâle de cent quatre-vingts livres, puis un troisième groupe avec un ragot de cent trente, à peu près, que mordillaient les chiens. Une traînée rose sur la neige indiquait que cette bête avait été tuée la dernière, en fin de deuxième attaque ; et enfin, très loin, dix hommes étaient attelés à un énorme quartenier noir comme braise et haut comme une barrique ; c'était, je le reconnus par son garrot arrogant et sa hure franche, celui que j'avais si bellement retourné.

Le vieux Tremblot marchait non loin derrière : « C'est le tien celui-là ! » lui dis-je. Il me regarda en clignant de l'œil : « Dis plutôt que c'est le nôtre », répondit-il en riant dans sa moustache ; il avait l'habitude de parler à la première personne du pluriel, comme le pape, aussi n'osai-je croire à son allusion, mais lorsque les quatre bêtes furent pendues aux crocs et qu'on commença à les ouvrir, les langues partirent et chacun conta sa chasse. Le vieux restait silencieux pendant qu'il libérait la tripaille de notre quartenier ; il avait le rictus du rire en écoutant chacun conter les exploits et, tout à coup, alors qu'il sectionnait une trachée artère, il se redressa, les poumons en main, et s'écria en prenant le ton du vieux comte :

— Messieurs, avant de chanter victoire, il faudrait d'abord battre notre coulpe encore une fois ; un débuché trop vif, des chiens trop forts, trop ardents, trop rapides et la chasse nous échappe !

Il y eut un silence ; on n'entendit que le sang qui dégoulinait dans les sapines[1] ; c'est alors que le Vieux cligna de l'œil pour dire :

— Heureusement, Messieurs, heureusement que « je ne sais qui » est allé se placer pour retourner la chasse ! « Je ne sais qui... » « Je ne sais qui », mais un habile homme, pour sûr !

En disant cela d'une voix terrible, il me fixait farouchement.

— ... Et je lui en fais compliment ! ajouta-t-il.

Le comte Arthur qui venait d'entrer regardait alternativement le grand-père et le petit-fils ; il conclut d'une voix solennelle, en parlant au grand-père :

— Oui, Joseph, nous lui en faisons compliment ; sans lui nous faisions buisson creux, Messieurs, il faudra réviser nos méthodes.

Je vis que non seulement mon grand-père, mais le vieux comte Arthur étaient au courant de mon initiative, et mon admiration fut grande pour eux, car je pensais bien avoir usé de ruses prodigieuses pour gagner la chasse en me dérobant savamment dans les couverts et les buissons.

1. *Sapine* ou *sapeigne* : petite cuve en boissellerie — à l'origine fabriquée en douelles de sapin (dialectal).

89

Il y eut ce soir-là une part de venaison pour chacun des trente feux du village et il en resta un beau quartier qu'Hippolyte le cocher fut chargé de porter à l'hôpital du canton pour le regingot [1] des fêtes. Au retour à la maison, je m'attendais à des compliments plus précis ; mon grand-père m'accueillit au contraire par la plus belle rossée que j'eusse jamais reçue, pour avoir désobéi à l'ordre qu'il m'avait donné de rester au village, cette chasse n'étant pas pour moi. Je me mis en boule pour laisser passer la tempête, tout en admirant, une fois de plus, cet homme qui savait dominer sa fierté légitime pour faire respecter son autorité, aussi bien sur son petit-fils que sur n'importe lequel de ses camarades ! C'était la marque d'un grand esprit. C'était donc, de ma part, faire preuve de caractère que d'accepter des coups sans une larme, sans une plainte, sans un soupir, ce à quoi je m'efforçais dans le but de m'endurcir aux pires vicissitudes de la vie, dure mais exceptionnelle, qui devait nécessairement être la mienne.

En me frappant de ses grosses mains d'os, il rageait :

— Ah ! monsieur veut faire mourir de peur sa grand-mère ! Ah ! monsieur veut aller à la chasse, une chasse où au moins dix fusils sur vingt ne savent pas tenir leur place, et tirent comme des chaufferettes ! Une chasse où au moins dix pignoufs ne sont pas capables de tirer à la rentrée au bois et envoient du plomb comme une pomme d'arrosoir, que j'ai été obligé d'en foutre trois à la porte parce qu'ils arrivent au rassemblement fusil chargé !

S'étant apaisé, il me dit simplement en conclusion :

— Tu n'iras jamais à une chasse de Noël, tu entends ! Trop de pignoufs, trop de chienlits ! Que

---

1. *Regingot* : repas de fête (dialectal).

j'hésite même à y emmener notre chienne, ils seraient foutus de nous la tuer ! Tu n'iras qu'aux chasses où ne frayent que des gens honnêtes !

Pour lui, comme pour les maîtres chasseurs, grands poètes de la liberté et amoureux de la billebaude, l'honnête homme était celui qui savait accepter une discipline de la chasse, conception qui lui venait en droite ligne du temps où la chasse était la vie de la tribu.

En prime, avec ma rossée, je venais de recevoir une des plus pures leçons de dignité. Il la complétait d'une curieuse leçon de politique :

— Bah ! Ne te fourre jamais dans une pétaudière où tout le monde vient tréjer[1] ! C'est forcément la chienlit ! Réserve-toi pour les chasses où ne viennent que les gens qui en sont dignes !

— Tu y vas bien, toi, aux chasses de chienlit ! lui dis-je.

— Moi, c'est pour faire plaisir au vieux Comte, qui est un grand mossieu comme moi. Car voilà-t-il pas qu'il s'est mis en tête que tout un chacun devait être invité à ses chasses ? Il me dit toujours : « Tremblot, je veux que tout le monde profite de nos bois. » Idée bizarre ! Moi je lui ai dit un jour : « Vous faites erreur, mossieu le Comte ! Voulez-vous que je vous dise le fin fond de mon idée, la chasse est réservée aux deux seigneurs qui en sont dignes, ceux qui la méritent. — Et d'après vous, Tremblot, quels sont ces deux seigneurs ? » qu'il m'a demandé en finaudant. « Les deux seigneurs c'est vous et moi, mossieu le Comte : le maître et le braconnier, celui qui tient et celui qui prend. Les autres, c'est de la pisse d'âne borgne ! — Eh bien, Tremblot, je vois que vous avez des idées pure-

1. *Tréjer* : rôder (breton, gaulois : *trei* : tourner à droite et à gauche).

ment aristocratiques ! » qu'il m'a dit en riant ! En même temps il a même ajouté : « Méfiez-vous bien de n'être jamais guillotiné ! — Pour ça, mossieu le Comte, fiez-vous à moi, je leur chanterai la chanson qu'il faudra », que je lui ai répondu.

Noël s'en vint, ni trop tôt ni trop tard, après un petit redoux qui fit la désolation des écoliers. Le neige était fondue et c'était la boue partout, mais enfin il fallut aller couper sur la montagne la charretée de genévriers dont M. le Curé bourrait la crèche et cela fit un exercice de qualité, surtout que j'avais mission de recueillir le plus de grains mûrs possible ; pour cela, on étendait une grande bâche sous le genévrier qu'on voulait couper et les coups de serpe qu'on lui donnait pour l'abattre faisaient tomber les grains mûrs. Les plus bleus. J'en ramenais ainsi sept ou huit kilos qu'il fallait ensuite trier d'avec les épines, exercice fort méritoire.

C'était mon arrière-grand-mère qui faisait provision de grains de genièvre dont elle soignait les « ennuis de tuyauterie ». On appelait ainsi, chez les hommes, les troubles de reins, de vessie et d'urètre.

Lorsque mon grand-père se mettait à pisser tous les vingt mètres et y sacrifiait chaque fois deux bonnes minutes en grimaçant, la grand-mère lui administrait le remède. C'était encore une histoire de neuvaine. Neuf grains le premier jour, dix grains le second et ainsi de suite pendant neuf jours. Et pendant la deuxième période de neuf jours, on diminuait d'un grain par jour. Il fallait croquer les baies, pépins compris, à jeun le matin ; le mieux était immédiat, et le grand-père redevenait rapidement le jeune homme qu'il avait été, le champion de la Duché et même de la Comté, disait-il, en pissant à six mètres, sans s'arrêter même de chantonner.

Pour les rhumatisants, c'était même chanson, mais pendant vingt et un jours. Aux gens qui lui disaient : « Pouah ! c'est fade ! » elle répondait : « Justement, c'est ça qui guérit ! » Et c'était vrai, les chimistes modernes sont bien d'accord là-dessus maintenant, mais où diable cette sainte femme avait-elle appris tout ça ?

Bref, Noël était là. Dans un coin de la nef, on avait fabriqué la caverne sainte d'où devait surgir le cher enfant Jésus, Messie et Sauveur du monde. On l'avait tellement dissimulée dans les genévriers, cette grotte prodigieuse, que l'église entière embaumait le gin à la façon d'une distillerie écossaise. Parallèlement à ces préparatifs, on avait, à la maison, choisi la « cheuche » de Noël, une belle bûche de chêne, bien entendu, qu'on avait amenée dans la cuisine, près de la cheminée, huit jours plus tôt, en chantant la dernière de ces antiennes qu'on appelait les « Ô de Noël », parce qu'elles commençaient toutes par l'interjection « Ô » : Ô Adonaï ! Ô Oriens !

Ce soir-là, avant d'aller à la messe de minuit, on mettait la bûche dans l'âtre en chantant donc : *Ô Seigneur et Chef de la Maison d'Israël qui êtes apparu à Moïse dans la flamme du buisson ardent et lui avez donné la loi sur le Sinaï, venez nous racheter dans la force de votre bras.*

Le grand-père donc posait une extrémité de la bûche dans l'âtre éteint, sur une bourrée de fagots et y rallumait ce feu rituel, mais pas avec n'importe quoi : avec un tison qu'on avait rapporté, dans son sabot, du feu de la Saint-Jean d'été, le 24 juin. Toutes ces dates et ces coutumes me semblaient compliquées, mais c'était très simple en vérité. C'était une façon de relier les deux solstices, les deux fêtes de la lumière par la même flamme qu'on avait ravie au brasier de la Fête des brandons à l'entrée de Carême. Bien sûr, cela ne pouvait rien dire aux pauvres ignorants qui passent dans leur vie sans s'intéresser à rien, mais quand on savait qu'à partir du 24 décembre les jours commençaient à s'allonger par une extrémité, celle du matin, on comprenait bien vite que tout cela tournait autour de la fête de l'espoir et de la lumière.

Et qu'est-ce que Noël sinon la fête de la lumière et de l'espoir ? Et qu'est-ce que ce Jésus qui jaillissait de sa grotte ? Sinon l'espoir de la merveilleuse lumière qu'est l'amour du prochain, le pardon des offenses, le bien pour le mal, toutes choses qui berçaient notre « espoir »...

Et voilà que je me mets à faire un prêche, et un prêche de vieux grand-père ! En ce temps-là, il faut le dire, je n'en pensais pas si long, je m'amusais bien quand la grand-mère Nannette me disait de m'asseoir sur l'extrémité de la bûche afin d'être exempt toute l'année d'avoir des feux aux fesses. Ces furoncles du cavalier qu'on appelait encore « le feu du cheval ».

Et cette bûche, on l'allumait avant de partir tous à la messe de minuit pour que la Vierge puisse y faire tiédir les langes de l'enfant au cas où, par hasard, elle viendrait à passer par là. On allumait ensuite des lanternes et on partait à la messe de minuit, non sans avoir laissé les sabots neufs devant la cheminée. Cette année-là, au retour de la messe de minuit, j'y trouvai comme à l'accoutumée de ces pâtes de coing dont la grand-mère Nannette faisait au moins cinquante kilos chaque automne. J'y trouvai aussi deux belles pommes du verger, bien brillantes à force d'avoir été frottées d'une chaussette de laine, mais aussi, et cela mérite d'être noté comme événement historique, deux oranges, les deux premières oranges qu'il m'était donné de contempler. Oui, mes frères ! Les deux premières oranges qui ont passé la frontière mandubienne, je crois bien que c'est moi qui les ai trouvées dans mes sabots !

Avant d'y mettre la main, je les ai contemplées longuement, mais avant d'y porter la dent, je dus manger une tranche de hure de sanglier, une autre de terrine de lièvre, des noix et faire une trempée de glacés-minces dans le vin chaud, sucré, parfumé de cannelle et de girofle. Après quoi, j'eus droit à deux tranches de ma première orange que je trouvai acide et étrangement parfumée. Un parfum pas de chez nous, et, de ce fait, un peu inquiétant.

Là-dessus, le grand-père s'écria en tapant du poing sur la table : « Et maintenant à schlofe ! » Cela voulait dire « Au lit ! » mais il utilisait là un mot que les Badois et les Souabes de la guerre de 1870 avaient laissé par chez nous. *Schlof*, c'est-à-dire *schlafen* : dormir en allemand, prononcé avec l'accent bas allemand de la Schwäbische Albe. Ne s'était-il pas mêlé aux hommes du général Kremer ? N'avait-il pas joué sur les genoux des artilleurs badois qui s'étaient mis en batterie sous les remparts du village, le 4 janvier 1870 ? Et n'avait-il pas mis en déroute une compagnie de voltigeurs bavarois en restant enfoui jusqu'aux yeux dans son lit de plume, alors que la grand-mère Nannette, sa mère, expliquait à ces messieurs qu'il avait « la rauche », c'est-à-dire la diphtérie qui était radicalement mortelle en ce temps-là ? Les vainqueurs d'alors s'étaient enfuis comme des péteux et mon

95

grand-père trouva encore le moyen d'en rire bruyamment sur son lit de mort, à quatre-vingt-seize ans.

La semaine qui séparait Noël du Jour de l'An était, chez mes grands-parents, comme chez tous les artisans de la province, une grande semaine. C'était, à ma connaissance, la seule qui fût consacrée solennellement à la comptabilité. Le vieux Tremblot et la Tremblotte s'enfermaient dans la grande salle. Pas un chien, pas une poule n'était admis dans le saint des saints, c'est vous dire ! Mon grand-père sortait son grand registre noir qui n'était autre que le grand agenda de l'année, offert par les grands magasins du *Pauvre Diable*. (Sacrés Bourguignons qui trouvent le moyen de donner cette enseigne de *Pauvre Diable* au magasin le plus important et le plus brillant du Dijon d'alors !)

Sur cet agenda, au jour le jour, se trouvaient consignés les travaux de bourrellerie exécutés pour les fermiers de la vallée. Le père Tremblot pinçait son nez de corbin dans les mâchoires de ses bésicles à ressort et lisait :

« Le 8 février, pour Auguste Jeandot de la Grande Louère, avoir refait le rembourrage d'un collier de trait...

« Le 9 février, pour Auguste Truchot des Gordeaux, avoir fourni un avaloir neuf : douze francs...

« Le 10 février, pour Arsène Tainturier, avoir livré une sellette neuve sur mesure 23 francs 25...

« Pour Jérémie Beurchillot, de la Lochère, avoir remplacé trois passants et une boucle de croupière : 24 sous... »

Ma grand-mère, sous sa dictée, ventilait ainsi toutes ces sommes sur les comptes de chaque client. Elle s'interrompait pour dire :

— Tu y penses bien, Joseph ? 24 sous pour trois passants et une boucle de croupière ? Mais Joseph, c'est dérisoire !

On employait toujours ce mot à contresens. Pour nous, dérisoire voulait dire trop cher, et pour elle tout était toujours trop cher. Vendre trop chèrement ses services était un péché, donc un gage de damnation et elle ne voulait à aucun prix être séparée de son Joseph après sa mort, elle en paradis, lui en enfer.

— Dérisoire... dérisoire, criait mon grand-père, on voit bien que c'est pas toi qui tires le ligneul !

Il y avait discussion, ma grand-mère ne cédait pas d'un centime, elle reprenait l'agenda de l'année précédente et faisait, de sa douce voix d'ange édenté, des comparaisons qui lui donnaient toujours raison. Le vieux Tremblot en perdait son lorgnon qui se balançait au bout de son cordon noir, et il devenait tout rouge. Il paraissait devoir faire une de ses terribles colères, mais la Tremblotte résistait, de sa petite voix obstinée : « 22 sous, Joseph, 22 sous, c'est honnête ! » et le Vieux ravalait sa colère comme par enchantement en disant, vite résigné : « 22 sous, bon, bon, allons-y pour 22 sous ! » et la grand-mère triomphante et rassurée, écrivait 22 sous sur le compte de Jérémie Beurchillot.

Elle gagnait à chaque coup sans en avoir l'air, avec son sourire de radieux martyr, surtout lorsque le grand-père se fâchait très fort.

97

Cette année-là, sept jours avant la Saint-Sylvestre, les femmes se mirent en cuisine. C'est par là que je reviens à la chasse, car il faut toujours y revenir. Les hommes à grands coups de couperet avaient détaillé les cinq sangliers, tiré les parts au sort. Outre le cuissot droit qui était la part du chasseur puisque mon grand-père avait tué une bête, il nous était revenu un quartier, taillé long, de queue en épaule. En tout, un bon tiers d'animal, quelque vingt-cinq kilos d'une viande noire à force d'être rouge, encore en poil, bardée d'os blancs comme ivoire.

Toutes ces femmes avaient passé deux jours à dépiauter, à mignarder cette chair musquée comme truffe, pour la baigner largement dans le vin du cousin, où macéraient déjà carottes, échalotes, thym, poivre et petits oignons. Tout cela brunissait à l'ombre du cellier dans les grandes coquelles en terre. C'était moi qui descendais dans le cellier pour y chercher la bouteille de vin de table et lorsque j'ouvrais la porte de cette crypte, véritable chambre dolménique qui recueillait et concentrait les humeurs de la terre, un parfum prodigieux me prenait aux amygdales et me saoulait à défaillir. C'était presque en titubant que je remontais dans la salle commune, comme transfiguré par ce bain d'effluves essentiels et je disais, l'œil brillant :

— Hum ! ça sent bon au cellier !

Alors les femmes radieuses me regardaient fièrement. Ma mère, ma grand-mère, la mémère Nannette, la mémère Daudiche, toutes étaient suspendues à mes lèvres pour recueillir mon appréciation. C'était là leur récompense.

De son côté, le grand-père s'occupait des viandes à rôtir. Aux femmes les subtiles et multiples combinaisons des bouilletures, meurettes, gibelottes, salmis, civets, saupiquets, qui supposent les casseroles, coquelles, cocottes et sauteuses, mais aux hommes, toujours, depuis le fond des temps, l'exclusivité des cuissons de grand feu, des rôts et des grillades, celles où brasie⁻ et venaisons communient sans intermédiaire. C'était alors ainsi. Les dons spécifiques des sexes étaient utilisés, même dans les plus petits détails de la vie. C'était là une des caractéristiques de notre vieille civilisation.

J'ai oublié de dire que la veille de Noël, on était encore allé chercher des brochets. C'était une opération très simple qui consistait à aller à la pêche dans l'étang. On partait le matin. Le maître demandait aux femmes :

— Combien il vous en faut ? Dix ? Douze ? Quinze ? Vingt ?

Les femmes se récriaient en riant de tout leur cœur :

— Cinq seulement, mais des gros !

— Gros comment ? demandait le maître.

— Cinq ou six livres chacun ça suffira, raillaient-elles.

— Et si par hasard j'en prenais un de vingt livres, qu'est-ce que j'en ferais ?

— Tu le rejettes à l'eau ! Gâtroux !

On gloussait dans notre passe-montagne pour avoir réussi à placer la plaisanterie traditionnelle et on partait dans l'eau glacée. A midi, on revenait, les pieds gelés, mais avec les cinq brochets de six livres dans le sac. Aussi sûrement que si l'on avait été les acheter au poissonnier des Dombes. Je me souviens que cette année-là, alors que les pieds dans la boue, gelés, nous surveillions le bouchon de notre ligne à vif, un trimardeur vint à passer sur la berge.

— Salutas la Compagnie, dit-il jovialement, ça marche la pêche ?

Mon grand-père, l'esprit à la mystification, répondit :

— Si ça marche ? Je te crois, je viens d'en prendre un de trente livres !

L'autre, bien sûr, se pencha sur notre corbeille et n'y voyant que deux bêtes de cinq livres s'étonna. Le Vieux alors, mordillant sa moustache, laissa tomber :

— Mais ma femme m'a dit de lui rapporter des bêtes de cinq livres, alors je l'ai rejeté !

C'est ainsi que, le garde-manger plein à péter, nous attendions les clients. Ils commençaient à arriver vers les dix heures le jour des Saints-Innocents, le 27 décembre. On entendait le trot du cheval. L'homme sautait à terre, passait le licol dans un des anneaux qui étaient scellés à l'un des murs de notre hangar, jetait la couverture sur le dos de l'animal et s'encadrait dans la porte, énorme masse de poils roux, ceux de sa peau de bique et ceux de sa grosse moustache sucrée de givre blanc, avec deux stalactiques jaunâtres sous le nez.

— Salutas marquis de la Croupière ! lançait-il.

— Mes hommages, monsieur le Baron du Coutre ! répondait le bourrelier.

— Et comment se porte le marquis du Tranchet ? reprenait le croquant.

— De son mieux, monsieur le Duc de l'Araire !... et ainsi de suite, utilisant l'un après l'autre tous les sobriquets traditionnels dont maîtres artisans et gens de la terre usaient entre eux pour plaisanter. Des frères, voilà ce qu'ils étaient. Ils donnaient la belle image de l'amitié fonctionnelle, celle qui naît de la plus étroite complémentarité professionnelle.

Quelques-uns, très rares, venaient avec leurs femmes et même avec un de leurs enfants. Et alors c'étaient des fricassées de museaux à n'en plus finir avec des Tontines, des Norines, des Catherines, des Toinettes et des Baniches [1]. Toutes bardées de fichus et de fanchons, de capotes et de cabans qui sentaient le camphre, le poivre et, pour les plus évoluées, hélas! l'odieuse naphtaline. Mais, dominant heureusement le tout, une puissante odeur d'étable s'établissait dans toute la grande salle, car ces gens étaient venus après le pansage des cent bêtes blanches d'embouche qu'ils hivernaient en écurie, dans leur ferme perdue. Notre odeur familiale de cuir et de ligneul disparaissait, et ainsi il me semblait vivre dans un autre monde.

Cette année-là, l'Ernest des Gruyers, un grangier de la vallée des fermes, débarqua avec la petite Kiaire (c'est ainsi qu'on prononce « Claire » en Montagne). C'était sa fille, une jolie brune aux yeux couleur d'amande, aux joues rouges, à la peau fraîche, à la figure large, épanouie à la hauteur des pommettes, une vraie Mandubienne qui sentait bon le beurre un peu rance ; il la poussa rougissante vers moi, disant : « Tiens, p'tiot y t'ai aippouté tai boune amie ! » (Tiens, petit, je t'ai amené ta fiancée.)

Oui, Kiaire était ma fiancée. Tout le monde le savait, même le Curé. Je l'aimais de tout mon cœur. D'aussi loin que je la voyais, je me sentais léger, courageux, capable de tout.

Elle m'embrassa comme du bon pain ; je lui relatai

1. *Baniche :* Bernardine en Bourgogne.

ma dernière chasse. Elle, toujours un peu honteuse de ses audaces, me raconta qu'une laie, arrivée par la grande pâture, avait traversé la cour de la ferme au petit trot suivie de ses sept marcassins rayés... que l'Arsène, le commis, avait voulu décrocher son fusil, mais que son père l'en avait empêché en disant : « On ne tire pas une laie suivie, beuzenot [1] ! » La laie avait tout bêtement pris, pour regagner le bois des Roches, la porte de la chènevière : « Heureusement que les chiens n'étaient pas là ; ils les auraient mis en morceaux », conclut-elle ; elle le disait en patois, car les fermes ne connaissaient que le patois.

— Ah ! faurot vouèr ! Te crouai que lai laie les airot laiché fare ? m'écriai-je, retournant sans hésitation à la langue maternelle. (Ah ! c'est à voir ! Tu crois que la laie les aurait laissés faire ?)

— Oh ! que nenni ! Alle airot brament sûr défendu ses petiots ! (Oh ! que non ! elle aurait certainement défendu ses petits !) opina-t-elle en se rangeant fièrement de l'avis de son petit amoureux.

Il arrivait ainsi des gens de partout, de la vallée de l'Ouche, de Paradis comme du Plateau, même des Morvandiaux, car le vieux Tremblot était le meilleur bourrelier du canton, et ce canton, je l'ai dit, est à cheval sur le toit de la Gaule et tient les sources des trois versants.

Certains s'asseyaient d'une fesse ou buvaient le verre debout, demandaient leur compte, réglaient et partaient vite : on leur disait :

1. *Beuzenot* : niais, naïf — dialectal. (En celte, *beurz* : grimaud, homme naïf. Terme employé par les paysans pour désigner un homme de bureau, un homme de la ville : un grimaud, un gratte-papier.)

— Sacrés vains dieux, mais t'as le feu au cul, c'est pas possible ! — ou bien — : T'as peur que ton commis ait le temps de serrer ta femme de trop près ?

— C'est pas ça, disait l'autre, mais tu sais bien que j'en ai pour deux bonnes heures à rentrer par les temps qui courent, avec les fondrières qu'on a par chez nous !

Mais la plupart s'installaient carrément sur leur siège, déboutonnaient leur sous-ventrière pour siroter posément le plein verre de goutte et jaser. Il régnait dans la salle un grand brouhaha. Tout le monde parlait à la fois ; par moments, on faisait silence pour en entendre un qui contait. Et que contait-il, je vous le demande ? Des histoires de sangliers, pardieu, de chevreuils aussi, de blaireaux, de martres et autres sauvagines, puantes ou non.

Je revois la scène. Le grand-père est là, solidement accoudé à la table, il écoute en fermant à demi les yeux qu'il a déjà fort petits, mais on ne voit plus qu'une mince braise de malice qui couve sous la broussaille. C'est ainsi qu'il sait tout par ses clients. J'entends tout ce qui vaut la peine d'être su : les achats, les ventes de terre, de bois et de bétail, les mariages, les idylles et les morts, bien sûr, mais surtout les déplacements, la sédentarisation, l'hivernage, les amours du gibier et surtout de ce gibier qui est sa passion, le « noir ».

Entre-temps, chacun reçoit sa note et paie argent comptant. Ni facture ni reçu. Une simple addition sur une feuille blanche sans en-tête, ni signature. La confiance règne. On n'a de méfiance que pour l'État qui n'a rien à voir dans les affaires des braves gens, pas vrai ?

Il est près de midi, les femmes vont et viennent, tournant autour du fourneau, et commencent à dresser la table sans demander l'avis de personne et mettent une douzaine de couverts pour commencer. Lorsqu'elles serviront la soupe, ceux qui sont là, s'avanceront tout simplement, enjamberont le banc, sortiront le couteau et s'installeront solidement pour attaquer sans que l'invitation leur ait même été faite. C'est la coutume. Seuls les hommes sont à table, les femmes sont près du fourneau et de la cheminée, silencieuses, veillant à ce que les hommes ne manquent de rien et faisant la navette entre feu et table, l'œil baissé, la mine soumise et le geste dévoué. Les épouses des clients arrivées avec eux ne prennent pas place à table, elles non plus, bien qu'on leur ait offert une chaise à côté du maître. Elles la refusent en riant : « Pardi oui, que je vais m'asseoir, tandiment qu'il y a du travail ! je vais aller aider la patronne à faire son fricot, oui ! » C'est ainsi. Elles serviront les hommes. Le père Tremblot ne se lèvera jamais pour aller chercher un plat, une fourchette ou un pain, mais c'est lui qui le coupera, après avoir tracé de la pointe de son couteau une croix sur le revers de la miche. Et c'est lui (ou moi, mais seulement sur son ordre) qui se lèvera pour chercher les bouteilles, les déboucher et verser. C'est lui aussi qui découpera la viande, debout, brandissant le grand couteau à trancher.

Les femmes ? Oui, je les vois encore, prestes comme furets, muettes comme carpes, surveiller, diriger le déroulement du repas sans émettre un son, sauf pour répondre joyeusement aux plaisanteries des autres, et se dérobant discrètement pour rejoindre les autres femmes sous le manteau de la cheminée où elles bavardent à l'aise, l'œil sur l'assiette des hommes tout en préparant le service suivant.

C'est probablement cette attitude de nos femmes qui ont fait croire aux pignoufs modernes qu'elles étaient tenues en servage, et c'est ce qui fait dire tant de sottises aujourd'hui sur la condition féminine dans

104

l'ancienne civilisation, mais tous ces jocrisses-là n'ont jamais vu vivre un vieux ménage de ce temps, sans doute, et si l'on doit plaindre des femmes, ce sont les leurs, pauvres esclaves de l'usine ou du bureau !

A la terrine de hure succède le brochet mayonnaise orné d'un beau persil vert que tout le monde croque sans hésitation. Puis la gruillotte, qui est civet où se marient les abats, foie, reins, poumons, collets et pieds de sangliers. Enfin, le quartier rôti servi avec une opulante sauce poivrade à base de marinade.

Les gars arrivent. Ils s'asseoient sans façon, sortent leur couteau de la poche et entrent dans le repas, comme on prend un train en marche. Le vieux Tremblot les raille : « Ha ha ! tu savais ben que les gars du pays avaient tué dans la Brosse ! Tu savais ben que la Tremblotte était la reine de la marinade, farceur ! Te v'là au bon moment, comme toujours, hein, eh ben, régale-toi pendard ! » Et il charge à refus l'assiette du retardataire sous les quolibets de toute l'assemblée.

L'autre renifle, faussement confus, en grommelant : « Charogne ! Sacrée vieille charogne ! pas croyable ce qu'il peut être charogne, ce sacré marquis de la Croupière ! »

La verve est à point, les esprits sont débridés, l'amitié coule à pleins goulots, c'est le moment des confidences excessivement publiques, des secrets proférés d'une voix de tonnerre, à bon entendeur, salut ! C'est l'heure des vérités enthousiastes. Sans qu'on l'en ait prié, le Vieux est en train de justifier ses prix, par exemple sur un ton de confession, je l'entends dire au Jérémie Beurchillot : « Pour tes trois passants et ta boucle de croupière, il y en a qui t'auraient pris 24 sous ! Ben moi, je t'en ai pris que 22 sous, recta ! » la vieille Tremblotte, sans avoir l'air de rien, regarde alors son Joseph par en dessous, la lèvre railleuse.

Comme toujours, elle a le triomphe et le savoure. Oui, elle peut jouer les cendrillons effacées au coin de l'âtre comme le veut la coutume, mais c'est bien elle qui dirige les consciences de cette maison. Et quand le Vieux, échauffé par la riche chère, l'interpelle en disant : « Pas vrai ma princesse ? », elle sait que ce titre lui revient d'office et elle en jouit, sans vergogne, et sans que personne ne s'en aperçoive, au fond de son cœur.

Moi, j'écoute avec avidité la chronique locale qui se fait là entre gruillotte et fromage, rythmée de sacrés coups de fourchette. Je ne comprends pas tout. Je ne retiens que ce qui concerne la chasse, je sais qu'il y en a sept (sous-entendu : sept sangliers) qui viennent viander tous les matins dans les champs de la Grande-Vendue, un solitaire qui fait la loi dans les bois du Thuet et du Vôtu, une laie suivie par-ci, deux quarteniers qui se roulent dans la boue de Fontaine-Froide, par-là. On parle aussi des migrants qui, lancés sur le grand passage du noir, ne font que s'arrêter dans nos monts pour s'y refaire à grandes bâfrées de glands et de faînes. J'écoute. Un peu somnolent pour avoir bu le vin du cousin et abusé de la gruillotte, je regarde la petite Claire. Machinalement, car c'est son rôle appris depuis sa petite enfance, elle ramasse les couverts, les échaude au fur et à mesure avec mon arrière-grand-mère Daudiche. Lorsqu'elle passe près de moi et qu'elle croque une part de tarte aux pruneaux à s'en faire des moustaches grenat, je lui dis : « Grosse gourmande ! » Elle rit et me fourre le reste de sa part dans la bouche.

La table restera pratiquement mise jusqu'au jour de la Présentation. La présentation de Jésus au Temple s'entend, le 8 janvier. Pendant dix jours, il arrivera des clients qui, à toute heure, trouveront casse-croûte à la maison du bourrelier. C'est ainsi qu'on viendra à bout de tous les brochets et des trente livres de venaison. A la fin même, alors que les visites se feront de plus en plus espacées, les derniers se contenteront de racler les os de l'échine. Tâche passionnante à laquelle ils se livrent corps et âme, les chers hommes. Ils prennent la pièce à la main et de leurs dents arrachent chair et tendons, puis ils fignolent ensuite avec la petite lame de leur couteau de poche. Et ils vous rendent les os nus et blancs comme pièces d'échec. Tout fiers de leur réussite. Les plus chanceux qui peuvent arracher une vertèbre, ne manqueront pas de parfaire leur travail de précision en aspirant à grand bruit la moelle épinière et en grignotant le « croquant ». Après quoi, ils se cureront les dents de la lame, soigneusement sucée, de leur couteau.

Le plus souvent, les derniers arrivés sont les cultivateurs du village, les plus proches, et hélas je ne reverrai plus la petite Claire que pour les grands graissages de printemps, à moins que mes traques personnelles ne m'amènent à passer, comme par hasard, près de la ferme solitaire des Gruyers, ce qui ne pourrait arriver que grâce à un concours prodigieux de circonstances, Es Gruyers étant situé à huit kilomètres du village, dans une combe retirée.

Souvent le vieux Tremblot me disait : « Je vais chez le Jacotot, viens avec moi. » Il coiffait sa grosse casquette à oreilles en velours, mettait un second paletot brun, fourrait ses mains dans ses poches et sortait en sabotant et en chantonnant, très faux, des sonneries de trompette, car il avait fait son temps dans les chausseurs d'Afrique à Constantine, à peu près dans les temps des aventures de Tartarin de Tarascon. Nous gagnions la maison forestière où demeurait le Jacotot. De loin, au milieu des silences puissants des halliers, on entendait glapir ses chiens dans leur réduit. Puis on voyait le pignon de la maison où il vivait seul au rebord d'une grande touffe de sapins. La fumée montait dans le ciel, et je sentais une grande joie en m'approchant.

Les chiens l'ayant prévenu de notre arrivée, il nous regardait venir derrière les vitres presque opaques de crasse et on l'entrevoyait tirant de grosses bouffées de sa pipe. On entrait. Je m'asseyais dans un coin, près d'une nichée de jeunes chiots roulés en boule dans une litière faite de manteaux et de tricots déchirés, et tout en s'amusant à les taquiner, j'écoutais parler les deux hommes. C'était merveille de les entendre, je les voyais à contrejour, moustache contre moustache, tous les deux la joue creuse et le poing noueux, tous deux coiffés de casquette à rabat, tous deux fumant la pipe devant la table surchargée de torchons, de verres sales, de vieilles croûtes, d'oignons et d'ail, de lacets de souliers, de douilles et de cartouches. Dans leur conversation, on sentait qu'ils se tenaient mutuellement en grande estime et que les talents de mon grand-père lui valaient beaucoup de considération de la part des gardes eux-mêmes. La salle sentait la sueur, l'urine, le vieux linge. Toutes sortes de choses pendaient aux solives du plafond, aux poignées des portes et aux clous que le garde-chasse avait plantés un peu partout. Dans des locaux alignés sur des rayons, on voyait des cornouilles, des gratte-culs, des épines-vinettes figés dans des alcools jaunâtres, et la plupart du temps on trouvait le Jacotot occupé à ravauder ses vêtements ou graisser ses deux paires de brodequins avec une couenne noirâtre. Le plus souvent, lorsque nous entrions, il continuait à faire ce qu'il avait commencé.

Parfois, alors que nous étions silencieux, la porte s'ouvrait doucement et une femme passait son nez dans l'entrebâillement puis s'esquivait promptement. Alors le grand-père partait d'un grand éclat de rire et se levait comme pour s'en aller.

— Voilà la Jérémie qui vient te tenir compagnie ! disait-il, nous allons partir.

Le Jacotot avait, je ne sais pas trop pourquoi, l'air gêné, et disait :

— Que que la Jérémie me rend des petits services, que que sans elle je n'm'y retrouverais jamais dans mon tintouin.

— Pour sûr, pour sûr, disait le grand-père, une femme c'est sacrément gênant, mais il en faut une dans une maison, va ! On peut pas l'éviter ! c'est comme la pluie !

— Oui, que que qu'il en faut une ! Mais tonnerre de Dieu restez... que que qu'on a à causer !

Nous restions et la conversation reprenait, drûment alimentée par des arguments si passionnants que je ne pouvais pas m'occuper d'autre chose. Ils parlaient des chiens, car c'était la révolution dans le pays ; sous l'impulsion du grand-père, tout ce qui chassait dans la région se mettait à discuter les nouvelles théories. Le monde aurait pu crouler, la terre se fendre en deux parties égales dans l'immensité du ciel du Bon Dieu, ça n'eût pas eu la moindre importance et les chasseurs eussent parfaitement continué à discuter les avantages du fox à poil dur sur le grand chien courant.

D'ailleurs, c'était bien un point capital. Cinquante ans plus tard, je pense encore que, si le monde a un centre autour duquel tout gravite, c'est bien celui de savoir si les foxes sont préférables aux vautraits, bien qu'il n'y ait plus grand gibier à empaumer !

Je vois encore les deux hommes mener cette discussion avec cette grande habileté, voilée d'une bonhomie qui fait des Bourguignons des dialecticiens remarquables. Le grand-père donnait de grands coups de poing sur la table en jurant le plus tranquillement du monde au milieu de la discussion ; le Jacotot se levait, tirait un bocal de fruits à l'eau-de-vie et m'en servait un plein verre.

— Desquelles que tu veux, demandait-il ?

— Des grattes-culs, répondais-je toujours.

Et il me servait un plein bol de fruits de l'églantier sauvage, bien macérés dans l'alcool.

— Celui-là, disait le grand-père en me désignant, c'est un vrai renard, il ne vivrait que de senelles, de gratte-culs, de moures et de gibier !

— Que que ça fera un bon chasseur, pas vrai ? répondait le Jacotot. Et j'étais fier, en croquant les baies confites, de ressembler à un de ces animaux des bois et des friches qui chassent seuls, par ruse et échappent, semble-t-il, à toute morale sociale et à toute contrainte.

Lorsque nous sortions de là, j'avais chaud aux oreilles, et les larmes me venaient aux yeux aussitôt que la bise nous reprenait. Quand nous quittions l'abri du bouquet de sapins, le vent fort, qui descendait par le ravin, nous coupait la figure. Le Jacotot nous accompagnait et nous suivait jusqu'au village, souvent il venait jusqu'à la maison Tremblot. Le grand-père, pour lui rendre la politesse, l'invitait à goûter l'eau-de-vie de prune qui faisait sa réputation de fin distillateur. De temps en temps, des moineaux, des rossignols de muraille venaient gratter jusque sur notre seuil pour manger les mies que ma grand-mère jetait pour eux sur le sol gelé. Et les deux hommes continuaient à jaser.

Jacotot s'étalait dans son fauteuil, les jambes allongées, bien accoudé sur la table et jetait tout autour de lui des regards satisfaits qui avaient l'air de dire : on est bien ici, on est mieux que chez moi où les rats-vougeux vous viennent crotter sur la table et nicher dans mon lit de plume !

Pour en finir, à l'heure du repas le grand-père lui disait : « Tu mangeras bien un morceau avec nous ? » Je tremblais qu'il refusât car je savais que tant qu'il serait là, on entendrait parler de chasse et de chiens. On mettait donc son couvert. Il s'installait cérémonieusement, peu accoutumé à une table mise, quittait son manteau et apparaissait avec une veste verte à boutons d'argent gravés de cors de chasse. Quand il se servait, il brandissait si haut sa fourchette, roulait des yeux si brillants et chargeait tant son assiette que je me disais : « Pourvu qu'il en reste pour moi ! » Souvent ma grand-mère me servait avant lui, car elle craignait qu'il ne laissât que les mauvais morceaux. Il mangeait comme un trou, à grand bruit, il piquait souvent les morceaux à la pointe de son couteau et les portait à sa bouche, il prenait les os à la main, les rongeait jusqu'à ce qu'ils fussent nets comme un ivoire chinois, les jetait alors par-dessus son épaule aux chiens qui se les disputaient ; après cela, il suçait consciencieusement ses doigts, puis lissait ses grandes moustaches du geste large qu'il avait lorsqu'il verbalisait.

Par la façon dont il s'était servi la première fois, je croyais toujours qu'il était rassasié ; mais à mon grand

111

étonnement, il en reprenait aussi souvent qu'on lui présentait le plat ; puis lorsque la grand-mère servait le café, la conversation était toujours aussi intéressante, mais je l'entendais dans un brouillard de plus en plus épais. Ma grand-mère ronchonnait souvent en me couchant, elle disait : « Va-t-il pas bientôt partir ce grand sale ! », et puis encore : « Voilà les cadeaux de ton grand-père ! il nous amène à dîner tous les Ostrogoths de la région ! » Et enfin, en guise de conclusion : « Il est pas près de partir le Jacotot, il est trop bien ici ! »

Il paraît qu'il passait une partie de la nuit à jaser. Lorsque le grand-père s'endormait sur sa chaise, il disait au garde : « Dis donc, Jacotot, tu sais pas ce que je ferais à ta place ? — Non. — Eh ben, je m'en irais ! » Et l'autre partait en serrant sa ceinture en disant : « Que que j'ai aussi bien dîné qu'à soixante sous par tête ! » Sur le seuil, le vieux Tremblot disait en gloussant comme coq-dinde : « Mais j'y pense, elle est bien dévouée la Jérémie de venir te rendre des petits services comme ça de temps en temps. Rentre vite tu vas la faire attendre ! » Et le garde s'éloignait en grognant.

Certes, il y a bien des façons de raconter l'Histoire.

Je pourrais vous dire, par exemple, que, pauvre petit paysan orphelin et sous-développé, j'avais tellement faim que je m'introduisais dans la chambre à four, et que là, dans ce taudis noir, enfumé où les volailles venaient elles-mêmes voler leur maigre pitance, j'étais obligé d'ouvrir la grande chaudière et d'y dérober les pommes de terre que mon arrière-grand-mère y faisait cuire pour le cochon. Je pourrais vous dire aussi que je me blottissais alors près de la sinistre cheminée, noire de suie, pour les dévorer en cachette, sans pain, et sans même les peler, tant était grande ma fringale !

C'est probablement ainsi qu'un Émile Zola s'y prendrait. Mais moi, je vous dirai au contraire que la chambre à four était un paradis, qu'il y faisait tellement doux que le grillon y chantait hiver comme été, que le sac de son y avait un parfum suret qui me donnait appétit et confiance et que la mémère Nannette soulevait le couvercle de la grande chaudière, choisissait une belle pomme de terre farineuse qui s'entrouvrait au baiser de la vapeur, qu'elle la prenait brûlante dans sa main, soufflait dessus pour la refroidir et pour la voir éclater doucement, et qu'elle me la donnait ensuite.

Je la mangeais toute, chair et peau, et je n'ai jamais retrouvé régal semblable, je suis au regret de le dire aux amateurs de misérabilisme, à qui, je le reconnais, je réserve bien des déceptions.

Bien mieux : lorsqu'on faisait cuire des orties pour les canards, je ne manquais pas l'ouverture de la marmite, car il s'en échappait un parfum que l'on peut comparer à celui des épinards en branches, avec un petit fumet supplémentaire qui ne doit rien à personne. Un petit rien, plus nerveux et plus fin, qui fait de l'ortie un grand plat, pourvu qu'on sache l'accommoder.

Voilà comme je m'y prenais : je faisais griller dans la poêle une lichette de lard bien gras, et je le jetais tout chaud dans la purée d'ortie, additionnée de deux feuilles d'oseille.

Je me suis toujours demandé pourquoi les orties au lard ne figuraient jamais sur la table de Lucullus de la Foire gastronomique de Dijon ?

Je composais aussi plusieurs sortes de chefs-d'œuvre de grande cuisine, dont voici quelques recettes : ayez une assiettée d'orties cuites à l'eau pour les canards, salez et poivrez. Laissez refroidir et mêlez-y un quart de litre de lait caillé et légèrement aillé.

Ou bien encore, et là on atteint les très hautes cimes de la gastronomie de chambre à four : faites griller sous la cendre une douzaine d'escargots, dans leur coquille et, sans en enlever le tortillon surtout, mangez-les brûlants avec de la purée d'orties judicieusement salée et poivrée. C'est la Gazette qui m'avait donné cette recette en me disant : « Cré lougarous ! L'ortie, c'est plein de fer ! Ça te fait les nerfs comme des rains [1] de cornouiller ! » Quand à l'escargot, tout le monde sait qu'il donne la vie éternelle, ou presque. N'est-il pas tous les hivers, enfermé dans son sépulcre (sa coquille), recouvert d'une dalle (le couvercle) et ne ressuscite-t-il pas tous les ans, vers Pâques ? Mystère prodigieux qui vous entre dans les veines et dans le sang quand vous le mangez.

La Gazette attribuait son immortalité à cette nourriture dont il faisait son ordinaire et ne manquait pas de souligner cette ressemblance de l'escargot avec le Christ, dont il est le symbole, ce qui nous vaut de le retrouver sculpté dans les églises... Les églises bourguignonnes tout au moins.

Parfois, revenant de la genière avec des œufs frais, la Nannette me faisait, pour ma collation de quatre

1. *Rain* : branche (dialectal).

114

heures, une omelette aux orties, ou bien une omelette aux escargots et je me suis amusé, toujours dans le chaud secret de la chambre à four, à combiner ensemble ces deux omelettes : deux œufs, des orties, six escargots : qu'on me croie sur parole, ça dépasse en parfum l'omelette aux truffes, sans surpasser toutefois l'omelette aux petits-gris, ces champignons de sapin que notre bon instituteur appelait *Tricholoma terreum.*

Ainsi la chambre à four était un laboratoire, un temple. Sans doute n'y faisait-on plus de pain depuis qu'un boulanger était venu s'installer au village, signe des temps nouveaux (cela remontait à 1860 environ), mais on l'y avait fait, et ça se sentait. Il y avait encore la pétrissoire qui servait de maie, la grande boîte à sel et la « paignée », sorte d'étagère suspendue au plafond, où l'on mettait jadis la provision de miches et, sur les pierres du mur, frémissait encore une poussière sacrée de gruau.

On chauffait le four cependant pour faire encore une grosse fournée de fars et de gâteaux pour les fêtes patronales, celle du village, celle de la profession, la Saint-Crépin, celle du maître Tremblot, la Saint-Joseph, celle de la maîtresse, celle des mémères, et pour les douze fêtes carillonnées qu'imposait encore en ce temps-là le propre du temps d'un maître artisan. On comprenait alors la plainte du patron savetier de la fable, si incompréhensible pour le travailleur moderne : « On nous ruine en fêtes, et M. le Curé de quelque nouveau saint charge toujours son prône ! »

On se servait aussi du four, encore tiède après les défournements des pâtisseries, pour sécher les poires et les pruneaux sur des claies d'osier, au cours de septembre et d'octobre.

C'est aussi dans la chambre à four, cette crypte sainte, que l'on faisait devant le brasier, les rôtis de grand feu, l'oie à la broche, la dinde et le poulet, dans la grande rôtissoire. Oui, la chambre à four, avec ses lourdes tentures de toiles d'araignée suspendues aux chevrons, ses murs nus et sa suie séculaire, c'était l'athanor où le feu se transformait en principe de vie ; voilà pourquoi je m'y réfugiais, pour y renifler dix siècles de ce vrai confort, qu'on n'a d'ailleurs jamais remplacé, et pour y mijoter les expériences gustatives personnelles, les seules valables.

Par exemple j'y choisissais, pour cinq ou six camarades recroquevillés là les jours de pluie, une belle betterave que l'on enfouissait, avec un hareng saur de trente centimes (six sous), dans la cendre brûlante.

Une heure plus tard, on en retirait deux espèces de longs chicots bruns saupoudrés de gris, qui, judicieusement décortiqués, livraient un moelleux mélange, digne des narines les plus subtiles et des palais les plus exigeants, et que les poules mêmes venaient nous disputer effrontement jusque sur nos lèvres !

On ne peut vraiment pas dire qu'une betterave et un hareng saur soient mets de luxe, mais le comte Charles-Louis de Voguë, que l'on attirait dans cet antre enfumé, s'en léchait les doigts jusqu'au coude. Pourtant Dieu sait qu'il avait chez lui un cuisinier toqué ! Eh bien, il nous a toujours soutenu que jamais un plat plus somptueux n'était apparu sur sa table comtale. Et il ne disait pas cela par courtoisie, compagnon !

Je ne voudrais pas quitter cette chambre à four sans évoquer un fameux « lièvre à la royale », qui nous ramène ainsi à la chasse :

C'était un beau lièvre de sept livres, le seul que j'aie jamais pris au collet, je le jure. Le vieux Tremblot, aussitôt qu'il l'avait vu, avait proclamé : « Sept livres ! juste le poids qu'il faut pour le faire « à la royale » ! »

On avait donc d'abord fait un feu de bordes avec un

116

bon fagot de bûcheron et cinq belles billes de chêne. Cela nous avait donné un lit épais de braises brûlantes dans lequel on avait enseveli notre capucin en poil, c'est-à-dire tout juste vidé de ses tripes, mais encore recouvert de sa belle fourrure rousse, et là-dessus on avait ravivé le feu avec une bourrée de brindilles et deux rondins de foyard.

Une heure plus tard, on avait retiré un affreux sarment charbonneux qui, après avoir été minutieusement épluché, avait pourtant livré un rôti prodigieux.

C'était ça, paraît-il, le fameux « lièvre à la royale », cuit dans sa peau sous la braise, mais servi avec un velouté réduit au feu et ensuite allongé de crème et d'une purée de morilles. Plat de pauvre s'il en fut, puisque tous ses éléments étaient, pour nous, gratuits, donnés par la nature, même le feu qui ne coûtait que l'allumette !

4

Au village, le dimanche matin, dès l'aube, le Diable et le Bon Dieu se livrent un combat où le Père éternel, pourtant maître du ciel et de la terre, créateur et patron de toutes choses, se trouve le plus souvent rossé. Drôle de situation pour un Dieu tout-puissant. Hélas !

La grand-mère organise tout depuis son lever, qui se fait, pour cette raison dominicale, une heure plus tôt que d'habitude en fonction de la messe. Elle sort les vêtements du dimanche, les étale sur le lit. Ils exhalent cette forte odeur de poivre et de camphre qui éloigne les cafards, les mites et les petiotes bêtes. Naturellement l'habit noir du Tremblot est là, bien en vue à côté de sa chemise blanche, mais de Tremblot, point.

On l'a entendu détacher les chiens avant l'aube, il est parti sans me prévenir, car le dimanche, j'appartiens aux femmes et j'appartiendrai aux femmes jusqu'à treize ans. Ma grand-mère marmonne (sont-ce des reproches ? ou bien une longue prière pour demander le pardon de son homme que la chasse damnera, c'est sûr !). Le seul homme du village qui ne va pas à la messe, c'est le sien. C'est injuste ! Elle qui est si pieuse !

Bien sûr, c'est lui qui va « faire le pied » et, pour faire le pied, il faut se trouver à l'orée du bois à l'aube,

119

et « faire » toutes les bordures. Au premier coup de la messe, il est dans les roches, le cher homme ; au deuxième coup, il est en Fontaine-d'Argent ; au carillon du Gloria, il est au bois Bichot ; au tinter de la communion, il est dans les communaux ; et alors que tout le monde sort de l'église et se répand sur le parvis, il déboule sur la place, crotté comme un griffon pour y faire son rapport à M. Seguin ou à M. le Comte, devant tous les chasseurs qui, eux, ont eu leur messe et vont se changer dare-dare, passer la cartouchière, prendre le fusil, tout farauds ! Sûrs d'aller au paradis qu'ils sont, eux !

C'est pour pouvoir faire une première attaque avant midi que le conseil paroissial de fabrique a imposé au curé que la messe soit avancée d'une heure et demie. Il a accepté, car de cette façon, tout le monde aura sa messe. Tout le monde, sauf le Tremblot, mais un seul damné sur ce chapitre pour toute la paroisse, c'est vraiment peu de chose, et sans doute au Jugement, Dieu accordera-t-il au Vieux des circonstances atténuantes, car « faire le pied » c'est bien un cas de force majeure, n'est-ce pas ?

Mais la Tremblotte ne l'entend pas de cette oreille ; elle voudrait être vraiment sûre que son Joseph entrera avec elle au paradis. C'est pourquoi, avec les deux mémères-bi, elle égrènera son chapelet toute la semaine. Le poids de tous ses Avé, elle le croit, fera pencher la balance du bon côté, sûr !

L'habit noir et la chemise blanche, elle les rangera une fois de plus dans l'armoire sans qu'ils aient servi. C'est le costume de ses noces qui, n'ayant été porté que pour les mariages et les enterrements, sera encore tout bon pour le mettre en bière. Pour moi, il n'est pas question d'aller, avec lui, faire le pied le dimanche. Après ce lever en avance d'une bonne heure, après la corvée de bois, d'eau et de pain, c'est la toilette. Dure épreuve dominicale car elle a lieu en présence des femmes. Pas moyen de tricher en se contentant comme chaque jour d'aller à l'auge et de s'y mouiller les cheveux et les oreilles, en s'ébrouant comme une pouliche, pour faire croire. Non, ce jour-là, dans le grand baquet posé sur la table de la salle commune, les femmes ont versé au moins trois litres d'eau tiède, au diable l'avarice ! et c'est sous leurs yeux que je dois m'exécuter : d'abord enlever non seulement mon sarrau, mais mon chandail et puis ma chemise ! Drôle d'aria[1] !

J'essaie de donner le change en barbotant bruyamment, en me torchonnant vigoureusement, pour avoir la peau rouge. Il y a déjà là suffisant sacrifice. L'eau n'est pas l'amie des galopins, mais l'eau chaude, voilà leur pire ennemie, surtout si elle se corse d'un savonnage qui vous rend la peau toute tendue et piquante. Après cette ébouillantée, la seule qui décrasse, paraît-il, on est tout ramolli, tout afaûtri[2]. Il s'en faut de peu qu'on ne retourne se coucher. Pis encore, pour utiliser raisonnablement cette eau tiède, il va falloir que j'y plonge les pieds et que je les savonne, et qu'ils y perdent la corne et les petits dépôts de crasse ambrée qui les matelassent et les rembourrent ! Les pauvres pieds sortent de là-dedans roses et mous, tendres et douillets comme nourrissons, au point qu'il leur faut

1. *Aria* (probablement du vieux français : *arroi*) : activité, train de vie, et par extension : tintouin, tracas, difficulté (dialectal).
2. *Afaûtri :* mou comme feutre (dialectal ; en celte : *feltr :* feutre).

trois ou quatre jours pour retrouver cuirasse. Oui, crasse et cuirasse, ça rime, donc c'est vrai, et qui le dit ? le grand-père ! Le meilleur marcheur des quatre cantons, qui, lui, ne se lave jamais les pieds ! Alors ?...

Sombre dimanche !

Les femmes inspectent mes oreilles, mon cou, mes orteils et c'est deux ou trois fois que je dois recommencer ce travail ramollissant jusqu'à user cette chère peau, si souple et si élastique pour peu qu'on ne l'importune pas trop ; et après quoi, il me faut endosser chemise et chaussettes propres, autres carcans qui râpent la peau, me gênent aux entournures et que je dois endurer deux jours au moins avant qu'ils m'acceptent et deviennent mes amis.

Et c'est ainsi mon garçon ! Les femmes de ta famille sont des amies de la grande propreté ! Chez nous on fait sa toilette toutes les semaines ! Voilà comme elles sont ! L'ère de l'hygiène commence !

Ma mère exige même que je me lave sous les bras, ce qui fait hausser les épaules aux grand-mères, il faut leur rendre justice. Sous les bras ? Je vous demande un peu pourquoi pas entre les cuisses, pendant qu'on y est ?

Ma mère m'explique que les ennemis des pauvres, car nous sommes des pauvres, paraît-il, ce sont l'incurie, l'intempérance et la malpropreté. J'ergote : « Mais qu'est-ce que c'est que cette malpropreté ? Je me lave une fois par semaine, on ne peut pas dire que je sois malpropre tout de même ! »

J'ai dû avoir un ton d'insolence en disant cela, car elle me gifle. Elle sort alors du tiroir de la maie le petit livre que je connais bien car on me le sort chaque fois que je me réfugie derrière l'exemple du grand-père. C'est un livre intitulé : *Instructions populaires contre le Cholera morbus* par Odilon Chauvillon, docteur en

122

médecine de la Faculté de Paris et édité par Hachette en 1900.

— Après messe, pour t'apprendre, à la place d'aller courir, tu me copieras la page 4, dit ma mère !

La page 4 je l'ai déjà copiée plusieurs fois, je la sais par cœur. Elle dit :

Il est essentiel d'entretenir la propreté du corps, la peau fonctionne mal quand elle n'est pas nette, car le sang reflue vers les organes intérieurs, etc. etc. Ainsi s'exprime gravement Odilon Chauvillon de la Faculté de Paris. Mais ce soir je feindrai de me tromper, je copierai seulement le dernier paragraphe qui dit :

... toutefois, il est bon de savoir que la peau est un puissant organe d'absorption et que, trop relâchée, elle servirait à l'introduction dans l'organisme de miasmes putrides et dangereux. Les ablutions trop fréquentes et les bains chauds en particulier pourraient, si l'on en faisait abus, conduire à un résultat défavorable... car Odilon Chauvillon dit cela aussi.

Et enfin, et surtout, il y a les bottines, car le Seigneur exige, paraît-il, que je mette ce jour-là des bottines où mon pied étranglé restera glacé sur les dalles de l'église pendant toute la cérémonie. Mais il faut que je sois le premier enfant de chœur du village à porter des bottines pour faire honneur au Bon Dieu, paraît-il, et à ma famille. Mon grand-père est maître bourrelier, compagnon du Tour de France ! Et pourtant nous sommes pauvres...

Le dimanche matin est marqué aussi par le fait que le grand-père se lave les dents. Il prend une gorgée d'eau dans la bouche et, en faisant le bruit du déversoir du moulin, se sert de son index comme d'un rince-bouteilles pour frictionner ses gencives. Comme je le regarde, admiratif, il me dit :

— A un certain âge, un homme doit faire un bon

rinçage de bouche chaque semaine ! Quand tu auras la quarantaine n'oublie pas ça : un rinçage de bouche le dimanche, en te frottant les dents, hardi ! tiens bon !... Avec ça, marche, tu auras une sacrée mâchoire !

Lui, il est très fier de ses trente et une dents, blanches comme neige, qu'il a entretenues avec ce traitement énergique. Il ne lui en manque qu'une seule, qu'il a arrachée lui-même, avec sa « pince à tendre » de bourrelier, un jour qu'elle le « chatouillait ». A quatre-vingt-seize ans, six mois avant sa mort, il les aura encore, ses trente et une quenottes et, aux Parisiens qui lui en feront compliment, il répondra :

— Faudrait plus que ça que j'aie de mauvaises dents ! Pensez que je ne me suis jamais servi de vos sacrés vains dieux de dentifrixes ! Et surtout : je ne suis jamais allé chez le dentiste ! C'est ce gars-là qui vous abîme la denture !

— Vrai ?... Vous croyez, Tremblot, que le dentifrice aussi gâte les dents ? lui demandera-t-on.

— Pardi si j'y crois ! Si le dentifrixe était inoffensif, vous croyez que le charlatan vous le recommanderait ? De quoi donc qu'il vivrait, lui, si les dents se portaient bien ?

Puisque j'en suis là de ma parenthèse, pourquoi ne pas vous dire que, sans être allées davantage rendre visite au charlatan (c'est le nom officiel du dentiste), mes arrière-grand-mères n'ont plus une seule dent et qu'elles mâchent néanmoins, croquent les pommes, cassent les noix, rongent les os avec leurs gencives qui sont devenues dures comme pierre. Et je pense qu'elles s'en accommodent parfaitement puisqu'elles ne s'en plaignent jamais...

Bref : ces ennuis de toilette mis à part, le dimanche est agréable. L'église s'emplit. Elle finit même par être envahie par l'odeur du poivre et du camphre qui monte de tous ces vêtements du dimanche. Oui le dimanche est un jour qui sent le poivre et le camphre. C'est ainsi. Le camphre parce que l'on soigne tout au camphre, depuis M. Raspail. Son livre est sur la table de nuit, crasseux et écorné où tout, depuis le pipi au lit, jusqu'à la gigite et le vesou, de la rauche [1] aux écagnards [2], en passant par le plus modeste rhume, relève de la camphrothérapie. Ah ! mais ! On n'est pas des sauvages, on connaît les derniers progrès de la médecine familiale ! Finis le mercure et l'hydrargyrothérapie si dangereux, paraît-il ! Je viens de le lire dans le livre de M. Raspail précisément.

Dans ces délicieux parfums, mêlés bientôt à ceux des cierges que j'allume et de l'encens qui va grésiller sur les braises de l'encensoir, les gens arrivent et s'entassent sur leur banc, car chaque famille a le sien, marqué à son nom, qu'elle paie et entretient à son goût, certains ayant même mis du rembourrage sur l'agenouilloir, pour imiter la chapelle du château sans doute. La plupart ayant installé des petits placards qu'on peut fermer à clef et où on laisse les missels, « éduen-romains » du diocèse d'Autun, ou simplement « romains » du diocèse de Dijon, ces deux villes dont l'influence s'oppose chez nous depuis les temps romains, et même avant.

On a ainsi reconstitué à l'église, communautaire par hypothèse, un petit chez-soi qui vaut mieux qu'un

1. *Rauche :* diphtérie.
2. *Écagnards :* courbatures. *Avoir les écagnards :* être courbatu. Au figuré : n'avoir pas envie de travailler.

grand chez-les-autres. L'esprit communautaire et égalitaire étant absolument inconnu chez nous.

L'assemblée est noire avec les triangles blancs des chemises d'hommes et les quelques petits ronds blancs des bonnets tuyautés des vieilles. Il n'y en a qu'un sur notre banc, celui de mémère Nannette, car mémère Daudiche et ma grand-mère portent la fanchon noire des femmes d'artisan, et ma mère porte le chapeau, un chapeau noir et monumental, garni de cerises de jais et de feuilles de perles.

Seul, le comte Arthur, dans son haut banc, est en redingote gris clair et il tient son haut-de-forme gris à la main. Il est entré par sa porte particulière, a rajusté son monocle et s'est tourné un peu vers l'assemblée en s'inclinant. Est-ce pour saluer ou pour apprécier, d'un clin d'œil, la densité de l'assistance ? Il s'efface pour laisser passer son épouse, Mme la Comtesse, « un beau corps de femme » d'après le grand-père Tremblot qui semble avoir quelque compétence en la matière.

En dépit de ses soixante-dix ans, Mme la Comtesse se tient admirablement : taille fine quoique raidie par le corset à busc, cou de cygne, cheveux relevés en un pouf volumineux, surélevé d'un chapeau dont je n'ai jamais pu, nulle part, voir de semblable, et surtout « ses poitrines » (plutôt son buste, le mot poitrine est très inconvenant — même au pluriel). Une prodigieuse et harmonieuse architecture donnant à tous ceux qui l'aperçoivent une impression de dignité et de confort, et un port de tête qui confère à chacun de nous une sorte de fierté, celle d'habiter un village privilégié par la présence d'une famille noble.

Enfin, mon ami Charles-Louis entre à son tour. C'est le plus grand, le plus rose, et le plus blond de tous les autres garçons du même âge, un Franc ou un Burgonde, parmi des Celtes, qui aurait échappé au géno-cide de la Révolution.

Tout en balançant mon encensoir pour ranimer les braises, je lui fais, de l'œil, un signe discret, auquel il me semble bien qu'il réponde par un très léger sourire ; les domestiques du château entrent ensuite, en ordre, dans la chapelle du château et se massent dans les bancs derrière les maîtres.

Dans la chapelle de la Sainte-Vierge, dans le bras ouest du transept, c'est comme un bouquet de fleurs, de fleurs des champs : les filles du village groupées autour de l'harmonium que tient la fille du régisseur.

Il y a là des robes de couleur et des chapeaux, oui des chapeaux à la mode, qui laissent voir les cheveux, car les demoiselles de cette génération ont, c'est le cas de le dire, jeté leurs bonnets par-dessus les moulins et montrent leurs cheveux sous leurs chapeaux — comme les filles des villes. Pour être complet et reporter fidèlement cette cérémonie curieuse et impensable aujourd'hui, disons que, derrière l'autel, dans les stalles de bois, devant un grand antiphonaire relié pleine peau, posé sur le lutrin, le chantre se racle la gorge et crache sur les dalles pour s'éclaircir la voix. C'est le maçon. Le curé l'a formé lorsque l'instituteur, au moment de la séparation de l'Église et de l'État, avait été obligé de renoncer définitivement à collaborer à l'office religieux.

Le père Milleret, ce chantre-maçon, très en avance sur son temps, réformait le grégorien de son propre chef, allongeant les traits et déplaçant les longues et les brèves afin que cela ressemblât aux chansons de Béranger et de plus en plus, au fur et à mesure qu'il vieillissait, à *J'ai deux grands bœufs dans mon étable* de Pierre Dupont et à *La Madelon*, ramenée des tranchées.

Tout cela, il le faisait sans aucune affectation et sans

127

intention de viser au schisme, non. On l'avait pris comme chantre parce qu'il avait une voix juste et puissante, mais aussi parce qu'il était un des seuls hommes de la vallée à être revenus vivants, l'un soutenant l'autre, quelques mois après l'armistice de 1918.

L'église était donc pleine comme un œuf frais ; chaque fois que la porte s'ouvrait, je me retournais pour voir si ce n'était pas les gens des Gruyers qui arrivaient avec la petite Kiaire, mais placés comme ils étaient, sur le revers oriental de la montagne, ils avaient meilleur compte d'aller aux offices à l'église de La Bussière, ce qui me navrait.

Voyez comme les choses nous font la nique : l'église regorgeait de filles qui étaient mes camarades de tous les jours, êtres chevelus, insignifiants et chichiteux, mais une seule n'était pas là, et c'était précisément celle-là qui me paraissait digne d'occuper mes pensées.

Bref, j'aimais la messe, les chants et le latin, l'encens, les cierges me plaisaient. La plupart des cultivateurs s'y endormaient ; c'était là où l'expression « repos dominical » prenait tout son sens. Le curé s'efforçait bien de les tenir éveillés en faisant évoluer les dix enfants de chœur selon une chorégraphie qu'il modifiait à chaque office. Le père Milleret, le chantre, l'aidait en entonnant à pleine poitrine Introït et Graduel, les filles répondaient de leurs voix haut perchées, les gars sursautaient mais retombaient aussitôt dans leurs ronflements. Le docteur lui-même, qui s'était levé à deux heures du matin pour aller faire un accouchement dans les baraques des charbonniers dans les coupes, les imitait en faisant des petits saluts. Son lorgnon tombait, qu'il rattrapait machinalement. Puis le curé montait en chaire et nous parlait, en-

pleurant, du saint curé d'Ars qu'il avait pris pour exemple. Toujours les mêmes anecdotes relevées dans l'*Almanach du Pèlerin* et qui n'émouvaient que lui, car sa gorge serrée par une sainte émotion ne laissait plus passer qu'un mince filet de voix que personne n'entendait.

Mais quelquefois tout le monde brusquement dressait l'oreille, même les femmes : on venait d'entendre du côté du Petit-Bois le rapproché d'un chien, puis un débuché glorieux éclatait. Tout en marmonnant les répons, on cherchait à identifier le chien. « Quelle est cette charogne qui chasse pendant la messe ?... *Et unam, sanctam, catholicam...* encore un qu'on aura mal attaché !... *Et apostolicam ecclesiam...* à moins que ce soit celui du Gouvernet qui vient de rentrer sur les brisées du Tremblot et qui attaque notre buisson, pendant qu'on est là à bramer les psaumes ? »

— *Dominus vobiscum*, disait le prêtre.

— *Ette comme espiritutô !* répondait la foule en pensant : « Pardi oui ! Mais oui ! C'est lui ! Il vient mettre sur pied nos bêtes de chasse, tonnerre de milliard de dieux de bon d'là ! »

Un ou deux hommes sortaient sur le parvis pour écouter, l'oreille au vent. Ils rentraient faisant passer la nouvelle de banc en banc : « C'est ceux de Semarey qui chassent dans la Golotte ! » Ça tranquillisait un peu tout le monde, mais le Saint-Esprit n'était plus parmi nous, les pensées étaient ailleurs, ça se sentait très bien. On entendait racler les pieds, chuchoter les commis. Le bon curé avait beau nous stimuler par des *Dominus Vobiscum, le Seigneur est avec vous,* la plupart des écoutants n'étaient plus avec le Seigneur. Dès les premiers récris du chien, ils avaient décroché et regagné par la pensée les grands bois. Seules les saintes femmes priaient inexorablement.

Le dernier évangile n'était pas commencé que tous les hommes étaient dehors et la bénédiction finale tombait sur une assemblée exclusivement féminine et enfantine. Et j'enrageais d'être obligé de rester en sacristie pour placer les objets du culte et verser l'argent de la quête dans le sac à malice, gonflé uniquement de pièces de deux sous en bronze (à vrai dire le curé avait retiré de la coupe le billet d'un franc de M. le Comte et celui de Mme la Comtesse et les avait placés bien à plat dans son livre de messe).

La chasse du dimanche matin m'a longtemps semblé être une chasse extraordinaire, du fait que je n'y participais point je l'imaginais merveilleuse. Le vieux Tremblot rentrait sur la demie de midi, avalait hâtivement son repas en racontant sa chasse en style télégraphique, fumait un petit cigare à deux sous, avalait son café et sa petite goutte et repartait pour les attaques de l'après-midi. Moi, je restais parce qu'à trois heures il y avait les Vêpres, précédées du Chapelet et suivies du Salut du Saint Sacrement.

La récitation des dizaines de chapelet alternées avec des méditations improvisées par le curé sur les « mystères joyeux » ou les « mystères douloureux », prenaient bien vingt-cinq bonnes minutes. C'était le moment délicieux où la voix des femmes alternait avec celle du prêtre — *Do-Sol*. Puis les Vêpres étaient chantées. Nouvelle alternance bien balancée des voix de femmes et de celles du chantre et du curé, en tout cinq ou six psaumes débités à toute vitesse dans les différents modes ecclésiastiques, avec Antienne au début et Gloria pour finir.

Tout ça en latin, bien entendu. Mais, dans ce latin de sacristie, tellement massacré parce qu'incompris, par les filles et par le chantre que je n'ai jamais saisi, cinquante ans plus tard, pourquoi ces braves populations catholiques faisaient tant de manières pour abandonner ce latin et chanter tout bonnement en français.

Ce texte français figurait d'ailleurs, en regard, sur nos missels, et c'est peut-être en lisant cette traduction que j'ai compris pour la première fois ce que c'est que la poésie pure, ou plutôt la « poésie » tout court.

Montagnes, pourquoi sautiez-vous comme des béliers ? Et vous, collines, comme des agneaux ?

Bercés par le balancement de ces poèmes ésotériques et grandioses, signés David ou Jérémie, il nous arrivait certes de nous endormir sur nos étroits tabourets et de nous effondrer sur les dalles du chœur, mais sans que cela interrompe le moins du monde le courant de prière, qui, quoi qu'il arrivât, tombait comme l'eau au moulin du père Douard.

Au Gloria du Magnificat, qui clôturait cette heure poétique, nous nous précipitions sur les deux « queues de rat ». C'étaient des mèches tortillées au bout d'une perche qui servaient à allumer le plus vite possible tous les cierges, flambeaux et luminaires. L'embrasement du chœur ainsi réalisé semblait réchauffer la nef pourtant glacée. Les populations celtiques que nous étions ne pouvaient pas en effet rester plus de trente minutes dans un sanctuaire sans chercher l'extase de la flamme et de la lumière.

C'est dans cette féerie pyrocentrique que commençait le Salut du Saint Sacrement qui, après les quarante-cinq minutes de Vêpres, les dix minutes d'homélie, que le curé nous offrait par-dessus le marché, durait un bon quart d'heure. En tout un peu plus d'une heure et demie de rêverie un peu hypnotique qui déplaisait à la plupart de mes camarades.

Moi, j'aimais assez. J'aimais surtout lorsque l'on chantait, aux fêtes de la Vierge, les litanies, où des inspirés anonymes avaient accumulé des vocables mystérieux venant du plus profond des siècles, *Arche d'alliance*, *Étoile du matin*, *Tour de David*, *Glaive de Justice*, *Maison d'Or*, *Vase spirituel*... et surtout *Tour d'Ivoire*, ou encore ce fameux *Salve Regina*, qui est le plus poignant chant d'amour et de respect qu'un homme puisse chanter à la femme. Tout cela me donnait l'impression de participer, en somnolant, à un culte aussi vieux que le menhir de Pierre-Pointe et je n'étais peut-être pas loin du compte.

Là-dessus nous nous échappions en trombe, pour aller voir si les chasseurs arrivaient ; le soir d'hiver tombait, nous montions par les raccourcis et tout à coup nous les voyions, groupe sombre courbé sur les traits pour faire glisser les sangliers morts. S'ils étaient bredouilles, ils entraient à l'auberge pour faire la partie de tarot, notre jeu national, et mon grand-père rentrait assez tard alors que notre soupe était avalée depuis belle heurette.

C'est ainsi qu'au café un dimanche d'hiver, une grave discussion éclata.

Il s'agissait du monument aux morts de la Grande Guerre.

Des gens passaient dans la région, à ce moment-là, en disant à tout un chacun « Comment ? Vous n'avez pas de monument ? pourtant il y a un endroit tout trouvé, là, devant l'église, sur la place ! Il faut honorer vos morts ! ils ont donné leur vie pour vous sauver, vous et vos enfants, du déshonneur et de l'esclavage ! Ils ont des droits sur vous. » (Sous-entendu : le droit d'avoir un monument.)

Bien sûr, ces nobles sentiments ne nous faisaient pas perdre de vue que tous ces beaux parleurs étaient précisément marchands de monuments et on ne se faisait pas faute de leur répondre : « Ce n'est pas cela qui les fera revenir, les pauvres malheureux ! » ou bien : « L'argent que l'on mettra là-dedans, on ferait mieux de le donner aux veuves et aux orphelins ! » ou encore : « Faudrait plutôt ne plus jamais parler de ça, allez ! » et surtout : « Encore de l'argent de foutu en l'air ! »

Mais un jour, c'était pour l'Épiphanie, le père Tremblot décida de m'emmener chez mes grands-parents paternels qui me réclamaient pour me donner mes étrennes ; ils demeuraient au village voisin, à six kilomètres. On partit tôt le matin, on coupa par les prés, puis par l'étang, sous le bois de Romont, là où en 1917, pendant le grand hiver, j'avais vu le fameux loup.

En arrivant au village, devant l'école, sous l'escalier de l'église, on vit une équipe de terrassiers qui s'affairait, et l'on nous apprit alors qu'ils préparaient le soubassement du « monument aux morts » ! Mon grand-père gronda : « Sacré milliard de vains dieux, ils sont foutus de l'avoir avant nous, leur monument ! »

On m'a raconté que, rentré chez lui, il était allé nuitamment trouver le maire, l'adjoint, les conseillers à leur domicile en leur disant : « Ça y est, ils vont l'avoir à Vandenesse leur monument ! »

Le lendemain, notre maire réunissait le conseil, et, vingt minutes plus tard, la décision était prise. Nous aussi, nous aurions notre monument !

Le plus difficile fut de choisir, car il existait des monuments de toutes formes, de toutes tailles, depuis le fantassin de bronze, casqué et colorié qui meurt en levant des yeux bleus vers le buste radieux de la République, jusqu'au poulet gaulois dressé sur ses ergots au fin dessus d'un poteau, en passant par le soldat victorieux, sain et sauf, pressant sur son cœur un lourd drapeau de stuc. Et j'en passe, et des plus savoureux.

On en parla passionnément dans les fermes, mais le temps pressant, car il fallait prendre ceux de Vandenesse de vitesse, on eut le choix heureux en s'accordant, d'urgence, sur une stèle de granit toute simple et qui, en somme, ressemblait tout à fait à un menhir. L'urgence nous avait sauvés du mauvais goût et en suivant un penchant atavique et profond, sans doute, on était retourné tout spontanément au mégalithique le plus pur.

Le plus terrible, ce fut que le tailleur de pierres mit vingt jours rien que pour graver, année par année, le nom de nos tués. Lorsque, pour l'inauguration, on dévoila le menhir, on s'aperçut que ces noms recouvraient toute sa surface. A ce moment un silence terrible tomba sur l'assemblée consternée, qui mesurait peut-être pour la première fois, grâce aux hiéroglyphes mortuaires, l'effroyable hécatombe des paysans français.

J'entends encore le père Tremblot revenant de la

cérémonie, gronder : « Sacristi ! vingt-trois noms ! oui, vingt-trois noms alignés sur la pierre ! Vingt-trois noms pour un village de cent quatre-vingt-douze âmes, c'est comme si on nous avait alignés contre le mur des granges pour en égorger un sur huit ! — Mais non ! mais non ! geignaient les deux bisaïeules, y'est pas possible ! Et rien que des hommes jeunes, doux Jésus ! »

C'était comme si la vue de cette longue liste, gravée sur cette grosse pierre levée, les avait tous réveillés d'une douce et patriotique léthargie. La plupart avaient serré les poings et grincé des dents et j'entendis plusieurs fois, dans la bouche des hommes, cette réflexion que je ne compris que bien plus tard, en 1940 : « Pas près de nous y reprendre ! »

L'histoire du monument nous a certes un moment dévoyés de notre récit, mais je pense que c'était nécessaire.

Revenons maintenant à mon grand-père Alexandre dit Sandrot. Le grand-père Sandrot de Vandenesse était pour lors en train de faire des cartouches pour la passe aux canards. Quand il nous vit entrer dans la cour, il laissa tomber la manivelle de la sertisseuse et vint d'enthousiasme nous embrasser : « Salutas, galopin ! » disait-il au grand-père Tremblot en lui donnant l'accolade.

Tremblot était de dix ans son cadet, mais nés dans le même village perché de Châteauneuf, ils avaient bien des souvenirs communs et commun aussi était leur penchant pour la farce et la mystification. De même leur bonne grasse humeur qui était celle de tous les gens du Haut-Auxois et de la Montagne. Le père Sandrot, maître forgeron, « Persévérant la Gaieté du

135

Tour de France », conscrit de la classe 50-70 avait fait la guerre de 1870. Il me montrait souvent son livret militaire où il était écrit tout uniment qu'il avait été incorporé le 20 mai 1870, qu'il avait participé à la campagne contre l'Allemagne jusqu'en mars 1871, à la campagne de Paris jusqu'en mai 1871 et qu'il avait été blessé à l'épaule gauche à la barrière de Clamart, *par une balle française,* le 3 mai 1871. Qu'il avait été rendu à la vie civile le 8 octobre 1877, soit six ans et soixante-douze jours après son incorporation.

Ce que le livret ne disait pas, c'est ce qu'il savait si bien me conter : sa bataille de Fontaine-Française, celle de Dijon, sa reconnaissance aux commandes d'une locomotive. « Oui, garçon, au contact des Allemands sur une locomotive avec le Dr Laval sur la ligne de Gray. »

Et encore sa retraite sur Besançon, le 8 octobre, pour y former « la pauvre armée Gambetta », amenée par trains dans les gares de Vesoul, de Montbéliard, et de Besançon à Montbéliard, et dont les locomotives furent bloquées par un gel terrible. Et, surtout, la Commune de Paris.

Car jeune conscrit, il avait été parmi les versaillais, lui, admirateur de Blanqui ! Il avait été confronté aux communards pour lesquels, par principe, il avait commencé à avoir de l'admiration et de l'estime, mais qui avaient par la suite, « fait dans ses bottes », comme il disait.

Voici les faits : Le 10 avril, sa compagnie était appelée à intervenir place Valhubert, dans le treizième arrondissement, contre un groupe de communards qui venaient d'envahir les ateliers et le dépôt de la gare d'Austerlitz pour paralyser le trafic ferroviaire. Ayant pénétré avec sa section dans l'enceinte de la Compagnie de chemin de fer, il avait vu, de ses yeux vu, les insurgés briser à coups de masse, oui, je dis bien, briser à coups de masse les outils, les tours, les aiguilles, les signaux et les appareils de voies et, tenez-vous bien, les commandes des locomotives ! Il me l'a raconté bien des fois.

A partir de ce moment, il avait appelé les insurgés des « salopards », et personne n'avait jamais pu lui faire admettre qu'ils pussent être des gens respectables. Il faut dire qu'un compagnon du Tour de France a un tel respect de l'outil que, toute politique mise à part, celui qui le brise ou le sabote est un moins que rien.

Je vous raconte ça ici pour bien vous montrer qui était mon grand-père Sandrot. D'ailleurs son histoire vaut la peine d'être contée. Apprenti forgeron, ferronnier, et ferrant par-dessus le marché, il était l'homme du métal et du feu, et en tant que tel, du fond de sa forge de village, se promettait bien d'aller voir de près ce qui se passait du côté de ce chemin de fer sur lequel roulaient ces prodigieux chaudrons du diable : les locomotives. Et puis, un jour, il avait noué sa valise à quatre nœuds et était allé se présenter dans la capitale, à Dijon, aux chantiers du rail où sa force, son habileté et ses qualités avaient fait merveille.

C'est ainsi qu'il était devenu ouvrier aux ateliers de machines, puis chauffeur, puis mécanicien de locomotive. Il avait remorqué des trains de marchandises, de voyageurs, et même des express, puis des rapides, puis, enfin, la Malle des Indes.

Il était plein d'histoires de signaux, de foyer et de détresse, de surchauffe et de *compound,* de rails et de tunnels, de déraillement et de compétition où sa « bouzine » gagnait à tous les coups.

Et tout le monde sait qu'aux chemins de fer les « roulants » partent en retraite à cinquante ans, depuis 1850 que je sache, et cela grâce à une « caisse de retraite autonome », dont je me suis toujours demandé pourquoi on ne l'avait pas encore imitée dans toutes les autres professions.

Libre à cinquante ans ! La fleur de l'âge !

A cinquante ans, donc en 1900, il était revenu au pays, plus frais que daguet, pour y mettre à profit son expérience et enfin vivre le plus bel âge de la vie, comme il disait. Et moi j'ajoute : « le plus fécond ». Il avait repris l'enclume et le frappe-devant, rallumé sa forge et s'était remis à la ferronnerie, mais rien qu'à « la belle ouvrage », dinanderie, trempe et serrurerie, enfin en possession de tous ses moyens, maître de sa force et de son esprit.

Son plaisir ? : redevenir le taillandier qu'il avait été et faire, de ses mains, des cognées, des serpes et surtout des socs.

Quand passait un attelage de charrue, il me disait : « Tu vois cet équipage ? Eh bien, tu as un grand-père à chaque bout ! »

Et c'était vrai : devant, le grand-père bourrelier avec les harnais, les traits, et, derrière, le forgeron avec le coutre et le soc ! Oui ! Un grand-père à chaque bout, et, tous les deux, nimbés de l'aura du cheval ! L'Aristocratie terrienne, quoi ! Une aristocratie forte en gueule, furieusement endogame et fermée, fidèle à sa mission depuis La Tène, probablement, ou peut-être avant, et qui, tout d'un coup, semblait vouloir se démettre.

En effet, lorsqu'ils parlaient de moi, ils disaient : « On en fera quelque chose ! »

Et je les entendais prononcer un mot, un affreux mot, le plus exécrable que j'aie jamais entendu : ingénieur ! INGÉNIEUR !

Je devais être ingénieur !

C'était un délire qui commençait à saisir les sages et

vraies élites paysannes et qui, las, devait nous conduire tous là où nous sommes :

— Le délire des fausses valeurs.

La folie des (fausses) grandeurs !

Moi, je voulais être chasseur ! d'abord. Et, accessoirement (car il faut de l'argent pour acheter de la poudre et des chevrotines), bourrelier comme Tremblot, ou forgeron, comme Sandrot, ou encore charpentier comme le grand-père Daudis, pour vivre au milieu des cultivateurs, des chevaux, des foires, des apprentis, des outils, et dans les parfums vitaux du bois, du cuir, du fer et du crottin de cheval !

Ou encore bûcheron-charbonnier. C'était même ce métier de bûcheron qui me tentait le plus, parce que les parfums y étaient encore plus vifs et plus saoulant que n'importe où ailleurs, mais surtout parce que si on a l'outil dans la main et les odeurs plein la tête, la vie sauvage n'est pas loin ! Et quoi de plus roboratif que la compagnie des grands arbres ?

— Si jamais tu es patraque, me disait le grand-père Sandrot, mets-toi le dos contre un beau chêne de futaie ou un « moderne » de belle venue. Colle-toi les talons, les fesses, le dos et le creuteu [1] contre le tronc, tourné vers le sud, la paume des mains bien à plat sur l'écorce, et restes-y aussi longtemps que tu pourras... Une heure, si tu en as la patience : Guari ! Regonflé à péter que tu seras !

— Regonflé de quoi ?

— Regonflé de vie, garçon ! Et c'est facile à comprendre : L'arbre suce sa vie dans la terre, ça remonte par ses racines et par son tronc, et il la suce aussi dans le ciel par ses feuilles, et ça descend par ses branches.

1. *Creuteu* (patois auxois) : la partie postérieure du crâne.

Ça circule dans les deux sens, tu comprends ? Et toi, tu te requinques au passage ! C'est comme ça qu'ils se regôgnaient [1] nos anciens !

Je donne la recette à tout hasard, elle m'a réussi sur toute la ligne, pas de raison pour qu'elle ne fonctionne pas pour vous qui m'entendez. On comprend que je fusse tenté de vivre parmi ces formidables captateurs cosmiques que sont les arbres et que le métier de bûcheron me parût enviable.

Chez le père Sandrot c'était comme chez le Tremblot, je trouvais la maison pleine de femmes : la grand-mère Céline, sa femme, la mère de mon père, mais aussi ma bisaïeule, mémère Tiennette, grande ravaudeuse, grande tricoteuse devant l'Éternel, qui avait fait ses quatre-vingt-quatre ans le jour de ma naissance. Elle n'y voyait presque plus, mais faisait pourtant des reprises d'une grande finesse ; elle reprisait tout, même les torchons de cuisine en loques, « Faire durer », c'était sa devise. Si l'on s'étonnait de la perfection de son travail, elle disait : « J'y voët d'avou mes douëts. » (J'y vois avec mes doigts.)

Lorsqu'elle me gardait, alors que j'étais tout petit, elle lançait toutes les minutes son indicatif « Ô mai mie ? » A quoi je devais répondre « Ô... y seu iqui ! » (Je suis ici !) Si je ne répondais pas, elle lançait le signal d'alarme et déclenchait le plan de détresse, notre plan ORSEC de la famille, où tout le monde participait et j'étais retrouvé dans les trente secondes.

Il y avait aussi la « Tontine », tante Léontine, sœur de mon grand-père, restée célibataire je ne sais trop

---

1. *Se regôgner* ou *se regôner* : se refaire, se remettre, se rhabiller, s'étoffer, Littéralement : se rhabiller (de *gone* = la robe). Un rebouteux, chez nous, s'appelle un *regôgnoux*, et les travestis de carnaval : des *gôgnots*.

pourquoi, car elle avait tout pour plaire à un homme, belle poitrine de nourrice bourguignonne, doux visage, tiédeur et douceur appétissantes, sens pratique et générosité, voix sonore quoique angélique, tendresse et gaieté, adresse et dévouement, alors pourquoi les hommes l'avaient-ils laissée de côté ? C'était là une des rares raisons qui me faisaient douter du bon sens des mâles ; elle avait bien sa petite larme au coin de l'œil et un feu violent dans le regard lorsqu'on évoquait ce qui s'était passé à la bataille de Nuits-Saint-Georges le 8 décembre 1870, alors qu'elle avait environ dix-neuf ans, mais c'était tout. Je supposais que son amoureux avait été tué là, mais en ce temps-là il y avait plus de femmes que d'hommes et, en pays de monogamie, cela faisait forcément beaucoup de vieilles filles.

Selon la coutume d'alors, la sœur célibataire habitait sous le toit du frère ou de la sœur mariés, de même que les bisaïeuls, ce qui éliminait le problème, si préoccupant aujourd'hui, de la femme seule. Oui, pleines de femmes étaient alors les maisons ! Pas de camarade à moi qui n'eût lui aussi, dans nos pays de prodigieuse longévité, deux mémères-bi, une Tontine aussi et, bien entendu, sa mère. Que de girons pour s'y cacher ! Que de placentas protecteurs autour de l'enfant ! Ce qui résolvait, par-dessus le marché, le problème des crèches et de l'école maternelle si coûteuses à la collectivité d'aujourd'hui et où les mères « abandonnent » littéralement leur enfant.

Oui, pleines de femmes étaient les maisons. Donc maisons riches, car « bonne femme vaut écu », « maisons gaies, maisons chaudes ! » Ah ! si vous aviez vu ça mes pauvres enfants à côté de ces maisons d'aujourd'hui, froides, sinistres, parce que vides de femmes ! Vous entrez dans ces intérieurs inanimés : où est la patronne ? elle a abandonné son poste, elle est partie !

Partie « travailler » paraît-il. Les miennes travaillaient aussi que je sache, et la lessive, et les poules et les lapins, les vaches, et le raccommodage et la couture ! Et pourtant elles étaient là tout près de nous, les petiots. Que de jardinières d'enfants à notre dévotion ! Que de puéricultrices à notre service ! Que d'éducatrices spécialisées consacrées à notre formation personnelle et à notre épanouissement ! Quelle vie de luxe, en définitive ! Quelle riche civilisation !

Tout ce monde vivait dans la maison familiale au rythme des chansons. On pouvait entrer à n'importe quelle heure, on était sûr d'entendre au moins chanter une femme, et les plus vieilles n'étaient pas les dernières. Le plus souvent, d'ailleurs, elles chantaient toutes ensemble, à l'unisson il est vrai, car la race n'est pas musicienne et se contente de la romance ; on les entendait alors jusque sur le pâtis.

Il faut dire que la radio leur était inconnue. Elles fabriquaient donc elles-mêmes leur musique.

Leur répertoire empruntait beaucoup à celui des sœurs ignorantines et tirait davantage sur le cantique que sur la chanson d'amour qui était connue en ville mais n'avait pas encore pénétré les campagnes. Des cantiques interminables, dont certains pouvaient durer une matinée entière, comme celui qui psalmodie, sur une vieille mélopée celtique, et en français, la *Complainte des femmes de France,* née tout simplement pendant la guerre de 1914, mais qu'elles continuèrent à chanter bien après le traité de Versailles (les chefs-d'œuvre n'ont pas d'âge !), et en toute occasion, notamment pendant les campagnes coloniales du Maroc et de Syrie, ou même simplement pour le plaisir de chanter la mélopée.

Je m'en voudrais de ne pas citer quelques-uns des soixante-trois couplets, tous de la même eau, que ma

142

grand-mère lisait, recopiés de sa belle main sur le « carnet de chansons » caché dans la travailleuse où elle rangeait ses boutons et ses agrafes :

D'abord ceux-là, déjà bien savoureux :

> *Jésus, Jésus ne nous délaissez pas !*
> *Ayez pitié, ayez pitié de notre France !* (bis)

ou bien :

> *Jésus, Jésus, si nos soldats ont froid,*
> *Réchauffez-les, réchauffez-les dans leurs tranchées !* (bis)

et celui-ci :

> *Jésus, Jésus, de ceux qui sont blessés,*
> *Approchez-vous, approchez-vous pour leur sourire...*
>   (bis)

mais surtout ceux-ci, encore tout imprégnés de l'esprit d'avant 1914, l'esprit de 1870 :

> *Jésus, Jésus nous resterons toujours*
> *Les fils aînés, les fils aînés de votre Église !* (bis)
> *Jésus, Jésus, sur les plis du drapeau*
> *Faites souffler, faites souffler un vent de gloire...* (bis)

Et enfin, et surtout, cette perle :

> *Jésus, Jésus, qu'aux gestes de vos Francs* [1] (sic)
> *Nous ajoutions, nous ajoutions une autre page.* (bis)

---

1. Du fait que nous habitions en France, nous étions des Francs, bien que nous prétendions être des Latins ! Allez y comprendre quelque chose !

Ma mère, de sa fraîche voix de jeune fille chantait souvent, seule, son grand succès : *Si j'étais grande dame*, dont le texte me tirait les larmes des yeux :

> *Si j'étais grande dame,*
> *Je voudrais tous les jours,*
> *Au pauvre qui réclame,*
> *Offrir un doux secours.*
> *Je voudrais, de ma vie*
> *Charmant les courts instants,*
> *Être la douce amie*
> *De tous les cœurs souffrants.*
>
> *Si j'étais grande dame,*
> *Oubliant ma splendeur,*
> *Je voudrais que mon âme*
> *Fût entière au malheur,*
> *Puis, sous ma douce égide*
> *Prenant les orphelins,*
> *Je serais leur bon guide*
> *Dans les sombres chemins.*

J'abrège, car je la sais toute et je n'ignore pas que l'audition intégrale dure vingt minutes. Il y faudrait huit pages.

... Bref ! Ces choses-là ne peuvent se raconter et je préfère me taire.

Le soir même de mon arrivée, le grand-père Sandrot passait le chiffon gras sur son fusil et l'écouvillon dans les canons. Une arme de luxe, ce fusil, de la Manufacture d'armes et cycles de Saint-Étienne, graissé et astiqué comme une locomotive. Et l'on partait à la passe aux canards. Au crépuscule, on remontait le chemin des Crâs[1] ; on longeait en silence les bois de Romont pour se confondre avec le taillis, sans bouger ; on se crevait alors les yeux à regarder le ciel où le soleil couchant faisait des lueurs d'incendie sur des plaques de neige.

L'étang était là comme une larme d'argent sertie dans le vieux bronze des bois du Moutot et bordé de l'or mat des roseaux secs. Sur la brillance des eaux profondes, on pouvait voir se déplacer des milliers de points noirs : c'était eux, les canards, et dans le silence on entendait leur merveilleuse conversation.

— Tu les vois ? me demandait le forgeron, ils vont bientôt se lever pour aller passer la nuit dans les riaux[2] et dans les abreuvoirs de la montagne.

De fait, un mâle se levait sur l'eau, battait des ailes en criant, puis se lançait, tapant l'eau du bout de ses ramiges et de ses pattes, et derrière lui, une dizaine d'autres suivaient ; ils faisaient un tour complet au-dessus de l'étang, dans un grand bruit, prenaient de la hauteur et piquaient vers un point quelconque de ce grand cirque de monts qui nous entouraient. Il y en avait bien toujours au moins un qui passait au-dessus de nous ; alors, je voyais le canon du Sandrot se lever et presque tout de suite le coup de feu claquait. Parfois rien ne tombait ; il redoublait en invoquant les vains dieux, puis disait : « Trop haut ! ils passent trop haut ! Bouge surtout pas ! »

1. *Crâs* : friche sèche, brûlée de soleil. (Celte = *kra* = brûlé, desséché par le soleil — racine de *kramé*.)
2. *Riaux* ou *rios* : petits ruisseaux (dialectal).

Je restais paralysé de froid et, de crainte d'être gênant, je ne bougeais « surtout pas ».

Enfin il était bien rare qu'un vol ne vînt pas directement sur nous, à bonne hauteur. On entendait le sifflement de l'air sur leurs plumes. Le coup de tonnerre éclatait et une masse tombait avec un bruit d'une incroyable lourdeur, à croire qu'on venait d'abattre un veau. Je repérais bien où la bête était allée choir pour y courir pendant que, se retournant, le grand-père envoyait son deuxième coup alors que le vol rasait le faîte de la forêt, et s'il faisait mouche, le canard s'affalait dans le bois en faisant un fracas terrible dans les branches et les gaulis. Il fallait alors le retrouver dans la nuit d'un sous-bois incroyablement fourré, à tâtons, les mains en avant dans les feuilles mortes, gluantes comme limaces ou raides comme glace.

Parfois le canard mort restait suspendu à une branche et le Vieux disait : « ... Et on dit que les canards ne se perchent pas ! »

Ici ou là, dans les dernières lueurs du jour, d'autres coups de feu pétaient, dont on reconnaissait l'auteur au bruit de la déflagration, car l'un tirait à la pyroxylée, l'autre à la bonne vieille poudre noire, celui-ci avait un calibre 16, celui-là un 12 et ça se reconnaît de loin plus facilement qu'une taure d'un châtron.

Dans la nuit tombée on rentrait, glacés par l'immobilité de l'attente, mais brûlant en dedans d'un feu généreux, alors que lentement la noire banquise de canards sauvages dérivait vers le centre du lac pour y dormir hors de portée de fusil et à l'abri des renards et des sauvagines, entre deux firmaments.

Je retrouvais par cœur les sentiers du retour, et la lucarne éclairée de la maison brillait bientôt dans le ravin, sous les grands arbres du chemin de halage, car la maison du pépère Sandrot, en dehors du village,

146

était à croupetons contre la colline, les pieds sur le canal de Bourgogne, dont c'était la percée héroïque entre les chaînes des monts de Bourgogne et les plus hautes côtes d'Auxois.

Les écluses se succédaient, rapprochées comme des marches d'escalier de moulin, pour permettre aux péniches de franchir le seuil de cette fameuse ligne de partage des eaux qui faisait dire à mes vieux que notre tribu « tenait le faîte du Monde occidental ».

Le canal se tortillait donc pour se hisser dans cet étroit, où régnaient le bruissement perpétuel des chutes des déversoirs, les cascades de la rivière et les coups de corne des bateliers.

Le canal était une fraîche route où passaient lentement les péniches de bois parfumées de coaltar. Depuis les berrichons étroits comme barques, jusqu'à celles, énormes, de la Compagnie H.P.L.M. au nez blanc et rouge, et qu'on appelait les « accélérés »; ils marchaient toute la nuit, et ils trouvaient moyen de faire Paris-Dijon par l'Yonne en moins de dix jours! On n'arrête pas le progrès!

Certains « berrichons » étaient tirés par un homme ou deux femmes attelés à la bricole, large sangle leur barrant la poitrine; les autres par des mulets, et les « accélérés » par deux beaux chevaux qui s'entendaient à merveille pour se servir du palonnier comme d'un levier : « A toi! à moi! » L'homme suivait en chantant comme un laboureur, son grand perpignan sur le cou : un fouet de quatre mètres, au manche de microcoulier tressé et à la longue mèche qui, savamment maniée, claquait comme un coup de fusil dans la vallée.

Le soir, les bateaux se perchaient le long de la berge, lançaient la passerelle, rentraient les chevaux à bord, dans la petite écurie qui occupait le centre de la

péniche, et on les entendait broyer leur picotin
d'avoine.

Les femmes se répandaient dans les villages pour y
acheter la pitance ; elles frappaient aussi à notre porte
et troquaient contre les œufs de nos poules, nos
pommes de terre ou l'eau de notre puits, les marchandises transportées : du gros vin du Midi, du bois de
chauffage, des poteries venant de la Puisaye, du sable
de Saône ou du charbon ; car il était admis que
l'équipe vivait sur la cargaison, comme dans la
marine.

C'est là que j'ai vu, pour la première fois de ma vie,
ce fameux charbon de terre, dont on me parlait à
l'école et que de pauvres mineurs allaient, paraît-il,
déterrer à mille mètres de profondeur plutôt que de se
chauffer avec ce bois si agréable à couper et à fendre et
qui pousse partout au grand soleil. Nous refusions
d'ailleurs cette houille ou cet anthracite dont la chaleur est insupportable, comme on sait, et simplement
bonne à faire marcher les machines.

Le grand-père Sandrot connaissait tous les bateaux
qu'on voyait descendre et remonter, toujours les
mêmes, d'ailleurs ; il connaissait aussi tous les péni-
chiens ; c'étaient des gaillards à part, on les appelait
les « salamandres », les « otus[1] », les « vireurs de
piautre[2] », et si le grand-père avait eu maille à partir
avec eux jadis, lorsque la guerre était déclarée entre les
« canalous » et les gens du chemin de fer, il avait
oublié les coups et les pires injures, et ne négligeait pas
de les inviter à boire sa goutte.

Eux, en échange, apportaient les nouvelles d'en bas,

---

1. *Otu* : poisson blanc de mauvaise qualité.
2. *Piautre* : gouvernail (dialectal). La barre qui commande au
gouvernail.

c'est-à-dire les nouvelles du Bassin parisien ou du bassin du Rhône, du Rhin ou de la Loire, nouvelles dont nous n'avions cure, mais pourtant bien agréables à entendre. Ils tenaient aussi la chronique des écluses, chronique souvent galantes, les éclusières souffrant souvent, c'est évident, de solitude. « Nous autres, navigateurs ! » disaient-ils fièrement en bombant le torse...

Il faut dire que tous parlaient français, mais pas le même français que nos instituteurs, et avec des accents impossibles, Mais était-ce bien du français ? On entendait bien qu'ils faisaient de gros efforts pour y parvenir, mais sans y réussir, les pauvres ! Il y avait surtout ceux qui n'arrivaient pas à prononcer les R. Je ne sais pas trop comment ils tortillaient leur langue dans leur bouche. Ce qui était sûr, c'est qu'ils n'y parvenaient pas. Ce qui donnait à leur langage l'allure d'un rogôme sans consistance. Ainsi devaient parler les limaces. Un langage invertébré.

Ceux-là, c'étaient les gars de Nord, il en passait beaucoup dans leurs brunes péniches cirées et brillantes comme marron d'Inde. Et puis, et surtout, les Parisiens — de vrais sauvages ceux-ci ! Par exemple, ils nous demandaient, au passage, des « poros »... Des poros ? On aurait bien voulu leur faire plaisir, mais de poros (ou plus exactement : po-os) nous n'en avions point. Ils insistaient :

— Des po-os ! pour faie la soupe. La soupe aux po-os ?

Ils voulaient dire : des poireaux !

Ma grand-mère leur donnait des « po-os ». Ils disaient :

— Me-ci mè-ème !

Ça voulait dire : Merci madame.

C'étaient de véritables infirmes. Comment peut-on

arriver à s'exprimer lorsqu'on est incapable de rouler les R ? et cela n'est qu'un petit exemple. Je n'en finirais pas de vous parler de tous ces charabias.

On voyait aussi passer les Flamands et quelques Allemands qui nous arrivaient par les canaux de la Marne à la Saône et du Rhône au Rhin. Des Rhénans.

Oui, la maison sur le canal ouvrait ses fenêtres sur un grand ailleurs. Le souffle du monde passait par là. Ça ne faisait pas de mal de le respirer de temps à autre.

Un jour, en buvant le verre de goutte chez nous, avec Sandrot, un grand canalou avait annoncé une drôle de nouvelle : des bateaux à moteur allaient être mis en service ! Non pas des gabarres halées par un tracteur à moteur comme on en avait vu passer quelques-unes déjà, mais des péniches équipées d'un moteur et d'une hélice.

Mon grand-père avait bondi :

— Je l'ai toujours dit ; la vapeur transformera le monde ! avait-il fièrement proclamé, en bon mécanicien de locomotive qu'il était.

Or il ne s'agissait pas de vapeur, mais de moteur à pétrole, et le grand-père, déçu, avait dit aux femmes :

— Sacristi ! Vous allez voir ; on va être empoisonnés ! Vous ne pouvez pas vous imaginez ce que ça pue, un moteur à pétrole !

De fait, un jour nous entendîmes un bruit bizarre à l'écluse d'amont. En quelques secondes nous y fûmes, et là nous vîmes un bateau, non en bois, mais tout en tôle brune, aux hublots rouges, dont le nom était *Oural 1*. Il faisait derrière lui un drôle de remous sale et crachait, sur l'eau, des flaques malsaines, irisées.

C'était en 1920. « L'ère de l'*Oural* » commençait, ouverte par le « tougoudougoudou » de cette charognerie de moteur à pétrole, et,avec elle, cette pollution, dont on devait beaucoup parler par la suite.

Nous essayâmes de suivre l'*Oural* à la marche. Mais ouiche ! Il fallut presser le pas et prendre le pas de gymnastique. Et le grand-père, pourtant partisan du Progrès, sacristi oui !, me fit remarquer que le sillage soulevé par le bolide, en battant contre la rive, allait dégrader et saper les perrés, où nichaient les écrevisses.

— Je ne donne pas cinq ans au canal pour perdre son iau comme une vieille passoire ! Quant aux écrevisses !... et même les poissons !... Vous les verrez le ventre en l'air avant pas longtemps !

Benoîtement, la maison du canal regarda passer ce cataclysme, qui ne m'empêcha pas de tendre les cinq lignes de fond que je plaçais tous les soirs tout juste devant la maison, à l'endroit où nous jetions, deux fois par jour les mies de pain et les restes du repas... Ni de pêcher depuis la fenêtre d'en haut, par-dessus le chemin de halage...

... Et pourtant, quand j'y pense, cet *Oural* nous annonçait une drôle de révolution, que nous ne soupçonnions pas, en dépit des prophéties du vieux Sandrot !

Le grand-père Sandrot s'était installé une petite forge dans un appentis, un foyer, un soufflet, une enclume, une bigorne et tout l'outillage du « mairchau », comme nous disions alors (mot que l'instituteur écrivait « maréchal »).

Il avait retrouvé son épi de maître ferronnier et l'avait fixé en fronton, au-dessus de sa porte. C'était une pièce, très décorative, conçue comme une gerbe, un bouquet de fer forgé dont les fleurs et les épis étaient des fers à cheval, des fers à bœufs de toutes tailles et de tous les types possibles et imaginables depuis le fer de labour jusqu'aux fer arabe et espagnol. Les feuilles étaient des motifs de dinanderie rappelant les symboles compagnonniques. C'était l'enseigne d'autrefois qui montrait au passant l'habileté et le goût du maître qui faisait ici sonner l'enclume.

C'était cette glorieuse musique qui me mettait chaque matin à bas du lit. Ce tintement ternaire, les deux coups d'appel, clairs, sur la platine de l'enclume, le coup mat sur la pièce de forge, avec le trépignement discret du marteau au repos pour prendre son élan.

Et toujours le rythme.

Puis le silence, et alors le souffle alterné du soufflet avec le souffle profond de la descente, son couinement à la remontée. J'empoignais la poignée et j'aurais voulu faire chanter le soufflet en permanence, mais non ! N'importe qui ne pouvait savoir donner juste assez d'air. Pas trop. Lorsque je précipitais le mouvement, il fallait l'entendre, le Vieux : « Tu vas me cuire ma pièce, beuzenot ! Tu n'es pas devant une cuisinière ici ! Ni un feu de bordes ! »

Le feu ! Le FEU ! Mener le feu, comprendre le feu ! Ce n'est que plus tard que j'ai senti que c'était un culte précis et exigeant, où le fer recevait son âme, et dont mon grand-père était le prêtre, combien grave et respectueux. Un rien pouvait compromettre cette transmutation où une espèce de Saint-Esprit opérait comme une grâce sanctifiante.

De toute cette rougeoyante alchimie, mon grand-père sortait des formes, volutes, palmettes, spirales

152

qui, une fois assemblées, s'en allaient sur le balcon de certains bourgeois, ceux qui ne se laissaient pas aller à copier la ville en posant des rambardes ou des balustrades en fonte, fournies par l'écœurante industrie.

Ou bien, et c'était encore plus beau, il sortait des haches, des cognées, des serpes ou des herminettes, des planes, des doloires dont le stock s'amoncelait dans le noir.

Émerveillé, je décrétais alors que je serais maître ferronnier, que j'irais de ville en ville, accueilli par « la Mère des Compagnons ».

Alors le Vieux, la figure transformée me parlait de ce Tour de France qu'il avait fait entre 1860 et 1870, mais il ne précisait rien. Il en disait juste assez pour m'intriguer. On finissait par des histoires terribles de batailles entre « les siens » et « les autres », à la porte de villes mystérieuses où régnaient des castes rivales dans des temples farouches, mais dont une seule avait la vraie, l'unique Connaissance.

Il faut bien le dire : à la maison du canal, on n'allait pas à la messe. Le dimanche était un jour comme les autres à cette différence près qu'on changeait de linge. Les cloches avaient beau sonner, on ne faisait pas la grande toilette. Je m'en étonnais, mais on me faisait remarquer qu'on habitait trop loin de l'église. Pourtant, entre nos deux écluses, il nous fallait faire tout au plus trois cents mètres pour aller dire bonjour au curé.

Il n'y avait là ni forfanterie, ni haine, ni rancœur. C'était ainsi, pendant toute sa vie passée sur les locomotives, Sandrot, et sa femme, avaient peut-être perdu la notion du rythme hebdomadaire ; le dimanche, pendant trente ans, il s'était mis en tête du train de Paris, de Lyon ou de Vallorbe tout comme un autre jour. Il disait souvent qu'en vingt ans il avait passé six fois la nuit de Noël à la maison !

Et puis les gens du feu et du fer constituaient une coterie dont les autres se méfiaient. Une caste « pas comme tout le monde » parce qu'en possession de secrets qui faisaient d'eux des êtres d'une essence différente, voire supérieure, n'ayant rien à se faire pardonner.

D'ailleurs, dans toutes les histoires que l'on racontait aux veillées, c'était toujours à la forge que se réunissaient les fortes têtes au moment des révolutions, et en ville c'était toujours du dépôt des locomotives, fer et feu, que partaient les grèves, et le grand-père Sandrot se disait tranquillement d'accord avec les révolutionnaires. Tous. Sauf les communards de Paris, bien entendu, les seuls qu'il eût rencontrés et qui étaient certainement des sacripants puisqu'ils sabotaient les locomotives.

J'étais fort ennuyé de ne pas voir mes grands-parents paternels se joindre à nous pour la messe. Je craignais de les savoir promis à l'enfer pour toujours et de ne les pas retrouver en Paradis. Car le curé nous apprenait que l'assistance à la messe et la foi en Dieu étaient destinées, exclusivement, à assurer notre salut. C'était le seul souci des chrétiens d'alors.

J'avais de la peine à l'admettre ; il me semblait impossible qu'un Dieu bon et infiniment miséricordieux pût mijoter, dans sa prodigieuse cervelle, d'aussi piètres et d'aussi tenaces vengeances, mais c'était un article de foi à la discussion duquel il ne fallait même pas consacrer deux secondes sous peine des pires châtiments.

Ce qui me navrait, en vérité, c'était de savoir que des êtres chers et si proches se privaient de ces délicieux

154

instants d'extase que je connaissais aux offices. Extases centrées sur les flammes des cierges, et si proches de l'engourdissement.

Savoir que mon Sandrot et ma Céline laissaient échapper ces bons moments me donnait du regret. Sans parler des quatre-vingt-dix minutes de doux farniente dont ils se frustraient !

Quand le curé parlait de la Grâce, c'était à ce vertige, à ce farniente que je pensais. Voilà : une partie de ma famille échappait à la Grâce, et j'en étais marri.

Il n'empêchait que mémère Tiennette, tout en tricotant, marmonnait des Ave Maria et lorsqu'elle ne tricotait point, elle égrenait son chapelet, comme mes autres aïeules, comme toutes les autres femmes des villages. C'était, disait-elle, pour occuper ses « douéts » qui la « démangeaient » lorsqu'ils étaient au repos.

Je me pose encore cette question : Combien pouvait-il alors, dans nos deux villages, se dire de Je vous salue Marie quotidiennement ? Je n'ose l'évaluer. Je ne crois pas exagérer en disant : dix mille !

Mémère Nannette, la guérisseuse, m'a avoué qu'elle disait toute seule, trois ou quatre chapelets par jour. Soit deux cents fois la Salutation angélique, et je ne parle pas du Pater qui sépare les dizaines. Les femmes d'alors récitaient cela sans interruption. Si je leur demandais pourquoi, j'avais des réponses fort diverses. Chacun son Dieu, pas vrai ?

Tante Léontine me disait :

— Pendant ce temps-là, le diable ne me tente pas !

Ma grand-mère Valentine :

— Je prie pour ceux qui ne prient jamais. Il y en a tant, dans les villes, qui n'ont plus le temps, ou qui ne savent plus prier ! Comme ça le Bon Dieu a toujours son compte !

Mémère Daudiche :

— Ma foi plus j'en dis, plus je suis heureuse !

Mémère Céline :

— Je prie pour utiliser les moments qui ne servent à rien, sans savoir pourquoi, mais Dieu, lui, il le sait !

Tante Marie :

— Vaut mieux prier que de dire du mal de son voisin !

Il semblait que, dans leur esprit, toute cette énorme quantité de prières devait s'accumuler quelque part, sous la direction d'un fonctionnaire suprême, ainsi que l'eau d'une crue qui, bien dirigée et utilisée par le grand Patron, devait balayer le mal, ou bien constituer un immense stock de matière première dans lequel le Bon et Beau Dieu qu'on voit au tympan de Vézelay, pouvait puiser largement...

... Ou bien encore que tous ces Avé sans valeur et sans application immédiate s'entasseraient comme grain en grenier pour servir au bon moment au divin boulanger. Elles priaient comme elles glanaient, comme elles ravaudaient, comme elles économisaient, comme elles récoltaient, avec acharnement pour avoir le « de d'quoi ». Attitude besogneuse et prévoyante des gens, pauvres certes, mais qui ne veulent pas manquer.

Il arrivait aussi qu'assemblées à plusieurs pour déchargançonner les haricots ou tricoter les grands bas de laine noire, elles priaient à haute voix en alternant les répons, cela faisait un doux ronron qui les reposait. Il me semble bien que certaines méthodes modernes de relaxation cherchent à retrouver ces mêmes procédés, plus vieux qu'Hérode et utilisés, je crois bien, par la plupart des disciplines religieuses ou philosophiques ; cela s'appelle de noms compliqués et étranges. Pour elles, c'était simplement : prier.

En avais-je assez récité, moi aussi, de ces prières,

avec les femmes, entre 1914 et 1918 pour que le père revienne de la guerre, certes, mais pour que la France soit enfin victorieuse, la France, fille aînée de l'Église, Patrie de Dieu. Oui, oui, Dieu était français, cela ne faisait aucun doute pour mes femmes, et il ne pouvait pas nous abandonner ; et cela avait fait un grand scandale en 1917, lorsque des prisonniers souabes et bavarois avaient été envoyés au village, dans les fermes, et que dès le premier dimanche on avait constaté qu'ils assistaient à la messe ! Cela renversait toutes nos convictions, selon lesquelles les Boches étaient des Barbares et des Païens !

Bien pis, l'un d'eux, un certain Julius, récitait son chapelet ! Comment voulez-vous qu'on s'y retrouve au milieu de tout ça ? Comment comprendre ? Mémère Tine, lorsque je lui posais ces questions, répondait tout bounnement : « Ben... c'est pas notre affaire, nous n'avons pas à comprendre ; il faut prier, toujours prier, le Bon Dieu démêlera tout ça dans sa grande panière ! »

Pour expliquer tant de sagesse, il faut dire que ma grand-mère Tine avait vu de ses yeux l'Amenokal du Hoggar, Moussa Ag'Amastane, lorsque le père Charles de Foucauld l'avait amené en France, chez sa sœur, dans le village voisin de Barbirey, dans la vallée de l'Ouche. Ce Touareg, pourtant un barbare, et puis musulman par-dessus le marché, ne cessait d'égrener un chapelet à grains d'ambre. Mémère Tine l'avait vu, vous dis-je, et pas rien qu'elle, mais tout le monde !

Alors ?

Alors il ne fallait pas s'occuper de ça ! Ce n'était pas à nous de juger, c'était l'affaire de Dieu, pas la nôtre...

Et voilà que je me laisse entraîner dans des digressions qui s'emmanchent l'une dans l'autre et qui me conduisent là où je n'avais pas prévu d'aller, mais n'est-ce pas que ça que billebauder ? C'est notre façon de chasser certes, mais la vie toute crue n'est-elle pas une billebaude permanente ?

5

Mon cœur se mettait à palpiter lorsqu'il était question du Carême, non que je me complusse dans le jeûne et les mortifications qui, alors, n'étaient pas une plaisanterie, mais parce que les graissages allaient bientôt commencer ; il s'agissait des graissages des cuirs. Mon grand-père avait l'entreprise d'entretien des harnais de tous ses clients. Il faisait chez chacun quatre graissages par an qu'il appelait « ses quatre temps », car, en effet, ces travaux se situaient à peu près au moment des quatre temps liturgiques, le premier un peu avant Carême pour remettre en état les harnais avant d'entreprendre les labours et les semis de printemps, avoine et orge, qu'on nomme justement « les carêmes ». Le deuxième avant les fauchaisons. Le troisième avant les moissons, et ainsi de suite.

Le vieux Tremblot empruntait alors le char à banc et la vieille jument des frères Roux, ses voisins Sur la voiture il chargeait tout son matériel, couchait son fusil sous le crin, l'étoupe et la paille qui servaient de garniture pour les colliers et les sellettes ; une poignée de cartouches dans sa poche, et après avoir attelé Pauline, la vieille jument, il allumait la chandelle de son fanal de route, car il faisait encore nuit noire, et il disparaissait dans l'obscurité. Il était absent quelquefois deux ou trois jours pour les fermes importantes où l'on attelait six, sept, ou huit juments, ce qui n'étaient pas trop pour les labours dans la montagne. Il couchait dans une grange, dans la paille, quelquefois dans un bon lit.

J'attendais impatiemment qu'il me dise en clignant de l'œil : « Demain jeudi, je t'emmène, commis ! »

J'aimais ce beau travail des gros harnais de force, et leur parfum de cuir et de cheval, sous les hangars des fermes de la Montagne.

Il s'arrangeait toujours pour que, ce jeudi-là, on fasse la ferme des Gruyers, où vivait la petite Kiaire. A peine éveillé, les oreilles pincées par le froid, je prenais les rênes et je conduisais la Pauline ; elle montait au pas les lacets des pâtis communaux, le vieux descendait, marchait à côté du char en poussant aux ranchers ; au plus fort de la grimpette, je descendais aussi pour mener la jument par la bride ; on faisait un arrêt devant le gros chêne royal, encore marqué de la fleur de lis, car il avait été, paraît-il, gibet sous la guerre de Trente Ans. On attachait la jument à un coudrier, sans un bruit, on prenait le fusil et on allait, à pas de renard, voir « par-là » s'il n'y avait pas « un petit quelque chose. Des fois qu'on apporterait un lièvre à l'Ernest » !

On se dirigeait sur le roucoulement bécasse d'un ramier qu'on essayait de surprendre sur son chêne ; on se séparait sans un mot, habitués qu'on était à travailler ensemble. Par exemple, je passais dans le bas de la chaume aux Bolets en tapant sur les broussailles et en faisant un grand hourvari ; lui se plaçait au-dessus, en silence à côté des coulées ; dans les hautes herbes toutes sucrées de givre. Si j'entendais un débuché discret, je tapais alors plus fort sur les brousses en criant, comme pour jouer :

160

— Tia ! Tia !...

Un petit temps, lourd de silence, et puis : Pan ! Un galop à travers la friche. Le Vieux qui fait pisser son lièvre, et à la voiture ! « Fouette cocher ! »

Les échos du coup de fusil finissaient de mourir dans les combes que nous étions déjà loin, marche ! Le lièvre sous le coffre entre bois et essieux, le fusil sous la paille, l'air innocent, l'œil candide. Le jour n'était levé que sur un coude, on trottait car la route descendait raide et on arrivait aux Gruyers où les lueurs du jour rosissaient la façade, qui regardait juste le levant.

L'Ernest nous attendait, un œil fermé, la lèvre narquoise : « Du bruit que vous faites quand vous arrivez ! Vous avez été attaqués par des malandrins, on a entendu la bataille ! »

On riait sous cape, on décachait le lièvre, on le lui jetait à la figure. « Une sacrée charogne que t'es, marquis de la Croupière ! » disait l'Ernest en riant. Il emportait la bête sous sa veste, car vous pensez bien que la chasse aux lièvres était fermée depuis beau temps. On commençait la journée en mangeant une bonne soupe au lard brûlante où l'on faisait chabrot, un verre de vin rouge dans le bouillon. J'en sentais mes oreilles se redresser comme crête de coq, alors qu'arrivait de la genière, les mains pleines d'œufs, la petite Kiaire.

Elle sentait bon la fumée et le laitage. On s'embrassait, elle me pigonait un tantinet en se moquant de mon cache-nez : « Oh ! le frilloux que caiche son cou ! » Et le travail commençait : il fallait sortir tous les harnais des écuries, les porter à l'abreuvoir où le Vieux Tremblot les inspectait ; on sortait les brosses de chiendent, et gratte que tu grattes dans l'eau courante glacée du lavoir ! On enlevait crottes et bouerbes jusqu'à ce qu'ils fussent nets ; on les frottait avec de

161

vieux sacs, on les exposait au vent sur les murgers et pendant qu'ils se ressuyaient, on sortait les outils. Pour le grand-père : son établi, son cuir, ses alênes, ses tranchets, ses boucles et ses passants, ses pinces à coudre. Pour moi, l'étoupe et la poix.

Il me fallait préparer les ligneuls et les poisser, pas trop, pour qu'ils soient encore souples, et assez, pour qu'ils restent affilés et fermes ; je prenais des fils d'étoupe que je roulais, de la paume, sur mon tablier de cuir et j'en faisais des aiguillées de 1 m 20 et dont l'extrémité était affilée comme une aiguille ; après quoi, les passant une à une dans un anneau de l'établi, je les cirais en les frottant dans une poignée de poix enveloppée d'une gaine de cuir. Les ligneuls vous prenaient alors une belle couleur brun clair, et un parfum de résine et de suif un peu rance. Je les alignais sur l'établi alors que le Vieux tranchait les coutures arrachées, affranchissait les déchirures, faisait sauter les boucles usées, les ardillons cassés et arrachait les rembourrages crevés des colliers, éliminait les traits avariés, démontait les sellettes fatiguées, éminçait les raccords ; après quoi, les genoux serrés sur la pince, les coudes en dehors, il faisait les plus beaux points de sellerie du monde.

J'avais alors un moment de répit que j'employais à faire, avec des planches et des tiges de noisetier, un moulin à quatre ou huit palettes que j'installais sur le déversoir du lavoir ; il veurdait [1] en ronronnant alors que la petite Kiaire le regardait émerveillée en me disant : « Ça ronfelle dru ! ça ronfelle dru ! » Puis : « Le dernier que tu m'avais fait, en septembre, il a viré

_____

1. *Veurder* ou *beurder* : tourner en faisant du bruit. Se dit d'une toupie. Cette racine a donné : *beurdal* (adj.) qui s'agite en faisant du bruit. *Beurdauler* (verbe) : malmener.

162

jusqu'aux grandes pluies de la Toussaint. Je l'ai retrouvée tout en bas de la chenevière, il était tout beurzillé! » Je traduis du patois en conservant les mots irremplaçables.

Au fur et à mesure que les harnais étaient réparés, c'était le graissage, travail qui me revenait. On les étendait sur une planche et avec un tampon trempé dans la graisse, je les enduisais savamment; cette graisse était un composé de suif, de noir animal, de blanc de baleine et de cire dissoute à chaud dans la térébenthine. C'est une formule de mon grand-père. Je ne la dévoile qu'aujourd'hui, et encore pas complètement, parce que le dernier des bourreliers, depuis longtemps, a graissé les cuirs pour la dernière fois. Je ne me serais pas hasardé à le faire du vivant du Vieux qui m'eût sûrement déshérité et maudit à tout jamais. Car les secrets du métier faisaient partie de la Connaissance, ne se transmettaient sélectivement qu'à ceux qui étaient passés par les différents degrés d'initiation. On risquait la mort à les divulguer au commun des mortels.

La petite Kiaire venait me regarder faire. Je prenais l'air dégagé d'un homme revenu de tout; d'un geste sûr, j'étalais la graisse noire en massant le cuir pour bien l'en pénétrer. Un vrai maître bourrelier. Elle m'admirait en me contant les meilleures histoires de grandes filles, de fichus et de leçons pas sues. Moi, je lui contais des histoires de garçons, de maraudes, de batailles et de braconnages. Elle hochait la tête : « Ah ! c'est avec toi, dans ton école, que j'aurais voulu être ! »

Entendre ça me réchauffait le cœur et je me plaisais à imaginer les bons moments que nous aurions connus si elle avait fréquenté mon école.

« A la pêche à la moutelle que je t'emmènerais ! » lui disais-je.

Mes mains étaient toutes noires de graisse et pour aller pisser, je me les essuyais vigoureusement, mais je ne pouvais éviter de souiller ma braguette et si je grattais mon nez, il devenait tout noir. Elle s'enfuyait alors en piaillant : « Oh ! le mâchuron, oh ! le peût[1] ! » Et je la poursuivais en la menaçant de mes deux pattes sales.

Le repas de midi était un événement : l'arrivée du bourrelier dans les fermes, pour les graissages, était une sacrée fête mangeoire, je vous le dis ! Tout en racontant les nouvelles du village que les grangiers écoutaient bouche bée, privés qu'ils étaient, dans leur sauvagerie, des scandales de la vallée, nous dévorions à belles dents un repas qui vous eût étendu raide le premier hépatique venu. D'abord la potée avec du lard épais comme timon de char, du côtis[2], puis la poule en sauce blanche, grasse comme nonnette, puis le rôti qui pouvait bien être une oie qui avait échappé au regingot de Noël et du Jour de l'an.

Là-dessus, la Marie, « ma future belle-mère », s'essuyant les mains dans son devanté[3], nous demandait : « Vos é-t-i prou mégé ? » (Avez-vous assez mangé ?) « Je ne vous fais pas une omelette, des fois ? »

Le Tremblot minaudait : « On est gaudés[4], ça va bien comme ça ! », mais il se tournait vers moi... « A moins qu't'aies encore faim, toi, petiot ? » Je ne disais

---

1. *Peût* ou *peûh* : le diable ; par extension, laid, méchant (dialectal).
2. *Côtis* : quartier de côtes de porc mis au saloir. Il entre dans la recette de la potée bourguignonne.
3. *Devanté* : tablier à bavette (dialectal).
4. *Gaudé* : repus, plein de « gaudes » (dialectal).

ni oui ni non, ayant toujours un morceau de boyau vide, déjà à cette époque.

« Pardi ! à cet âge-là, faut pas en promettre ! Allez, allez, Marie, fais-nous une omelette, faut pas se laisser dépérir ! » criait l'Ernest au comble de la liesse. Et la Marie faisait une omelette baveuse. On chargeait mon assiette et la petite Kiaire admirative disait : « Oh ! le gros gourmand ! oh ! le crevard ! » Avec ça, vous pensez bien qu'un morceau de fromage et une part de flan à la semoule vous suffisaient largement pour reprendre le travail.

Quand les commis avaient roté leurs deux coups, ils se levaient et sortaient, tout en fermant leur couteau, et le patron payait la goutte ; il me regardait finir de manger en riant : « A la bonne heure ! Kiaire, regarde-le donc manger ton bon ami ! te ferais ben d'en prendre de la graine, toi qui rechignes sur tout ! » Puis à mon grand-père : « Il mange comme il travaille ton p'tiot ! Il tient bon ! Je le regardais ce matin : sacrés vains dieux, fallait le voir graisser ! » Puis, me tapant sur l'épaule : « A la bonne heure ! ça a du sang, ça ! Moi, j'aime les gens qu'ont du sang ! »

Avoir du sang ! C'était la grande ambition de tout le monde, le rêve des pères pour leur fils et des beaux-pères pour leur futur gendre, la fierté du travailleur, l'honneur du commis, le désir secret des gamins.

Un cheval avait du sang lorsque, devant aborder une côte, il se mettait au trot en drossant la queue et emmenait sa voiture tambour battant jusqu'au fin dessus sans baisser les oreilles. Un ouvrier avait du sang quand, arrivé devant la tâche, il la toisait, bombait le torse et attaquait de face sans renifler. « Avoir du sang », c'était se colleter avec la vie sans pitié ni pour elle ni pour soi et terminer le travail, la fleur aux dents, sans même être essoufflé.

Et j'avais du sang ! mais même si je n'en avais pas eu je me serais arrangé pour qu'on le croie, car « avoir du sang » attirait la considération de tous.

On se remettait donc au travail incontinent jusqu'à la collation de quatre heures et ensuite jusqu'à la nuit. Comme j'allais à l'école le lendemain, le Vieux me ramenait au village, mais je savais que le lendemain, il resterait coucher chez l'Ernest et avec lui irait à l'affût au sanglier, car j'avais entendu le fermier dire : « Y en a une bande qui vient revorcher mon sombre, faudra qu'on aille voir ça ! » Mais je n'en disais rien à ma grand-mère, parce qu'elle redoutait l'affût de nuit ; ne racontait-on pas que des affûteurs s'étaient entre-tués, se prenant mutuellement pour des sangliers, dans le noir ? Et n'ajoutait-elle pas à la prière du soir, ce codicille personnel : « O Seigneur ! faites que mon époux n'aille jamais à l'affût, *amen* » ?

Après des journées comme celles-là où tout était réuni pour me saouler de bonheur, il était dur de retrouver la salle de classe et l'instituteur, d'abord parce que pendant vingt-quatre heures on avait été libres et qu'il fallait obéir, se mettre en rang, se lever, s'asseoir sur ordre, se taire et rester enfermés ; et aussi parce que pendant toute une journée on avait employé pour se faire comprendre le langage naturel, celui que le maître appelait « patois », et d'un seul coup il fallait rayer des mots de son vocabulaire, les plus significatifs, me semblait-il, et modifier certains de ceux que l'on conservait, et les modifier si profondément et si maladroitement qu'ils devenaient mous comme chique, plats comme cancrelat et fades comme panade.

Il ne fallait surtout pas dire : « J'ai mangé des treuffes », mais : « J'ai mangé des pommes de terre. » « Pommes de terre », trois mots à la place d'un seul et si parfumé ! Il ne fallait pas dire : « L'alezane encen-

166

sait au mitan de la sommière », mais : « La jument rouge à crinière blanche agitait la tête de haut en bas au milieu du chemin forestier. » Il ne fallait pas dire : « J'en suis revorché », mais : « J'en suis bouleversé », non pas « les salades trésissent », mais « les salades commencent à sortir de terre ». Sept mots au lieu de trois ! Non pas « les treuffes revâment », formule intraduisible dont on ne peut donner qu'un faible équivalent avec : « Les pommes de terre germent à nouveau en terre et font de nouveaux tubercules. »

Était-ce là, oui, était-ce là cette concision et cette clarté, qualités primordiales de la langue française, dont on nous rebattait les oreilles ?

De même : dans la construction des phrases, il fallait tout raboter, tout édulcorer. Au lieu de dire : « Heureux que j'étais de retrouver mon taborgniau ! » il fallait écrire : « Comme j'étais heureux de retrouver ma petite chambre ! »

On arrivait ainsi, et c'était le rêve de l'instituteur, à prendre le style administratif ; je me souviens avoir été rabroué pour avoir écrit : « Le vin du Midi ne vaut pas tripette », alors qu'il eût fallu dire : « Le vin du Midi est de mauvaise qualité. » Honte à celui qui écrivait : « Mon grand-père aime à dire des goguenettes ! » Il fallait écrire : « Mon grand-père aime à plaisanter » ; et c'était bien dommage parce que « goguer », Littré le note bien, signifie en français : « Dire de grosses plaisanteries. »

Et ne parlons pas du patois : tout élève qui laissait échapper une phrase patoise était puni ; mais au juste, qu'était-ce, ce patois ? Un exemple : il ne fallait pas dire à un camarade : « Coye te don ! », mais : « Taistoi donc » ; or, « se coyer » vient du mot « coi », muet. « Se tenir coi », veut dire « rester muet » et « se coyer » veut dire, en parfait français, M. Grandseigne d'Hauterive le dit, et Littré avec lui, « se tenir coi ». Mais voilà. Horreur ! « Se coyer » est une expression provinciale ! Un bourguignonisme ! et l'emploi d'un bourguignonisme était une faute à l'école publique républicaine, dont le rôle était sans doute de fabriquer de Lille à Perpignan, de Brest à Ménétreux-le-Pitois, des individus de série, capables de s'insérer dans la grande époque de progrès technique, industriel et social, qui se préparait activement.

A notre insu, lentement, courageusement, opiniâtrement, on nous arrachait au singularisme païen, pour nous préparer aux fructueux échanges universels, c'est-à-dire, pour pouvoir un jour, tous unis et confondus, nous servir des mêmes barèmes, des mêmes machines et devenir de bons consommateurs inconditionnels, se contentant des mêmes H.L.M. !

Au demeurant, je n'oblige personne à partager ces convictions qui ne se sont formées, on s'en doute, que beaucoup plus tard, mais en ce temps-là, je pensais tout honnêtement qu'il était bel et bon de ne former qu'une seule cohorte de bons petits Français, parlant exactement la même langue, s'habillant du même vêtement, faisant une seule cuisine, mangeant dans la même vaisselle, avec un seul cœur et un seul drapeau ! L'instituteur nous le faisait écrire sur notre cahier du jour, sous la rubrique « Morale et Instruction civique », ce que mon grand-père paraphrasait en éclatant de rire : « Une seule rue, un seul drapeau et toutes les fanfares ! » Bien entendu, l'instituteur n'en pensait pas si long ; ce serait une cruelle erreur de s'imaginer qu'il fût capable de tant de machiavélisme. Il obéissait au ministre de l'Instruction publique, son patron, un point c'est tout, persuadé d'œuvrer ainsi pour la plus grande gloire de la République française, son souci le plus constant.

D'ailleurs, ce brave homme avait eu bien des ennuis quelques années plus tôt à la séparation de l'Église et de l'État : comme la plupart des instituteurs, il était alors chantre à l'église et, paraît-il, chantait psaumes aussi bien que frocards, à la satisfaction de M. le Comte et du curé et de tous les paroissiens. Et, d'un seul coup, il avait dû non seulement abandonner le lutrin, mais ne plus fréquenter l'église et prendre des attitudes anticléricales sur ordre de ses supérieurs. Comment, tout à coup, je vous le demande, agir contre le curé après avoir eu avec lui une collaboration cultuelle et musicale de plus de dix ans ? Il s'en était tiré tant bien que mal, en ne serrant plus la main au prêtre, ni au chantre, ni aux gens « de la calotte ». Était-ce là une attitude suffisamment « anti » ? Je ne le crois pas, parce qu'il attendit vainement toute sa vie un avancement qui l'eût promu, comme il le méritait, pour le moins directeur d'une école de chef-lieu de canton, tout le monde était bien d'accord là-dessus. Il eût fallu sans doute que ses propres enfants ne fréquentassent plus le catéchisme, ou qu'il criât « crâ, crâ » comme les bons républicains sur le passage du prêtre. Or il ne le fit jamais, j'en suis garant.

Voyez comme la vie était difficile pour un fonctionnaire républicain consciencieux dans un village, au temps héroïque de la séparation de l'Église et de l'État. Et pourtant jamais personne ne vit le maître faire la plus petite faute professionnelle, ni se départir de sa dignité magistrale. Toujours rigoureusement coiffé de son panama en été, et de son melon en hiver, portant un haut faux col de celluloïd, cravate à système, gilet, chaîne de montre, manchettes, bottines cirées, veston noir, jamais il ne se montra même en bras de chemise, ni tête nue dans la rue, même au plus fort des chaleurs de juillet et d'août. Nous partions en vacances au

15 août, au début, puis le 1er août ensuite, or son faux col en celluloïd l'engonçait réglementairement jusqu'aux deux oreilles, et il ne quittait jamais sa veste d'alpaga, ni son gilet de tapisserie, même pour jardiner.

D'ailleurs, si l'on avait vu un instituteur de nos villages (car chacun avait le sien) en bras de chemise, c'eût été un scandale prodigieux, l'opinion tolérait tout au plus que certains maîtres, revenus de la guerre, chargés de gloire et de décorations, fumassent discrètement la pipe, qui était, on le savait, une arme indispensable dans la guerre des tranchées, mais certainement pas la cigarette. Même pas à la récréation. C'eût été donner « le mauvais exemple » et le maître était là pour tout le contraire.

Un jour, alors que notre maître avait dû s'absenter, était venu en remplacement un jeune maître lunetté, coiffé en brosse, véritable produit de l'école normale de M. Drumont et qui avait surveillé la récréation, « en cheveux », c'est-à-dire tête nue. Les matrones du village, ma grand-mère en tête, en avaient été si choquées qu'elles avaient fait une démarche pour que de tels errements ne se reproduisent pas.

« Comment voulez-vous que nous éduquions convenablement nos petiots, si les maîtres ne donnent pas le bon exemple ? »

L'école communale laïque du village avait été construite en 1879. C'était une belle maison en pierre de taille, faite pour défier les siècles, ce qui prouvait l'optimisme excessif des constructeurs, et comportant le logement de l'instituteur et de sa famille.

Au début, il ne serait venu à l'idée de personne de mêler filles et garçons dans le même établissement. Les filles avaient, depuis le XVIIe siècle, je crois, leur école, l'école des sœurs, organisée, contrôlée par le diocèse. Les sœurs de l'ordre de la Providence, dont l'enseignement était toujours gratuit, enseignaient la religion, et par la même occasion l'orthographe, le style, la grammaire, la morale et même l'arithmétique, car les dictées, les exercices grammaticaux, les dissertations, et même les problèmes portaient sur l'Évangile, les ouvrages de piété comme *L'Imitation de Jésus-Christ*, et sur les lettres de saint François de Salle à sainte Jeanne de Chantal, mais surtout sur une certaine *Histoire Sainte* qui prétendait résumer la Bible, revue et corrigée, et les actes des Apôtres dans un style onctueux, prude et grandiloquent. Mais cet enseignement des filles par les religieuses portait surtout sur la couture et la lingerie. Ce que l'on peut appeler les « travaux ménagers » ; ainsi, mes grand-mères et ma mère n'avaient-elles jamais fréquenté l'école des garçons qui était, elle, publique et laïque. Elles n'avaient eu que l'enseignement des sœurs dont l'instituteur disait que c'étaient des ignorantes, des « obscurantistes », et qui ne pouvaient donc enseigner que l'ignorance et l'obscurité.

Cela n'empêchait pas ma grand-mère d'écrire des lettres merveilleuses, sans une faute d'orthographe, dans une longue écriture penchée avec pleins et déliés et dans un style élégant et fleuri. Elle pouvait aussi réciter par cœur la liste de tous les papes depuis saint Pierre. Tout le monde ne peut pas en dire autant.

Toutes les questions qui alimentaient les conversations des adultes, aux veillées, ne nous effleuraient même pas à cette époque ; on expédiait alertement et sans forcer les affaires courantes, problèmes, dictées, rédactions et leçons, pour réserver nos ardeurs à des activités plus importantes.

Au jour de la classe-promenade, le maître nous emmenait en cortège pour nous faire découvrir la nature, dans des taillis que nous connaissions par cœur, arbre par arbre, herbe par herbe. Là parmi les envols de merles ou de ramiers, l'instituteur répétait sa leçon de choses sur le vif, levait des greffes, recueillait les pollens des noisetiers ou des cornouillers, surprenait la germination des graines, déterrait les bulbes de « scilles à deux feuilles », *Scilla bifolia*, que nous appelions « puce », tentait de féconder, pour les améliorer, la fleur d'ellébore avec du pollen de rose de Noël, entait avec succès des poiriers sur des scions d'aubépine, greffait des yeux de lilas sur des tiges de frêne, ce qui donnait des fleurs de lilas énormes, et que sais-je encore ? Enfin, nous nous rendions aux endroits où nous connaissions des plantes médicinales, la bardane surtout, dont la consommation était grande en ville.

Les garçons arrachaient à la pioche les grosses racines de bardane et les filles les débarrassaient de leur terre, les lavaient à la source et en emplissaient de grandes bâches. Au retour on étalait tout ça dans le préau de l'école pour le séchage.

Suivant les saisons, on récoltait aussi l'armoise, racines, tiges et feuilles, la pervenche et la feuille de frêne ; les plus courageux d'entre nous s'attaquaient, au pic de terrassier, aux racines de brione, énorme sorte de betterave ligneuse, grosse comme une cuisse de femme, dont on faisait des choses faramineuses, notamment le vin de brione, au nom si joli que j'en réclamais chaque jour un verre ; on me le refusait car cela soignait l'hydropisie. Ma grand-mère en faisant aussi un certain « oxymel de brione » dont on m'administrait une cuillerée à café toutes les heures lorsque, par hasard, je donnais des signes avant-coureurs d'une bronchite ; cela se fabriquait sur le fourneau en mélangeant, dans une casserole émaillée, de la racine de brione écrasée, du miel et du vinaigre. On faisait mijoter longuement ce rogôme, son parfum était agréable et je le trouvais savoureux parce que fort sucré et un tantinet acide ; macéré dans l'alcool avec les fleurs de l'arnica que l'on trouvait dans les friches bien exposées, on avait une teinture miraculeuse contre les ecchymoses, mais attention ! on disait : « Qui boit brione s'étonne. » Et la mère Nannette disait qu'il ne fallait pas laisser ce navet entre toutes les mains ; pardi, le diable était dedans ! Plus tard, beaucoup plus tard, on devait découvrir que la racine de brione contenait de la brionine et une enzyme : la brionaze. Enfin, le diable vous dis-je.

Je n'en finirais pas de vous énumérer les plantes que nous récoltions ainsi et de vous conter leurs vertus, ce qui serait un peu fastidieux ; mais je ne peux m'empêcher de vous signaler la pervenche, cette *Vinca minore*, comme disait le maître d'un air dédaigneux. On la ramassait, fleurs, feuilles, tiges et racines le troisième dimanche du Carême. Et je ne savais trop à quoi elle servait ; parfois j'entendais dire d'un vieillard qui retombait en enfance : « Il est bon pour la pervenche ! » Et c'était tout.

J'ai compris, à la suite des travaux des savants Orechov et Quevauviller. En 1934 et 1955, je crois, on a isolé la vincamine, le principe actif de notre pervenche, et on s'en sert bel et bien pour vaincre la sclérose cérébrale, les troubles de la mémoire, la difficulté de concentration, la diminution des facultés intellectuelles des vieillards, bref le gâtisme et bien d'autres choses comme l'insuffisance coronarienne, les syndromes artéritiques, que sais-je encore ?

La grand-mère Nannette et ses conscrites savaient tout ça, elles, mais où diable l'avaient-elles appris puisqu'on ne devait découvrir la vincamine que vingt ans plus tard ? A l'école des sœurs, peut-être, ces ignorantes ?

Ces récoltes n'étaient ni des jeux ni des plaisanteries, mais des rites, et, pour vous le prouver, je ne sais pas ce qui me retient de vous préciser le rôle de ces plantes dans la pharmacopée de mon arrière-grand-mère Nannette. La reine des prés, ou spirée, ou barbe de bouc, ou encore grande potentille, faisait tomber la fièvre, calmait la douleur notamment les rages de dents, un peu d'ailleurs comme notre aspirine à qui on a donné son nom, parce qu'elle contient le même acide acétylsalicylique. Comme l'aspirine, cette spirée devait être employée avec précaution, des dictons en réglaient strictement l'emploi (et je ne m'en souviens pas, hélas !) car, toujours comme elle, elle fluidifiait le sang. Elle nous inspirait le respect.

Ma bisaïeule en faisait des infusions, bien sûr, mais aussi une potion et une mixture avec l'arnouée et la prêle contre la maladie du sucre, le diabète, et la tuberculose. J'aurai, hélas ! l'occasion d'en reparler au sujet de ma petite Kiaire.

Le frêne était certainement un des arbres les plus vénérés de nos régions. Cela venait de loin, bien avant Vercingétorix ou Sacrovir. On l'utilisait contre la goutte, les rhumatismes, l'artério-sclérose, l'hydropisie, surtout contre les ennuis de tuyauterie, comme la pierre ou la prostate, j'en reparlerai plus loin.

Mes trois arrière-grand-mères buvaient chacune un baquet de thé de frêne par jour et la benjamine atteignit alertement quatre-vingt-neuf ans, la plus vieille, quatre-vingt-quinze, c'est vous dire. Il est vrai que mes deux arrière-grands-pères, leurs aînés de deux ans, ne consommaient que du ratafia et obtenaient le même résultat ; allez vous faire une conviction avec ça !

Bref, de pleines panières de feuilles de frêne servaient à faire, avec du sucre et de l'acide tartrique, un liquide diabolique, frétillant et frais, qui, mis en bouteilles, pétait comme champagne. Il servait pour les fauchaisons et les moissons.

Puis, il y avait l'armoise. Ah ! l'armoise ! dont on ne prononçait le nom qu'à voix basse et loin des enfants, car c'était une plante qui entrait diaboliquement dans le cycle féminin. Elle faisait revenir le sang chez les femmes et, de ce fait, était considérée comme un abortif puissant ; ce qui est sûr, c'est qu'elle est souveraine contre l'aménorrhée, les règles insuffisantes ou trop abondantes, et ces sacrés maux de ventre qui valaient à certaines grandes filles de rester couchées, avec un cataplasme de tabac Saint-Jean sur ce mystérieux bas-ventre où se passaient vraiment de curieux phénomènes. Pour tout dire, avec une feuille d'armoise dans chaque soulier, on était sûr de faire ses quinze lieues sans fatigue ; certains fumaient ses feuilles séchées, mais je puis affirmer par expérience et en toute connaissance de cause, que, comme le vin du Midi, ces cigarettes « ne valent pas tripette ».

C'étaient là les plantes les plus demandées par les pharmaciens et les herboristes, qui nous les achetaient fort cher, par sac de dix ou vingt kilos. Cet argent alimentait la caisse de la coopérative de l'école, consacrée à acheter des livres de bibliothèque, à participer au paiement de ce fameux monument aux morts de la guerre et à fournir en galoches les orphelins de guerre à qui l'on donnait le nom bizarre que je n'ai jamais pu accepter pour moi, de « pupille de la nation ». J'ai pourtant bénéficié de ces galoches en cuir noir, curieuses chaussures venues de je ne sais quel pays étranger et qui ne valaient pas, tant s'en fallait, les sabots de bois beaucoup plus légers que fabriquaient les trois sabotiers de la vallée, en bon bois de bouleau ou d'aulne.

C'était le messager Jean Lépée qui emmenait à la ville nos sac de plantes. Il mettait vingt heures pour faire les quarante kilomètres au pas de son mulet et de sa jument accouplés au timon de son chariot bâché, que j'ai retrouvé, beaucoup plus tard, dans les caravanes des pionniers des westerns, mais ce Jean Lépée, voyez-vous, c'est une figure si grande et si belle, qui tient une place si large dans la vie de mon village que je ne manquerai pas de vous en reparler. D'ailleurs le jour arrivait à grands pas où j'allais avoir recours si souvent et si longtemps, hélas ! à l'hospitalité de sa guimbarde, comme on verra.

6

Ainsi avec le Carême arrivaient les dernières chasses
au bois ; je me souviens de l'une d'elles entreprise par
un grand et dur soleil de mars, avec un vent à vous
couper la figure par le milieu, le pénible vent d'est
appelé ici : l' « hâle de mars » (prononcez l'âle de mâr,
s'il vous plaît), qui vous dessèche en une nuit les
mouilles de neige fondue et vous regrigne la peau
comme celle d'un lézard gris.

Il y avait dix-neuf fusils, ce jour-là. Les dix-neuf
bonshommes, rouges comme cornouilles, le col relevé,
les mains aux poches, étaient montés par le sentier des
bûcherons, sachant bien que, par ce vent, les sangliers
étaient baugés dans les tailles du Petit-Bois tout
simplement, d'où ils nous entendaient réciter nos
leçons dans la salle de classe. De mémoire d'homme, ce
grand froid venant de la trouée du Rhin, par-dessus la
Vôge et la Comté, n'avait jamais soufflé sans qu'une
bande de ragots ne se fût remisée dans les tailles de ce
Petit-Bois, à une portée de cocorico du village.

C'était un jeudi, puisque j'avais eu l'audace, de mon
propre chef, de rejoindre le jeune comte Charles-Louis.
Je l'avais trouvé en grande conversation en anglais
avec sa Miss, mais en me voyant, il l'avait prompte-

177

ment libérée, de sorte que sur le coup de neuf heures, le problème se posait de savoir si l'on sautait le mur du parc pour gagner les zones interdites, seules intéressantes comme on sait. Poser la question, c'était y répondre. Après avoir honnêtement tenté de me convaincre d'obéir aux consignes nobiliaires, le jeune comte décidait bientôt de se joindre aux prodigieux errements des jeunes manants.

Nous rejoignons le groupe de garçons du village, et nous gagnons aussitôt le fond des grandes pâtures en nous dérobant derrière les grandes haies vives. Et nous voilà dans les hauts pâturages. Mon plan est d'aller très loin vers l'est dans les grandes forêts qui se soudent à celles des Arrière-Côtes. Les bêtes une fois levées remonteront au vent ; si nous sommes bien placés nous les verrons comme le nez au milieu d'une figure.

Mais au grand soleil cru du matin succède, en rafales, une nuée noire qui plonge les forêts dans une grande obscurité. Le froid s'en fait plus vif et tout à coup, il se met à tomber une grêle furieuse qui se mue en une neige si épaisse qu'il nous est impossible d'avancer. On se groupe sous une cépée de sept chênes, tassés les uns contre les autres comme agneaux au bercail.

Demain, ce sera le 1er avril, *Avril la douceur des bois et des mois, avril la douce espérance,* comme dit le poète angevin. Ouiche ! On voit ben qu'il est pas bourguignon celui-là. Tout à l'heure, c'était le soleil d'été ou presque, et nous voici maintenant au pire de la Sibérie ! La tourmente tourbillonne et nous environne

178

si bellement que plus personne n'est capable de connaître sa gauche de sa droite. On n'entend que le vent. Ni récri de chien, ni corne, ni hallahou. Rien ! Seulement le grincement de deux baliveaux qui, comme nous, se soutiennent en geignant sous la ragasse[1].

Tout à coup, un hurlement terrible à trois cents mètres de nous ; tous mes jeunes duvets se dressent sur ma peau qui se met en chair de poule, et ce n'est pas de froid, garçon ! Le hurlement infiniment long, comme celui d'un chien à la mort, part sur ma gauche et glisse vers ma droite. C'est un : « Hou !... Hou !... » sur deux notes longues. La bête qui fait ça court trop vite et a trop de souffle pour être une vraie bête. Un de nous murmure : « C'est la Dahut. »

Nous sommes tombés sur l'insaisissable Dahut, cette fille folle d'amour, qui, depuis « le temps des grosses pierres », court les bois à la recherche d'un garçon, mais que personne n'a jamais vue, car aussitôt qu'un être humain la regarde, elle se transforme en une espèce de bête refouse[2], galeuse, affreuse. C'est à sa capture qu'on convie les commis un peu simplets, mais attention ! celui qui la verra sous sa forme de fille folle d'amour tombera raide mort, ce qui donne à l'aventure un certain air de chevalerie. Pas de doute, c'est Elle qui court toute nue dans la tourmente de neige. Les plus hardis d'entre nous lancent un « vains millards de millards », à la mesure de notre peur, les autres claquent des dents.

Seul le jeune comte ne tremble pas, peut-être parce que sang bleu ne saurait mentir. Mais tout à l'heure, il

1. *Ragasse :* averse violente.
2. *Refoux* ou *reffoux :* hirsute, mal peigné (dialectal).

nous avouera qu'il ne sait pas qui est la Dahut, alors le beau mérite de ne trembler pas !

Le hurlement nous encercle complètement puis revient sur ses pas, plus près cette fois, puis retourne encore : « Hou...! Hou...! », et tout à coup, nous voyons déboucher, nez au sol, Parpaillot, le chien du Jacotot, qui passe, vif comme une flèche, dans le sousbois, donnant consciencieusement son coup de gueule : « Hou !... Hou !... » et chacun de nous de faire le fanfaron :

— Eh ! j'avais ben reconnu sa voix ! Vains dieux, y'en a pas deux comme celle-là !

Moi, je suis mortifié. Oui, j'ai encore beaucoup à apprendre pour reconnaître la voix d'un chien qui rapproche.

Quatre chiens passent maintenant, qui rallient Parpaillot et, à moins de cent mètres, un débuché fracassant se fait. D'abord un bruit de char d'assaut, puis la clameur féroce de cinq vautraits bien en gorge qui empaument. Le jeune comte a redressé le nez, ses narines aristocratiques se dilatent, son œil de patricien se fait brillant. Il dit, haletant : « Ça y est ! », en même temps que je crie : « C'est parti ! », et tous ensemble : « Hallahou ! Hallahou ! », ce cri deux ou trois fois millénaire qui annonce le débuché du sanglier.

Après l'émotion, on plastronne : on les a presque vus ! Si on était allé cent mètres plus loin, on se butait dans eux, cré vains dieux !

Sur le chemin du retour, un retour glorieux et désinvolte, je triomphe : « Je vous avais ben dit qu'ils étaient là ! je les sentais au nez !... »

... Mais personne, non personne ne fait allusion à la Dahut.

Je crois bien me souvenir que ce fut pour moi la dernière chasse de la saison, et d'ailleurs cette année-là devaient se produire deux événements qui allaient ébranler le monde comme on verra.

D'un coup les bourgeons éclatèrent, les cultivateurs firent en hâte leurs derniers labours en retard et leurs ultimes semailles d'avoine, et ce fut Pâques et la suite. Un Pâques tardif qui expliquait que l'hiver avait traîné en longueur, car « Pâques tard fait long hivar », ce qui justifiait la rigueur du Carême.

D'ailleurs le seul nom de Carême me donnait le frisson tout au long de l'échine. Déjà la Chandeleur avait sonné le premier glas des chasses, mais passé Carême entrant, il n'y avait plus guère de chance de découpler, la passe à la bécasse ou encore celle des ramiers pouvaient encore régaler le chasseur solitaire, bon tireur, qui s'allait poster aux heures du crépuscule au revers des chaumes, aux ensellements de la montagne, ou dans le gaulis des hauts versants ; mais pour moi, gamin sans fusil, sans permis, c'était le début d'une saison vide. Passe encore si le grand-père m'emmenait avec lui à cette chasse à l'espère où il faut se tenir coi et raide comme bûche, pendant les vingt-deux minutes que le soleil met pour s'éteindre derrière le Morvan.

Cette immobilité, si dure pour un garçon, était certes récompensée par des parfums inédits, des silences grandioses et par des bruits de village sur le point de s'engourdir tout au fond de la vallée, et puis aussi par l'arrivée, au moment où le corps commence à se raidir, d'un vol de quelques groupes, espacés et hésitants, de ce bel oiseau aux ailes circonflexes, jaillissant du taillis et rasant les courtes cimes des nerpruns pour plonger dans les combes déjà noires de nuit.

Et l'herbe se mit à pousser, surveillée de près par tous ces gens des derniers versants du Haut-Auxois, pour qui herbe (ils disent « harbe ») est synonyme de grande richesse, synonyme de travail aussi, car aussitôt que l'harbe aura grainé commencera la fauchaison.

Les faucheurs arriveront par équipe de deux, de cinq, de six avec leur dard, cette grande faux démontée qu'ils portent en bandoulière. Dans une musette, leur rechange, le marteau et la petite enclume à embattre la faux, une carotte de tabac à chiquer ou une tabatière faite d'un tronçon de corne de vache ou encore une courte pipe.

Ils arrivent comme des hirondelles, on ne sait ni quand ni comment. Hier soir, ils n'étaient pas encore là et, ce matin à quatre heures, ils sont alignés en biais dans le pré, et l'on entend le bruit bien rythmé des lames mordant l'herbe humide tout comme s'ils n'avaient pas quitté l'andin depuis les fauchaisons de l'année passée.

Ce sont d'ailleurs les mêmes, secs comme pessaux[1],

1. *Pessaux :* échalas (dialectal).

182

grillés de soleil dans leur chemise de chanvre blanc, grand chapeau noir en tête et ceinture de flanelle rouge, bleue ou grise tournée autour de la taille pour éviter les chauds-réfrédis et les tours de rein et soutenir la culotte de velours d'Amiens.

Ils avancent en cadence, versant l'andin d'un grand geste magnifique ; par moments, ils se redressent tous ensemble, mettent la lame en l'air, passent tous le bras gauche sur le dos de la lame comme on prend un camarade par l'épaule et, de la main droite, sortent la pierre du gouet, cet étui de corne, de bois ou de cuir où elle est maintenue humide par une poignée d'herbes mouillées. Du même geste, les voilà qui font chanter l'acier par le mouvement de cette pierre oblongue.

C'est merveilleux de voir cet orchestre dirigé par le premier, le plus vieux, le chef de rang, l'Émile, maigre comme un poulet coureur, le cou rouge tendu de veines et de fanons, la moustache filasse, l'œil bleu-vert, la lèvre mauve.

Je ne connais pas la couleur des cheveux de ces hommes car je ne les ai jamais vus tête nue. Même pour s'asseoir à table, ils gardent leur chapeau noir enfoncé jusqu'aux deux oreilles. Une seule fois furtivement, l'Émile a retiré son chapeau en public, c'était pour y cracher sa chique, il l'a bien vite ensuite remis sur sa tête, j'avais à peine eu le temps d'apercevoir un dessus de crâne déplumé, blanc comme lait, au-dessus de sa figure de dindon rouge.

C'est nous les enfants qui leur portons la collation de dix heures : du pain, du lard, du fromage blanc à la crème avec une gousse d'ail et une pincée de ciboulette, une cruche de vin vert coupé d'eau. D'ailleurs, plus on met d'eau, meilleur il est le vin que récoltent les cultivateurs.

Je m'assois à côté de l'Émile car c'est lui qui,

fauchant le premier, ouvre l'herbe et voit partir les
lièvres devant sa terrible lame. Il me les signale car
j'en tiens la statistique sur un petit calepin en notant
l'endroit où ils étaient remisés. Les jours de classe,
j'attends la pause de midi. Je les trouve tous assis par
terre à l'ombre, la petite enclume plantée entre les
jambes écartées, travaillant la faux à petits coups
précis du « marteau à embattre ». Cela donne un bruit
de tocsin fêlé qui fait caqueter les pintades, alors que
l'angélus du médio [1] sonne neuf coups, suivi du grand
carillon de la babillarde, et que l'un des faucheurs ne
manque pas de dire : « Tiens, voilà le bedeau qui se
pend. »

Ils vont ensuite tous s'aligner sur les bancs de la
longue table où le maître tient le haut bout, les femmes
servent et tout cela mange à grand bruit, les coudes au
milieu de la table et le nez trempant dans l'assiette.
Une belle tablée.

Oui une belle tablée sur laquelle va tomber en un
instant la première nouvelle qui est à l'origine du plus
grand séisme que la terre ait jamais connu. Cela ne
vous apparaîtra peut-être pas si grave que cela tout
d'abord, mais quand vous aurez fini de m'écouter
conter mon histoire, vous conviendrez bien avec moi
qu'un grand coup de tonnerre vient de claquer devan-
çant la catastrophe, comme ces épars qui, sans crier
gare, vous annoncent le pire des orages au beau milieu
d'une journée heureuse et pleines d'abeilles.

Riez, vous ne rirez plus quand vous m'aurez suivi
jusqu'au bout.

— Et cette saprée nouvelle, demanderez-vous, allez-
vous enfin nous la bailler ?

Je vais vous la dire, camarades, et écoutez-la bien

1. *Médio* : mi-journée.

184

parce qu'elle va tout mettre « cupoudsutéte », comme on dit chez nous, « cul par-dessus tête » comme disent les gens convenables.

Elle va tellement tout renverser que vous n'y retrouverez plus rien du tout ! Vous ne vous y retrouverez même pas vous-même cinquante ans plus tard, si Dieu vous prête vie jusque-là.

Dehors, on vient d'entendre un grand bruit de poules effarouchées. Les chiens hurlent, les dindons gloussent en fureur, les jars soufflent et, par-dessus ce tintamarre, une voix de châtré, une voix de trompette bouchée, une trompette de Jéricho qu'on aurait graissée au vin rouge et qui hurle : « Tiais ! Tiais ! Outu chereigne ! Vade retro, satanas ! Tiais ! Tiais ! Fuyez barbares ! Disparaissez patafiaux !... Place au vicaire des blaireaux ! Au chanoine des sauterelles ! Laisser passer le pur confesseur des alouettes ! »

Dans la salle, où tout le monde lape son assiette de soupe au lard, un grand silence amusé se fait, le maître dit :

— Tiens voilà le restant de la colère de Dieu qui nous arrive !

Puis :

— Allez, entre Gazette, viens te chaireter !

C'est la Gazette. Il entre. D'un revers d'épaule, il laisse tomber sa sordide besace, lève le bras, ouvre la bouche et psalmodie, de sa voix de salicional :

— ... *Benedicat vos ommipotens Deus...*

De sa seule main, car il se dit manchot, il trace dans l'air trois signes de croix en disant :

— ... *Pater, et filius et spiritus sanctus !*

— *Amen !* répond l'assistance en éclatant de rire.

La Gazette s'assied silencieux, joint ses mains crasseuses et feint de réciter un bénédicité, en réalité il dit, tout le monde le sait :

— Bénissez Mon Dieu ce corniaud de fermier qui va me bailler ma soupe et un bon canon de vin rouge, ainsi soit-il !

Et les questions fusent alors de toutes parts. Il s'est jeté sur l'assiette de potée où le lard de truie nage au côté des haricots, du choux, des carottes et des pommes de terre ; on entend chaque goulée qui dégringole jusqu'au fond de son ventre comme le boulet des ramoneurs dans une cheminée vide. Ensuite, ça grouille généreusement et, lorsque l'assiette est vide, il ferme les yeux, se recueille et va commencer ses annonces. Il a en effet l'habitude d'énumérer les nouvelles de tous les villages traversés, naissances, mariages, enterrements et le reste. C'est ainsi qu'il paie son écot.

Cette fois-ci, il se lève, ses yeux semblent vouloir sortir de ses orbites, il devient violet et il lance, prêt à éclater :

— Mes frères ! Mes frères ! Dans le Dijonnais, ils ont commencé fauchaison hier et ils fauchent avec une machine !

On entend tomber les cuillères.

— Une machine ?

— Oui, une machine avec deux grandes rangées de dents qui rognent l'herbe comme tondeuse !

Tout le monde rit. La Gazette boit d'un coup le verre de vin qu'on lui sert, il rote et il dit :

— Ça ronfèle ! Ça veurde comme le diable ! Ils en ont tondu trois soitures en moins d'un quart d'heure !

On cesse de rire.

— Cré vains dieux de milliards de dieux ! Trois soitures en moins d'un quart d'heure ! » ronchonne l'Émile qui n'a encore rien dit, sombre et peu disant qu'il est toujours au début du repas. Il suppute : « Trois soitures en un quart d'heure, mais ça fait le travail de quarante ou cinquante faucheurs cette engeance-là ! Et encore ! »

— Faudrait voir comme le travail est fait, dit le Frâchoux[1].

On rit encore un coup. Parce que le Frâchoux, comme son nom l'indique, fauche comme avec un râteau et laisse un joli feston de plumets d'herbe derrière lui. Mais sa réflexion est judicieuse : on ne peut pas faire le travail si vite sans le bâcler ! Il n'y a pas de miracle !

Mais les rires font long feu, car la Gazette, se curant les dents avec son couteau, laisse tomber :

— Le travail est très bien fait, bonnes gens !...

Et va s'ensuivre alors, c'est sûr, un débat houleux.

Mais j'entends la trompe de chasse avec laquelle le vieux Tremblot me convie à la soupe. En général, quand il prend la trompe c'est qu'il a failli attendre, et s'il a failli attendre, c'est que je vais recevoir une cinglée d'étrivières. Ça met chaudement le sang en mouvement une courroie de bon cuir de vache !

J'éviterai ce jour-là le revers d'étrivière en annonçant d'entrée :

— Ils fauchent avec une machine qui fout par terre trois soitures en dix minutes !

Ainsi la nouvelle va se répandre.

Le grand-père n'est pas étonné. Le sera-t-il jamais ? Un compagnon du Tour de France peut-il être pris au dépourvu, je vous le demande ? Il sourit d'un air entendu.

— Je te l'ai dit, la machine, voilà l'avenir. Faut devenir ingénieur, petiot ! Toi qu'apprends bien, toi qu'a une bonne tête, ingénieur que tu dois être !

1. *Frâchoux* : individu sans soin qui froisse ses vêtements (dialectal).

Un frisson prémonitoire me court entre les omoplates, de joie, de terreur, de désespoir ? Plutôt d'ambition, je le sais maintenant. Je l'ignorais alors.

Le Toit du Monde occidental croule sous mes pieds et je m'imagine qu'il bondit de joie, comme les montagnes dont parle le psalmiste.

Ai-je dit que la faucheuse mécanique en question était fabriquée par ces Américains qui n'étaient entrés en guerre à nos côtés en 1917 que pour nous vendre ensuite leur camelote ?...

Eh bien, me croira qui voudra, c'est ce soir-là que l'automobile du docteur, toute neuve, brillant de tous ses cuivres, fit son entrée dans le village. C'était une de Dion Bouton, décapotable, cerclée de cuivre rouge et bardée de laiton brillant.

Jusqu'alors le docteur faisait ses tournées dans l'élégant tilbury noir à fin filet rouge, que tirait, d'un trot alerte, la jument blanche. Mossieu le comte, lui, n'usait que du baquet, du break ou du char à banc et mettait son orgueil dans la perfection du cheval et la beauté des harnais, œuvre de mon grand-père. Lorsqu'il devait se rendre à Paris, c'était le cocher Hippolyte qui le conduisait à la gare de Blaisy à vingt kilomètres, où il prenait l'express, en première classe bien entendu. L'automobile du docteur était donc la première automobile de la vallée et elle arrivait en même temps que la première faucheuse mécanique, une McCormick, sorte de tarasque inquiétante, qui vous tombait trois soitures de pré en un quart d'heure. Deux machines merveilleuses, qui pourtant me donnèrent le frisson aussitôt que me vint cette pensée inattendue chez un gamin : « Mais les lièvres ? Que vont-ils devenir, les lièvres, lorsque la faucheuse les fauchera et les hachera comme farce, et lorsque la superbe automobile écrabouillera ceux qui sauteront

188

la route à la rentrée au bois ou en bordure des grandes pâtures ? Ah ! Quels sombres jours se préparent ! »

Déjà le train sur sa grande ligne impériale Paris-Lyon-Méditerranée qui franchit les monts à l'est de nos vallées, détruit, paraît-il, plus de gibier que cinquante braconniers. N'arrêtera-t-on donc jamais ce massacre, n'y aura-t-il donc jamais une loi pour dresser un rempart, une espèce de muraille de Chine, tout au moins autour de la Bourgogne en général et du bassin de l'Ouche et des Arrière-Côtes en particulier, pour les protéger de ces nouvelles invasions barbares cent fois plus dangereuses que celles d'Attila ?

J'en eus un cauchemar la nuit et je vis s'élever en rêve cette muraille autour de la zone à protéger en priorité, savoir : les cantons de Sombernon, Pouilly, Bligny, Nuits-Saint-Georges et Arnay-le-Duc.

Au matin, je voulus en parler à la Gazette qui avait passé la nuit dans la grange de la ferme, mais le chemineau s'était échappé au petit jour, ne laissant dans la paille que sa bauge et son fumet rance. Cet être-là n'avait pas l'habitude de rester longtemps dans chaque place surtout au moment des travaux où l'on n'eût pas manqué de le convier. L'embauche et lui marchaient en sens inverse, pas de danger qu'ils se rencontrassent jamais.

Ainsi vint la Saint-Jean, au beau milieu de la fauchaison. La fête du soleil ! car les vieux parlaient encore de solstice, mais les jeunes ne s'occupaient pas de ces histoires périmées. On allait bientôt tous avoir une faucheuse mécanique : trois soitures en un quart d'heure ! Au diable toutes ces vieilles superstitions de lune et de soleil ! Le progrès allait vous balayer cela de la belle façon ! C'était la fin des ténèbres ! Une ère lumineuse s'annonçait, où tout, oui « tout » allait se faire mécaniquement ! « J'allons pisser dans des pots de chambre en argent ! » disaient les « avancés », les mêmes qui avaient dit ça en 1789, en 1793, en 1830, en 1848, en 1851 et en 1871.

La faucheuse mécanique et l'électricité allaient, à elles seules, précipiter dans l'oubli toutes ces vieilles guignes. Ne disait-on pas que, dans la plaine à Châlon, dans la vallée de la Grosne, chez les Eduens, toujours plus malins et en avance d'un siècle sur les autres, et même à Dijon, ville prudente pourtant, on s'éclairait à l'électricité ? Et le plus fort, c'est que c'était vrai ! Alors les saints Jean et leurs auréoles, leurs feux et leurs brandons, quelle mine avaient-ils, je vous le demande ? Et tant d'autres choses anciennes qui allaient être tondues, rasées et balayées par ce génie rationaliste, scientifique, inventeur de la barre de coupe ! — L'instituteur le disait et, chose apparemment bizarre, le curé aussi. Pour une fois, ils étaient d'accord, les instituteurs républicains, toujours à la pointe de la pensée marchante et les curetons qui depuis longtemps luttaient contre les pratiques superstitieuses venant des ères druidiques.

Depuis cent ans, les prêtres faisaient en effet tout ce qu'ils pouvaient pour éviter de bénir les brasiers de la Saint-Jean et refuser d'entériner les sabats qui se faisaient autour sous le fallacieux vocable de saint Jean l'Évangéliste.

Là où ni le curé ni l'instituteur n'avaient réussi,

l'électricité et la faucheuse mécanique allaient triompher : il n'y eut pas de feulère[1] cette année-là au village. Il faut dire que pendant les cinq ans de la guerre 1914-1918 on avait pensé à autre chose et qu'il n'y avait plus beaucoup de jeunes hommes pour monter les trois cents fagots sur la haute friche des Bergeries ! Oui, comme disait mon arrière-grand-père Simon, cette guerre avait tout cassé. Tout était à l'envers.

Pourtant le soir du 20 juin, on sortit encore cueillir les simples. Guidés par les vieilles femmes, les enfants s'en furent dans les bois et les pâtures, le long des haies, sur les friches. J'en fus, comme bien l'on pense. Mémère Nannette avait rattroupé sept ou huit petiots et, avec eux, avait gagné les coins où poussaient les huit herbes qui, chez nous, sont les herbes de la Saint-Jean : le millepertuis, la petite joubarbe ou pain d'oiseau, la grande marguerite, l'armoise, mère des herbes, le mille-feuilles ou achillée, la sauge, le lierre terrestre et la bourrache.

La sauge ne poussait pas naturellement dans nos pays, ma grand-mère la cultivait en pot, quant à la bourrache il y en avait, en bordure du verger, six pieds rebelles si gros qu'ils suffisaient à la consommation familiale. On les récoltait aussi comme les plantes sauvages la nuit du 20 au 21 juin. La « nuit du solstice ».

Car ils ont beau dire les curés et les instituteurs,

1. *Feulère :* bûcher de fagots pour faire un feu rituel à l'occasion du solstice d'été (Saint-Jean) ou de la Fête des brandons (dialectal).

cette nuit-là, il se passe quelque chose, mes bons amis ! C'est dans cette nuit-là que le soleil se trouve au point le plus éloigné de l'équateur céleste et que, va savoir pourquoi, les principes actifs des plantes sont à leur maximum de puissance. Mes grand-mères savaient ça et mes grands-pères aussi. Peut-être ne savaient-ils pas le dire, mais ils le savaient et c'est le principal, et c'est pourquoi cette nuit-là on récoltait les herbes essentielles.

C'était une belle partie de plaisir avec nos falots allumés. Depuis la terrasse du presbytère, le curé riait beaucoup, l'instituteur aussi depuis le jardin de l'école, en nous voyant fouiner le long des bouchures, dans les friches et en bordure des bois. Ils se contentaient de rire tous les deux. Ils ne devaient pas nous le reprocher brutalement car c'étaient deux grands esprits tolérants, mais la classe du lendemain remettrait tout au point et la séance de catéchisme aussi.

En attendant, on recueillait les plantes dans des draps blancs qui, en principe, devaient avoir été lavés à l'eau de pluie, séchés au soleil sur le pré. Le lendemain, on les ferait sécher à l'ombre et les familles pourraient ainsi aborder l'hiver, le grenier plein de ces richesses données à profusion par le Seigneur. Car il n'y a rien de diabolique là-dedans, c'est une science objective, n'en déplaise à nos deux maîtres à penser : l'instruisou et le curé.

Il y avait eu la faucheuse mécanique, puis l'automobile, puis la péniche à moteur. La quatrième catastrophe (jamais trois sans quatre), ce fut le certificat d'études où je fus reçu le premier du canton.

Le maître d'école présentait cette année-là quatre élèves. Tout le village était aux portes pour nous regarder partir, à l'aube, en grande pompe, dans le char à banc du château, prêté comme de coutume par M. le Comte et conduit par Hippolyte, le cocher. Attelage de luxe qui nous conférait, dès notre arrivée parmi les autres concurrents, une sorte de supériorité fort gênante : « Toujours fiers les Pèle-chiens de Commarin » (c'était le sobriquet trivial que nous avait valu notre réputation plus de deux fois millénaires).

La première épreuve fut la dictée. Affreux souvenir qui me donne encore des cauchemars. En effet, n'avait-on pas choisi, pour dicter, un bel homme, fort imposant, tout de noir vêtu, avec col cassé, cheveux en brosse, barbichette, manchette, chaîne et pendeloque en or sur son gilet gris (c'était là l'uniforme des inspecteurs primaires et des francs-maçons) qui était un « étranger », un « homme de Paris », je l'ai su plus tard et, de ce fait, parlait une drôle de langue qui provoqua parmi nous la panique dès qu'il annonça le titre de la dictée. Qu'on en juge :

— Le bon dégustatar... ?

Nous nous regardâmes atterrés. Le texte qui venait ensuite n'était pas plus clair, et c'est la mort dans l'âme que nous nous mîmes à écrire, comme nous le pouvions, cette langue bizarre qui pourtant avait, par moments, des ressemblances indiscutables avec la nôtre. Nous donnions des signes d'un tel affolement que les instituteurs qui nous surveillaient se penchèrent sur nos feuilles et, à leur tour, levèrent les bras au ciel. Les meilleurs élèves avaient, pour les deux premières phrases, plus de vingt fautes. Les examinateurs se concertèrent, et il fut décidé que l'on recommençait immédiatement l'épreuve, mais cette fois sous la dictée d'un maître indigène qui, lui, prononça comme il faut : « Le bon dégustateur », avec ce « eur » local dont aucun signe orthophonique ne peut donner l'idée à ceux qui ne l'ont jamais entendu de la bouche d'un Auxois. La « foré » redevint, comme il se doit, la « forêt », les « pattes » redevinrent les « pâtes », la « botté » redevint la « beauté » et les passés simples furent enfin ce qu'ils étaient : des imparfaits.

Les autres épreuves se déroulèrent normalement et, pour le repas de midi, la plupart des élèves le prirent sur le pouce, assis par terre sous le préau de l'école. Moi, j'étais invité chez l'oncle Bouhier, un emboucheur à forte moustache. La tante, dont la parenté m'échappait alors, me servit un repas léger comme cela s'impose un jour d'examen : une meurette de tanches avec des croûtons aillés et une daube aux carottes, avec une simple tarte aux pruneaux. Il est évident qu'ainsi lesté, j'étais mieux armé que mes camarades pour affronter les épreuves de l'après-midi.

A table, j'avais bien sûr conté à l'oncle la mésaventure de la matinée. D'un naturel sanguin, il piqua une colère rouge en disant, en patois :

— Mais non, mais non, mais c'est pas possible ! Pour faire passer un examen sérieux comme celui-là, on pourrait tout de même mettre des instruisous qui parlent français !

Et la tante, en français, car, née au chef-lieu de canton, elle se devait de surveiller son langage :

— ... Ou tout au moins des gens qui ne fassent pas de fautes d'orthographe en parlant !

Quoi qu'il en fût, le soir, mon nom venait en tête de la liste des candidats reçus aux épreuves de ce sacré certificat d'études, et cela est à l'origine du tragique malentendu qui provoqua le drame de ma vie.

Aussitôt rentré à la maison, je recevais certes la récompense suprême : le beau couteau suisse, instrument prodigieux qui, plus ou moins modifié depuis l'époque de La Tène II, sanctionne chez nous le succès de l'adolescent aux épreuves tribales d'initiation.

Sans doute avais-je déjà, depuis l'âge de six ans, un couteau de poche — comment vivre sans cela dans nos bois ? —, mais c'était un disgracieux instrument avec lequel j'avais fait, tant bien que mal mon apprentissage de la vie, un lourd châtrebouc à une seule lame, qui perçait toutes mes poches et ne pouvait me servir qu'à gratter mes sabots, éplucher les treuffes et cueillir les champignons et les simples. Le nouveau, au contraire, avait deux lames, la grande et la petite, tranchantes comme rasoir, puis aussi l'alène, le tire-bouchon, le tournevis et la scie !

Mon grand-père donna une certaine solennité à la remise de ce cadeau, car cet instrument prodigieux devait devenir mon meilleur et mon plus solide ami et m'accompagner partout, au long de ma vie. C'est avec lui que j'allais désormais couper mon pain, ma viande, mon fromage, mes fruits en petits cubes pour les porter à ma bouche, comme il se doit. C'est avec lui que j'allais me curer les dents, comme les grands, avec lui que j'allais accomplir les tâches nobles, comme faire les paniers, graver mes sabots ou les moules à beurre et les boîtes à sel, greffer, enter, ou encore sculpter les quartiers de noyer où les ceps de vigne pour en faire, comme tous mes camarades, des cuillères à pot, des dessous de plat, et même des Sainte Vierge ou des saintes Solange pour les offrir aux grand-mères... ou aux filles.

... Le couteau de poche : le plus sûr artisan de la culture populaire !

Et enfin, c'est avec lui surtout que j'allais partir servir la France, reine des nations. C'est sur son manche que j'allais faire, chaque mois de mon service militaire, une encoche sacrée !

Le couteau de poche : trésor magique qui fait, de l'homme seul, le maître du monde...

En me le remettant le grand-père lança, d'une voix joviale :

— Chien sans museau, femme sans fuseau, homme sans couteau font triste monde et peûx moégneaux[1].

Tout cela était fort bien, mais à la suite de mon succès, je fus accaparé par deux tendances qui se disputèrent sans plus tarder mon avenir. La première fut représentée par les hommes de la famille, conseillés par le «. maître », qui m'envoyaient, dès la rentrée d'octobre, « aux Écoles » pour devenir « ingénieur », ni plus ni moins.

J'avais entendu l'instituteur dire à mes parents :

— Il serait vraiment dommage qu'une intelligence

1. *Peûx moégneaux* : vilains moineaux, hommes de peu.

exceptionnelle comme celle-là soit condamnée à croupir dans la médiocrité d'une profession manuelle ou agricole !...

La deuxième tendance était formée par les femmes de la famille, appuyées et conseillées par M. le Curé :

— La place de ce cher enfant est tout indiquée au petit séminaire de Flavigny ! avait dit le prêtre.

Il faut dire que, souvent, le curé, du haut de la chaire avait appelé les vocations sacerdotales. Pathétique, il avait montré que ces vocations, en raison du matérialisme et de l'athéisme croissant répandus par les francs-maçons et l'école sans Dieu, avaient tendance à se faire plus rares, ou plutôt que les jeunes garçons restaient hélas de plus en plus sourds à l'appel de Dieu alors qu'au contraire, il eût fallu qu'ils fussent plus nombreux pour lutter contre les forces du mal !

Après ces vigoureux sermons, il m'avait pris à part dans le jardin du presbytère et m'avait posé gravement la question :

— N'as-tu jamais pensé à te faire prêtre ?

— Non, monsieur le curé.

— Il faut y penser. Tu te rends bien compte qu'il faut des prêtres ?

— Oui, monsieur le curé.

— Alors, pourquoi ne répondrais-tu pas présent ? En effet, pourquoi ne répondrais-je pas présent ? Je disais maladroitement :

— Monsieur le curé Dieu ne m'a pas appelé.

Alors il avait éclaté de rire :

— Parce que tu penses que tout d'un coup tu vas entendre la voix de Dieu, un jour que tu seras à l'herbe aux lapins ou à la chasse, et que tu verras une croix de feu entre les cornes d'un chevreuil, comme saint Hubert ? Tu t'imagines que tu vas entendre le Seigneur te dire : « Viens, sois mon prêtre ? »

197

— Oui, monsieur le curé.

— Mais non, mon fils ! L'appel de Dieu, c'est ce que je te dis aujourd'hui, moi, humble serviteur du Seigneur. Je t'appelle ! Viens nous aider à prêcher la bonne nouvelle ! Il faut beaucoup d'ouvriers sur les chantiers divins !

Cet entretien, répété trois ou quatre fois sous des formes à peine différentes, m'avait laissé perplexe. J'avais fini par répondre à ma grand-mère qui sollicitait discrètement une réponse.

— Eh bien, s'il en faut des ouvriers sur les chantiers divins, pourquoi pas moi ? Cette phrase, assez peu enthousiaste, on en conviendra, avait été répétée pieusement au curé qui en avait fait état en chaire, sans me nommer bien entendu, mais en citant « un jeune garçon » en exemple, le considérant déjà comme un de ses futurs confrères. J'avais beaucoup réfléchi : j'étais d'accord pour le petit séminaire, mais le grand ? Et que devenait la petite Kiaire dans tout ça ? Je pouvais parfaitement dire la messe car je la savais déjà par cœur. Je pouvais monter en chaire et répéter les sermons du curé presque mot pour mot. Je pourrais entendre les gens en confession, j'étais sûr d'oublier leurs péchés, droit à la sortie du confessionnal ! Mais la petite Kiaire ?

Et puis, ensuite, on avait abandonné cette question, moi, par insouciance, et le curé pour laisser au Saint-Esprit le temps de me travailler à sa façon, mais cette brillante réussite au certificat d'études remettait tout en question. Le curé sortait un à un ses atouts : au séminaire les études seraient probablement gratuites (argument capital pour des Auxois). « J'en parlerai à Monseigneur, qui acceptera certainement », disait-il.

De l'autre côté, lorsque ma mère disait à l'instituteur : « Aller aux écoles ? mais nous sommes pauvres ! » Le maître, qui voulait m'arracher aux griffes des corbeaux et épanouir laïquement « l'intelligence exceptionnelle » et se faire bien noter par l'Académie, je suppose, travaillait lui aussi et, à travers lui sans doute, le diable. Il répondait à cet argument en disant : « Mais il y a les bourses ! Il passe l'examen des bourses sans la moindre difficulté ! Il s'y classe même parmi les premiers, j'en suis sûr ! »

Il fut donc décidé que je passerais l'examen des bourses. Cela n'engageait à rien. C'en était fait, j'étais condamné à faire des études. Cette perspective était pour moi comme si une lourde dalle avait été posée sur ma tête, et j'avais l'impression de perdre à jamais cette liberté qui était le lot de ces artisans de village qui formaient ma famille et de ces cultivateurs nos voisins, clients et amis, rivés à leur tâche sans doute, mais libres, oui libres ! Et finies les chasses ! Ah ! surtout cela ! Et cette vallée ? Ces bois ? Ce paradis désormais perdu pour moi ? Ce n'est que plus tard que je compris encore autrement les choses, mon « exceptionnelle intelligence » n'avait pas encore à cette époque la maturité voulue, ni l'expérience, pour se cabrer contre cet écrémage du monde rural de l'artisanat et de l'agriculture qui lui enlevait ses meilleurs éléments dès leur certificat d'études primaires pour les verser à jamais dans le monde de la théorie, pour en faire des administratifs, des bureaucrates ou des hauts théoriciens de tout poil, des ingénieurs, des inutiles coûteux, des nuisibles bien payés, perdus à jamais pour le monde sain et équilibré de l'ouvrage bien fait.

Là commençait cette crise qui dévore comme chancre la société moderne et qui la tuera aussi sûr que furet saigne lapin ! Mais du diable si toutes ces idées contestataires pouvaient me venir. Autour de moi, on s'extasiait au contraire devant ce merveilleux élitisme scolaire et universitaire qui permettait aux enfants des milieux les plus modestes de s'élever vers les plus hautes destinées, et autres fariboles.

M'élever ? Pourrais-je jamais monter plus haut que ces maîtres selliers, ces maîtres menuisiers, ces maîtres ferronniers, ces agriculteurs, ces éleveurs, ces piocheurs de vigne, ces torche-bœufs, ces bûcherons qui m'entouraient ?

Bref, je passai l'examen des bourses et j'y fus reçu avec un bon nombre de fils de charcutiers, d'artisans, cultivateurs, facteurs des postes et torche-bœufs et même de simples soldats, tous promis « aux plus hautes destinées ».

Soixante ans après ces événements que je raconte, je suis environné de directeurs de réseau de chemins de fer, de médecins célèbres, de promoteurs distingués, de savants, d'ingénieurs, de hauts fonctionnaires qui ne furent, comme moi, que des fils d'hommes d'équipe, de boutiquiers ou de traîne-savate ! Et dire que l'on réclame l'égalité des chances !

Et d'abord, est-ce plus une chance d'être médecin célèbre ou directeur-de-je-ne-sais-quoi, que de fabriquer de ses mains de beaux meubles, de beaux pressoirs, de beaux alambics, de beaux sabots ou de beaux harnais ?...

Allons ne nous échauffons pas rétrospectivement ! Ce qui est fait est fait ! J'étais comme kidnappé par l'enseignement et vendu à la technocratie, mais je me suis bien rattrapé depuis, marche !

En attendant, une page venait de se tourner dans le livre de ma vie et j'en profiterai pour souffler un instant en fermant ce chapitre.

7

Eh bien, mes curieux, je ne rentrais ni au lycée ni au
séminaire mais au collège Saint-Joseph de Dijon, la
grande boîte bourguignonne catholique. Quand j'y
repense, et j'y repense sans cesse, je trouve que cela
montre bien le rôle des femmes dans notre ancienne
civilisation. C'était mes femmes qui avaient ainsi
gagné la partie. J'échappais comme elles le désiraient
à l'enseignement laïque des « maîtres-sans-Dieu », et
sans entrer dans « la fabrique à curés », ainsi que mes
grands-pères nommaient le séminaire, je restais néanmoins sous l'influence de la soutane. Je crois bien que
ma grand-mère Tremblot espérait de toute son âme
que ces bons pères allaient me travailler au corps et
surveiller de près mes moindres manifestations mysti-
ques pour m'emberlificoter.

C'est ainsi que, la rentrée étant fixée au 2 octobre, je
dus abandonner l'idée de la chasse. Pourtant, avant de
partir pour la pension je pus faire encore « l'ouverture ».

C'était un exercice que je n'appréciais pas particulièrement, car ce jour-là tous les chasseurs partaient en
guerre dès le lever du soleil. On les entendait canarder
toute la journée et on en rencontrait partout. Le père

Tremblot, aristocrate jusqu'au bout des moustaches, c'était le comte Arthur lui-même qui l'avait dit, appelait cette kermesse la « chienlit », ou bien encore « la foire aux pétoires ». Habituellement, il affectait ce jour-là d'avoir à arracher des pommes de terre afin de n'aller pas se faire plomber les fesses par tous ces « pignoufs en chaleur », se réservant pour des chasses savantes et solitaires. Mais cette année-là, sachant que je devais « aller pensionnaire » le surlendemain au grand collège, nous fûmes les premiers à pousser cartouche en canon et voici comment :

Nous étions partis avant l'aube, sous pluie battante, pour nous trouver au cœur du buisson au lever du soleil, heure fatidique prescrite par les règlements de chasse. Nous montions en silence par le travers des grands pâturages. Le Vieux portait en bandoulière le fusil, non encore chargé comme il se devait. Il avait, j'en suis sûr, le ferme propos de ne se mettre en chasse qu'à l'heure réglementaire, j'en aurais parié la portion de fromage de tête qui ballottait dans ma musette, mais alors que nous montions dans les chardons, en haut des pâtures, je tombai en arrêt sur un joli levreau de six livres qui me regardait. Il était blotti au ras d'un revers de motte, au pied d'un chardon sec, dont il avait exactement la couleur. Ses oreilles couchées sur son échine ressemblaient à deux feuilles de bouillon-blanc fanées et duveteuses, ses yeux noirs et brillants se confondaient avec les quelques baies de yèble que septembre commençait à mûrir par-ci par-là. Pour le voir, il fallait être le chéri du Bon Dieu. Même la chienne, qui naviguait devant nous à gauche, ne l'avait ni vu ni senti.

Je m'étais arrêté, le geste pétrifié, l'haleine coupée. Il me regardait, je le regardais.

La chienne et le vieux continuaient à monter en

fracassant les chardons secs et moi j'étais là, la patte en l'air comme un épagneul en arrêt, le bâton immobile, l'œil rivé sur celui du capucin. Un geste, un simple cillement des paupières, et le charme serait rompu, et perdu cet instant inoubliable.

On aurait dit que ce lièvre me disait : « Reste ! Mais reste donc beuzenot ! Ne t'en va pas user tes fonds de culotte sur les bancs de leurs Écoles ! Tu vois bien qu'ici c'est la vie, la vraie vie, la seule vie ! »

La pluie s'était arrêtée et même un fin vent du nord semblait vouloir nous amener une belle éclaircie qui se déchirait au-dessus du Morvan, étalé devant nous. La chienne était déjà au bois, battant l'orée, buissonnant furieusement. Sans doute venait-elle de flairer la sortie et les détours de ce lièvre qui était venu se remettre là et que je tenais au bout de mon regard.

Le Vieux, lui, s'était arrêté. Il s'était retourné et allait me héler mais, m'ayant regardé attentivement, il comprit. Avec des gestes coulés, il mit lentement l'arme au poing, écarta les jambes, cassa son fusil, prit deux cartouches dans sa cartouchière, les engagea. Je ne voyais pas tout cela, mais je le devinais car si j'avais tant seulement remué la prunelle d'un millimètre, la bête eût jailli de son gîte. Je n'entendis même pas le clac du verrouillage du fusil, le lièvre et moi nous ne faisions plus qu'un. Nous tentions tous deux de prolonger cette hypnose, moi pour le plaisir, lui pour mieux préparer sa fuite.

Le Vieux, impitoyable, lança le traditionnel « hardi dessus ! ». Nos muscles se détendirent ensemble, mon bâton fouetta l'air, le lièvre eut un bond énorme, fit son quatre et prit du champ. La charge de plomb l'atteignit alors qu'il avait toute sa vitesse au faîte du mamelon ; il fit la culbute et tout se tut. C'était le premier coup de fusil de cette saison-là.

A ce moment-là, je vis que le soleil levant éclairait tout le Morvan. En riant, le Vieux ramassait l'animal et le faisait pisser, pendant que notre Tambelle revenue au coup de feu sautait de joie autour de lui, et c'est alors que j'entendis Tremblot dire tout bas à la chienne : « As pas peur ! la prochaine fois que tu es en chaleur, je te fais couvrir par le petiot. Une fameuse portée de chiens d'arrêt que ça fera ! »

Ainsi était-il le vieux Tremblot.

Mais l'affaire n'était qu'ébauchée. En effet, sur le coup de midi, nous arrivions sur la place de l'église. Il y avait grand bruit à l'auberge. Les autres chasseurs étaient déjà là, pérorant et se provoquant. Ils nous virent passer et il nous fallut faire halte pour commencer le deuxième acte de cette journée de chasse. Acte plus important que le premier, car le premier avait été celui de l'action, le deuxième devait être celui de la parole, toujours prioritaire chez les Gaulois. Celui-là silencieux et tout intime, celui-ci grandiose et merveilleux, comme on va voir.

Le Vieux sortit le lièvre de sa grande poche, le jeta sur une table parmi les bouteilles de vin rouge, et cria :

— Celui-là, regardez-le bien !...

Ils s'approchèrent car ils voyaient bien que le Tremblot avait quelque chose à raconter. J'étais resté dehors car les enfants pas plus que les femmes n'entraient jamais au café et, par la porte, je regardais mon grand-père. Il remonta sa cartouchière en bombant le torse d'un air important, son œil se plissa et voici le récit qu'il fit (on l'opposera à celui que je viens de faire en toute objectivité) :

— On montait par les pâtures, commença-t-il d'un ton détaché, il n'était pas encore six heures du matin, mon fusil en bandoulière, pas chargé. Moi, les mains dans les poches. La chienne muguetait par là. Tout par un coup, je vois mon gamin qui s'arrête raide comme keule [1] l'œil au sol. Cré vains dieux, que je me dis, le gamin tiendrait un lièvre en arrêt que ça ne m'étonnerait pas. Tout doucement je prends l'arme, je la casse, je mets deux cartouches de cinq, je referme le fusil, prêt que j'étais à tirer. Mais voilà, il était six heures du matin seulement et le soleil était encore loin derrière la montagne ! Vous me connaissez : plutôt mourir que de tirer un lièvre avant l'heure réglementaire ! (Rires.) Alors, que je dis au petiot, tâche de tenir l'arrêt un bon moment. Tu me le feras sauter quand le soleil sera là.

« Je m'assieds, la chienne revient près de moi, je la prends au collier pour la maintenir.

« Une demi-heure, qu'il me fallait attendre ! Alors je sors le casse-croûte, la chopine, je bois, je mange. Le gamin me tenait toujours l'arrêt. Puis je m'étends. Je regarde passer la nuée et voilà-t-il pas que je m'endors ? Combien de temps que j'ai dormi ? Une heure ? Deux heures ? Tout d'un coup la chienne me réveille en me léchant le nez. Bon Dieu, que je me dis, mon lièvre et mon petiot ?

« Eh bien, vous me croirez si vous voulez, le petiot était toujours là, le lièvre aussi, l'un regardant l'autre ! Alors je me lève, je saute sur le fusil, je crie " sus ! ", le lièvre déboule, fait son quatre et je l'aligne gentiment au moment qu'il rentrait au bois. »

Le grand-père s'est arrêté, les autres buveurs ne disent mot, attendant la chute, car ils savent que le Vieux connaît son métier de conteur.

— Au moment que je fais pisser le capucin, reprend-il, voilà onze heures qui sonnent au clocher !... Cinq

1. *Keule* ou *queulle* : souche, vieux morceau de bois. (En celte : *keun* : bois en bûche.)

heures ! Oui, cinq heures que le petiot avait tenu l'arrêt ! On n'avait plus qu'à rentrer !

Le grand-père se penche vers moi et crie :

— Rentre dire aux femmes que j'arrive, qu'elles peuvent tremper la soupe !

Et alors, mais alors seulement, une grande ragasse de rires éclate comme un bruit de feu de brousse poussé par le vent à travers une sapinière. On les entend depuis chez nous.

De la confrontation de ce récit avec la vérité, ma vérité, j'ai tiré bien des leçons. La veille de m'envoyer en pension pour tout un hiver, le Vieux, je crois, venait de me léguer l'héritage le plus précieux. Vous comprendrez ça comme vous voudrez, vous qui m'écoutez.

Trois jours après, je faisais mon entrée au grand collège. Immense bâtisse couverte d'ardoises tristes et pédagogiques comme les frères Quatre-Bras [1] savaient les faire construire autour de 1870 : un long corps de bâtiment de cinq étages avec large escalier central et perron de pierre, flanqué de deux ailes immenses. De longs et larges couloirs vitrés sur lesquels donnaient les classes. Cuisines et réfectoires en sous-sol.

1. Frères Quatre-Bras : frères des écoles chrétiennes, inventeurs de l'enseignement gratuit, appelés « Quatre-Bras » parce qu'ils portaient un manteau dont ils n'enfilaient pas les manches, par esprit de sacrifice.

Cet énorme établissement, mi-couvent mi-caserne, donnait froid dans le dos aux garçons que leurs parents amenaient là, un beau jour d'octobre et qu'ils laissaient seuls le soir pour un trimestre entier. Cette solitude au milieu de six cents camarades accablait la plupart d'entre eux. Moi, la solitude m'a toujours été légère et favorable, depuis longtemps je la cherchais et elle me donnait les meilleurs moments de ma vie. Quand on est seul, on est libre d'imaginer tout ce qu'on veut, on rêve à sa guise, on se sent bien, sans doute parce que la pensée n'est pas polluée par celle des autres, car la pollution commence là.

Dès la première étude, sous les abat-jour des becs de gaz qui nous baignaient d'une lumière verdâtre, je vis l'immense profit que je pourrais tirer de ces longs silences et des heures passées à suivre des cours qui ne m'intéressaient pas. Je veux parler de ceux de mathématiques, les mathématiques étant des exercices proposés à ces pauvres gens qui n'ont pas d'imagination.

Dès le deuxième jour, alors que, non sans étonnement, j'entendais mon voisin de droite et mon voisin de gauche pleurnicher dans leur pupitre, je vis l'emploi que je pourrais faire des délicieux moments d'oisiveté et de la liberté d'esprit que me procurait cette vie conventuelle. Je collai côte à côte une dizaine de feuilles de cahier et commençai sans plus attendre la réalisation d'un travail gigantesque qui consistait à dresser la carte des bois et des friches, des pâturages et des ruisseaux, des chemins et des écarts des dix communes qui formaient mon pays. La façon dont je réalisai ce travail eût bien étonné un cartographe, car je ne prenais pas de points de repère géodésiques pour avoir une trame sur laquelle viendraient s'entrelacer les chemins, les cours d'eau et les limites. Non, cela c'était la façon scientifique d'opérer, donc réservée aux

207

ilotes, aux pauvres d'esprit. Moi je partais du village que j'avais situé au centre de mon grand papier et je marchais devant moi, indiquant tout ce que je rencontrais sur ma route. Un jour je suivais un itinéraire, un autre jour un autre itinéraire et ainsi de suite, traçant ainsi une étoile aux multiples branches dont notre maison était le centre. C'était la carte cordiale de ma vraie patrie.

Après trente jours de ces pérégrinations imaginaires dans mon pays, j'en avais à peu près couvert toute la surface sur ma carte, les forêts figuraient en vert avec le quadrillage des layons et des lignes, en noir, les sommières en gris, les sentiers en pointillés, les sources, ruisseaux, abreuvoirs, rivières en bleu et enfin, en traits rouges, les grands passages du « noir » et les coulées des renards, chats sauvages et autres sauvagines, réseau dont l'intérêt était pour moi capital. Chaque jour, j'ajoutais un détail retrouvé. Bien entendu, je négligeais les routes, que je ne signalais que pour mémoire. Fort heureusement, nos régions n'en étaient pas très riches !

Nous n'avions pas encore fini d'étudier le premier acte d'*Athalie* et le dixième théorème de géométrie plane, que je me trouvais déjà en possession d'une carte assez satisfaisante de mes propriétés, car je possédais tout cela pour l'avoir parcouru, regardé et retenu dans ma tête et dans mon cœur.

Un mois de claustration, de cette claustration tant redoutée, avait suffi (à quelque chose malheur est bon !) à me faire admettre cette définition de la liberté et de la richesse, que j'inscrivis à l'intérieur de mon pupitre et que je savais par cœur pour l'avoir trouvée je ne sais où, peut-être dans mes propres rêveries :

Toute chose t'appartient que tu peux amasser dans ta mémoire et conserver dans ton cœur.

Je devais y ajouter un peu plus tard, lorsque nous fîmes connaissance des épicuriens et des stoïciens, *...et cette richesse-là, rien ni personne ne pourra jamais te l'arracher.*

Enfin, cette phrase d'Epictète :

Considère-toi comme homme libre ou comme esclave, cela ne dépend que de toi.

La carte ainsi obtenue était un prodigieux monument de subjectivité. Ainsi les terriers de garenne ou de renard, les repaires des chats sauvages y étaient indiqués soigneusement, les moindres bourbiers que l'on nomme chez nous des mouilles, où les sangliers viennent se vautrer à plaisir, y figuraient avec une grande précision ainsi que les roches, les éboulis, les grands arbres, foyards, chênes et tilleuls sacrés, que l'on appelait les « Ancêtres », et qui pouvaient se vanter d'avoir vu passer les hommes d'armes de Charles le Téméraire et, qui sait ? les convois de la croisade de saint Bernard partant de Vézelay et gagnant, par le travers de nos monts, ces pauvres régions barbares situées au sud de Mâcon, brûlées de soleil, où les guettaient les punaises, la peste et les pires malandres.

Sur ma carte, j'avais noté aussi les fermes isolées, les huis, les écarts perdus dans les reliefs sylvo-pastoraux qui donnent à nos régions une physionomie si particulière. Ainsi ce plan s'allongeait-il singulièrement vers le sud-est, où se trouvait la maison de la petite Kiaire ! Je n'en avais oublié ni la source, ni le lavoir, ni le déversoir, ni le petit bief, retenu par une vanne en planches, où jadis rouissait le chanvre et dans lequel trempaient maintenant les joncs et les osiers au moment des attachages.

Aux études libres, je plongeais dans mon pupitre, j'y dépliais ma carte et j'y lançais des chasses forcenées qui se développaient selon le vent qui soufflait ce jour-là et si la bête de traque m'emmenait du côté de la petite Kiaire, je ne dédaignais pas d'abandonner les chiens, pour sortir du couvert et descendre renifler de près les bâtiments où elle vivait. Sa chienne, qui m'avait tout d'abord aboyé, venait me faire fête après m'avoir flairé et la petite Kiaire m'apparaissait alors dans la bouchure, avec ses larges joues rondes et piolées [1], ses yeux noisette et le duvet ambré qui dorait sa peau de « beurotte » (ainsi appelait-on les brunes à peau mate).

J'entendais même sa voix et, aussi sûr que j'étais le fils de ma mère, je respirais son odeur de beurre et de lait.

Le pion qui surveillait l'étude, un pauvre étudiant long comme un jour sans pain, vint un jour voir ce qui se passait de si mystérieux dans ce pupitre relevé. Il vit la carte et s'amusa fort de l'usage que j'en faisais ; il lut aussi la phrase : *Toute chose t'appartient que tu peux amasser dans ta mémoire et conserver dans ton cœur.*

Il sourit, haussa gentiment les épaules en disant :
— Évidemment !

Exclamation pour moi sibylline, car je pénétrais pour la première fois dans le monde prétentieux des adverbes en « ment », inconnus de nous, paysans.

Le soir même, le préfet des études prit prétexte de venir diriger la prière du soir dans notre classe pour me demander d'ouvrir mon pupitre. Il lut la phrase en émettant un grognement jovial. Cet homme était un frère défroqué. A la séparation de l'Église et de l'État, il avait préféré quitter l'Ordre plutôt que de gagner le Pérou où ses Frères, chassés de leurs écoles par le gouvernement, avaient choisi de s'exiler. Il avait quitté

---

1. *Piolé :* picoté de petites taches de rousseur.

son nom de frère Rambien, pour reprendre son nom de famille. On disait même qu'il s'était marié à une religieuse « déshabillée », comme nous disions, et leur fils était élève dans notre établissement où lui-même enseignait les mathématiques.

Il lut la phrase et cligna de l'œil, puis se moucha avec fracas, il étudia longuement ma carte en me posant des questions sur ma famille, sur mon village, sur notre genre de vie, enfin sur la chasse. Le vocabulaire de la vénerie ne l'épouvantait pas, bien au contraire. Il semblait même tout heureux de l'employer. Pour finir, il me dit :

— Tu peux chasser tant que tu voudras, mais pas au jour et aux heures de fermeture ! Et ici la chasse est fermée pendant les cours et les études !

Là-dessus, de sa voix de basse taille, il attaqua : *Au nom du Père, du Fils et du Saint-Esprit*... Et la voix monotone du lecteur de semaine, toute fluette, commença la prière du soir :

Mettons-nous en la présence de Dieu et adorons son Saint Nom... *Très sainte et très auguste Trinité, Dieu seul en trois personnes, etc.*

Cette prière du soir durait près de vingt minutes avec ses quatre oraisons puis le Pater, l'Avé, le Confiteor, le Credo, le Souvenez-vous, les actes de foi, d'espérance et de charité et souvent, en latin, le Salve Regina et une courte litanie. Nous alternions les répons avec le lecteur de semaine. A la fin tout le monde dormait tout en marmottant machinalement ces textes émaillés d'exclamations et d'oraisons jaculatoires : « Ô très pieuse Vierge Marie ! Ô mon Seigneur mon Dieu ! Ô clemens ! Ô dulcis Virgo Maria ! », placées là pour nous réveiller sans doute, et j'aimais ces heures douces de prières machinales si propices à l'évasion.

Au-delà des arbres du parc, se devinaient les lumiè-
res de la ville et ses bruits inquiétants. Moi, inondé de
grâce sanctifiante, j'étais dans les friches en train
d'attendre la passe des bécasses. Après quoi, dans le
plus grand silence, nous montions en rang au dortoir
où le couvre-feu, annoncé à la cloche, nous surprenait
au lit alors que la plupart d'entre nous dormaient déjà
à poings fermés, dans l'odeur fade de la literie fatiguée
de quatre-vingts jeunes garçons.

Ainsi reclus, j'avais contact tous les mardis avec mon
pays, c'était Jean Lépée qui venait m'apporter un petit
colis envoyé par ma grand-mère.

Jean Lépée était le messager du village, il partait
chaque semaine dans son chariot bâché, tiré par sa
jument et sa mule, et il parcourait les villages de la
Montagne en prenant les « commissions » de tout un
chacun : les œufs, les fromages, les volailles, qu'il
portait au marché de Dijon. Il faisait ainsi les quarante
kilomètres qui nous séparaient de la capitale. Par tous
les temps, on le voyait se mettre en chemin comme
tous les messagers de l'Auxois. A Dijon, il passait la
nuit à l'*Hôtel du Sauvage,* un grand caravansérail qui
logeait à pied, à cheval et en voiture, il y laissait son
chariot et ses bêtes. Il parcourait la ville pour livrer à
domicile et faire les « commissions » dont on l'avait
chargé. Il repartait le lendemain soir, voiture pleine,
en chantonnant, et roulait toute la nuit pour arriver
tard dans la matinée, toujours content.

C'est ainsi que nos régions étaient alors desservies et
reliées à la ville.

Jean Lépée arrivait donc le mardi au collège, il me

212

faisait appeler au parloir, il n'osait pas s'y asseoir dans les fauteuils de velours rouge et m'attendait debout, sa casquette à oreilles sur la tête, son gilet court bien boutonné sous sa veste de guingan noir, le pantalon de velours brun vissé autour de ses petites jambes un peu torses, le nœud de tresse noire noué à la diable autour de son col cassé. Il m'embrassait et me demandait :

— Alors, ça rentre ?

Il voulait parler des leçons. Puis il me donnait les nouvelles du village et des fermes de la montagne, en vrac et au petit bonheur, à pleines brassées. Ah ! cré vaïns dieux que ça sentait bon autour de lui ! C'était un parfum de mousseron et de fumée de bois. L'odeur des gens heureux. Il me remettait le petit mannequin où ma grand-mère avait mis un pot de confitures, un petit pot de miel, du miel de nos abeilles, un saucisson cru bien sec de notre cochon, tantôt un sac de noisettes, tantôt une poche de noix, sept pommes, une pour chacun des jours de la semaine, et un fromage gras frais entre deux feuilles de platane. Enfin, un peu humectées par le petit-lait, deux missives, l'une de ma mère, l'autre de ma grand-mère, qui disaient exactement la même chose :

« N'oublie pas ta prière. Évite les mauvaises fréquentations. Sois respectueux avec tes professeurs. »

Cette façon de me faire parvenir la correspondance leur économisait une enveloppe et un timbre, ce qui était très important.

Ce qui les inquiétait le plus, c'était de savoir si j'allais bien à la selle, et, une fois sur deux, ils m'envoyaient de ces gros pruneaux que nous faisions sécher dans le four à pain après la fournée. C'étaient nos grosses prunes dorées, picotées comme œuf de perdrix, qu'on appelle chez nous « la Sainte-Catherine ». On les avait récoltées fin septembre. Elles m'amenaient, elles aussi, ces odeurs de fruits secs, de miel et de fumée de bois qui étaient, je m'en rendais compte maintenant, le parfum spécifique de la demeure du maître bourrelier.

Lui, le père Tremblot, savait à peine écrire, bien qu'il eût été deux ans pensionnaire chez les frères ignorantins qui, aux environs de 1875, tenaient une école libre et gratuite rue Berbizey à Dijon.

Le vieux Joseph avait un caractère si prompt et un sang si bouillant qu'il n'avait jamais pu former ses lettres. Lorsqu'il lui arrivait de vouloir coucher sur le papier quelques idées, il commençait une phrase mais ne la finissait jamais, tant il lui paraissait long d'aller jusqu'au bout. Parfois il m'écrivait pour ajouter quelques précisions aux racontars des femmes, mais il mangeait la moitié des mots, formait bien sa première lettre, gribouillait la seconde et ne s'occupait plus des suivantes. Par la suite même, il n'écrivait des mots que leurs initiales et souvent les remplaçait par des graffiti qui déchiraient tout bonnement le papier. Cela venait de ce qu'il voulait écrire aussi vite qu'il agissait et que pour s'exprimer il ne pouvait supporter ni les contraintes de l'orthographe ni la lenteur de l'écriture.

Ces missives ne me causaient qu'une joie très relative, car elles étaient indéchiffrables, aussi fut-il convenu que ce serait ma grand-mère qui se chargerait de toute la correspondance et elle remplissait alors deux grandes pages d'une écriture élégante, quoique malhabile, en me racontant d'abord, et par le menu, toutes les cérémonies religieuses de la petite paroisse et la façon dont les autels étaient ornés. Elle excellait aussi à rapporter les petits potins du village et les quelques lettres que j'ai conservées valent bien le meilleur de la mère de Sévigné, exception faite de quelques impropriétés de termes, qui d'ailleurs ne manquaient pas de saveur.

Le grand-père lui dictait ensuite ce qu'il avait à me dire, que la grand-mère accommodait à sa sauce. Ce genre de collaboration donnait des pages d'un accent et d'une couleur qui font honneur au génie descriptif bourguignon.

C'est ainsi que j'ai reçu, numéro par numéro, comme un feuilleton bien découpé, le compte rendu des travaux de la terre et de la saison de chasse et de pêche. Je m'amusais à discriminer, dans cette prose qui sentait la pomme d'api, le chenil et la sacristie, la part de chacun des deux écrivains. Mais le curieux, c'était de voir, dans la prose de la vieille femme bigote, ce qu'étaient devenues les séquences glorieuses, brutales, goulues, cruelles, sarcastiques et grandioses de mon grand-père, et le comble de la joie pour moi, c'était de reconstituer, au moyen de ce texte policé de vieux chanoine, les phrases caustiques et truculentes du braconnier.

Trois jours seulement après la rentrée, le 4 octobre, je reçus une lettre qui me contait la vendange de notre petite vigne. La première vendange à laquelle je ne participais pas. Cette vendange était un des quatre événements capitaux de l'année familiale. Pourtant la vigne n'était pas plus large que le cul d'un benaton et il était bien rare que nous en récoltions plus d'une feuillette. Voilà pour la quantité ; quant à la qualité !... Une fois tous les cinq ans nous en tirions un vin convenable à des gosiers de l'Auxois : un petit vin blanc assez proche de celui des Arrière-Côtes, fruité et coquin, mais les autres années, plus on mettait d'eau, meilleur il était ! Et encore fallait-il bien se cramponner à la table pour l'avaler.

C'était ce que nous appelions, dans le pays, du « vin de trois », que certains orthographiaient abusivement « vin de Troyes ». Cette appellation, très peu contrôlée, venait de ce qu'il fallait être trois pour le boire : un qui le buvait effectivement, et les deux autres, les plus vigoureux, pour tenir le buveur.

Peu importait : on cultivait quand même la vigne ! Chaque famille avait ainsi, aux endroits les plus escarpés de la commune, dans les pierrailles des éboulis, sous les roches, deux ou trois ordons à piocher, à tailler, à attacher, à sulfater (depuis ces sacrés vains dieux de phylloxéra), et à récolter. Travail assez exténuant et bien disproportionné avec le résultat. Mais, au prix des pires peines, on maintenait « son » cépage, le nôtre était du pinot, s'il vous plaît, de l'antique et noble pinot que le « mal noir » avait dédaigné.

La grand-mère me racontait donc comment, par un temps « affreux », on avait « coupé » une ballonge de raisins, les pieds dans la boue glacée, car les froids avaient pris, le matin même, sur une bonne pluie de la veille. Elle ne me faisait grâce d'aucun détail, faisait le décompte des grumes pourries qu'il avait fallu enlever, une à une, aux petits ciseaux à broder, signalait que le grand-père s'était fait un tour de rein en voulant porter trop vite un benaton trop plein.

Elle me racontait comment il avait fallu attendre longtemps au pressoir banal, tout le monde ayant fait la vendange le même jour pour profiter de la première semaine de lune, et enfin avouait que tout cela ne ferait jamais qu'un « brûle-gésier », un « décape-tripe », tout juste bon à ronger son bouchon !

Mais le Vieux avait décidé en conséquence qu'il champagniserait sa piquette, en mettant une cuillerée de sucre candi par bouteille et en attachant solidement le bouchon avec une « muselière » de fil de laiton à faire les collets !

Je savais que cette décision énergique nous vaudrait, en avril, des salves furieuses, dans la cave, les bouteilles prenant malin plaisir à éclater au moment de la montée de la sève ! Mais on avait fait la vendange l'honneur était sauf, et l'on pourrait boire, aux jours de liesse, les bouteilles rescapées qui, posées sur la table, laisseraient, gravés dans le bois à jamais, de beaux ronds francs, témoins d'un ardent millésime !

En lisant cette lettre, je revoyais la petite vigne perchée au-dessus du lavoir, la venelle étroite, entre les murets de pierres sèches, par laquelle on remontait au village entassé au sommet de la haute colline qui garde le défilé de la vallée de la Vandenesse ; je revoyais la montée qui conduit à la petite place où l'on attendait son tour au pressoir banal, car chacun possédait là une vigne tellement petite qu'elle ne justifiait pas l'achat d'un pressoir personnel. Depuis le haut Moyen Age, on faisait ainsi le vin à Châteauneuf, chacun pressant sa vendange, dans l'ordre des arrivées, sur ce très vieil instrument communautaire, dans les vieilles halles...

... Je revoyais cela et le parfum du moût me montait au nez...

Par le canal de la Tremblotte, le Tremblot entreprit de me raconter aussi, dans chaque lettre, toutes les chasses, une par une. On ne connaît rien à la joie de vivre lorsqu'on n'a pas lu ces récits-là. C'est à cette lecture que j'ai eu l'idée la plus claire de ce qu'est, de ce que devrait être la littérature. C'est là que j'ai pris moi-même le goût d'écrire.

Je ne saurais les reproduire tous ici, car ainsi réunis, ils lasseraient par la façon minutieuse dont les sites y étaient décrits. Il faudrait avoir sous les yeux une carte d'état-major et connaître par le menu ces pays-là, car on ne comprend bien une chasse que lorsqu'on sait comment les moindres brins d'herbe y sont plantés. Ma grand-mère écrivait donc par exemple :

« ... Les hommes sont allés à la chasse hier et je cède la plume à ton grand-père qui va te raconter ça... »

Suivait, de la même écriture, un récit d'une autre veine, qui m'amenait de puissantes bouffées d'air des hautes friches :

« ... Donc, contait le Vieux, nous chassions hier.

« Belle réunion. Quinze fusils. Cinq chiens... seulement, les deux du notaire, deux fameuses carnes, comme tu sais, et deux des miens, Soleil et Mireau, le fils de notre défunte Armonica, ces deux-là tu ne les as pas vus chasser, rapport qu'ils étaient trop jeunes à la saison passée. Au petit matin, je relève trois beaux cochons à la fontaine du Vaujun à moins de cent cinquante mètres de la dernière ligne où j'étais placé, le 23 janvier dernier. Je les sens au nez, je me dis : " Bon ! Ceux-là sont bien ! " Je trouve plus loin une rentrée de mère avec cinq petits de trois semaines, sous les sapins...

« " Je ne vais pas plus loin. Ils sont dans le grand roncier, que je me dis, laissons-les téter leur goutte bravement. " Enfin j'en entends grogner une petite bande en revenant sur le Bois-Marquis. Je m'arrête de marcher pour les laisser bauger tranquilles. C'est par ceux-là que nous commencerons. Et je m'en retourne au rendez-vous qui se faisait sur le chaumeau de la Lapinière, où je retrouve mes hommes bien avoinés qui replient leur casse-croûte et en route.

« J'en place huit sur la sommière de la Grande-

Vendue, trois au bord des friches au cas où mes bêtes tenteraient de gagner la vallée de l'Ouche, et je place mon reste en deuxième ligne dans le petit ravin où je t'ai fait voir ton premier chevreuil. J'attaque seul du côté des roches, à l'endroit où la grande mousseronnière rentre dans les genévriers.

« C'est le Mireau qui rencontre le premier. Un coup de voix et un débuché de tous les diables, à croire qu'on lève un troupeau de châtrons de dix-huit mois. J'en vois trois qui se défilent dans le taillis où j'ai tué le grand chat sauvage de l'an passé, je sonne l'hallahou pour le grand Fernand qui est de ce côté-là et je suis la chasse qui descend vers la Fontaine-aux-Loups. Quand tout par un coup je tombe sur les deux corniauds du notaire qui tenaient un mâle au ferme dans la bouerbe de la petite mare. Dans l'eau jusqu'au garrot, le cochon s'amusait à repousser les chiens. Mais voilà que mon sanglier se retourne et, d'un coup de boutoir, m'évente net la chienne du notaire. Le sanglier se relève et démarre, j'envoie mon coup de fusil au moment où il passait l'éboulis ; d'un coup, il se dresse en ragognant [1] et retombe en arrière jusqu'à rouler dans l'eau où il reste étendu raide.

« Belle bête : deux cents livres, pas moins. Là-dessus, voilà le notaire qui arrive. C'est son habitude de se déplacer, par curiosité. Il voit la bête, il s'en approche, lui donne un coup de pied dans le ventre et se met à danser dessus en lui disant : " Ha, ha ! tu as vu ce que c'est que de se trouver devant le père Tremblot ! "

« Puis il aperçoit tout d'un coup sa chienne étendue en sang sur la mousse.

1. *Ragogner* : ronchonner.

« '' Ma Trompette ! Vous l'avez tuée, charogne ! — C'est le quartenier qui l'a occise '', que je lui réponds.

« On se penche sur la Trompette qui perdait ses boyaux tout fumants. Pauvre bête par-ci, bonne bête par-là. On la croyait blessée. Pas du tout, elle était bel et bien crevée !... Pas grande perte : elle n'avait pas plus de nez que mon sabot !

« Quand l'oraison funèbre est dite et que le notaire a remis son mouchoir dans sa poche, on se relève et on regarde la mare : plus de sanglier ! Oui mon blaise, la mare était vide et on voyait des traces de boue qui remontaient dans les forts et l'animal que le notaire lui avait dansé sur le flanc était reparti au plus raide de la pente et on ne l'a jamais revu.

« A la deuxième attaque, on tuait un joli mâle de cent quarante. A la troisième, un autre de cent vingt, mais on n'a pas revu mon quartenier de deux cents livres que j'avais tué. J'en suis sûr puisque le notaire lui avait dansé sur le ventre !... »

Voilà les lettres que je recevais de chez moi. Naturellement, j'y ajoutais mentalement les « sacrés » et les « milliards de vains dieux » convenables.

Et ces lettres cachées dans des colis de victuailles me mettaient l'imagination en chaleur : j'étais un prisonnier, j'étais Vercingétorix dans Mamertine, j'étais le Masque de fer à la Bastille, j'étais Monte-Cristo au château d'If, et c'était merveilleux.

C'est ainsi que j'appris des choses graves dans le courant de l'hiver, la grand-mère Daudiche était malade, ce qui était dans l'ordre des choses, elle avait passé quatre-vingt-dix ans et la maladie n'est pas la mort, et enfin par comparaison avec les ancêtres dont on me parlait sans cesse, quatre-vingt-dix ans me semblait être un âge encore bien tendre pour mourir. La Nannette la soignait avec des infusions, des décoctions et de l'intrait de pervenche, cette fameuse *Vinca major* qui luttait si efficacement contre les ramollissements du cerveau.

J'avais donc confiance. Du moment que la mémère Nannette s'en occupait, la mémère Daudiche avait encore de beaux jours devant elle.

Mais un jour, hélas, ma grand-mère m'apprit aussi que la petite Kiaire était malade. C'était plus grave. Et ce n'était pas une indigestion ! Non. Elle avait tout à fait perdu l'appétit, maigrissait, toussait. J'avais vu plusieurs grandes filles perdre l'appétit, maigrir, tousser et puis mourir : c'était un rhume mal soigné qui leur était « retombé sur la poitrine ». On me disait qu'on lui faisait boire de « l'eau de clou », c'est-à-dire de l'eau dans laquelle on laissait rouiller une poignée de clous. On m'affirmait aussi qu'on lui faisait manger des escargots et des limaces crus et qu'elle faisait de la chaise longue.

Tout cela était très mauvais signe, je le savais bien. La chaise longue, les limaces crues, « l'eau de clou » étaient d'obscurs présages qui ne trompaient pas l'arrière-petit-fils de la guérisseuse Nannette.

Sans plus tarder, j'écrivis à la petite Kiaire une lettre où je lui décrivais par le menu tous les moulins que nous ferions, aux vacances, dans le ruisseau. Je lui disais aussi que je priais pour elle. Je remis ma lettre au père censeur, comme il était réglementaire de le faire. Il me fit appeler et m'informa que ma lettre était censurée, car la personne à qui elle était destinée ne figurait pas sur la liste donnée par mes parents.

— Qui est cette petite Kiaire ? me demanda-t-il.

— C'est une jeune fille, mon père.

— Une parente sans doute ?

— Non, mon père.

— Alors une amie de vos parents ?

— Oui, mon père.

— Quel âge a-t-elle ?

— Dix-huit ans.

— Elle a donc quatre ans de plus que vous.

— Oui, mon père presque cinq !

Il réfléchit un moment, puis :

— Si nous laissons passer cette lettre, notre responsabilité est gravement engagée, vous le comprenez, mon fils ?

— Oui, mon père.

— C'est pourquoi nous la retiendrons, jusqu'à ce que vos parents nous autorisent à la faire parvenir à sa destinataire.

— Ce sera peut-être trop tard, mon père, dis-je, la voix défaillante, elle est très malade !

— En êtes-vous si sûr ?

— Oh ! oui, mon père, elle va bientôt mourir.

— Nous allons donc prier pour elle tous les deux, mon fils, si vous le voulez bien.

— Oh, oui, mon père.

Le père censeur était aussi mon confesseur. C'était un prêtre séculier, non pas un frère. Je l'avais choisi à cause de ses lorgnons, qui donnaient à son regard une sévérité de très bon aloi. Il m'entraîna dans son bureau, s'assit dans son grand fauteuil alors que je m'agenouillais sur le prie-Dieu où je venais à confesse toutes les semaines et, ayant enfoui son visage dans ses deux grandes mains blanches, il commença à réciter des Avé auxquels je répondis.

Je crois bien que le chapelet tout entier y passa, mais pour la petite Kiaire j'en aurais récité vingt, trente,

222

surtout, qu'il faisait notamment plus chaud dans le bureau du censeur que dans la salle d'étude. J'étais bien content aussi de faire comprendre à mes éducateurs que je ne pouvais plus être prêtre, étant par ailleurs en relations sérieuses avec une grande jeune fille.

Par la suite, dans chaque lettre, comme pour me changer les idées, la grand-mère me racontait des histoires agréables, me disait qu'elle avait vu « monsieur le Comte, Charles-Louis », mon camarade, qui lui avait demandé de mes nouvelles et l'avait chargée de me transmettre son amical souvenir, ou bien qu'elle avait vu mes camarades du village qui m'enviaient bien d'être dans une grande école pour y préparer un bel avenir !

Mon bel avenir ! Mais je lui tournais le dos ! Mon avenir était dans les pâturages, dans les bois où les derniers de la classe jouaient à la tarbote en gardant les vaches, en attendant d'aller à la charrue ou d'apprendre à raboter les planches. Leur école avait le ciel pour plafond, et que me restait-il à moi, condamné aux études à perpète ? Une journée de liberté par semaine, celle de la grande promenade, pour reprendre respiration, comme une carpe de dix livres qui vient happer une goulée d'air à la surface d'un plat à barbe, oui, voilà l'impression que je me faisais.

Devant moi, je le pressentais sans bien l'imaginer avec précision, s'étendait une vie où je ne vivrais vraiment qu'un jour sur sept, comme tous les gens des villes et des usines, le jour de la grande promenade des bons petits citadins châtrés.

La « grande promenade » avait lieu le dimanche après messe chantée. On terminait le repas à midi et demi tout au plus, et en rang, deux par deux et par groupe de trente environ, on sortait des murs d'enceinte, on traversait les bas quartiers et tout de suite passé le port du canal de Bourgogne, on atteignait le vignoble des Marcs-d'Or.

Dijon a cette chance prodigieuse de se pelotonner dans le creux au pied des monts. Deux pas à gauche, et l'on est dans le ravin de la combe à la Serpent, avec de chaque côté, les buis, les roches, l'herbe rase d'un premier plateau, et puis plus haut, le premier chaînon des monts boisés qui plongent, trente kilomètres plus à l'ouest, sur ma vallée natale. C'était de ce côté-là que nous traînions le surveillant, comme de jeunes chiens en laisse tirent le piqueur vers les voies fraîches. Le rêve pour moi c'était de joindre la « Combe à la Serpent » et monter vers la chaume à la Crâs, terre promise que je contemplais toute la semaine depuis les fenêtres de nos dortoirs, par-dessus le faubourg Raines.

Dès les premières promenades, j'y avais vu des crottes de lapin et de lièvre, et même une fois, au-dessus de Gouville, des passées de sangliers. Aussitôt j'avais dit à mes codétenus que nous allions poser par là des collets. J'avais donc demandé à quelques externes de m'apporter du petit fil de laiton recuit et j'avais fabriqué une douzaine de « cravates ». Le dimanche suivant, nous les posions sur des passages indiscutables et selon toutes les règles.

Hélas, il n'était pas question d'aller visiter les collets le lendemain. Ce n'est que le dimanche suivant que nous pouvions les retrouver et encore, pour cela, avait-il fallu diablement insister et ruser auprès du surveillant, encore un autre étudiant fatigué qui n'aimait pas marcher (la race en commençait à naître).

Sur les douze collets tendus, un seul avait été honoré. Malheureusement le lapin qui s'y était fait prendre commençait alors à ressembler à ce que Baudelaire décrit dans *La Charogne*, que je venais de lire en cachette dans un livre formellement interdit par la censure ecclésiastique. Cette bête pourrie, perdue pour tous et inutilement sacrifiée à ma réputation d'homme des bois me dégoûta du procédé. Je résolus de ne plus tendre de collets, sauf s'il m'était possible de les aller visiter le lendemain matin. J'y pensai longtemps et voici la solution que j'adoptai.

Nous tendîmes les collets dans la soirée du dimanche, en fin de promenade et le lundi matin je me levai à quatre heures. Je m'habillai sans bruit dans l'obscurité du dortoir et je sautai le mur d'enceinte en montant sur le toit d'une remise. Au pas de gymnastique, je mis une bonne heure pour gagner les friches braconnières, où je trouvai un lapin cravaté qui gigotait encore ; je le mis dans ma blouse, et toujours courant comme dératé, je revins au collège où je pénétrai tout simplement par la grande porte en me mêlant aux externes qui arrivaient pour la cloche de huit heures.

J'expliquai mon absence à la messe de sept heures, à l'étude du matin et au réfectoire par une fameuse colique qui m'aurait tenu aux cabinets pendant plus de deux heures.

— Pas étonnant, gronda le surveillant général, la purée était piquée hier soir.

On me trouva la mine battue ; pardi ! je venais de courir douze kilomètres en tous terrains et de sauter le repas du matin ! A la vérité, ce petit déjeuner ne me manquait pas beaucoup, car à Saint-Joseph, il était comparable au brouet de ces Spartiates dont nous venions d'apprendre, fort à propos, l'étonnante et admirable frugalité. Quoi qu'il en fût, j'avais un lapin mort dans mon pupitre. Je l'y avais caché, il y faisandait certes, mais je ne pouvais que le montrer aux camarades à la sauvette, et c'était tout. Maigre récompense de tant de dons athlétiques et cynégétiques.

On sait que le gibier mort par strangulation et non saigné se gâte vite, il fallait donc le faire disparaître sans traîner. Or, l'école Saint-Joseph était alors ceinte d'un terrain appelé pompeusement « parc », où l'on trouvait charmilles et branches mortes. Après un repas de midi on profita de la grande récréation qui avait lieu avant la reprise des cours et avec mes trois mousquetaires les plus fidèles, nous nous esquivâmes. On fit un joli brasier au plus profond de la très belle grotte de Lourdes que les Frères exilés y avaient reconstituée en pierres percées et, sous les yeux d'une Immaculée Conception en plâtre, on fit rôtir mon garenne, embroché sur une baleine de parapluie trouvée dans le tas d'ordures de l'école.

Il fut dévoré sans sel, ni poivre, ni pain, entre une heure et deux heures de l'après-midi et personne n'en sut jamais rien.

Si je relate tout ça, mes cadets, c'est pour le plaisir de raconter, certes, et ceux qui sauront pourront y trouver par-dessus le marché les traits d'une civilisation. Pour moi, je me souviens très bien avoir alors médité sur toutes ces choses découvertes dans la promiscuité du collège et emberlificotées par les imprévus de la vie, et de m'être fait une philosophie d'ensemble qu'il serait peut-être bon de vous révéler car elle est aussi un signe des temps.

Notamment, j'avais fait cette remarque que les groupes de promenade se constituaient au gré des affinités, car on pouvait « choisir sa promenade ». Or, tous les poètes, tous les rêveurs, tous les « littéraires », comme on disait, choisissaient comme moi le groupe qui devait gagner les espaces rupestres, sylvestres, champêtres, les zones imprécises et inutiles, sans clôture, sans chemin, sans ciment et sans bitume. Les forts en mathématiques, au contraire, se trouvaient tous dans le groupe qui se traînait en ville sur le macadam et cherchait à voir passer des automobiles pour les compter, fourrer leur nez dans le capot si par bonheur l'une d'elles venait à tomber en panne.

À tort ou à raison, je vis dans ce clivage naturel, quoique manichéen, le partage spontané de l'humanité en deux, dès l'enfance ; d'un côté, les gens inoffensifs, de bonne compagnie, un tantinet négligents, mais dotés d'imagination, donc capables de savourer les simples beautés et les nobles vicissitudes de la vie de nature, et, de l'autre, les gens dangereux, les futurs savants, ingénieurs, techniciens, bétonneurs, pollueurs et autres déménageurs, défigureurs et empoisonneurs de la planète.

Certes, ce n'est que quelques années plus tard que je devais découvrir ce paradoxe bien celte, énoncé par mon frère celte Bernard Shaw : *Les gens intelligents s'adaptent à la nature, les imbéciles cherchent à adapter à eux la nature, c'est pourquoi ce qu'on appelle le progrès est l'œuvre des imbéciles.*

Je ne voudrais pas exagérer mes mérites d'adolescent mystique et imaginatif, mais, vrai, tout naïf que j'étais, je vis avec une grande netteté se dessiner le monde de l'avenir, celui que, tout compte fait, j'allais hélas être obligé de me farcir. Oui da ! dans ma petite tête de potache, petit-fils de pedzouille et pedzouille moi-même, j'ai pensé : « Si on continue à donner aux rigoureux minus, aux laborieux tripatouilleurs de formules, aux prétentieux négociateurs d'intégrales, le pas sur les humanistes, les artistes, les dilettantes, les zélateurs du bon vouloir et du cousu main, la vie des hommes va devenir impossible ! »

Et je ne croyais pas si bien dire ! Mais, qui, à l'époque, ne m'eût pas considéré comme un plaisantin ? Aujourd'hui, pourtant, parce que l'on se désagrège dans leur bouillon de fausse culture, que l'on se tape la tête contre les murs de leurs ineffables ensembles-modèles, que l'on se tortille sur leur uranium enrichi comme des vers de terre sur une tartine d'acide sulfurique fumant, que l'on crève de peur en équilibre instable sur le couvercle de leur marmite atomique, dans leur univers planifié, les grands esprits viennent gravement nous expliquer en pleurnichant que la science et sa fille bâtarde, l'industrie, sont en train d'empoisonner la planète, ce qu'un enfant de quinze ans, à peine sorti de ses forêts natales, avait compris un demi-siècle plus tôt. Il n'y avait d'ailleurs pas grand mérite car, déjà à cette époque, ça sautait aux yeux comme le cancer sur les tripes des ilotes climatisés. Et, que l'on me pardonne, il m'arriva de vouloir, déjà à cette époque, arrêter le massacre, endiguer le génocide généralisé, mettre un terme à la fouterie scientifique et effondrer le château de cartes des fausses valeurs.

Et comment ? me direz-vous.

Ah ! là, je vais vous faire bondir d'horreur devant votre ordinateur familial et ménager, auquel vous demandez vainement la recette perdue de l'omelette au lard : je préconisais tout simplement l'inquisition ! Oui, il m'était venu l'idée, en regardant jouer les hommes et les institutions dans mes livres d'histoire, que le même danger avait toujours menacé l'humanité en somme : la réussite des cuistres !

L'Inquisition, la Sainte Inquisition m'apparaissait,

tout bien pesé, comme une institution de protection de l'humanité contre ce danger. Oui, une réaction d'auto-défense de la société médiévale contre les gens trop malins, les sorciers et les apprentis sorciers.

Un chevalier de l'extrapolation abusive, un Nicolas Flamel quelconque venait-il à découvrir un mécanisme de la cellule ou une structure de l'atome, un autre réussissait-il à imaginer tel merveilleux appareil à polluer le monde, on le prévenait d'avoir à arrêter ses mirifiques travaux ; s'il persistait, c'était le bûcher en place de Grève. Terminé ! Rien d'étonnant alors à ce que l'avion de bombardement, la mitrailleuse, les gaz asphyxiants, la dioxyne, les déchets radioactifs, les dérivés sulfonés de l'azote non biodégradable, etc., aient mis si longtemps pour voir le jour. Que n'avait-on persévéré dans cette voie !

Mais voilà que le grand-père que je suis se fâche tout rouge pour défendre *a posteriori* le pur et perspicace gamin de quinze ans qu'il fut il y a plus d'un demi-siècle. Les psychanalystes verront sans doute, dans cette attitude, une manifestation sénile de la rivalité qui opposa jadis le premier de sa classe en « Humani-tés », votre serviteur, et le premier en « Sciences » qui est devenu, comme on pouvait s'en douter, grand saboteur de la planète ; et justement je m'en souviens très bien, le lendemain même du lapin de garenne rôti dans la grotte de Lourdes, le fort en maths de la classe passa au tableau noir devant un quarteron de pignoufs indifférents, et là, je le vis décortiquer une équation du deuxième, troisième ou quatrième degré, je ne sais plus au juste et c'est sans importance. Le professeur bâillait bleu, blet d'admiration. Moi, je trouvais ça affreux et bougrement inquiétant.

Il était là, devant le tableau, et vous torturait les X et les Y, vous les mélangeait, vous les pressurait, vous les triturait, vous les superposait, vous les intervertissait, et selon qu'il leur donnait une valeur égale, supérieure ou inférieure à zéro, la courbe qu'il dessinait, je ne sais trop pourquoi, montait ou descendait sur l'échelle des abscisses. C'était effroyable !

Ce vide prétentieux, ce néant stérile et compliqué a duré vingt minutes et j'ai alors pensé : « Si on laisse ce gars-là en liberté dans la nature, eh bien, la nature est foutue, et nous avec ! »

Je ne croyais pas si bien dire ; il est devenu ingénieur bien entendu et il s'est mis dans le crâne de concevoir de dangereuses âneries, comme ces barrages qui ont noyé je ne sais combien de villages, de maisons, de jardins, de vergers où avaient vécu cent générations de paisibles sous-développés. Sa dernière trouvaille a été l'installation sur la mer de plates-formes flottantes pour perforer le fond de l'océan et y faire gicler le pétrole. Eh bien, pour gicler, on peut dire qu'il a giclé, son pétrole. Il y en a maintenant, au moment où je raconte, une grande tache grasse sur la mer du Nord et jusque sur les côtes de Norvège et je ne sais trop où ; c'est à pleine benne qu'on y ramasse les maquereaux et les dorades crevés, le ventre en l'air ! Et ce n'est que le commencement !

Vrai, on a fusillé et guillotiné des charretées de gens qui n'en avaient pas tant fait !

Je vous le demande, n'eût-il pas mieux valu raison-nablement neutraliser, en temps voulu, les futurs inventeurs de la mitrailleuse, comme le suggérait ma bonne grand-mère, et à plus forte raison les artisans de la fission de l'atome ou même du moteur à explosion ? Quelle économie d'atrocités aurait-on faite !...

Arrivé à ce point de mon raisonnement, je suis bien sûr effrayé par mes conclusions et surtout bouleversé en pensant qu'à quinze ans déjà, un bon petit élève des frères des écoles chrétiennes pût avoir d'aussi cruelles pensées, trois années seulement après cette « Première communion » pour laquelle il avait juré de pratiquer, quoi qu'il pût arriver, l'amour total, le pardon total et le partage en Jésus-Christ, et de renoncer à Satan, à ses pompes et à ses œuvres...

... Mais les pompes et les œuvres de Satan, n'étaient-ce pas précisément les mathématiques ? La science ? Symbolisée par cet arbre de science, au cœur du paradis terrestre où Satan incite l'homme à cueillir le fruit « défendu » d'où vient tout le malheur des hommes ? Quel symbole !

Non, vraiment, l'on ne peut pas dire que nous n'étions pas prévenus !

Mais où diable vont m'entraîner ma haine des mathématiques et mon goût pour billebauder ?

Aux vacances j'avais deux façons de regagner mes friches et mes bois. D'abord le train : la ligne Paris-Lyon-Marseille traversait nos monts par le plein travers, obligée qu'elle avait été de grimper comme elle avait pu dans les combes jusqu'à la haute ligne de partage des eaux entre Seine et Rhône. Là, elle passait sous la crête, par le fameux tunnel de Blaisy-Bas ; je pouvais donc prendre l'omnibus et descendre, après le tunnel, à la gare de Blaisy-Bas. Appelée ainsi par les techniciens parce qu'elle est la gare la plus élevée de toute la ligne de Paris à Vintimille. Là une patache, celle du père Manzat, assurait la desserte des hautes vallées de la Brenne et de la Vandenesse. C'était en somme la dernière diligence, avec ses rideaux de cuir, sa galerie à bagages, sa bâche et son postillon : le bon père Manzat en personne, recouvert de sa peau de bique.

L'attelage montait lentement les bois de Savranges et gagnait Sombernon par la crête, c'était moderne et rapide. Pensez, avec l'arrêt casse-croûte à l'auberge tenue par le même père Manzat, on ne mettait qu'un peu plus de quatre heures pour faire les quarante kilomètres qui séparent Dijon de mon village. L'hiver, bien sûr, par les grandes neiges et le verglas, il fallait s'habiller comme un saint Georges. Le vent soufflait dur dans la berline lorsqu'elle prenait l'étroit plateau qui sépare les deux versants, car c'est à cet endroit que le monde du Nord et le monde du Midi se rencontrent et se disent leurs quatre vérités. Il arrivait même qu'il fallût descendre pour marcher derrière la voiture et la pousser dans les derniers lacets.

Quoi qu'il en fût, le train était trop coûteux pour nous. Pensez : deux francs cinquante de Dijon à Blaisy ! Deux millimes et demi de nos francs d'aujourd'hui !

L'autre solution était gratuite, mais beaucoup moins rapide, c'était la route. On pouvait toujours en toute saison partir le balluchon sur l'épaule. Les rouliers et les messagers se suivaient dans les deux sens au pas lent de leurs chevaux ; on sautait dans un chariot, puis dans un autre, et puis on marchait en chantant si aucun roulier ne se présentait. Mais ma mère m'interdisait cette façon de cheminer, c'était celle des magniens [1], des colporteurs, des compagnons-passants et autres, qui se déplaçaient ainsi depuis des millénaires, et pour lesquels on fermait les portes des maisons, même les lucarnes, et on rentrait les filles.

Heureusement, il y avait le Jean Lépée. J'allais à l'*Hôtel du Sauvage,* je trouvais le Jean Lépée en train de trier et de charger ses colis au milieu du va-et-vient des autres messagers dans la cour de l'auberge. Souvent il emmenait des cuirs et des croupons pour mon grand-père et cela remplissait la carriole d'un bon parfum de tanin. Quand le chargement était fini, je me pelotonnais sur un siège qu'il m'installait entre les caisses de sucre et de chicorée, tout près de sa banquette, pour pouvoir jaser sous la bâche ronde. On partait par le boulevard de Sévigné, le pont de l'Arquebuse, le pont des Chartreux ; après quoi, c'était la campagne. On remontait l'Ouche au pas des mulets ; on saluait au passage les autres messagers qui nous croisaient.

Les rouliers faisaient claquer leur fouet par mépris pour notre petit attelage. Eux, ils commandaient de la voix et du perpignan à deux ou trois couples de percherons harnachés à pompons et à sonnailles avec des licous à trente grelots. Nous, on n'avait que trois petites sonnettes dont le grésillement faisait bien pauvre à côté de leur concert, mais Jean Lépée compensait cela par une conversation de haute qualité.

On croisait aussi de plus en plus souvent des voitures automobiles qui effrayaient les mulets ; les rouliers leur criaient des injures terribles, s'en prenant au gouvernement qui laissait circuler de pareils dangers publics sur la route et souhaitaient qu'un gouverne-

1. *Magnien :* étameur, chaudronnier ambulant (dialectal).

233

ment socialiste vienne bien vite arrêter tout ça et interdire aux « gros » d'écraser le populo.

Manière de parler, je disais en montrant les bolides :

— Il n'y aura bientôt plus moyen de circuler !

Et Jean Lépée souriait.

— Bah ! p't'être ben, p't'être ben, mais p't'être ben aussi que c'est mieux, c'est mieux comme ça, c'est la vie !

— Comment ? Vous ?... Jean Lépée, qui êtes toujours sur la route, vous admettez ça ?

— Pourquoi pas ? Pourquoi pas ? C'est bien drôle de les voir passer, c'est la vie !

— Mais ils vont vous rejeter au fossé ! Et avec quoi vous gagnerez votre vie ?

— Bah ! p't'être ben p't'être ben, c'est la vie ! c'est le progrès, faudra ben s'y faire !

Jean Lépée était un des plus grands philosophes que j'aie jamais connus. S'il était à la pêche et qu'on lui demandât : « Ça mord ? », il répondait : « Un peu, un peu, y a pas à se plaindre. — Mais, Jean, votre bourriche est encore vide ? — Oui, oui, j'ai bien encore rien pris, mais ça ne va pas tarder, le vent tourne. »

Je l'ai vu rentrer fin bredouille. Il disait à ceux qu'il rencontrait : « Bonne journée ! Bonne journée ! » S'il pleuvait, ça faisait pousser ses salades. S'il faisait sec, ça faisait mûrir ses nèfles. La vie était merveilleuse autour de lui.

Le chariot avançait en balançant sa lanterne au rythme des mulets endormis qui marchaient par cœur. Ils s'arrêtaient pour pisser, on descendait en faire autant ; ils repartaient avant qu'on ait fini, on les rattrapait cinq cents mètres plus loin. Ça dégourdissait les jambes. Si on s'endormait, ils continuaient tout seuls, ils connaissaient bien sûr le trajet par cœur. La campagne était immense et le temps était infini.

Lorsque c'était nécessaire, on faisait le voyage de jour, c'était pour livrer dans les fermes et dans les villages à l'écart. On suivait les petites routes, on s'arrêtait ici ou là ; j'aidais à décharger, on avait les nouvelles qu'on transmettait à notre tour ; souvent on invitait des trimardeurs à monter pour faire un brin de route ; ceux-là en savaient des choses ! En me les montrant Jean Lépée me disait :

— Mon métier, il est bien beau : je me promène, j'écoute ! J'écoute le monde à longueur de route blanche.

Car la route était blanche et les automobiles y soulevaient un grand nuage de poussière blonde.

Il me mettait au courant de son commerce et de sa culture, car il faisait le foin et l'avoine de ses mulets, cultivait ses pommes de terre, ses betteraves et une luzerne pour ses vaches et ses lapins, élevait ses poules, engraissait un cochon. Entre ses voyages on le voyait passer, la pioche ou la faux sur l'épaule, pour gagner son champ sur la hanche de la montagne. Lorsqu'il interrompait son travail, il s'asseyait à l'ombre de son tilleul, un bel arbre au-dessus des roches qui dominaient toute la région. « Je me chairete, disait-il, et je regarde. » Il pouvait regarder pendant des heures entières, d'où son intelligence claire et son grand bonheur.

Pendant que roulait le chariot je l'observais en pensant : « Voilà ce que c'est que cette " réussite " dont tout le monde parle, voilà un homme qui a réussi ! » et je le lui disais :

— Monsieur Jean, vous, on peut dire que vous avez réussi ! Il répondait :

— Boh ! Oui ! Oui ! peut-être, p't'être ben ! J'ai pas à me plaindre. C'est la vie !

— Je voudrais bien vous imiter.

— Boh ! p't'être, p't'être ben, c'est pas difficile : y'a qu'à faire comme moi.

— Mais c'est que voilà, Jean, on m'envoie aux écoles pour être ingénieur.

— Ah ! t'es pas obligé d'être reçu à tes examens ! répondait-il en clignant de l'œil, un œil bourguignon gros comme une groseille au fond de son orbite.

— Ce ne serait pas bien de ma part, répondais-je alors, ma famille fait des sacrifices pour moi, ce serait mal les payer que de tricher exprès.

— Boh ! p't'être ben, p't'être ben ! On cause comme ça pour causer, hein ! Mais on ne fait pas d'omelette sans casser les œufs ! Si tu es ingénieur un jour, c'est sûr tu ne pourras plus jamais être heureux comme moi, faut choisir ! Et puis, tu veux que je te dise, on ne pourra plus jamais être messager comme moi dans le temps qui vient, j'y vois gros comme *La Cloche*. (*La Cloche* était le plus grand hôtel de Dijon. 250 chambres, je crois.) Il hochait la tête et concluait :

— Le jour vient où tout sera bien emberlificoté. Un temps de silence, puis : Boh ! mes mulets me mèneront bien jusque-là.

— Quel âge ont-ils vos mulets ?

— Boh ! dans cinq ans faudra pas leur en demander plus !

— Et dans cinq ans vous pensez qu'il n'y aura plus de messagers dans nos vallées ?

— P't'être ben, p't'être ben, enfin j'y crois, oui, j'y crois.

— Et alors ?

— Eh bien... c'est le Progrès ! Faudra ben que tout le monde s'y fasse ! Et puis si tu veux que je te le dise : j'ai eu ma bonne part de bonne vie. Ce ne serait pas raisonnable d'en demander davantage. J'aurais honte de ne pas être satisfait, moi qui te parle.

236

— Si bonne que ça votre vie, monsieur Jean ?

— Ah ! meilleure encore que tu ne peux imaginer, va ! Pense donc : trop jeune pour la guerre de 70, trop vieux pour celle de 14 ! Ah ! la chance qu'elle a eue ma génération !...

— Vous n'avez jamais fait la guerre, Jean ?

— Jamais ! Comme ton grand-père Tremblot. On a le même âge tous les deux ! On a vu passer les Alboches pendant l'hiver terrible de 70-71, on est allé galopiner autour de leurs bivouacs, on a même mangé avec eux les saucisses qu'ils faisaient griller au bout de leurs baïonnettes, les saucisses de l'intendance allemande !... Que nos mères étaient même aux cent coups : elles croyaient que la nourriture qui venait d'Allemagne empoisonnait tout net les petiots Français.

— Et elles étaient bonnes les saucisses boches ?

— Pardi, et pourquoi qu'elles auraient été mauvaises, il n'y a qu'à Nolay qu'on fait du bon joudru[1] !

Il rit et il continue son récit...

— La guerre de 14 est venue, on avait cinquante-deux ans, on nous a seulement mis un képi rouge, une capote de dragon et un vieux fusil de territorial entre les pattes. Avec ton grand-père, au mois d'août, on nous a envoyés défendre la ligne de chemin de fer Paris-Lyon-Marseille, à la hauteur de Turcey près du moulin Lambert.

— Et vous vous êtes battus ?

— D'abord je me suis jamais battu de ma vie ! Ça sert à quoi de se battre ? Et puis contre qui donc qu'on se serait battu ? Contre les vipères. Ça oui ! C'est pas croyable ce qu'il y a de ces bêtes-là le long des rails, au chaud sur le ballast ! Et contre les escargots aussi ! J'en ai jamais tant mangé de ma vie ! Hi ! Hi ! On vivait de

1. *Joudru :* gros saucisson, spécialité du Haut-Auxois et du Morvan.

ça, de lièvres que ton grand-père prenait au collet et de truites qu'on chopait à la main dans l'Oze ! Hi ! Hi ! du bon temps, oui, oui, du bon temps qu'on s'est payé. Tu vois bien que le Bon Dieu me foudroierait tout net si je me plaignais.

— Et vous avez gardé la ligne de chemin de fer pendant toute la guerre ?

— Ah ! ouatte ! ça a duré sept ou huit mois. D'autres sont venus nous relever, on est rentré à pied chez nous et j'ai repris la route avec mon chariot. Tu vois ! Toute ma bougresse de vie ça a été comme ça, toujours au meilleur endroit : une bonne place pour commencer chez des bourgeois, où je faisais tout ou à peu près, ensuite je me suis trouvé une femme comme on ne peut pas en trouver de meilleure, la Françoise. On s'est mariés, on a eu trois beaux enfants. Ça fait trente-cinq ans que je fais le messager, bien tranquille. Il réfléchit un instant, puis : Ah ! oui, pour sûr le Bon Dieu me patafiolerait si je ragognais.

— Le Bon Dieu, le Bon Dieu ?... Comment vous le voyez le Bon Dieu, Jean ?

Le chariot roule, la mule lève la queue, elle ralentit et pète longuement, on voit son anus qui se gonfle, puis qui s'entrouvre, et un beau crottin luisant sort en un chapelet de petites pelotes bien moulées, alors qu'une bonne odeur d'avoine digérée entre sous la bâche avec celle des harnais. C'est autre chose que le remugle de notre grand collège surpeuplé avec ses becs de gaz mal réglés. C'est autre chose aussi que la ville qui pue.

Jean Lépée digère ma question :

— Le Bon Dieu, ah ! voilà qui demande longue réflexion. On ne peut pas parler de ça à la dandinette, à brûle-pourpoint.

Il me répondra peut-être demain ou après-demain, lorsque, étant allé dans les roches pour surveiller les grandes tanières des chats sauvages, je le verrai assis sous son tilleul. Aujourd'hui il préfère y réfléchir tout à son aise.

C'est ce jour-là, et comme par un fait exprès, que nous avons vu, devant nous, les jambes arquées et la besace de la Gazette qui sortait du fossé et nous regardait venir.

— Salutas, Gazette !

— Honneur à vous les Gaulois !

— Te voilà sur la grand-route à cette heure ? Moi qui croyais que tu ne prenais que les sentiers, que la route n'était pas digne de tes sabots ?

— Mais je t'attendais, messager !

— Bien de l'honneur que tu me fais ! Allez, monte ! On va toujours te faire un bout de chemin.

En grimpant dans la carriole, le vieux chemineau eut bien du mal à nous cacher le bras qu'il disait avoir perdu à la bataille d'Alésia, alors qu'avec un parti d'Insubriens francs-tireurs de la Montagne, dont un de mes ancêtres, paraît-il, il cherchait à débloquer son camarade Vercingétorix assiégé sur le plateau d'Alésia.

Il parvint à s'installer. Tout aussitôt Jean Lépée lui dit, en clignant de l'œil :

— Gazette, tu tombes tout juste comme Pâques après Carême : le petiot me demandait comment je voyais le Bon Dieu, et je ne savais pas lui dire.

La Gazette dont le fumet avait rempli d'un coup le petit réduit, sous la bâche, commença par dire :

— T'aurais pas un reste de bidon qui traînerait encore par-là ?

Jean Lépée tira de sa cantine le bidon de soldat, un

reste de pain rassis et une tête de lapin enrobée de sauce figée. La Gazette prit le bidon, le soupesa, fit la grimace :

— Je vois bien que sans moi tu n'arriverais jamais à le vider, dit-il.

Il essuya le goulot d'un revers de sa manche sale et but une longue lampée. A travers sa grande barbe, on voyait son leutot [1] qui remontait et redescendait le long de son cou comme la valve d'une pompe à deux effets. Il riboula des yeux en disant dans sa moustache perlée de vin rouge :

— Cré milliard de loups-garous ! *Deo Gratias !* rendons grâce à Dieu d'avoir fait les raisins et les vignerons qui les cultivent !

Puis il sortit son couteau, ouvrit la grande lame avec ses dents et se mit à décortiquer sa tête de lapin de telle façon que l'on voyait bien qu'il n'en était pas à son coup d'essai.

— Justement, lui dit Jean Lépée, le Bon Dieu qui a fait les raisins, comment que tu le vois, toi qui es le vicaire des alouettes, le prophète des étourneaux, le pape des escargots ?

La Gazette se cala le dos contre un estagnon d'huile de navette du moulin de Bligny, ferma les yeux, sa bouche sourit, et d'une voix incroyablement fluette et délicate, il se mit à dire sur le ton de l'enfant qui récite :

— Pour moi (il disait « po moé »), le Bon Dieu, c'est un très grand et très bel homme, avec des poils de barbe bien plantés régulièrement dans sa peau rose ! Oui ! Et un grand nez bien droit au milieu de Sa Très Sainte Figure sans rides. Oui ! Et de très grands cheveux bien rangés en mèches frisottées. Oui ! Il a des

1. *Leutot :* pomme d'Adam.

240

grandes mains, des très grandes mains avec des doigts (il prononçait des « doué ») minces et lisses comme des fuseaux. Oui ! Il est entortillé dans un drap plein de plis drôlement retroussés...

On peut remarquer que la Gazette nous décrivait là le Beau Dieu du tympan de la basilique de Vézelay ou bien celui d'Autun, tout simplement, mais après avoir bu une deuxième lampée, il continuait sur un ton plus chaud :

— ... Dieu ? Il parle pas, il chante ! Il chante, cré loup-garou et ça fait danser des anges parfumés qu'il a faits lui-même à son goût, pour le plaisir de ses grands yeux noisette, des anges lisses comme des demoiselles !

La Gazette but une troisième goulée, puis continua :

— ... Il est assis dans un très grand fauteuil de velours rembourré, et les anges lui apportent à manger. Et il mange ! Il mange sans s'arrêter, parce qu'il peut manger sans attraper d'indigestion, lui. Pardi, sa panse est grande comme l'univers ! Il peut avaler des mondes et des mondes sans s'arrêter, il a toute l'éternité... Les anges lui versent des tonneaux de passetougrain dans la bouche et quand il avale, cré milliard de loups-garous, ça fait le bruit de la cascade du Goulou ! Oui !... C'est le repas de Dieu !

La Gazette vient de s'étaler sur un sac de riz, le ventre débridé, la mine épanouie et savoure sa phrase finale comme un verre de ce passetougrain divin.

— Comédien ! murmure Jean Lépée, tout ébaubi.

Le visionnaire inspiré continue.

— ... Pendant ce temps-là, de sa main, Dieu fait tourner les étoiles et le soleil autour de la terre.

Je ne puis laisser passer cette erreur grossière et je lui coupe la parole.

— Mais non, Gazette c'est la terre qui tourne autour du soleil !

Il se redresse alors, furieux, me fixe de ses petits yeux verts écarquillés.

— Pas possible ? Alors dis-moi voir, petiot, pourquoi on dit que le soleil se lève ou qu'il se couche ? Même dans les almanachs qui sont pourtant faits par des savants, on dit « le soleil se lève à 6 heures, le soleil se couche à 7 h 32 ». On ne te dit jamais que c'est la terre qui se couche, hein ! c'est donc ben lui qui bouge !

C'est prodigieux d'entendre rêver et ergoter ce vieux fou qui parcourt toute la Bourgogne, et (c'est lui qui le dit) lui conserve figure et lui maintient souffle. Il se met à grignoter les joues du lapin et en deux aspirations convenables lui gobe l'œil droit, puis l'œil gauche qu'il savoure longuement. L'attelage avance sous les grands nuages qui roulent sur les montagnes, le chemineau raconte Dieu. Son œil est plissé et sa voix semble rire. Saurai-je jamais s'il parle sérieusement ou bien s'il vaticine pour éviter la réponse difficile ? Avec les Bourguignons on ne sait jamais. Tant pis.

Je reviens à cette grave question que posent ces automobiles et sur le sort réservé aux pauvres voitures bâchées des messagers, à leurs mules et à eux-mêmes.

— Mais si ces automobiles vous jettent au fossé, monsieur Jean, qu'est-ce que vous deviendrez, vous ?

— Moi ? Eh bien, j'irai aux pissenlits, aux mousserons, aux morilles, aux jaunettes, j'irai aux ételles, j'irai à la pêche dans le barrage, dans le canal, dans la rivière et puis après, j'irai à la pêche dans l'étang du Paradis. Saint Pierre est en train de m'y amorcer un sapré bon endroit pour le brochet, marche ! Pas vrai, Gazette ? On les abandonnera à leur triste sort avec leurs moteurs et leurs faucheuses !

La Gazette est repu, le rouge à ses pommettes et à son nez, et le voilà qui, pour payer son écot, va nous donner les nouvelles. Il suce un à un ses doigts brillants de graisse et commence :

— Le Jeannot Beurchillot vient d'acheter une Cormick ! (il veut dire une faucheuse mécanique McCormick)... Le Bastien d'Es Commes vient d'acheter une Cormick !... Le Treubeudeu de la Maladière vient d'acheter une Cormick !... Le Popaul Mâchuré vient d'acheter une Cormick !... Le « Terrible Chien » des Pâtis vient d'acheter une Cormick...

— Mais qu'est-ce que c'est que cette litanie que tu nous chantes, Gazette ? fait le Jean Lépée.

— Fils, c'est la litanie de la fin ! Le psaume des morts !

— Quelle fin ? Quelle mort ?

— Tu n'as pas compris, beuzenot, que chaque fois qu'un croquant achète une machine Cormick, ça tue dix faucheurs ?

— Ça supprime leur peine, Gazette, mais ça ne les tue pas ; c'est eux qui conduiront la Cormick.

La Gazette lève l'index et le majeur de sa main droite, le pouce sur les deux autres doigts repliés :

— Un seul conduira la Cormick ! mais les neuf autres ? hein ? Qu'est-ce qu'ils feront les neuf autres ? Tu veux que je te le dise ? Ils iront à Dijon, à Paris, esclaves dans les usines ! Et les villages deviendront vides comme des coquilles d'escargots gelés. Le ventre des maisons se crèvera, qu'on ne verra plus que les côtes de leurs chevrons ! Et eux qu'est-ce qu'ils deviendront, là-bas, dans la ville ? Des mendiants de l'industrie, des mécontents-main-tendue, des toujours-la-gueule-ouverte !... Ça a commencé quand on a construit le chemin de fer en 1850, la Montagne, les Arrière-Côtes, le Morvan, le Châtillonnais se sont trouvés tout vidés comme une peau de lapin.

Jean Lépée explique :

— Bah ! c'est que leur pays était peut-être trop pauvre pour nourrir tout le monde ?

Alors la Gazette se dresse debout, lève sa main comme le Christ au tympan de Montceaux-l'Étoile et furieux :

— Trop pauvres ? Trop pauvres nos pays de bonheur ? Si c'est pas malheureux d'entendre ça ! Pauvre, la Bourgogne ? Qu'on pourrait y engraisser toute la France dedans ?

Un cahot de la route le déséquilibre, il retombe sur son sac de grains, et on rit pendant qu'il continue ses prophéties. On monte ainsi les derniers raidillons qui vont nous amener sur le faîte du toit du Monde occidental. Au sommet, c'est la vallée natale qui va s'écarter, à nos pieds, franchement ouverte sur le bleu foncé du Morvan. Cette vallée où l'on est « si bien que dans le chaud d'une fille ». Y venir ainsi tous les trois mois, après un trimestre de collège citadin me la fait voir toute neuve, les choses et les gens. J'ai oublié à quel point ces choses et ces gens sont drus, vigoureux, particuliers, à nuls autres pareils, ni comment ils me ressemblent. Je retrouve même cette façon de s'exprimer qui fait que mes rédactions, mes dissertations sont lues à toute la classe et même, à mon grand étonnement, à toute l'école réunie dans la salle des fêtes pour la proclamation des notes trimestrielles.

Je m'en souviens bien, c'est cette fois-là que le vieux la Gazette, Pape des escargots, s'est levé, et alors que nous traversions la voie romaine au fin dessus de l'Agelot, nous a demandé de le déposer là. Il devait suivre, paraît-il, cette voie romaine, prendre ensuite la piste gauloise qui suit la grande Vouivre et gagner les hauteurs de Sussey-le-Maupas, où se dresse le menhir de Pierre-Pointe. Il avait affaire sur cet itinéraire sacré, paraît-il.

C'est une fois descendu de voiture qu'il s'est appuyé au palonnier et nous a dit, en patois cette fois, je traduis :

— Vous m'avez fait parler de si tellement de choses que j'en ai oublié de vous dire encore ceci : Bientôt y aura un service de « tobus » qui fera Dijon-Saulieu. C'est ta mort, messager !

Et enfin :

— La petite Kiaire est morte hier tantôt ! La poitrine qui l'a emportée !

Il s'est signé, a remonté sa besace d'un coup d'épaule, puis a attaqué le raidillon qui regagne la fameuse voie romaine.

Jean Lépée ruminait et digérait le « tobus » qui l'assassinait, puis hochant la tête :

— Boh ! le vieux fou raconte tellement de couenneries !

Moi, je pensais à la petite Kiaire qui venait de mourir. Non, cela ne m'étonnait pas ; je savais que l'eau rouillée, les limaces crues, la chaise longue, ça conduisait les grandes filles au cimetière. Je m'attendais à cette nouvelle depuis si longtemps que je n'eus pas le choc que j'imaginais. C'était plutôt comme une grande paix qui m'inondait, la paix dans laquelle j'étais certain que la petite Kiaire baignait maintenant.

Le lendemain de mon arrivée en vacances, ce fut donc l'enterrement de la petite Kiaire. La mémère Daudiche, qui geignait dans son fauteuil, répétait : « Mais, mon Dieu, pourquoi donc que ce n'est pas moi qu'on enterre aujourd'hui plutôt que cette pauvre petiote ? » ou bien : « C'était mon tour, pas le sien ! Que le Bon Dieu se trompe donc, des fois ! »

Mon grand-père avait emprunté la jument des frères Roux et l'avait attelée au char à banc ; à midi nous partions tous assez en avance pour ne pas faire trotter la jument, elle était vieille et fragile des bronches. Il y avait la montagne à passer. Sur l'autre versant, en redescendant sur la ferme, on vit le groupe des gens en noir dans la cour et les chars à banc alignés dans le chemin et cela me donna un frisson que je passai en récitant des Je vous salue Marie, à tout hasard. C'était une recette qu'on nous donnait au collège : « Dans les difficultés, réciter au moins trois Je vous salue Marie et les ennuis s'évanouissent. »

On enleva le mors de la jument pour lui permettre de manger tranquillement le picotin de foin que lui apportait l'Ernest. Tout de noir vêtu, le pauvre homme avait les yeux rouges et reniflait sans arrêt. On embrassa tout le monde et lorsqu'on chargea le cercueil sur la charrette et que l'attelage sortit de la ferme, j'eus un grand déchirement dans la poitrine ; c'était la dernière fois que la petite Kiaire passait le petit pont sur le ruisseau.

Le char à banc funèbre tiré par la Volga, l'alezane préférée de Kiaire, allait devant, précédé du prêtre et des trois enfants de chœur. Les gens suivaient à pied.

On ne prenait les porteurs qu'à l'entrée du village car il y avait trois kilomètres à faire.

Quand on passa sur le pont de la Serrée, n'y eut-il pas un récri de chien courant dans le versant ? Je regardai mon grand-père, il avait dressé sa grande oreille rouge et ses yeux brillaient. Il me regarda et cligna de l'œil. J'avais compris ; c'était notre Mirette qui, nous voyant partis, avait cassé sa corde, nous avait suivis de loin et s'était mise au bois.

Elle venait de lever, c'était sûr ! Le vieux Tremblot se rapprocha de moi. Je lui murmurai :

— C'est la Mirette.

— Pardi, la charogne, souffla-t-il, elle vient de nous lever un chevreuil, oui !

Tous les hommes du cortège avaient cessé de bavarder, on les voyait les mains au dos, le nez au vent, se jetant entre eux des coups d'œil complices ; tout le monde avait reconnu un chevreuil à la façon dont la chasse se déroulait. Une chasse où les deux bêtes se livraient voluptueusement, prenant chacune la joie qui lui revenait. Il y avait eu un grand départ à toute vitesse sur la hauteur, suivi d'un silence, puis, d'une longue haleine, un concert bien appuyé d'enthousiasme.

Tout le monde commentait dans sa tête la tactique du chevreuil, moi le tout premier : « Tiens voilà qu'il fait son retour !... Tiens il recoupe la voie ! Il connaît son métier, c'est un vieux mâle, c'est sûr !... Tiens le voilà maintenant qui se forlonge et prend ses distances, on le retrouvera au Gros-Châgne dans un rien de temps ! »

De fait, on sentait que les deux acteurs, le chevreuil et la chienne, dont tout le monde avait reconnu la voix et l'allure, s'efforçaient de faire le spectacle pour nous, gens du cortège ; le chevreuil, surtout, qui vraiment se faisait battre dans un mouchoir, pour le plaisir. Peut-être était-ce en honneur de la petite Kiaire ? Toujours est-il que le voyage funèbre me parut trop court. Par moments, on croyait que la bête de chasse était sortie de la vallée, qu'elle avait changé de versant, mais au tournant suivant on entendait à nouveau la voix de la Mirette répercutée par un écho trompeur, tantôt devant nous, tantôt à gauche, tantôt à droite ; on arriva ainsi au village sans y avoir pris garde.

J'avais remarqué depuis le début un grand et solide garçon, rougeaud de figure, qui conduisait la charrette, il sanglotait à faire frémir. Lorsqu'il arrêta l'alezane à la porte du village et que le cercueil fut pris en charge par les porteurs, ses sanglots redoublèrent ; il suivit tout le reste de la cérémonie comme accablé. Quelque chose me choquait en lui. Je détestais son chagrin. A un moment, je n'y tins plus : à une vieille dame que je connaissais, je demandai qui il était ; d'une voix étranglée, elle répondit : « Mais mon pauvre enfant, c'était son fiancé ! »

A partir de ce moment je ne pris plus part à cette cérémonie qui ne m'intéressait plus. Je ne m'occupai plus que d'écouter la belle chanson de Mirette dont la voix de plus en plus ardente nous parvenait jusque dans l'église. Elle domina même la voix du chantre au moment où il entonna *In Paradisum.* C'était un symbole. Je m'esquivai adroitement et je ne participai pas au repas des obsèques qui, comme de coutume, suivait la cérémonie. Lorsqu'on s'aperçut de mon absence, c'est mon grand-père qui expliqua : « Vous avez bien entendu la chasse, eh ben ! c'est ma Mirette qui avait cassé sa corde et s'était offert un galop aux trousses d'un chevreuil qui ne demandait pas mieux. Alors le petit est parti pour rattraper la chienne. Il va bien la rallier, n'ayez pas peur ! »

Et tout le monde s'était mis à parler de chasse, chacun racontant une histoire de son répertoire, la plus drôle possible, tant pour le plaisir de raconter que pour changer les idées à la pauvre famille en deuil. Mon grand-père n'était pas le dernier, il savait qu'on l'invitait aux repas d'enterrement parce qu'il était capable de vous faire rire un régiment de veuves en viduité.

Moi, j'étais en effet aux trousses de notre Mirette, mes beaux souliers noirs étaient couverts de boue et mous comme des serpillières, mais je ne m'en souciais guère et je passais ma rage à crier : « Mirette ! Mirette ! Tia ! » Je m'arrêtais, pour écouter, puis je repartais. Le chevreuil nous emmena ainsi fort loin, jusque dans les bois de Jaugey. Je sortais là de mes zones habituelles. Depuis belle heurette je ne voyais plus ni les rochers ni les ravins familiers ; certes, je faisais mes brisées pour retrouver mon chemin au retour, mais la passion de la poursuite et la beauté de la voix de Mirette me tiraient en avant à travers le taillis comme un chien tire un aveugle, tant et si bien que lorsque Mirette se tut, ayant perdu la voie du chevreuil probablement, je compris que j'étais égaré, car toute ardeur retombée, je ne reconnaissais plus rien autour de moi.

Je n'avais plus qu'à me fier à ma chienne. Elle rallia, langue pendante, pattes sanglantes, et me vint lécher la main, l'œil battu par ses heures d'orgasme cynégétique. Je lui laissai prendre la tête, pensant qu'elle s'orienterait mieux que moi, mais ouiche ! elle aussi tournait en rond dans le bois qui s'assombrissait, le soir venant.

Enfin, trouvant un petit ruisseau, nous le suivîmes, elle, pataugeant dans l'eau glacée pour tirer la fièvre de ses pattes, et moi, sachant très bien que l'eau coule vers le bas, donc vers la vallée et les maisons.

Une demi-heure plus tard (on n'avançait pas vite dans le gaulis serré) je crus rêver : nous débouchions dans une petite combe profonde où la forêt dévorait et digérait lentement un hameau de pierres grises ; certains toits étaient effondrés et même de jeunes frênes s'élançaient de l'intérieur de plusieurs maisons éventrées, d'autres étaient encore intactes ou presque, quoique moussues et couvertes de petites joubarbes rouges. Une espèce de sentier nous prit et nous conduisit près d'un lavoir brisé où coulait l'eau d'une source captée entre deux roches, elle remplissait un petit lavoir et, au-delà, elle se perdait dans le cresson, le baume de rivière et la menthe, et divaguait dans un verger mangé de ronces, d'épines noires et d'herbes plates.

Face à la vallée perdue, les quelques maisons ouvraient l'œil mort de leurs fenêtres. Un beau silence recouvrait tout ça. De temps en temps, le grand cri féroce d'un couple de circaètes qui planaient très haut dans le ciel. A côté d'un seuil, un banc de pierre où l'on voyait des coquilles de noix brisées. Sur un perron s'ouvrait une porte béante.

Je n'avais jamais vu ces maisons qui dormaient sous un édredon de ronces et de troènes au milieu des bois, sur le bon versant d'une combe mystérieuse, et même, je n'en avais jamais entendu parler. C'était la Belle au Bois dormant, j'en étais le Prince charmant. Je m'aventurai dans une ruelle, entre deux murets éboulés, et j'entrai dans la première maison. Je n'eus pas grand-peine, car elle n'avait plus de porte. Mirette s'était mise à grogner. Les dalles de la grande salle étaient couvertes de gravats et, sur une table, des loirs dévoraient un chapelet d'oignons secs ; une chaise bancale veillait au coin de la cheminée où les cendres étaient encore tièdes sous une marmite noire.

J'appelai. Personne ne répondit. Pourtant je sentais une présence humaine. Dans un réduit se trouvait tout un tas de petites bûchettes d'aulne, bien sèches, grosses comme des petits crayons, et tout à côté une de ces longues serpes dont quelques fendeurs de merrains se servaient encore à cette époque. Il était tard.

Par peur d'être surpris par la nuit dans les bois, je n'allai pas plus loin, bien que je sentisse parfaitement comme un regard qui suivait chacun de mes pas et surveillait le moindre de mes gestes.

Mirette s'était orientée. Elle partit à fond de train aussitôt que je le lui demandai et je la suivis au pas de gymnastique ; un peu plus loin je ne pus m'empêcher de me retourner pour voir encore ce petit hameau mort, au centre de sa combe, au meilleur endroit de l'adret. Parmi les immensités forestières, le bruissement de la source montait jusqu'à nous. Les maisons recevaient encore le dernier rayon de soleil alors que tout le reste de la vallée était déjà dans l'ombre, preuve que ceux qui les avaient construites connaissaient bigrement bien leur affaire. Les murs étaient beaux comme ceux d'une cathédrale avec des équarries verticales et d'un seul jet.

Je me souviens bien avoir pensé « ça sent le moine ! », puis m'adressant à ma chienne qui se léchait les pattes : « Tu vois, Mirette, rappelles-toi bien de ça, c'est ici que je viendrai finir mes jours ! » Oui, je me souviendrai toute ma vie de cette phrase-là. Mirette battit de la queue, vint me renifler la braguette et, d'une traite, m'emmena jusqu'à la ferme où les chars à banc, un à un, s'en allaient.

J'ai retrouvé les miens, les hommes solidement à table, à boire un gamay raide comme la justice, les femmes debout autour de la bassine à échauder, essuyant une bonne centaine d'assiettes, car tout le monde avait mangé le pot-au-feu et l'omelette au lard.

Je fus soulagé lorsque je vis que le grand garçon rougeaud n'était plus là et j'entrai avec Mirette. La conversation roulait justement sur les chiens. Elle cessa et nous fûmes accueillis par des cris. Je dus raconter la fin de chasse, puis notre retour, mais je ne parlai pas de ma trouvaille, ce hameau abandonné dans la plus belle des combes de toute la Bourgogne chevelue. Je voulais le conserver pour moi tout seul. Oui, pour moi tout seul.

Ce n'est qu'au retour dans la voiture alors que nos femmes récitaient leur chapelet en l'entrecoupant de réflexions personnelles sur le chapeau de la Sidonie ou la robe de la Marie, que m'étant installé sur le siège du cocher, à côté du Vieux, je lui fis le récit de mon aventure. Il m'écouta, puis avec une tape terrible sur ma cuisse s'écria :

— Mais t'es tout simplement tombé sur la Combraimbeû ! Ton hameau, c'est tout bonnement la Peuriotte, mon garçon, et le gars qui croquait des noix sur le banc et qui fendait des allemottes, c'était le père Baptiste ! Heureux qu'il ne t'ait pas reçu à coups de gouge ou à coup de cognée. Il est malin, il est peût comme un quartenier ! il a mieux fait de s'aller cacher !

Alors j'appris que la Peuriotte était une de ces nombreuses granges que les moines cisterciens aux Xe et XIe siècles avaient piquées aux meilleurs endroits près d'une bonne source et qui leur avaient servi de centres de défrichage de la forêt gauloise.

— Je savais bien que ça sentait le moine par là ! m'écriai-je, tout flambard.

— Haha ! Ça se sent au nez ! On les sent de loin les moines blancs ! ricana le Vieux, qui continua son commentaire. Pleure pas mon garçon, là où ils mettaient le pied ceux-là, c'était le bon coin, la bonne exposition solaire, la terre profonde, l'eau claire et permanente, bois et pierres à portée de main, et tout ça à l'écart des grands passages, car sur les grands chemins passent plus de pillards que de chrétiens !

— Mais, si c'était si bon, pourquoi tout cela est-il retourné à la ronce ? demandai-je.

Le Vieux ravala sa salive et rassembla ses souvenirs.

— Boh ! c'est toute une histoire. Ces fermes-là, qu'on appelait les Granges, ont été de sacrées bonnes fermes jusqu'en 1870. Il y avait du monde à la Peuriote ! Moi qui te parle, j'y ai vu cinq feux ! On y montait encore faire les graissages pendant mon apprentissage et il en fallait des harnais là-haut ! Sept chevaux de file pour labourer ! Mais aussi fallait voir les gaillards qui vivaient là ! Quand ils descendaient dans la vallée pour les fêtes, ils faisaient la loi !... Et puis voilà qu'on a construit le chemin de fer du côté de Blaisy, puis du côté d'Épinac. Il fallait des terrassiers, des rouliers, des chevaux pour les charrois de pierres et de matériel ; les jeunes sont allés se louer et ils ne sont pas revenus : c'est plus facile de descendre que de monter ! Ils ont suivi les chantiers jusqu'à Dijon, Chalon, Mâcon ou à Tonnerre et Paris. Ils ont été pris par la ville, le chemin de fer, l'industrie, les grands ateliers, les administrations, les bureaux qui s'installaient autour des gares. Ils y ont pris femme, des étrangères, des filles de la plaine, qui les ont châtrés et on ne les a jamais revus. Les vieux sont restés, mais à leur mort tout est mort avec eux, mais le vieux Baptiste Catet, un qu'est revenu tout seul, n'a jamais accepté d'être commandé par un contremaître ou par une femme et de mettre son cul sur une chaise. Il vit là-haut comme un sanglier, il s'amuse encore à fabriquer des allemottes.

— Des allemottes ?

— Oui, des allumettes ! Et des fameuses ! Elles prennent du premier coup, celles-là, marche ! C'est comme celles de la Poloche ! C'est autre chose que celles de la Régie !...

Le soir, avant de m'endormir, j'ai repensé à tout ça, et les phrases de la Gazette s'animèrent : « Tu veux que je te dise ? Ils iront à Dijon, à Paris, esclaves dans les usines, et les villages deviendront vides comme des coquilles d'escargots gelés, et le ventre des maisons se crèvera, qu'on ne verra plus que les os de leurs côtes ! »

J'avais eu sous les yeux le tableau dépeint par la Gazette et je comprenais maintenant la phrase de notre professeur de géographie : « Ces régions de la montagne bourguignonne vidées de leurs hommes et que l'on appelle " le désert français " ! » Alors j'ai décidé que lorsqu'on me demanderait de quelle région j'étais originaire, je répondrais fièrement : « Du désert français. »

J'avais doublement perdu cette raison de vivre qui s'appelait la petite Kiaire. Je venais d'en retrouver une autre, deux fois plus exigeante, qui avait nom : Peuriote.

En arrivant en vacances, je retrouvais l'atelier de sellerie, la belle odeur de cuir frais, celle de la sueur de cheval qui imprégnait les croupières et les colliers en réparation, celle aussi de la poix, dont je vous ai donné la recette par pure gourmandise. Rien que des odeurs vivantes. Je retrouvais surtout la filasse brute qui m'attendait, il n'y avait plus de ligneul, le Vieux disait : « Je ne sais vains dieux pas comment ça se fait, je suis en retard de ligneul ! Au travail, petiot ! »

En vérité bien d'autres choses étaient en retard et je savais bien pourquoi. Le Vieux entreprenait trop de choses. Pensez, il cultivait son champ, faisait le foin de la vache, ses deux jardins, coupait ses vingt stères d'affouage dans les bois communaux, entretenait sept petits vergers, dont deux qu'il tenait de sa famille, situés en haut de Châteauneuf, à six kilomètres du village, avec sa petite vigne qu'il faisait tout seul, à la pioche. Je n'ai pas encore parlé de son rucher, une vingtaine de ruches en paille, des cabotins anciens qu'il rêvait de transformer en ruches en bois de type Dadant. Tout cela en plus de son métier de bourrellerie, de la chasse et de son élevage de chiens. C'était les femmes, ma mère, mes deux arrière-grand-mères et ma grand-mère qui s'occupaient du reste, car ce n'était pas tout : la basse-cour, les lapins, le cochon et la vache, c'était pour elles.

Après moisson, nous glanions avec acharnement, ramassant épis après épis, pour les volailles. En définitive, qu'achetait-on ? Cinq livres de plat de côtes ou de rondin par semaine, pour le pot-au-feu et chaque mois un litre de caillette pour emprésurer dix litres de lait par jour, car notre vache, une montbéliarde, nous donnait en moyenne vingt à vingt-trois litres quotidiens. On faisait des fromages gras, de gros fromages qui mûrissaient dans le cellier et qu'on lavait à l'eau salée tous les soirs ; ils devenaient roses et mauves sur leur feuille de platane étalée. Le petit lait servait à faire la pâtée du cochon et à me désaltérer en été.

Nous mangions au moins un fromage de quatre livres dans le journée, soit frais, soit passé, c'est-à-dire mûri à cœur et couvert d'une peau rougeâtre qui se ridait à la surface et dont les grand-mères conduisaient la fermentation en le lavant à l'eau plus ou moins salée ou bien la ralentissaient en temps voulu avec des ablutions d'eau-de-vie.

Enfin, dès mon arrivée, je retrouvais la crème. Je n'avais pas encore quitté mes affreux souliers et mis mes chers sabots que déjà l'on me coupait une grande tartine de pain, on en bouchait les trous avec des tampons de mie et on l'enduisait d'une couche d'un bon centimètre d'une crème, épaisse comme une pâte de chou, un peu de poivre, une pincée de sel, parfois une gousse d'ail émincée pour tuer les vers. « Et voilà ta collation, gamin, ça va te changer du collège ! »

De fait, ça me changeait tellement de cette bonne cuisine diététique sans beurre ni graisse du collège, que la nuit même de mon arrivée, je commençais une indigestion magistrale qu'on appelait « embarras » et que ma mémère Nannette faisait passer en m'administrant une cuillerée de farine de blé délayée dans un demi-verre d'eau. Le remède est tellement efficace que j'en donne ici la formule, c'est un service à rendre à l'humanité ; j'en demande pardon à ce « Corps médical » que les recettes de la mémère Nannette mettraient sur la paille si je les publiais toutes.

Cette épreuve passée, le foie ainsi mis en garde, on revenait à la crème. La crème partout, dans toutes les soupes, même dans la potée, dans les légumes, les épinards, les carottes, les faviauds [1], même les pommes de terre frites avec un petit filet de vinaigre et une petite chiée de persil. Essayez et vous m'en direz des nouvelles ! Comme le répétaient souvent mes deux grands-pères en chœur, en parlant de leur temps :

— Ah ! coquin ! C'était pas la noce tous les jours ! On avait plus de crème, de lard et de poulet que de bouilli !

Le bouilli c'était le pot-au-feu. C'était le grand luxe,

1. *Faviauds :* haricots. Même racine celtique que fève.

parce que très rare puisqu'il fallait l'acheter chez le boucher. Souvent, quand on louait un commis et qu'on convenait du prix, il y mettait une condition rédhibitoire : pas plus de quatre jours de lard et de volaille par semaine. Combien d'Auxois ont quitté la terre et gagné la ville, chassés par le régime lard, volaille, crème ? Les statistiques ne le diront jamais.

Pour moi, c'était une clause que je ne pouvais imposer à mes femmes qui m'eussent traité d'ingrat. Alors, toujours bon petit, soucieux de ne pas faire de peine à ses bons parents, j'ingurgitais lard, volaille et crème. De la crème dans toutes les sauces, même et surtout dans les civets, mais aussi dans les matelotes, les meurettes, les pochouses. De la crème dans les carpes au four, dans les œufs à la poêle, dans les œufs durs aux épinards, dans les champignons, tous ces plats appelés plats maigres et réservés aux jours de noire pénitence. De la crème dans la volaille, de la crème pour déglacer le jus des rares grillades, de la crème dans les fromages, même les fromages gras frais, pourtant fabriqués avec du lait non écrémé, du lait « à 60 % de matière grasse », comme disent maintenant les technocrates. De la crème dans la salade où elle remplaçait l'huile, de la crème dans la pâte à brioche ! Que voulez-vous, en Auxois, ils étaient trop pauvres pour acheter de l'huile et donc obligés de se débrouiller avec les moyens du bord, ingénieux qu'ils étaient et accoutumés, comme disaient les mémères, « ai tot fare d'avou ren », à tout faire avec rien ! Il faut dire qu'une fois que l'estomac et le foie avaient repris leurs bonnes habitudes, au bout de trois ou quatre jours, tout ça passait très bien, surtout qu'en même temps je reprenais les travaux d'honnête homme.

Quand j'arrivais en juillet, c'était les piochages de pommes de terre et de betteraves, souvent même le fau-

257

chage du foin et la fenaison qui n'étaient pas terminés. On avait beau prendre un journalier comme le Denis Cornu ou l'Émile Laurent, le Vieux avait pris du retard en mai, et mai c'est le mois où la terre attend le jardinier comme une enfant de Marie attend l'époux : il faut s'en occuper et ne pas se contenter de lui en promettre.

Ensuite, la récolte du miel me tombait dessus comme gabelou en cave, et croyez-moi, on y prend de bonnes suées, aux ruches, dans les vergers bien exposés au plein soleil, aux calendes ou aux ides d'août, avec le masque sur la figure! Et, pourtant, en même temps, il fallait rendre les journées de cheval et de voiture que les frères Roux nous avaient avancées. Ce sont là des dettes qu'il ne faut pas laisser traîner sous peine de perdre réputation.

Aux vacances de Noël, c'était autre chose : le bûcheronnage. A celles de Pâques, les bêchages, les débardages de bois avec trois juments de file dans les fondrières de la montagne, et, en tout temps, deux heures de scie par jour pour débiter, dans le bûcher, le bois pour la journée. Voilà des exercices qui vous remettent bravement la bile en place et vous font le foie complaisant.

Et tout ça ne nous empêchait pas chaque jeudi de trouver trois heures pour aller au lac chercher la carpe ou le brochet avec mes deux grands-pères. Mes deux compagnons, diablement bien accompagnonnés, posaient la pioche ensemble et disaient : « Et maintenant on va aller se reposer un peu. » Nous avions un barquot, une espèce de ponton plat, lourd comme un cuirassé de ligne, avec une plate-forme à l'avant pour lancer l'épervier; le travail consistait à tremper la cuillère, de grosses cuillères qu'on taillait dans le cuivre de certaines douilles d'obus de la guerre de 1914 rapportées dans les musettes, et que l'on galbait au petit marteau, aux veillées.

On faisait trois fois le tour du lac en traînant nos deux cuillères montées sur fil d'acier au bout de trente mètres de cordonnet. Comme le lac faisait ses cinq kilomètres de tour, sur une dizaine de kilomètres je traînais donc, à l'aviron, mon cuirassé et mes deux grands-pères. C'était ça le repos en question. C'est là que j'ai pris les pectoraux, les deltoïdes et les dentelés qui ont, paraît-il, séduit ma femme, un peu plus tard.

Lorsqu'on avait en bourriche les poissons nécessaires pour assurer le maigre du vendredi, on revenait amarrer le barquot dans les roseaux et on rentrait. Ce n'était pas une partie de plaisir, mais une tâche hebdomadaire.

Pour la carpe on ne se donnait pas tant de peine, on posait cinq ou six lignes de fond appâtées à la pomme de terre ou au ver, sur un coup amorcé d'une poignée de graines de chanvre, le chènevis, ce haschich du poisson, ce stupéfiant des cyprins.

Il suffisait de venir à l'aube le vendredi matin pour enlever les engins et prendre les bêtes en charge, souvent des carpes de douze ou quinze livres qu'on farcissait à l'oseille et au lard et qu'on laissait dorer au four avec un petit hachis d'échalote, en les noyant de crème, bien sûr, au moment de servir :

> *Crème et oseille font sauce sans pareille.*
> *Crème et échalote font truite d'une âzerote*[1].

Ah ! ces vendredis de pénitence j'en ai encore l'eau qui me remonte au gosier. J'en avais même quelques remords, car enfin, n'était-ce pas hypocrisie que de prétendre marquer la mort du Christ en faisant les

---

1. *Azerote :* larve de libellule, « larve » en général ; par extension : individu mou, sans consistance, invertébré.

deux meilleurs repas de la semaine, sous couleur de mortification ?

Mais j'étais seul à voir ainsi les choses. Quand je faisais cette réflexion, on me répondait :

— Quoi que tu vas chercher là ? Le Bon Dieu veut qu'on fasse maigre, eh ben, on fait maigre et voilà tout.

— Vous êtes bien sûres que la crème est maigre ?

— Pardi, s'écriaient les grand-mères en levant les bras au ciel, si la crème n'était pas maigre, alors...

Elles voulaient probablement dire : « Si l'Église avait condamné la crème, jamais le christianisme n'aurait pu s'implanter si solidement en Gaule, surtout chez les Mandubiens de l'Auxois. »

Il m'était arrivé de poser la question au curé, l'abbé Boiteux, c'était un saint homme qui s'imposait des mortifications extraordinaires comme de manger son brouet sans fourchette et sans cuillère, à même l'écuelle comme les pourceaux. Quand je lui avais posé la question, il avait réfléchi un instant, puis m'avait dit : « Mon Dieu ! La crème est un condiment indispensable, on peut donc l'utiliser sans pécher. » Il faut dire que le curé Boiteux était lui-même mandubien de la tribu des Insubriens, puisque né à Verrey-sous-Drée à vingt kilomètres au nord-est de chez nous.

Il ajoutait pourtant, l'air contrit d'avoir à parler si durement...

« ... Toutefois, si l'on prend vraiment plus de plaisir à consommer un plat avec crème que le même plat sans crème, je crois qu'il doit être agréable à Dieu que nous nous contentions du second. »

Ne pas pécher, premier échelon. Être agréable à Dieu, échelon supérieur dans la poursuite du salut, et gage d'un fauteuil rembourré à la droite du Père. C'est ainsi qu'on aurait pu formuler notre christianisme bourguignon...

260

Et puis, enfin, en revenant en vacances, je retrouvais aussi le gibier. Non pas la chasse puisque malencontreusement les autorités avaient fixé les vacances scolaires pendant les mois de fermeture de la chasse, sauf celles de Noël, mais la vie du sauvage dans les bois et les friches ; je pouvais aller l'y surprendre et la renifler et je ne m'en privais pas. Par les camarades retrouvés, qui, eux, n'avaient pas perdu le contact, j'étais vite mis au courant des allées et venues des sangliers migrants et des sédentaires. Ce qui m'intéressait le plus, c'étaient les seconds, ceux qui s'étaient installés chez nous, notamment les laies, celles qui avaient mis bas dans nos bois et qui y promenaient leurs marcassins ; celles-là on les connaissait comme la truie de maître Jeannot et on ne manquait pas d'aller leur rendre visite, aussitôt qu'on trouvait une heure entre le chargement d'un chariot de foin et le sciage du bois. On filait là où elle avait ses aîtres ; on la voyait rarement par corps, mais on avait toujours le plaisir de compter les petites pinces des marcassins gravées dans la boue des mouilles, de caresser de la main les « frâchis », c'est-à-dire les branches et les mousses froissées des bauges encore chaudes, et cela vous redonnait du cœur.

Pour en avoir aperçu une par deux fois, je l'avais appelée Mélanie ; les copains avaient trouvé cela très drôle, car c'était le nom d'une fille de ferme, *Marie-couche-toi-là-cœur-sur-la-main*. Moi, je l'avais baptisée Mélanie à cause de sa couleur : elle était noire comme du charbon. Comme on voit j'étais déjà bien gâté par cette culture gréco-latine qui me séparait de mon clan.

Mais revenons aux marcassins : on les sentait quelquefois au nez et, au comble de l'émotion, on entendait la mère ragogner après ses petits comme pour leur dire : « Allons, allons les enfants, ne vous écartez pas, je vous interdis de traîner par là, ça sent l'homme. » On supputait leur nombre, leur âge, leur sexe, on calculait le moment où ils quitteraient la livrée rayée pour devenir des « noirs », des ragots, donc des bêtes de compagnie, donc des bêtes de chasse dignes d'intérêt et l'on revenait à l'amble, ce pas trotté qui nous faisait couvrir sans effort deux lieues gauloises en une demi-heure comme les bagades[1] de Sacrovir.

Il ne nous échappait pas qu'à côté de ces sédentaires passait un grand nombre de migrants ; la bête de compagnie est un grand voyageur, sautant en une nuit de forêt d'Othe en Arrière-Côte. Un peu avant l'aube, ils choisissent, pour faire étape, un bon champ de pommes de terre, s'y arrêtent, vous retournent une centaine de pieds de treuffes et ensuite se trouvent une remise au plus fort des prunelliers pour y digérer et dormir pendant le jour.

C'est ainsi que le grangier de la montagne en se levant à la petite aube pour aller épancher sa première vessie, s'aperçoit que toute une ouvrée de sa culture est retournée, là-haut, en bordure du bois. Ce sont cent kilos de treuffes qu'il n'aura pas besoin d'ensacher, le malheureux ! Alors, de fureur, la nuit suivante, il décroche le fusil, il va se placer dans un creux de vieux chêne où il attendra l'arrivée des peutes bêtes. C'est ce qu'on appelle l' « affût » et c'est ce qui explique que, dans la nuit, on entend quelquefois un coup de fusil souvent redoublé, qui se répercute dans les combes forestières à l'infini. C'est tout simplement un croquant qui défend son bien les armes à la main.

---

1. *Bagades* : bandes, du celte *bagad*, équipe, troupe : qui a donné « bagaudes » en français.

Tout cela qui occupait mes pensées pendant les heures de mathématiques m'avait donné l'idée d'affûter moi-même. Et pourquoi pas ? Il me suffisait de repérer l'endroit, de choisir une nuit de lune montante ou de pleine lune et de m'aller poster au bon endroit au bon moment.

C'est ainsi qu'ayant combiné mon coup, je décidai de passer à l'action sans en parler à personne.

Un beau soir d'août, en cachette, je sortis le fusil de mon père de l'armoire où il dormait dans un linceul de chiffons gras. Je me préparai cinq cartouches de neuf grains que je cachai sous mon lit et, ne sachant trop comment m'organiser, je me levai avec la lune et gagnai dès avant minuit l'affût de mon choix. C'était à l'orée d'une clairière où s'alignaient côte à côte deux champs de treuffes et un d'avoine déjà bellement grainée. J'avais avisé un gros genévrier noir, creux comme un beignet, je m'y installai et je me mis à compter les heures qui sonnaient aux clochers du pays d'Arnay, les vents étant à l'ouest.

J'en comptai quatre sans que rien ne se fût passé, je commençais à m'engourdir tout à fait, lorsqu'à trois heures et demie, j'entendis, à la corne du bois, le grognement attendu, puis le bruit si beau des branches frôlées, des feuilles froissées dans le gris de l'après-aube. Cré vains dieux ! J'étais tellement bandé que mon fusil remonta tout seul à mon épaule, je vis alors une tache noire énorme qui entrait dans le champ et, autour d'elle, des petits frémissements de l'avoine qui signalaient la présence d'autres animaux plus petits. C'était Mélanie ! Mélanie et ses sept nourrissons. J'eus un moment de dépit car il était bien certain que je ne pouvais pas tirer, on ne tue pas une laie suivie, mais pour autant je ne perdis pas ma nuit d'attente car je vis comment une harde de sangliers peut saccager une culture. D'abord Mélanie, de cinq ou six mouvements de hure, retourna dix pieds de pommes de terre et j'entendis les treuffes craquer sous sa dent. Comme une mère poule, elle appelait ses petits, crachait les pommes de terre déjà mâchées, que les marcassins venaient grignoter, puis elle les entraîna dans l'avoine.

Elle était à trente mètres de moi à peine et je la vis donner son enseignement : elle prenait dans sa gueule une poignée de plusieurs épis d'avoine, fermait le bec, et comme on égrène un épi de plantin, elle tirait la touffe en travers et le grain lui restait dans le groin. Elle le croquait alors avec un « gnon gnon gnon » de plaisir, leur disant ainsi : « Gamins, voilà comme on mange l'avoine, rien que le grain qui se prend dans les dents et vous reste dans la bouche ! C'est bon ! gamins, essayez ! » et ils essayaient les bougres en poussant des petits cris de plaisir.

Avouez que tout cela valait bien de se constiper de la détente. Je me maîtrisai donc et ne tirai point ; j'en eus plus de bénéfice que d'avoir cédé à la tentation, car je gagnai de ce prodigieux acte de volonté la volupté de m'être dominé. Une découverte précieuse et la certitude de pouvoir désormais m'imposer n'importe quel sacrifice et, en conséquence, un vif sentiment de confiance et d'admiration pour moi-même, ce qui est, ma foi, bien agréable et bien roboratif. Bref, j'étais devenu un homme ! Merci Mélanie !

Ce retour trimestriel au pays rythmait la formation de mon caractère commencé dès le ventre de ma mère, au creuset de la race, continué dans le berceau d'où

264

j'avais vu vivre une maison, une vraie maison d'homme, sorte de placenta agrandi et perfectionné qui me protégeait longuement contre les entreprises du Peût. Une maison où je baignais encore dans les humeurs féminines puisqu'elle était pleine de ces femmes dont petit à petit je me séparais pour me rapprocher du mâle qui, maintenant, me subjuguait.

Au lieu d'aller à l'herbe aux lapins et à la cueillette des simples avec les Nannette et les Daudiche, c'étaient les gros travaux. Au lieu de la petite faucille, c'étaient la serpe, la cognée et la pioche des hommes, car si les cultivateurs s'équipaient petit à petit d'engins mécaniques comme la terrible faucheuse, la moissonneuse, et même la moissonneuse-lieuse, qui vous liait les gerbes d'une ficelle solidement nouée, nous autres, artisans, tout petits possédants terriens, nous travaillions encore avec les vieux outils, la superficie de notre avoir foncier, cinq ou sept hectares, n'aurait pas justifié l'achat de ces engins, pas plus que les dimensions de nos lopins n'en eussent même permis l'utilisation. C'était donc encore pour couper l'herbe : la faux ; pour les céréales : la faux à versoir et même encore la grande faucille ; pour gratter la terre : bêche, bigot, saclot, vesou (que je pourrais aussi écrire « besou », car le mot, celtique, se prononce avec un B qui est bien près du V, comme on sait).

Ainsi, pendant que les mémères, faucille en main droite et mitaine en main gauche, s'en allaient couper le séneçon, la chicorée, le panais ou les orties des canards, le long des sentiers, nous, les hommes, allions à la feuille. « Faire de la feuille », c'était récolter le branchage des frênes, et parfois des chênes et des peupliers, en vert, au moment où les feuilles étaient en plein épanouissement, à la mi-août, à en faire de gros fagots que l'on rentrait bien vite dans les hangars à l'abri du soleil ; elles y sécheraient à l'ombre, sans devenir cassantes, et serviraient de nourriture pour les bêtes, ruminants et rongeurs ; pendant tout l'hiver.

C'était disait-on le fourrage du pauvre, la luzerne des pedzouilles, de ceux qui n'avaient pas assez d'herbage pour y faire leurs provisions de foin ou de légumineuses. Mais c'était aussi bien autre chose, car, je le redis, la feuille de frêne ainsi que son écorce, que les lapins, les moutons, les chèvres et même les vaches mangeaient jusqu'à l'aubier, ont des propriétés si mirifiques que l'on en conservait pour en faire tisanes et boissons, sirop et macération vineuse pour les hommes.

On faisait ainsi deux cents, trois cents, quatre cents fagots de feuilles qui, liés de deux mancennes, s'empilaient bien vite à l'ombre, dans la partie la plus aérée des hangars. Il fallait que la feuille ne fût ni jaune ni brune, mais encore verte. Déshydratée, pas brûlée. L'hiver, on jetait un fagot par jour dans le clapier, un ou deux aux brebis. On en retirait le lendemain un faisceau de branches rongées jusqu'au cœur, blanches comme squelette, qui servaient encore à allumer le feu. Il y avait beau temps que nos pères avaient découvert que si rien ne se crée, rien ne se perd, marche !

Les vieux faisaient donc les fagots qu'on emmenait à l'ombre sans tarder. Moi, perché sur les arbres de nos pâtures, je passais le plus clair de mon été à les tondre ras comme Titus.

Je découvrais, de là-haut, la vallée, et dans le ciel ou dans le branchage, bien des sujets d'étonnement et d'admiration.

Je dominais toute la région et mon raisonnement en prenait de l'ampleur. Je ne pouvais qu'admirer, par exemple, cette économie rigoureuse qui permettait à mes vieux de tirer de la nature toutes ces richesses.

Pour un peu, ils eussent rasé les œufs. Chaque fleur, chaque rameau, chaque racine, chaque écorce avait de la valeur. Ils savaient très bien que les plus belles feuilles de frêne devaient être prélevées pour les femmes, pour rejoindre dans le placard aux herbes, celles de la menthe, de la pariétaire, du sorbier, du sureau, du troène, du liseron, du peuplier aussi et du colchique.

Mais pourquoi les énumérer puisque toutes celles qui nous entouraient avaient leur vertu ? Je ne parlerai que des pousses de cassis recueillies au moment de la taille, et des feuilles récoltées à tout instant et qui notamment mêlées au frêne donnaient une boisson délicieuse qui, pour être magique, ne demandait que d'être additionnée d'une pincée d'ulmaire, cette reine-des-prés, impératrice de nos armoires, et d'un peu de sucre. On pouvait la boire chaude et sucrée, mais surtout bien fraîche au plus chaud des moissons.

Voilà ce que je retrouvais, tous les trois mois en arrivant au village. Après absence, retrouver son terroir et sa race, c'est se retrouver soi-même et comprendre avec émerveillement de quelle façon on est particulier. Et ça vous renforce solidement dans vos singularités dont on voit naître, très loin, les plus profondes racines.

Ce qui m'a le plus frappé dans ces singularités, c'était celle qui consistait à ne se plaindre jamais, à aborder l'adversité et le malheur, car nous les connaissions aussi, sans avoir l'air tellement d'y croire. Je sais que lorsqu'on veut dépeindre les temps « sous-développés » comme on dit maintenant, il est de bon ton de sortir un gros tas de couleur noire sur sa palette et d'avoir le mouchoir à portée de la main, surtout si on se propose de représenter la vie à la campagne. Bien que Zola fût interdit au collège et figurât en caractères gras au catalogue de la *Censure ecclésiastique,* j'avais pourtant lu *Germinal et La Terre* et j'avais abordé à mon grand étonnement des mondes inconnus où se mouvaient des êtres étrangement accablés. J'avais aussi lu *Jacou le Croquant* d'Eugène Leroy et quelques autres ouvrages que les professeurs classaient dans l' « école réaliste », « paupériste » ou « misérabiliste » et qui, malheureusement, servent de référence aux jeunes gens d'aujourd'hui quand ils veulent se faire une idée de la vie à la campagne au temps de la civilisation lente.

Peut-être comptiez-vous que, pour que mon témoignage soit pris au sérieux, j'allais moi aussi vous montrer les croquants de ma jeunesse ployant sous le faix de la ramée, en serrant les poings et reniflant tristement leur morve au fond de leur cheminée enfumée ? Eh bien, camarades, vous en serez frustrés, je ne vous le montrerai pas car je ne l'ai jamais vu moi-même. Aucun de mes ancêtres, et Dieu sait si j'en avais autour de moi vous le savez, ne m'a jamais parlé de cela. Certes tous ces gens grattaient la terre, le bois, le fer avec des outils qui semblent bien lourds et bien rudes aux mains des informaticiens et des psychosociologues d'aujourd'hui. Ils mangeaient du lard salé, veillaient à la lueur d'un misérable feu de bûches, chaussaient de vulgaires sabots de bois bourrés de paille, le plus souvent sans chaussettes, mais puis-je gentiment vous affirmer que manier l'outil est une joie, que le sabot est la meilleure, la plus saine et la plus pratique des chaussures, que le pied nu y est plus à l'aise que dans une chaussure fermée, que la sieste du médio dans la paille de la grange vaut largement la sirène de la reprise du service de l'usine modèle et que la veillée au fond de la cheminée fut un des grands moments de ma vie. Et que tout ça réuni, que j'ai connu, constitue un mode de vie que l'ilote des grands ateliers, des usines et des bureaux modernes a bien raison de nous envier maintenant.

Alors, trêve de plaisanterie ! Soyons sérieux ! J'aurais certainement une page très émouvante et très appréciée, si je pleurnichais en vous racontant comment l'écolier que je fus fit tous ses devoirs à la lueur d'une bougie ou, au mieux, d'une lampe Pigeon, ce qui est vrai, qu'il dut, l'hiver, casser la glace pour faire sa toilette dans trois litres d'eau, que le pot de chambre, lui-même, était gelé dans la table de nuit, qu'après avoir appris les leçons, il devait écaler les noix, dégermer les pommes de terre, fendre du bois, brouetter le fumier. Mais, franchement, j'aurais belle mine ! Car sont-ce là des misères, je vous le demande ? Un bourguignon salé a-t-il jamais considéré cela comme des vicissitudes de la vie. Il est possible qu'ailleurs, chez des tribus moins clairvoyantes et à coup sûr un peu dégénérées, tout cela soit dommage et cause d'amertume et de griefs, mais pas chez nous, que je sache ! Surtout pas pour les vieilles générations qui avaient bien trop belle envie de vivre heureuses et satisfaites, quoi qu'il puisse arriver.

Bref ! je dis cela par avance pour répondre aux jamais-contents qui ne manqueront pas de dire que, parlant du temps d'avant l'électricité, j'ai poussé complaisamment le tableau au rose.

Il y avait certes dans notre village une famille nécessiteuse, c'est ainsi qu'on la qualifiait. L'homme était manœuvre, faucheur, piocheur, bêcheur, bûcheron, scieur de bois à la petite journée. Il partait le matin avec sa bâche à pommes de terre vide, qui était tout à la fois son imperméable, sa veste, son pardessus et son sac à provisions. Il la portait, pliée en coussin sur l'épaule gauche, pour y poser le manche de l'outil. Pleuvait-il ? Il dépliait son sac, et rentrait un des coins pour y loger sa tête. On aurait cru voir un moine avec sa capuche et sa coule, couleur de terre. Le soir lorsqu'il rentrait, le capuchon était plein d'herbe à lapins, de fruits sauvages ou de légumes glanés par-ci, par-là.

Lorsqu'il ne trouvait plus de travail chez les particuliers, il était toujours sûr d'en trouver au château, à gratter les allées. Il fauchait les grandes pelouses, car c'était un chevalier du dard, comme on disait : un maître faucheur. L'hiver, il fendait le bois, approvisionnait les énormes poêles de faïence, qu'on appelait les phares, et les grandes cheminées.

Il n'y a jamais eu de chômeur au village, car aussitôt que la morte-saison arrivait, on occupait les journaliers au château à de menus travaux. Sa femme était lavandière. Elle allait chez les gens pour « couler la bue » et rincer en rivière. Ils travaillaient fort tous deux, mais leur pauvreté venait de ce qu'ils avaient neuf ou dix enfants. Je n'ai jamais su exactement leur nombre, bien qu'ils eussent été mes meilleurs camarades de braconne et de chapardage. Mais, il en arrivait tous les ans de nouveaux. Non que la femme fît une grossesse annuelle, car, disait-elle, le moule était cassé, mais parce que, selon la coutume auxoise et morvandelle, elle prenait des « enfants de l'Assistance », ce qui lui rapportait quelques sous. Ils vivaient à douze ou treize dans une de ces masures qui me paraissaient méprisables, mais que les gens de la ville nous achètent aujourd'hui à prix d'or et dont ils sont très fiers.

Pour me punir, jusqu'à ma onzième année, on me menaçait d'être mis en pension « chez la Yéyette », c'était son nom. Et, j'aurais bien voulu, car il régnait

270

chez elle, grâce à son infernale marmaille une frairie permanente, dans cette crasse, cette malpropreté et ce somptueux désordre paysans qui furent pour moi le paradis. J'allais volontiers me mêler à leurs jeux et aussitôt arrivé près d'eux, je quittais bien vite mes sabots et mes chaussons pour courir pieds nus, comme eux, et ainsi patauger, de préférence dans la boue, et les ruisseaux, et surtout dans le fumier.

Qui n'a pas couru pieds nus dans le fumier ne sait pas ce que c'est que la joie de vivre, le fumier frais surtout, somptueux, qui fume dans la fraîcheur du matin et vous entre, bien tiède, entre les orteils. Voilà l'image que j'ai de la misère de cette époque dans nos pays. Je ne peux pas vous en dire davantage, sans inventer mensonge.

Vers les seize ans, en cachette, il m'arriva de donner à lire *Germinal* et *La Terre,* à mes chers amis les enfants de la Yéyette. Ils m'ont rendu les livres en faisant une drôle de grimace. Lorsque je leur ai demandé ce qu'ils en pensaient, l'un d'eux m'a répondu :

— Bof !...

Et comme j'ai insisté :

— Qu'est-ce qui ne te plaît pas là-dedans ?

Il a encore fait :

— Bof !...

Et puis, comme lorsqu'on mange une grappe à pleines dents et qu'on y trouve une chenille pourrie, il a fait mine de cracher en disant :

— C'est des histoires sales !

Hé oui, il avait exprimé tout bêtement ce que je

ressentais moi-même : c'était de la littérature sale. Et même ce que Zola nous dépeignait était faux. Pour nous, c'était des menteries, des menteries sales. Au contraire, les livres d'André Theuriet et d'Erckmann-Chatrian, voilà qui nous dépeignait bravement la vie, telle qu'elle était, telle qu'elle était digne d'être vécue ! Toutes les œuvres de ces deux hommes-là étaient dans les bibliothèques de l'école, et nous les avions toutes lues plusieurs fois avant l'âge du certificat d'études. Dans la bibliothèque de l'école, il y avait aussi un Anatole France, et lorsque j'avais rapporté à la maison *L'île aux pingouins,* les femmes m'avaient confisqué le livre parce qu'il leur semblait bien que celui-là était à l'Index, comme Zola, et qu'il fallait non seulement ne pas lire ce livre, mais même ne pas l'ouvrir comme si c'eût été l'enfer, et que, la couverture une fois soulevée, tous les diables risquaient de vous empoigner et de vous entraîner dans le feu éternel.

Les femmes, toujours les femmes (décidément, elles jouaient bien alors un rôle prépondérant dans la vie de notre société, la vie de famille, la vie du cœur, la vie de l'esprit, la vie de l'âme. La vraie vie). Les femmes, donc, avaient l'œil sur nos lectures. On ne pouvait lire que ce qui n'était pas interdit par l'Index. Mais comme elles ne possédaient pas le catalogue de ce fameux Index, et qu'elles ne l'avaient même jamais vu, et qu'en conséquence elles risquaient, si elles ouvraient un livre, de tomber, à leur insu, sur une mauvaise lecture, elles s'abstenaient tout à fait de lire. Et je suis même sûr qu'elles allaient jusqu'à considérer la lecture comme un péché, un péché contre la vertu théologale de prudence, la plus considérable. La Prudence, mère de toutes les vertus.

La lecture était de mauvais genre. La lecture était dangereuse. La lecture distrayait la femme de son rôle quotidien qui exigeait une totale tranquillité et une parfaite disponibilité de l'esprit. Elles ne lisaient donc jamais, sauf un épais in-octavo, relié pleine peau, un peu grignoté par les souris. *La Vie des saints* et une *Imitation de Jésus-Christ*, qui portait la date MLCCXXXX et, bien entendu, leur missel de première communion, un copieux volume qui leur servait de livre de messe et dont elles savaient par cœur toutes les oraisons, en latin.

Je me demandais si elles comprenaient ce latin et j'en doutais, car elles le prononçaient avec l'accent auxois qui est le moins latin de tous les accents bourguignons, et Dieu sait qu'ils sont pourtant les plus antilatins qui soient, sans le moindre accent tonique et avec, sur les pénultièmes, une sorte de « longue » interminable.

En outre, elles prononçaient les « us » et les « um » comme on prononce aujourd'hui autobus et maximum. Bref, ce charabia ne ressemblait pas plus au latin qu'au volapük !

Aussitôt qu'elles voyaient entre mes mains un livre autre que mes livres d'école, elles me l'arrachaient. Elles allaient demander au curé, si c'était un « bon livre ». S'il connaissait ce livre, il tranchait. S'il ne le connaissait pas, il se référait, disait-il, à ce fameux Index. Si c'était un mauvais livre, il le gardait et je ne sais trop ce qu'il en faisait. Je crois bien qu'il le brûlait, ce qui était normal, car même caché au plus sombre d'un grenier, ne conservait-il pas sa nocivité, et ne risquait-il pas d'être découvert cinquante ans plus tard par le premier curieux venu qui serait alors contaminé ! Mieux valait donc le brûler tout de suite.

Elles participaient ainsi, avec le curé, à une lutte

273

antipollution qui était d'autant plus énergique, qu'elles défendaient de toute contamination notre esprit et notre âme, nos deux biens les plus précieux.

Un jour, cela me revient, je peux bien le dire ici, j'avais trouvé je ne sais où, une Bible, un fort beau volume imprimé en un superbe elzévir. Elle me fut retirée prestement (j'avais quinze ans), car bien que l'Ancien Testament ne fût pas, et pour cause, à l'Index, la Bible était une lecture dangereuse. Ce livre, base de notre foi, au dire de certains, et de ce fait entouré d'un profond respect, n'était-il pas le compendium de toutes les horreurs que peuvent inventer les hommes : adultère, assassinat, mensonge, prévarication, simonie, scandale, tuerie, massacre, génocide même ? Est-il bon, je vous le demande, de laisser sous les yeux des gens, surtout des jeunes, ces récits épouvantables où l'on voit par exemple un grand et digne vieillard barbu engrosser sa bonne, ou bien un rusé ambitieux acheter à un foutu gourmand son droit d'aînesse avec un plat de lentilles et, de surcroît, tromper son père aveugle au moyen d'un subterfuge grossier qui fausse tout dès les origines ? Ou encore des espèces de voyous qui vendent tout simplement leur petit frère comme on vend un agneau ou un goret à la foire ? C'est pourtant ce qu'on lit dans la Bible. Alors à quoi pensaient les parpaillots en faisant de cet énorme et soporifique bouquin, au demeurant filandreux comme bavette, leur livre de chevet ?

Les grands-pères, eux, lisaient une page ou deux par veillée, les soirs d'hiver, de l'*Histoire de France* de Michelet, mais les enfants n'y avaient point accès car, pour être l'histoire de notre cher pays, ce livre n'en était pas moins dangereux, par la façon dont il mettait facilement sur le compte du sentiment et de la passion ce qui dans l'histoire de la France, fille aînée de l'Église comme on sait, venait tout droit de la Providence.

Aussi les grands-pères retirant leur pince-nez le soir, après lecture, rangeaient-ils soigneusement leur Michelet, sous clef. Je devais bien entendu retrouver notre Jules Michelet au collège. Il était au programme du baccalauréat, et ils nous fallait bien l'étudier, mais nos bons maîtres tournaient la difficulté en nous faisant sur cet auteur une fiche donnant un résumé de sa vie et de ses œuvres, suivi de quelques considérations qui, apprises par cœur, devaient nous suffire pour faire la dissertation des épreuves du baccalauréat.

D'ailleurs Michelet n'était pas seul, Victor Hugo aussi était de cette charrette avec Sainte-Beuve, Auguste Comte, Baudelaire, Verlaine, Voltaire, Renan, surtout Renan, et tant d'autres beaux esprits que nous ne connaissions que par les fiches que les bons pères avaient pris la peine de composer pour nous.

Je n'avais jamais lu les romans de Victor Hugo pas plus *Les Misérables* que *Bug Jargal*, ils étaient à l'Index. Cela ne m'a pas empêché de faire, au bac, un seize en dissertation française ! J'avais tout bonnement récité par cœur le texte que le très-cher-frère-Romuald avait pondu, vers 1900, sur la rhétorique de l'antithèse chez Victor Hugo. J'aurais pu tout aussi bien tartiner six pages sur la conception du rire chez Bergson, ou sur le bon sens chez Molière ou comparer le socialisme de Lamennais à celui de Karl Marx, sans avoir jamais lu ni *Le Rire*, ni *L'Esclavage moderne*, ni *Le Capital*, car les Frères ignorantins avaient tout prévu et préparé un schéma pour chacun des sujets posés au baccalauréat depuis 1892 dans la plupart des académies de France, avec des références et des citations complètes que nous devions apprendre par cœur. Je dois dire là-dessus, pour être un témoin sérieux, que les élèves de notre collège décrochaient en français les meilleures notes de l'académie, ce qui semblerait prouver que le système avait du bon.

8

Mon deuxième affût n'eut lieu que vingt-deux jours plus tard, à la fin du premier quartier suivant. Je l'avais soigneusement prémédité et je tenais à être seul. « Pour faire de grandes choses, sois seul, me disaient mes vieux, quand on est plusieurs à décider, ce sont les sottises qui s'additionnent et non pas les intelligences. »

Je quittai la maison sur le coup de minuit et demi et gagnai le lieu dit : « la Font de la Montagne ». Un revers où champs et forêts s'enlaçaient amoureusement, très loin des habitations des hommes. Un poste que je m'étais choisi à l'orée d'une corne de bois permettait de surveiller plusieurs emblavures et deux champs de pommes de terre, dans lesquels les sangliers venaient travailler souvent.

Au-delà, la vue embrassait l'étagement de ces sombres croupes de forêts qui cavalcadent jusqu'à tomber net sur le grand vignoble de la Côte-d'Or. Et je vous jure que rien que ce grand manteau forestier, recouvrant de longues formes de femmes couchées, sous le lever de la lune, valait le déplacement.

De ce côté-là aucun tintement de cloche, pas de village, rien que le grand silence. Le grand silence chuintant des arbres et le parfum des lichens exaspéré par la journée de chaleur.

Il pouvait être deux heures lorsque deux glapissements se firent entendre à l'est. Alors que le ciel venait de se couvrir et que tout devenait obscur, c'était un renard mâle qui rabattait un lièvre sur sa femelle postée, comme moi, en quelque lieu propice. Je le compris lorsque, la pluie s'étant mise à tomber, je pus suivre la chasse de maître Goupil sans en perdre un détour, car pour renseigner sa compagne, il donnait deux brefs coups de gueule à chaque crochet. Deux petits glapissements aigus, brefs et discrets, juste suffisants pour lui donner sa position et ses allures.

Puis cela se perdit dans les combes, mais, alors que tout redevenait majestueusement silencieux, j'entendis le léger « froutt froutt » d'un lièvre qui se dérobe. Je pensais que c'était la bête de chasse qui, les oreilles en arrière, s'approchait. Et j'en eus la certitude lorsque tout à coup à cent mètres de moi, il y eut une ruée brutale, fulgurante, puis un cri incroyablement aigu. C'était le cri d'agonie du capucin. Là, à une portée de fusil de moi, le couple de renards venait de réussir sa merveilleuse stratégie, maintes fois répétée et modifiée, mise au point inlassablement. Sa stratégie vitale. Et un lièvre venait de manquer la sienne. Tout prenait un sens, le plan universel se déroulait, et moi j'avais ma place dans ce plan. Chacun de nous, le lièvre, le couple Renard et moi étions là où il fallait que nous fussions.

Je bondis hors de mon poste et, courant comme un fou, je gagnai comme je pus le lieu de la courte lutte. Un coup de lune balayait le site. J'entendis le piétinement de la renarde qui s'éloignait sous le taillis. C'était perdu ! Elle traînait sans doute sa victime vers son charnier. Je me mis à courir à sa poursuite, déchiré par les épines. Comment pouvais-je espérer prendre le meilleur sur cette bête rusée dont les yeux y voyaient dans l'obscurité ? Mais, lancé, je butai tout à coup sur quelque chose de mou dans la mousse. Je me jetai à quatre pattes et mes mains tombèrent sur un corps chaud encore palpitant. C'était le lièvre que la renarde, effrayée par mon arrivée, avait tenté d'emmener, mais m'entendant la poursuivre, elle avait lâché prise et regagnait les forts.

Le lièvre pesait sept livres.

Je revins à mon poste et repris l'attente. L'aube pointait à peine lorsque six ragots entrèrent lentement dans les champs de luzerne, longèrent sans aucun bruit la bordure et se faufilèrent entre les rangs de pommes de terre. On aurait cru rêver tant ces animaux évoluaient en souplesse et en silence. Il y avait là, pourtant, quelque sept cents livres de viande bien rouge et bien ardente, mais, vrai, ils faisaient moins de bruit qu'une libellule.

Dans le gris du premier jour, on les voyait à peine. J'épaulai plusieurs fois mais, évaluant la distance, je ne tirai point. Ils étaient à cent soixante mètres. Que faire avec mon brave Idéal, dont la portée utile était de moins de cent mètres à coup sûr ? J'eus la sagesse de les contempler un instant, puis me levant et me rasant dans les broussailles, je tentai de me rapprocher d'eux pour réduire la distance, mais ils levèrent tous la hure du même coup et d'un seul mouvement sautèrent dans la hallier et disparurent.

Le retour fut plus difficile. Il faisait grand jour, et je devais rentrer dans le village un fusil et un lièvre, en pleine fermeture de chasse. Je démontais le fusil, je mis le canon dans ma veste sous le bras gauche, la crosse sous le bras droit, le tout retenu dans ma culotte par une ficelle qui me tenait lieu de ceinture, comme un vrai braco. Quant au lièvre, je le descendis jusqu'au sentier des jardins, je le cachai sous les tuiles d'une cabane que nous possédions là et je me hasardai près de la maison. Le grand-père était déjà à l'atelier en train de tirer le ligneul. Je pus gagner l'armoire, cacher le fusil et il ne me restait plus qu'à récupérer le lièvre sur le soir.

On m'attendait pour scier le bois, repiquer les poireaux, cueillir les fraises remontantes et je ne sais quoi encore. Je fis tout cela. Et enfin, je retournai à la cabane chercher mon lièvre.

Après avoir fait dix fois le tour de la maisonnette et soulevé les tuiles, je fus bien obligé d'admettre que mon lièvre s'était envolé. Un chat, peut-être, l'avait-il flairé et déniché ? Mais comme je revenais tout capon, je vis le père Vanney, le vacher du château, qui faisait mine, derrière une haie, de se renculotter, après avoir satisfait ses besoins. Quand je me retournai, il disparaissait dans une bouchure et je vis qu'il avait un gros dos. C'est-à-dire que la poche dorsale de sa veste était fort gonflée. C'était lui, sûr, qui m'avait joué le tour ; la boucle était bouclée, le lièvre levé, chassé, tué par le renard, retournait au renard. Le jeu continuait : le père Vanney, roux comme un renard, était, lui aussi, là où il fallait qu'il fût. Ainsi me fut dévoilée l'enivrante, la glorieuse incertitude de la braconne. C'était de jeu !

9

Dans mes seizième et dix-septième années ce fut l'exécution d'un programme que mes grands-pères avaient mûri ensemble de longue date : transformer le rucher de paille en rucher de bois.

On avait pris l'avis des deux aviculteurs de la région : Mlle Bertrand, la fille du créateur de la ruche Bertrand, et l'abbé Landrot. La première demeurait à Lantenay où depuis plus de quarante ans, vêtue de vêtements masculins, ceux de son père, elle vivait avec ses abeilles comme les autres vieilles filles vivent avec leurs chats ou leurs serins. Il y en avait partout, même dans sa chambre à coucher. Si elle quittait les vêtements paternels, elle ne pouvait rien faire de ses avettes, qui devenaient intraitables.

Le second, alors curé de Châteauneuf, historien et entomologiste, poursuivait dans l'observation de la politique interne de la ruche la recherche des preuves de l'existence de Dieu, et paradoxalement, voyait dans la constitution sociale de l'essaim et la terrible spécialisation des abeilles le résultat fâcheux d'un collectivisme excessif et d'un matriarcat systématique. De là à dire que le même sort attendait une société humaine qui se livrerait au communisme intégral, il n'y avait qu'un pas, que l'abbé Landrot faisait franchir à ses élèves sans le franchir jamais lui-même.

Quoi qu'il en fût, ces deux personnages nous conseillèrent d'adopter dans nos régions le type de ruche « Dadant modifié ». Les opérations de transformation durèrent trois ans pendant lesquelles on menuisa une bonne quarantaine de maisonnettes en bon peuplier, avec leur corps de dix grands rayons et leur hausse de onze petits rayons, puis ce fut le transvasement des populations qu'il fallait faire passer du rudimentaire cabotin de paille à leur nouvelle demeure. Extraordinaire numéro de dressage en liberté où nous avons joué les dompteurs improvisés.

Il me reste de cet exercice, un grand sang-froid et une belle désinvolture dans l'improvisation.

Faire passer d'une maison dans une autre, une population de cinquante mille mouches à dard, c'est autre chose que de changer cinq taures de pré, et déjà les taures font un fameux rodéo !

Il faut dire que la reine de l'essaim arrange souvent bien les choses. Sans elle, rien ne serait possible, à condition toutefois qu'on ne lui ait pas déplu. Mais comment le savoir ?

Il y a, dans la méthode la plus belle que je connaisse, un moment d'émotion qui vous coupe le souffle : c'est quand, ayant disposé un drap sur un plan incliné qui monte vers la nouvelle ruche, on vide d'un coup sec l'ancien cabotin de toute sa population, devant le trou de vol. Il va sans dire que plusieurs milliers d'insectes voltigent autour des opérateurs en faisant leur bruit de mobilisation générale, mais le gros de l'essaim tombe en bloc sur le drap blanc avec un bruit mou et s'étale comme un seul corps brun, brillant, mobile et visqueux, sur le plan incliné.

Il y a un moment terrible, qui dure quelques minutes, où toute cette foule grouillante qui ne forme qu'un même et unique individu, se concerte et hésite, environnée de l'escadron des voltigeuses qui semble l'exciter.

Il y a aussi le ronflement acide de toutes ces ailes en guerre. Mais, de ce tas d'insectes agglomérés proviennent un autre bruit fait de frôlements, de frottements, de vibrations, comme si des ordres étaient chuchotés, transmis à travers la masse. On pense qu'il y a là plusieurs dizaines de milliers de dards, dont une centaine seulement, piqués dans votre peau suffiraient à vous mettre à mal. Une envie vous prend de fuir et de tout laisser là.

Pourtant, on reste : pour voir.

Et l'on voit, tout à coup, la masse s'entrouvrir mystérieusement et en surgir une abeille, trois fois plus grosse et plus belle que les autres. Longue, puissante, plus dorée aussi, qui majestueusement s'élevant sur le magma mouvant s'érige, puis, très sûre d'elle, monte vers la porte de son nouveau palais. C'est la reine. Elle gravit le plan incliné, précédé d'une centaine d'éclaireuses, ou de gardes du corps, va savoir ? Et très dignement, elle entre par le trou de vol. A sa suite, la foule se précipite, se bouscule frénétiquement. Toutes les ouvrières veulent entrer à la fois, à la suite de la Mère, la seule femelle, la Mère unique, de tous ces êtres qui lui sont aveuglément soumis. Elles n'ont toutes qu'une hâte, se précipiter à l'intérieur pour y accomplir la mission dont elles sont exclusivement chargées. Les cirières, pour y construire, dans les deux heures qui suivent, un gâteau d'alvéoles gros comme deux mains jointes où, en toute éventualité, la reine puisse se cacher et même y pondre tout de suite des œufs qui seront l'espoir de la collectivité. Les nourrisseuses, pour y entasser le pollen qui sera immédiatement la nourriture exclusive des larves. Les butineuses, pour y musser le nectar qu'elles ont récolté quelques instants seulement avant l'opération. Les ventileuses, pour évaporer l'eau inutile et assurer l'aération de cet énorme organisme.

Tout fonctionne. Et tout fonctionne comme si, en trois minutes, la population de Chalon-sur-Saône avait été transférée d'une cité dans une autre, avec armes, bagages, provisions, matériels, maternités, nourrisonneries, écoles, hôpitaux, administrations, garnisons, docks et entrepôts.

Une heure plus tard, nous collions notre oreille à la ruche et le bruit était le bruit d'une agglomération laborieuse en plein travail, comme si rien ne s'était passé. A peine quelques centaines d'éclaireuses et de guetteuses enveloppaient-elles la citadelle d'un réseau inquiet de vols entrecroisés. Je n'ai pas dit quel sortilège avait été utilisé auparavant par l'apiculteur pour circonvenir la reine et lui faire prendre la décision favorable. Tout compte fait, ce sont des secrets qu'il n'est probablement pas bon de divulguer à tout le monde. Il faut les laisser gagner patiemment, graduellement, par ceux-là, seuls, qui s'en sont rendus dignes. C'est tout au moins ce qu'en pensait Mlle Bertrand, le curé Landrot et, bien sûr, les deux grands-pères « Compagnons Passants du Devoir » et partisans, en conséquence, d'un élitisme qu'ils voulaient me transmettre précieusement, comme la plus naturelle, la plus cohérente, la plus féconde des philosophies.

Les deux grands-pères parlaient souvent de leur Tour de France, des villes traversées, du compagnonnage et de la curieuse émulation qui existait entre les différents ordres et qui avait tourné à la rivalité, même à la violence. Une ou deux fois avec une onction d'évêque exposant des reliques insignes, ils m'avaient montré leur canne et leurs couleurs. Mais j'avais l'impression qu'ils ne me disaient pas la moitié du quart de ce qu'ils savaient là-dessus.

Je posais des questions auxquelles ils ne me répondaient jamais complètement. Un épais mystère voilait une partie de leur vie. Ils semblaient détenir un secret terrible qu'ils ne pouvaient dévoiler sous peine de sanctions graves, épouvantables même, pouvant aller jusqu'à la mort. Parfois, entraînés par le flot de souvenirs, ils s'aventuraient à me raconter une rixe, une rencontre ou une aventure, mais en employant des mots étranges dont je n'osais demander la signification.

Je croyais que si j'étais trop curieux, ou s'ils étaient trop bavards, de graves sanctions allaient leur être appliquées. Je les laissais conter, et mon ignorance donnait à tous ces mots, à toutes ces expressions, une poésie que je me gardais bien de détruire par mon outrecuidance. Leur passé compagnonnique était fait de « réunions », de « cavales », de « séances initiatiques » où il était question de « cayennes », de « Coteries », de « Pays », du « Père Soubise »... Les hommes qui traversaient ces histoires comme des fantômes ne portaient pas de nom, j'entends : de noms normaux. Ni nom ni prénom, mais un « blase ». On y rencontrait « Bourguignon l'Ami du Travail », « Poitevin la Fraternité », « Fleurdelisant le Pacifique », « la Volonté

du Devoir Pacifique », « Dijonnais le Bien-Disant »,
« Auxois Modèle de la Sagesse », et je ne dois qu'au
hasard de savoir que l'un de mes deux vieux était lui-
même « Bien-Disant le Généreux, la Conscience du
Tour de France », et l'autre, « l'Auxois Persévérant, la
Gaieté du Tour de France ». Ce qui devait être une
appellation générique donnée, par-dessus le marché,
aux compagnons de bonne humeur qui vous boutaient
les autres en train.

Que devais-je penser de tout cela ? Et je ne parle ni
des airs ni des paroles que je les surprenais à fredonner
en travaillant. Si je leur demandais de m'apprendre
ces chansons-là, ils refusaient tout net, prétendant
qu'ils avaient tout oublié, couplets et refrain. Mais je
voyais bien que ce n'était pas vrai et qu'ils en avaient
un souvenir parfait. Pourtant, ce que semblaient dire
ces chansons était fort banal. Il était question tout
simplement de bien braves choses : comme l'Hospitalité, l'Entraide, le Pain et le Vin, la Conscience et le
Devoir, l'Hôte et l'Hôtesse, le Soleil et la Nuit, la
Famille et la Fraternité. Mais à la façon dont ils
prononçaient ces mots de tout le monde, on voyait bien
qu'ils leur donnaient un sens caché. C'était comme des
symboles dont eux seuls avaient la formule. Je me
creusais la cervelle pour en trouver la clef, mais c'était
impossible, ils faisaient tout pour m'embrouiller et me
décourager.

J'avais aussi tenté de dire :

— Moi aussi, je voudrais être Compagnon.

Ou bien :

— Pourquoi ne deviendrais-je pas Maître, moi
aussi ? Je m'appellerais « Bourguignon la
Conscience ».

— Toi aussi, tu voudrais devenir un Jacques ?
s'étaient-ils exclamés. Ils avaient alors soulevé un peu

le voile du mystère car ma question avait paru les émouvoir profondément.

Ils avaient dit :

— Ce n'est pas toi qui choisirais ton « blase ».

— Alors qui serait-ce donc ? Et comment serait-il choisi ?

Mais le voile s'était alors vivement refermé. J'apprendrais ça en temps utile... si c'était nécessaire... car toutes ces portes ne s'ouvrent que lorsque l'on a monté, un à un, les Escaliers de la Connaissance et de la Perfection...

Portes, Escalier, Connaissance, Perfection, rien que des mots à majuscule, prononcés avec respect et autorité presque avec arrogance.

Mes vieux étaient à l'intérieur d'une grande et riche maison, et moi j'étais dehors. Même pas sur le perron, mais dans la rue. Pour finir, on m'avait même dit :

— C'est fini ! La guerre, la science, le progrès ont renversé la baraque ! Ne parlons plus de cela, c'est une vieille histoire, tu ne connaîtras pas ça.

J'avais l'impression qu'ils avaient un peu honte. Mais tout cela me donnait une colique qu'ils ne faisaient rien pour apaiser, au contraire. Un jour étant entré avec le vieux Tremblot dans l'église de Saint-Thibaut, cette merveilleuse espèce de cathédrale élevée au beau milieu de la vallée de l'Armançon, aussitôt que j'avais passé le merveilleux porche, j'avais été saisi par une sorte de courant électrique.

C'était au lever du jour, nous allions à Vézelay pour la Sainte-Madeleine. Le soleil était par conséquent juste dans l'axe de ce bouleversant solarium que forme la nef. Le Vieux m'expliqua que cette église avait été construite près d'une fontaine sacrée qui guérissait de certaines maladies et que, pour être guéri, il suffisait, jadis, de passer sept fois sous la golotte[1] de cette fontaine. Mais que pour rectifier les tournants de la route qui fait ses grimaces au milieu des six maisons du hameau (une cathédrale pour un hameau ! vas-y comprendre quelque chose !), les pignoufes avaient recouvert la pierre sacrée de la fontaine et détourné le cours de l'eau.

Il me racontait cela avec une lueur de colère dans l'œil. Puis, lorsque je fus accoutumé à l'éblouissement qui me donnait le virot[2], on s'était avancés vers l'autel. C'était, comme tous les autels, une grosse pierre posée sur un socle et, en retable, une merveilleuse sculpture coloriée, compartimentée, représentant des personnages groupés de façon bizarre. Le Vieux m'expliqua qu'on y racontait la vie de saint Thibaut.

— Saint Thibaut ! ajoutait-il à voix haute. Tu te souviendras bien de ce nom ?

— Oui je le connais bien, saint Thibaut ! C'est le saint patron de Commarin !

Le Vieux me regarda en clignant son œil narquois.

— Un saint ? Un saint ? Tu es sûr ?

Je ne savais trop quoi répondre. Il me montra les différentes scènes.

— Ici, tu le vois, le Thibaut, qui prend les leçons près du vieil ermite Burchard. Tu entends ? un ermite, un vieux barbu qui se cache dans les bois, dans une grotte !... Là notre Thibaut part retrouver les maçons ! Tu entends ? les Frères Maçons, les Compagnons Constructeurs ! Et il travaille avec eux. Regarde-le qui passe l'Épreuve ! Et regarde ici la Vouivre qui lui mord la jambe ! Et là, regarde-le porter l'oiseau avec son

1. *Golotte :* petit goulot. (Celte : *goul :* la bouche ; origine de « gueule ».)
2. *Virot :* vertige.

288

compain ! Et là, à cheval avec son frère qui se présentent à la porte d'une cayenne !

Je n'y comprenais rien du tout. Le père Tremblot me regardait, puis disait :

— Le saint Thibaut ? Ha ha ! drôle de saint ! et comme pour lui-même, il ajoutait d'un air savant : je ne lui donne pas longtemps, à ton saint, pour qu'un pape plus intelligent que les autres le retire du calendrier !

Moi qui vous raconte ces choses, je n'ai pas peur d'enjamber un demi-siècle pour vous dire qu'aujourd'hui le Thibaut ne figure plus au propre du temps parce que, effectivement, un pape, je ne sais plus lequel, est-ce Jean XXIII ou Paul VI ? a découvert qu'il n'avait jamais été canonisé, qu'il n'avait aucune raison de l'être, et toutes les raisons de ne l'être pas. Le père Tremblot est mort sans le savoir, mais j'ai l'idée que ce jour-là, il a dû bien ricaner dans sa tombe.

Mais revenons à cette visite à saint Thibaut qui me réservait encore bien des surprises.

Comme je disais :

— Mais s'il est pas saint, pourquoi son nom est-il donné en baptême et pourquoi on lui a fait cette église ?

Le Vieux me prit par le bras et me poussa dehors, me fit faire volte-face devant le trumeau du portail nord et me dit :

— Que vois-tu là sur son pilier ? Une statue, un homme habillé comme un curé quand il dit la messe, avec sa chasuble, son amict et même son manipule qui pend à son bras droit. Eh bien, c'est Thibaut en personne !

Il me souleva sur ses épaules, m'approcha de la statue de Thibaut et continua :

— ... Et sur un manipule, qu'est-ce qu'il y a d'habitude ? me demanda-t-il... Une croix, ou un agneau pascal, ou un calice, ou un ostensoir en forme de soleil ! et sur celui-là qu'est-ce que tu vois ?

Je m'approchai tout près, car la pierre était usée et l'on y voyait mal.

— Alors ? Qu'est-ce que tu vois ?

— Un dessin !

— Quelle figure a ce dessin ?

— On voit deux triangles entrecroisés, tête-bêche.

— Tu as bien dit, garçon, deux triangles entrecroisés, tête-bêche, l'équerre et le compas ? Mais pas plus de croix, de calice ou d'agneau que de beurre en broche ! Comprenne qui pourra !

De là, nous entrâmes à l'auberge, qui est juste en face du porche, pour y faire collation. On y accueillit mon grand-père par son nom, ce qui m'étonna car nous étions bel et bien sortis du canton.

— Maître Tremblot, vous voilà de passage ?

— Eh bien, oui, comme tous les ans pour la Madeleine ! Et voilà mon petit-fils ! Pour son éducation montrez voir à ce jeune homme votre papier de propriété. Je vous demande cela en toute discrétion, vous me connaissez.

La patronne mit un quart d'heure pour aller chercher un grimoire paraphé qu'elle déplia sur la table, et mon grand-père y lut cette clause :

— ... L'aubergiste, qu'il soit propriétaire ou locataire, devra, quoi qu'il advienne, de nuit aussi bien que de jour, nourrir et loger les pèlerins qui se présenteront... Les pèlerins ! insista le Vieux, les pèlerins ! Tu entends ?

J'entendais, mais je ne comprenais rien du tout. Je me gardai bien de le dire et nous reprîmes notre route après casse-croûte.

En pédalant dur, nous pouvions être à Vézelay sur le soir, à condition de suivre d'abord la grand-route, par Thil et Dompierre-en-Morvan, puis, à partir de Rouvray, de bifurquer franchement vers l'ouest par un dédale de petits chemins à caractère morvandiau, qui franchissent les vallées de la Romanée, du Creusant et du Trinquelin, et enfin de la Cure. Le grand-père s'y retrouvait par miracle comme s'il avait débrouillé tous ces chemins la veille. Il roulait drûment, son chapeau rond sur la tête et ses petits houseaux bien serrés aux chevilles, prenant sans hésiter à droite, puis à gauche, dans des carrefours qui se ressemblaient tous. Il fredonnait, faux, de vieux airs, et de temps en temps commençait une histoire : « Quand je faisais le tour de France », ou bien « ... quand j'étais sur le trimard... », « ... Quand j'étais en cavale... » ou encore : « ... Dans ce temps-là c'était à pied, les souliers neufs sur l'épaule, qu'on faisait la route ! »

Sûr, qu'il se croyait encore allant de ville en ville pour apprendre son métier. La route, qui ouvrait sans cesse l'espace devant nous, lui donnait un air triomphal de liberté, et ses yeux avaient un regard différent.

En roulant, je posais des questions sur ce que l'on venait de voir. Surtout sur ce saint Thibaut, qui n'était pas un saint. Mais sa réponse était toujours la même : « Regarde, petiot, regarde et mets-toi bien ça dans la tête ! Un jour tout se rhapsodera comme par enchantement ! Pour l'instant engrange ! la Compréhension viendra après ! Il y a un âge pour apprendre et un âge pour comprendre ! Et le Meilleur est le Meilleur ! c'est la règle des Jacques. »

Sur le soir, nous approchions de Vézelay. On faisait maintenant route avec d'autres pèlerins, des cyclistes qui avaient pédalé, comme nous, toute la journée pour passer la nuit dans un fenil, une grange ou même à la belle étoile, pour se réveiller fin prêts le matin de la Madeleine.

Tout à coup, au sommet d'une côte, au carrefour de Taroiseau, ce fut l'éblouissement, car la vallée de la Cure s'ouvrait d'un seul coup, et en face, auréolée par le soleil couchant, la colline sainte se dressait couronnée de sa basilique et de ses toits bruns. Il y avait là, justement, un calvaire piqué sur un grand escalier en pyramide où nous montâmes. C'était la Montjoie de Fontette.

— C'est là, disait maître Tremblot, que les pèlerins sur le chemin de saint Jacques, qui venaient du fin fond de l'Europe et même de l'Asie, voyaient pour la première fois la montagne sacrée, et se mettaient à crier leur joie, avant même de penser à se reposer, et ils chantaient à gueule que veux-tu !

— Des cantiques à sainte Madeleine ou à saint Jacques qu'ils chantaient ? demandais-je.

— Ouais, bien sûr, mais avant saint Jacques, bien avant lui, d'autres chants perdus aujourd'hui, car avant d'être le chemin de saint Jacques c'était le chemin des Jacques.

— Des Jacques ?

— Ça serait trop long et trop difficile à t'expliquer. Regarde et écoute.

On dormit dans la paille d'une ferme où le grand-père était connu. Au matin, on se débarbouilla les yeux et le bout du nez dans l'abreuvoir, et avant que le soleil soit levé, on montait la rude côte qui conduit à la basilique.

Il y eut des offices et des processions où les bénédictins, venus pieds nus depuis leur monastère de La Pierre-qui-Vire, chantèrent des psaumes qui ne ressemblaient pas du tout à ceux que chantait le père Milleret, au village.

292

Mon grand-père me montrait des chapiteaux où l'on voyait quelques scènes de mon Histoire Sainte, mais bien d'autres encore avec des monstres et des chimères où je ne comprenais rien du tout, et puis sur l'embase d'un pilier un serpent qui se mordait la queue, ce qui est, paraît-il, un signe venu de très loin. Et, enfin, dans le déambulatoire du chœur, des signes gravés sur chaque pierre que je m'apprêtais à caresser de la main, mais le Vieux m'en empêcha bien vite en disant :

— Ne touche pas à la signature des Jacques !

Encore, et toujours : ces Jacques !

Il y avait là, sculptés dans chaque moellon, des signes, des escargots, des spirales, des rouelles, des rosaces, des billettes entrecroisées, et surtout de nombreuses feuilles de chêne que maître Tremblot me montra en disant dans un souffle :

— Les enfants de maître Jacques ! N'y touche surtout pas ! Ceux-là savaient !

Savaient ? Mais savaient quoi ? Comme toutes les fois que je suis allé à la Madeleine avec le Vieux, j'avais l'impression que la messe et les curés ne l'intéressaient pas du tout, ni les offices pourtant très beaux.

Parmi la foule de Bourguignons et d'étrangers qui processionnait là en bramant cantiques, il semblait être venu pour autre chose. Et combien étaient-ils comme lui ?

J'ai toujours cru quant à moi, qu'il y avait une relation entre ce site extraordinaire, cette basilique, ce monument mystérieux et les compagnons « les Jacques »... « Ceux qui savaient... ! »

Enfin, et pour rester dans ce chapitre important, mais trop court, hélas, il y eut, lorsque j'eus une quinzaine d'années, un événement très bref et très simple qui tient une bonne place dans ma mémoire. Ce fut un Congrès de la Famille du Cuir à Bure-les-Templiers.

Je n'avais aucune idée de ce que ça pouvait être, les femmes non plus, car les femmes étaient tenues à l'écart de toutes ces choses. C'était affaire d'hommes.

Le Vieux était parti à l'aube, il ne devait rentrer que le surlendemain dans la soirée. Contrairement à son habitude, il n'avait pas l'air bien guilleret quand il revint. Il abandonna sa bicyclette et s'affala sur sa chaise de travail dans sa boutique, les bras tombant comme branches mortes. On lui posa des « Alors ? » et des « Eh bien ? » mais il était muet. On lui fit une trempusse avec de grandes mouillettes de pain blanc, qu'il trempait dans le vin sucré, mais il restait silencieux.

— Fatigué que tu es ? s'inquiétait la grand-mère qui le servait.

— Non, pas fatigué mais aqueubi ! Aqueubi raide d'avoir vu ce que j'ai vu !

— Et quoi donc que t'as vu ?

— M'en parle pas.

On ne lui en parla pas. Ce n'est qu'après avoir repris forces avec une soupe, un civet de lapin et un demi-fromage qu'il commença le récit.

Il était allé au Congrès de la Famille du Cuir à Bure-les-Templiers.

— Cinq qu'ils étaient ! Cinq en tout, pour toute la

Bourgogne ! Et vieux qu'ils étaient ! Mais vieux ! Tu ne peux pas savoir !

— Mais tu n'es pas jeune non plus !

— Ouais, il y a toujours eu des vieux, mais...

Il leva l'index en l'air :

— ... Mais n'y avait pas de jeune ! Pas un seul apprenti ! Pas un seul compagnon ! Seulement cinq vieux maîtres tout regrignés !

Et alors, ce fut le déluge de paroles saccadées, comme des sanglots : « Il y avait " Beaunois la Fierté du Devoir ", " Autunois-Va-sans-crainte ", " Maconnais l'Ami du Tour de France " et " Morvandiau l'Estimable Courageux ", et moi ! Et c'est tout ! Tout, tu m'entends ? Et vieux qu'ils étaient tous ! mais vieux...! ... Pas un n'a pu faire un seul apprenti depuis deux ans ! Les jeunes foutent le camp vers les usines, vers la ville, où personne n'a plus besoin de savoir ! Il y a des machines pour tout. Il y a même des machines pour faire des points selliers ! Plus besoin de Connaissance ! Quant à la Perfection, personne ne s'en occupe plus ! C'est la fin de... » Il s'arrêta net, la gorge comme coupée par un tranchet, puis ravalant sa salive et s'adressant à moi :

— Je te l'ai dit, petiot, fais-toi ingénieur ! Il n'y a plus de place dans le monde que pour des ingénieurs !

Il se changea rageusement, décrocha le fusil et remplit sa poche de cartouches et dit :

— Je vas beursiller trois ou quatre lapins dans les roches ! Ça me revengera !

Comme il allait sortir, le vieux comte Arthur entrait en personne dans la cour.

— Joseph, êtes-vous là ?

— A peine, monsieur le Comte, à peine !...

— Voyons, Joseph, que se passe-t-il, vous semblez bouleversé.

Le Vieux paraissait heureux de trouver un interlocuteur de qualité à qui déverser sa bile. Il raconta tout et termina en disant :

— Il n'y a plus de Compagnons, monsieur le Comte ! Vous entendez ? Bientôt vous ne trouverez plus un seul chevalier du ligneul pouvant seulement remettre un ardillon à la sangle de votre sous-ventrière !

— Mais vous exagérez beaucoup, Tremblot ! Et, à propos de harnais, avez-vous terminé la sellette légère que vous m'aviez promise pour mon petit-fils Charles-Louis ?

— Pas encore, monsieur le Comte !

— Comment ? Le travail n'est pas fait Tremblot, mais pourtant vous me dites être allé faire la fête avec vos amis me semble-t-il.

— La fête ? hurla Tremblot. La fête ? Vous voulez dire l'enterrement, oui !

Puis se reprenant bien poliment :

— Mossieu le Comte, le travail se compte en trois temps : un pour la méditation, un pour la réflexion et un pour la création. Je viens pendant ces deux jours de rattrouper mes vieux compagnons et célébrer avec eux, pour mener à bien les deux premiers temps. Je me mettrai au troisième dès demain matin et votre sellette fine sera un chef-d'œuvre ! Mon dernier chef-d'œuvre, « le » chef-d'œuvre, et vous me remercierez d'avoir tant pris mon temps.

Le comte Arthur ajustait le monocle, qui venait de tomber de son orbite et se balançait au bout de son cordon.

— Joseph, je vois que vous êtes toujours un dangereux interlocuteur et que votre dialectique bourguignonne est toujours aussi parfaite que votre savoir-faire !...

— Et vous voulez que je vous dise ! Mossieu le

Comte ! continuait Tremblot entraîné par sa propre éloquence : ... Bientôt plus ne sera besoin ni de bourrelier ni de sellier ! En Amérique déjà, ils labourent, fauchent, moissonnent, piochent avec des tracteurs ! Plus de chevaux ! On me l'a dit ! Attendons-nous à voir ça ici, dans pas quinze ans !

— Tremblot, Tremblot, mais jamais nos bons Français ne se livreront à ces excès dangereux !

— Jamais ?... Jamais ?... Nos bons Français ? Mais vous n'avez pas remarqué que cette guerre, et l'arrivée des Américains, leur a gâté la cervelle et pourri le jugement ? Que vous-même monsieur le Comte, vous abandonnez bien le cheval puisque vous venez d'acheter une grosse limousine automobile ! Et pourtant, hier encore, vous sortiez avec un bel attelage à la Daumont !...

Le vieux comte resta coi un instant, puis :

— Tremblot !... Voyons Tremblot !

Et pour avoir le dernier mot :

— Faites-moi du beau travail, comme vous êtes le seul à le savoir faire. On aura toujours besoin de Compagnons-finis et de Maîtres comme vous, croyez-moi, Tremblot, croyez-moi !...

Un jour enfin, il y eut au château des réparations dans la couverture, d'une part, et dans un très bel escalier en pierres, d'autre part. Et pour ces deux travaux, il fallait autre chose que des goujats, croyez-

297

moi. Il vint d'abord un maître couvreur et ensuite un maître tailleur de pierres.

Avec le jeune comte Charles-Louis, mon camarade, nous avons regardé ces deux hommes de près. Avec le premier, nous avons grimpé dans les combles, et nous fûmes témoin du cri de ferveur qu'eut cet homme lorsqu'il découvrit la « Forêt », cette futaie de poutres, de pannes et de chevrons, avec l'entrecroisement bien balancé des arbalétriers, des entraits et des contreventements, des poinçons et des contrefiches, tout cela chevillé à bois, aussi finement qu'une caisse d'horloge.

De son index replié, le maître frappa amoureusement sur un entrait. Le coup sonna clair et alors tout l'ensemble, tendu comme une corde chanterelle, répondit, vibrant comme violoncelle. Il se retourna vers nous et, les yeux brillants comme s'il nous eût parlé de sa bonne amie, il murmura :

— Ça chante !

Avec l'autre, ce fut encore plus saisissant car l'escalier était voûté, tout de pierre marbrière de Bourgogne. Une voûte elliptique en berceau, avec, de chaque côté de la voûte, une pénétration conique, à gauche par la voûte transversale annulaire d'un œil-de-bœuf, et à droite par un berceau plein cintre.

C'était l'homme qui nous nommait toutes ces choses, car, bien entendu, nous ne connaissions aucun de ces termes, mais je les emmagasinais dans ma cervelle comme un avare empile ses pièces, mais pour m'en servir, car j'avais l'amour, le culte du mot exact. Tout ce que je pouvais dire à cette époque, c'est que toutes ces voûtes entrecroisées sur des plans et selon des axes différents obligeaient le tailleur de pierres à dessiner chaque moellon, dont aucun n'avait une forme régulière.

Pour accomplir ce travail, nous pensions qu'il allait

298

sortir de son coffre à outils des instruments magiques et compliqués et des tables de logarithmes. Eh bien, pas du tout ! Une équerre, un compas, comme Thibaut, des règles, des crayons, qu'il taillait en les frottant sur une râpe et qui faisaient des traits plus fins qu'un fil d'araignée, et une pelote de cordonnet. C'était tout. Avec ça, il fallait le voir tracer à même le sol des ellipses, des droites, des courbes, dont le regroupement donnait, comme par miracle, la forme de chaque pierre. Et puis ensuite la taille.

D'un bloc dégrossi à la broche et dressé au burin et à la boucharde, il tirait par enchantement un moellon incroyablement tarabiscoté, et qui venait s'intercaler à merveille dans son logement.

La pose de la dernière pierre fut quelque chose de prodigieux, car c'était la clef de voûte, et par la fantaisie de l'architecte, elle se trouvait être à l'intersection d'une demi-voûte en demi-berceau et d'une voûte complète en berceau, mais de rayons différents, et se pénétrant selon deux axes gauches. De ce fait, la clef, qui avait une curieuse forme de T bancale, et les deux arêtes de la demi-voûte devaient venir mourir toutes deux doucement au cœur de ce T en pénétrant par ses aisselles.

Cette clef fut tout simplement taillée au sol sur un simple tracé déterminé au compas, et je vous assure qu'elle avait une drôle de forme là, étendue sur le dos, à l'envers, sur le tas de sable qui lui servait de coussin. « Jamais, pensais-je, jamais ce caillou informe ne pourra se loger à sa place, ni prolonger et terminer ces belles arêtes et ces intrados qui montent harmonieusement depuis l'emmarchement et viennent mourir insensiblement au zénith ! »

M'étant penché sur la chose, je vis, et mon cœur se mit à battre plus vite, gravée au verso, une jolie petite feuille de chêne. Cet homme était sans doute « un Jacques ». Je n'osai le dire, mais il me suivait des yeux et je vis qu'il savait que je savais.

Lorsque les maçons montèrent en silence cette pièce, et qu'elle vint se placer exactement dans son logement, j'en eus le souffle coupé, et la figure du tailleur de pierres, qui avait pris la couleur d'un vieil ivoire, devint tout à coup rouge comme une pivoine, et je crus qu'il allait avec moi défaillir.

J'ai perdu le nom de cet homme, son nom d'état civil, mais comme il logeait et prenait ses repas chez nous, j'ai appris qu'il portait le blase de « la Fraternité du Bugey, Tailleur de Pierres du Devoir ».

Il venait de Belley, en Bugey bourguignon ; c'était un de ces spécialistes de cette pierre jurassique qui fit le roman bourguignon et le début du gothique.

Mon grand-père l'hébergeait donc, et j'étais sûr qu'il le faisait gratuitement, au nom de la fraternité compagnonnique.

Pour le travail, la Fraternité passait une blouse de lin écru, une vaste blouse à fronces qui lui retombait au-dessous du genou, et cette blouse avait ceci de particulier que son ouverture était dans le dos, aussi, pour la boutonner, devait-il faire appel à un compagnon qui se trouvait sur le chantier.

Un jour, comme il n'y avait personne pour lui rendre ce service, je fis mine de m'approcher de lui, il m'arrêta d'un geste dont je me souviendrai toujours : le même geste qu'avait eu le curé lorsqu'une hostie consacrée étant tombée du ciboire sur la nappe d'autel, j'avais tendu la main pour la ramasser. Comme le curé, le maître tailleur de pierres me dit en m'écartant fermement :

— Laisse ça, garçon !

Puis il appela : « O la coterie ! »

Un goujat arriva, qui fit pieusement le boutonnage ; Charles-Louis demanda :

— Cette blouse est fort incommode, monsieur ! Pourquoi n'avez-vous pas une blouse qui se boutonne par-devant ?

Sa réponse fut un monument que j'ai conservé bien planté au carrefour des grands chemins de ma cervelle :

— C'est la blouse compagnonnique. Elle me rappelle que, tout maître que je sois, je dépends des compagnons, des apprentis et du dernier des goujats du chantier ! C'est l'emblème de la solidarité et de l'humilité et de la fraternité compagnonniques !

Comme nous bâillions de saisissement, il se retourna vers moi :

— Et toi, n'as-tu jamais remarqué que ton sarrau d'écolier se boutonnait aussi dans le dos ? C'est pour la même raison garçon ! La mode en a été lancée dans les écoles par les disciples saint-simoniens du père Enfantin, qui ont fait l'école publique ! C'était pour enseigner dès l'enfance que nous dépendons tous les uns des autres et que la supériorité intellectuelle et professionnelle n'efface pas l'égalité des hommes !

C'était dit avec tant de gravité et de grandeur que cela entra dans ma mémoire par la grande porte, pour n'en plus jamais sortir.

La Fraternité ne venait jamais à table sans être allé brosser et revêtir sa veste de velours et refaire le nœud de sa lavallière noire. Il parlait peu et répondait par phrases courtes, un peu brutalement, après un silence, comme s'il ne livrait sa pensée qu'après s'être référé à une règle, ou à un catéchisme rigoureux et précis.

Pourtant un jour, j'osai lui demander pourquoi il avait gravé sa petite feuille de chêne sur le revers de la pierre, donc sur la face destinée à être cachée à jamais...

— ... En général, on met une signature pour qu'elle soit lue ! avais-je ajouté.

Mon grand-père et lui s'étaient jeté un bref coup d'œil, et la Fraternité, après un temps, avait répondu gravement :

— Cette feuille de chêne n'est pas une signature, c'est une marque par laquelle je m'incorpore à la pierre qui s'incorpore dans l'ensemble et lui donne un sens, car chaque pierre de cet édifice, qui a été construit en 1620, porte cette même marque, je l'ai vu. Tout y a été conçu et exécuté par mes anciens...

— Des Jacques ? lançai-je étourdiment.

Il y eut un silence terrible et la réponse ne vint pas. Il ajouta simplement :

— Et cette marque n'est pas faite pour être vue, elle n'est pas mise là pour désigner l'homme à la postérité, mais pour incorporer l'homme à l'œuvre. Ce n'est pas un signe de vanité, mais d'humilité... dans la joie !

Toutes ces choses entendues s'accumulaient dans ma mémoire et dans mon cœur pour y constituer mon dossier personnel sur le Compagnonnage, d'où je sortais. A vrai dire, je ne voyais pas très bien l'usage que je pourrais faire de ces merveilleux documents, car malgré ses grands airs et ses mystères, l'institution, telle que mes maîtres me la présentaient, semblait bien vieillotte et dépassée de plusieurs longueurs ; les instituteurs et les professeurs eux-mêmes, et surtout eux, semblaient n'en pas connaître grand-chose et refusaient même d'en parler vraiment, sinon comme d'une « coutume », d'une « tradition ». Ces deux mots ayant dans leur bouche un sens gentiment péjoratif.

Pour tout dire, ils voyaient dans le « compagnonnage » un reste de « l'odieux Ancien Régime », un vestige de l'Obscurantisme (ainsi appelaient-ils le Moyen Age), un honteux témoin des siècles de plomb, où l'homme, disaient-ils, était asservi à son travail et prisonnier de sa caste...

Et pourtant, d'après ce que je pouvais en voir, le compagnonnage et le Moyen Age me semblaient être tout autre chose : c'était, au contraire, la libération de l'homme ! La libération par la seule ambition de la Connaissance, par la libre acceptation d'une discipline grandiose, par la pratique d'une philosophie de fraternité et de désintéressement et garantie par une hiérarchie fondée sur la valeur personnelle et la dignité. Et puis c'était aussi l'agrandissement de l'homme par la communion avec la matière !

Mais ce sont là des réflexions qui ne me sont venues que petit à petit par la suite et que j'essaie maladroitement de mettre au net cinquante ans plus tard. A cette époque, je ne connaissais pas ces grands mots.

Ainsi, descendant de Compagnons et de Maîtres, je me sentais un peu comme la petite feuille terminale et inutile de la branche desséchée d'un très grand et très bel arbre qui mourait, debout, foudroyé.

10

Comme j'abordais les épreuves du baccalauréat, je perdis successivement mémère Tiennette, pépère Simon, mémère Daudiche et mon vieux Sandrot. Coupe sombre dans ce sanhédrin protecteur que je croyais éternel !

Quatre aïeuls d'un coup, en moins d'un an, c'était beaucoup, mais, grâce à Dieu, il m'en restait encore, et puis ils s'étaient endormis dans leur lit, le soir, et avaient oublié de se réveiller le lendemain matin, et même l'un d'eux avait passé à table ! Quelle belle mort pour un Bourguignon ! Pas de douleurs, pas de cris, pas de comédie médicale. En somme pas de vieillesse, bien que passé la nonantaine. Mourir ainsi, c'est une réussite.

Les gens nous le disaient : « Quatre-vingt-seize ans ! C'est une belle âge pour faire un mort, allez ! Surtout sans une malandre, sans une souffrance ! »

Ce n'étaient pas là condoléances, mais compliments. Et quand nous répondions : « Mais bien sûr ! », ce n'était pas pleurnicherie mais satisfaction et contentement. Tout se passait dans l'ordre, sans révolte ni aigreur...

... Sauf pour l'un d'eux tout de même : Sandrot,

305

« Persévérant, la Gaieté du Tour de France ! ». Il n'avait que soixante-seize ans, lui ! Bien jeune pour s'en aller ! Mais pensez à toutes ces nuits glacées, ces soleils brûlants sur la plate-forme de la locomotive, grillé devant, glacé derrière, et toute cette fumée, cette poussière de charbon de terre, ces repas bâclés.

« Mais non, mais non ! Y est pas chrétien ! » soupiraient les femmes.

Je constatais qu'un seul homme de la famille était allé brûler ses ailes aux prodigieux phares du progrès et un seul mourait à la fleur de l'âge ! Soixante-seize ans ! Pensez. L'expérience était probante pour moi : il était mort étouffé d'emphysème et d'artériosclérose. Depuis longtemps sa respiration faisait plus de bruit que le soufflet de sa forge. Le vieux Tremblot disait même à ses femmes :

— Mais aussi, c'est pas des métiers humains ! Les hommes crèveront par toutes ces inventions qui en font des crevats !

La grand-mère interrompait ses Avé Maria pour dire :

— Si au lieu d'aller voir ses machines infernales, il était resté à sa forge, il serait encore là en bonne santé, le Sandrot !

Le Tremblot acquiesçait :

— Ça pour sûr ! Il était fort comme un trinqueballe ! Quand un chariot était embourbé, on allait le chercher : il arrivait, regardait l'attelage, dans la bouerbe jusqu'aux moyeux, et disait : « Dételez les chevaux ! » On dételait, il passait dessous, mettait ses mains sur ses genoux et on voyait le tombereau se soulever, avec son chargement ! Cré vains dieux, il aurait même aussi soulevé les chevaux !

On hochait la tête ; le Tremblot ajoutait :

— Qu'un homme de la partie comme lui soit allé

mettre le nez dans leurs ferrailles, au début, par curiosité, je comprends... mais c'est quand on lui a proposé de monter dessus qu'il aurait dû tirer sa révérence et revenir tranquillement battre le fer ici !

Moi, je profitais de l'occasion pour plaider ainsi ma cause :

— Vous dites que ce ne sont pas des métiers humains et que si on reste au pays on se porte bien mieux, et pourtant vous voulez que je fasse des études, donc que j'aille vivre un jour en ville !

— Garçon, ce n'est pas la même chose, me répondait-on. Lui, le pauvre diable, il était sur une locomotive, glacé par la vitesse, brûlé par le foyer, nuit aussi bien que jour. Toi, tu seras ingénieur dans un bon bureau, sur un fauteuil rembourré !

Là-dessus je pouvais rengainer mon couplet : à cette époque-là, quand les gens du peuple, même les paysans, pourtant sensés, avaient parlé d'ingénieur, ils avaient tout dit. Le technocrate avait pris, dans les esprits, la place qui revient à l'humaniste.

Mais qu'allais-je faire dans un bureau ? Et dans un fauteuil rembourré ? Que peut-on faire dans un bureau, dans un fauteuil ? Je le demandais à tout le monde, et personne ne pouvait me répondre d'une manière bien précise.

L'affaire était d'autant plus mal engagée pour moi que les études me plaisaient et que j'y mordais avec allégresse. On m'apprenait en effet des choses amusantes quoique prétentieuses, et d'une prodigieuse facilité, mais qui auprès des grandes et essentielles leçons des grands-pères me paraissaient bien fades, fort inutiles, même délétères. Ainsi j'avais parmi les meilleurs élèves de la classe des camarades pour qui le gérondif et l'ablatif n'avaient aucun secret, qui vous récitaient sur le bout des doigts les quatre cas de similitudes des triangles, le théorème d'Euclide et la classification de Thénard, et qui n'étaient même pas capables de distinguer un chêne d'un orme, un merle d'un geai, et prenaient, je puis vous l'assurer, une avoine ou un blé vert pour de l'herbe, ou nommaient prés ce qui était champs et inversement !

Et je frémissais quand je pensais que ces gens-là allaient devenir ces fameux ingénieurs ! Les nouveaux tyrans dont on attendait tout simplement qu'ils améliorent prodigieusement le monde. Je faisais part de mes craintes aux gens de ma famille. Ils faisaient la sourde oreille et s'entêtaient, acceptant à l'avance les sacrifices qu'ils devaient s'imposer pour me « pousser aux études ».

— Quand on a une bonne tête comme la tienne, disaient-ils, on n'a pas le droit de ne pas s'en servir !

Et puis enfin, surtout, je devais obéir. Oui, un garçon devait OBÉIR. C'était comme ça. Je prenais néanmoins la chose avec philosophie, car je me disais que je pourrais parfaitement avoir dans ma poche tous les diplômes qu'ils voudraient, mais que rien ne m'empêchait de revenir vivre à la Peuriotte où je m'installerais comme ermite dans les maisons de pierre, au fond de la combe perdue, avec mes abeilles, cinq chèvres, mes cognées, mes serpes et mes fusils ! Et une femme, bien entendu.

Ces fusils me ramènent au pauvre pépère Sandrot, mort trop tôt pour avoir voulu monter sur les locomotives. J'héritais son fusil. Il l'avait bien précisé sur son lit de mort en mon absence, car au moment où il trépassait, je m'étiolais sur les évidences euclidiennes. C'était un fusil à broche qui datait de 1880, je crois, mais entretenu à merveille par le maître ferronnier, le prêtre du métal, le lévite du feu qu'il était depuis son initiation compagnonnique.

Un mois après ce bouleversant héritage, j'étais bachelier.

Comme on voit, les événements se rapprochaient, qui devaient faire de moi un homme. D'autres les accompagnaient, comme bien on pense, car je grandissais et forcissais sans vergogne. La terre elle aussi semblait s'être mise à tourner plus vite et plus fort. Les ruches en paille rustique et hétéroclites s'étaient muées en ruche de bois, rationnelles et standardisées. Un service d'autobus fonctionnait entre Dijon et le Morvan et, comme l'avait dit la Gazette, le Jean Lépée était donc au chômage. Il s'en consolait en disant : « Boh, boh, c'est la vie ! » Et en allant aux mousserons, aux morilles, aux jaunottes, aux pieds bleus, suivant la saison et à la pêche ou encore aux mancennes, pour faire des paniers.

Les « faucheuses Cormick » remplaçaient les faucheurs-aux-chemises-de-chanvre qui, tout cassés, tout rouillés de ne plus donner le coup de rein, commençaient à s'aigrir comme tonneaux en vidange, assis sur un banc de pierre à l'ombre du sureau, se rabattant, pour gagner leur pain, sur nos jardins qu'ils bêchaient, piochaient et ratissaient comme au peigne fin, avant de s'étendre raide dans leur lit à baldaquin ou, pis, dans les lits de l'hospice où ils étaient réduits, leurs enfants étant allés, eux aussi, tenter d'être ingénieurs, et n'étant jamais revenus, plus par honte de l'échec que par orgueil de réussite, car il y avait beaucoup d'appelés, mais peu d'élus à la tombola des ingénieurs !

D'autres choses encore fermentaient comme pâte en bannette sous l'action de je ne sais quel levain. Par exemple, le vieux Tremblot avait vendu, sans crier gare, deux champs. Oui da, deux bons champs de son petit héritage. Et pourquoi les avait-ils vendus ces champs, me demanderez-vous, eh bien, laissez-moi vous raconter l'histoire, elle vaut son pesant d'emprunt russe :

Un homme, habillé comme un Parigot, était venu s'installer dans la vallée. Il y avait acheté une jolie maison qu'il avait fait recouvrir d'ardoises, ce qui excite toujours fort la jalousie et la curiosité, en pays de tuiles et de lauzes. De plus, il l'avait modernisée. C'était le mot qu'il employait. Un mot tout neuf, dont on ne savait pas exactement ce qu'il voulait dire. Le vieux la Gazette, toujours au courant de tout, allait par les fermes et les hameaux en bramant que cet étranger qu'il appelait l'Éthiopien, avait fait installer des « va-faire-causette ».

On s'était tout d'abord demandé ce que ça pouvait être et on s'était aperçu qu'il s'agissait tout simplement des cabinets, que l'homme nommait on ne sait pourquoi, des « watère-closette ». Certains disaient qu'en anglais « water-closet » signifie « cabinet », mais moi qui faisais de l'anglais (première langue), je leur assurais que jamais au grand jamais je n'avais trouvé cette expression ni dans Shakespeare, ni dans Carlysle, ni dans Tennyson, ni même dans Bernard Shaw, dont on venait de publier les *Four Pleasant Plays* et la scabreuse *Jeanne d'Arc*. Ce mot était donc une des premières fausses acquisitions par lesquelles le Français, puisant dans un vocabulaire fantaisiste pseudo-anglo-saxon, inaugurait ce célèbre « franglais » que tout le monde parle aujourd'hui, mais que personne ne comprend vraiment.

Bref, les water-closets de l'Éthiopien étaient des cabinets bien curieux : tout y était en porcelaine blanche. L'homme disait qu'il était barbare d'aller faire ses besoins sur le fumier ou dans la petite guérite en bois que nous avions tous au fond du jardin. Nous, nous pensions, non sans raison, que c'étaient là bien des frais engagés pour une fonction aussi vulgaire, surtout qu'en plus d'un trône luxueux, blanc comme une tasse à café, fermé d'un couvercle ciré, l'installation comportait une véritable usine à eau.

— Cher, le kilo de merde que ça reviendra ! disaient les sages en hochant le menton.

— D'autant plus cher, insistaient les bien renseignés, que tout est perdu et tout s'en va on ne sait pas trop où ! Ce qui était, à l'époque, gaspillage effroyable.

Les excréments, en effet, sont de l'or qu'il est criminel de laisser perdre.

— Si c'est ça le progrès, opinaient les gens, il va en falloir des sous pour vivre !

Dans le même temps, le kilo de pain passait de dix à vingt sous, un centime d'aujourd'hui, et chacun y vit, non sans raison, une relation de cause à effet.

— Pas étonnant que tout augmente, persifla le vieux Tremblot, puisqu'on chie maintenant dans de la porcelaine !

J'ai conservé pieusement cette phrase admirable quoique grossière, j'en ai quotidiennement l'usage aujourd'hui. N'explique-t-elle pas parfaitement l'inflation, fille inévitable de l'expansion et de la « modernisation » ?

Bref, cet homme que la Gazette appelait l'Éthiopien parce qu'il avait fait fortune en Éthiopie, roulait dans une très belle automobile, une Panhard Levassor.

C'était la quatrième automobile de la vallée. Il allait pourtant chez tout le monde et arrêtait sa voiture au bord des champs pour bavarder avec les gars qui piochaient les betteraves ou à côté des prés où on mettait le foin en bouillots.

Il avait ainsi familiarisé avec les familles de la vallée qui lui offraient volontiers le canon. « Pas fier qu'il est », disait-on. Il avait aussi fait la conquête du père Tremblot, car cet homme d'allure ronde et décidée, de bonnes manières, quoiqu'un peu trop familier, parlait souvent de ses chasses en Afrique, de lions. Il avait tué du lion !

Il venait souvent s'asseoir dans la boutique du bourrelier, l'admirant sans vergogne.

— Ah ! Tremblot, quelle habileté ! Il n'y a qu'en France qu'on rencontre des artisans de cette trempe !

Mon grand-père l'avait invité aux chasses, il y était venu d'abord discrètement et s'y était montré admiratif. Il saoulait mon grand-père de ses flatteries :

— Ah ! ce Tremblot ! Quel chasseur ! Quel talent ! Jamais je n'en ai vu de pareil et pourtant Dieu sait que j'en ai connu, en Afrique, de fameux Nemrod.

Puis il avait rejoint la troupe des chasseurs, équipé comme Tartarin, participant à toutes les attaques. Au retour, il venait boire notre goutte :

— Ah ! Tremblot ! C'est vous, je parie, qui distillez cette merveille ? disait-il en mirant son petit verre. Ah ! quel artiste ! Quel talent ! Et Dieu sait que j'en ai bu des alcools sous toutes les latitudes !

Mon grand-père buvait du petit-lait et ronronnait. Puis l'autre parlait de choses sérieuses :

— Ce qui m'étonne, Tremblot, c'est qu'avec votre flair, votre perspicacité, vous conserviez vos trois malheureux petits bouts de terre qui vous rapportent plus d'impôts que de revenus !

312

Et de faire des calculs savants aux termes desquels il nous prouvait que nos quelques champs nous rapportaient du un pour cent, alors que le capital qu'ils représentaient, placé à bon escient, rapporterait net du dix, du quinze pour cent.

Tremblot, lui, si reprenant et si remontrant en toutes choses et toujours sûr d'être sur la voie chaude, en convenait bien humblement :

— Ah ! oui, Monsieur, je vous l'accorde, la terre ne rapporte plus rien, mais plus rien du tout !

— ... Mais c'est fini, disait l'autre, elle ne rapportera plus jamais rien ! C'est terminé le régime terrien ! L'avenir est à l'industrie et à la colonisation ! C'est là qu'il faut placer ses disponibilités !

De disponibilités en liquidités, de pourcentages en arrérages, l'Éthiopien en arrivait aux emprunts d'État qui ne rapportaient que du cinq, quatre ou même trois pour cent au maximum.

— C'est du vol ! c'est tout simplement du vol ! s'écriait-il avec commisération, quand je pense à tous ces petits épargnants qui se saignent pour prêter à l'État qui ne leur verse que du trois pour cent net, mais c'est un scandale !

Mon grand-père grondait :

— Haha ! les coquins, c'est ma foi bon Dieu vrai ! Et puis on reparlait de la chasse :

— Ah ! Tremblot quel talent ! Quel flair ! Quel sens de la chasse !

Un jour, mine de rien, l'Éthiopien apporta quelques numéros d'un journal dont le titre était *Forces*. Mon grand-père mit ses lorgnons d'acier sur son nez de corbin et dévora cette prose ; puis il emmena l'Éthiopien à la pêche au brochet.

— Ah ! Tremblot, quelle pêche et quel pêcheur ! pourtant Dieu sait que j'en ai sorti du poisson en mer

Rouge, dans le golfe d'Aden (*sicut dixit*)! Mais jamais je n'avais vu ça!

A partir de ce moment, au café où le dimanche soir tous les hommes venaient faire le tarot, on arrêtait la partie pour parler de coupons et des parts de fondateur, et mon grand-père étalait les pages de *Forces*, qui donnaient de si bons conseils et ridiculisaient tous les modes de placement autres que les valeurs mobilières.

Maintenant, chez nous, l'évangile s'appelait *Forces*, et *Forces* était le journal d'une sacrée mâtine, une femme de tête qui s'appelait Marthe Hanau, et dont le rédacteur en chef était un certain Stavisky.

Un jour, enfin, l'Éthiopien vint au rendez-vous de chasse avec un peu de retard, il avait l'air triomphalement mystérieux. Il manqua royalement sa bête, mais ne put tenir son secret plus longtemps. Dès le rassemblement il prit mon grand-père à part et je ne sais ce qu'ils se dirent. Toujours est-il que huit jours plus tard le Vieux vendait ses deux champs de Châteauneuf, trois hectares et demi ou quatre, où ses pauvres parents avaient récolté jadis leurs modestes treuffes et leurs disettes[1], et il les vendait pour acheter des titres qui le mettaient au nombre des actionnaires d'une grosse affaire coloniale.

Il m'expliqua que cet argent « investi » (le mot s'entendait pour la première fois dans sa bouche) dans nos possessions d'Afrique, allait nous rapporter plus que quarante hectares de bon pré loués au meilleur prix.

Il apparut que l'Éthiopien avait converti aux investissements-papier plus d'un petit propriétaire de notre bonne vieille terre bourguignonne, dans notre coin du Haut-Auxois ; toute la vallée semblait vouloir coloniser

---

1. *Disette* : betterave.

l'Afrique, l'Asie et Madagascar, et couvrir la France d'usines et de bureaux; on ne parlait que de mines d'étain, de cuivre, du Haut-Katanga, de l'Oubangui-Chari, du caoutchouc indochinois, de l'arachide sénégalaise, des chemins de fer du Congo et de la mise en valeur des Dombes. Bien qu'ignorant encore totalement l'électricité et s'éclairant encore à la lampe Pigeon, la vallée entrait dans l'ère lumineuse de l'expansion industrielle et coloniale, et le grand-père Tremblot était saisi par la passion du boursicotage et le tableau valait la peine d'être vu, on peut me croire !

Pour dépeindre mieux l'Éthiopien, car il était un signe des temps, je vais tout simplement vous conter une chasse que je fis avec lui en fin de saison. L'attitude de l'homme dans la chasse le dépeint mieux qu'une longue étude psychologique.

Il avait été convenu que j'irais le placer tout au bout de notre massif et que je me placerais moi-même non loin de lui, car il ne connaissait pas la forêt, si complexe dans nos combes. Aussitôt que nous fûmes placés sur la pente la plus raide du versant, le long d'une ligne qui descendait à pic sur les hauts pâturages, l'Éthiopien, astiqué comme une image de catalogue, se mit à siffloter et à sortir une cigarette blonde. Je lui fis signe d'arrêter son concert et d'écraser sa cigarette, mais il ne me vit pas et là-dessus la chasse commença. D'abord un coup de trompe que je ne reconnus pas (parbleu, c'était la neuve !) et presque tout de suite le récri des chiens, et l'Éthiopien sifflait, fumait toujours.

Pour attirer son attention me voilà occupé à lui lancer des petits cailloux et des mottes de terre gelées; il prit cela pour un jeu et, gloussant comme un coq-dinde, il se mit à m'en lancer à son tour, debout, bien à découvert, au milieu de la ligne, la cigarette au bec.

Par trois fois les chiens nous amenèrent une jolie cavalcade à moins de trois cents mètres, par trois fois la chasse fut retournée. J'étais en rage et l'autre s'amusait comme une grive saoule. Au diable le conneau ! Peste soit du jean-foutre ! Et il dansait et me criblait de grosses mottes qui roulaient à vingt mètres de moi. Enfin s'étant approché, il éclata de rire lorsqu'un de ses projectiles m'atteignit à l'épaule.

J'en arrivais à souhaiter que les bêtes de chasse ne vinssent pas sauter de ce côté, car, si son expérience du tir était à la hauteur de sa connaissance de la chasse, j'étais un homme mort ; les chiens venaient d'ailleurs sur nous, sans doute aux trousses d'une laie opiniâtre et j'eus une idée : j'épaulai mon fusil en direction du sous-bois. La ruse réussit. L'autre, croyant que le gibier était en vue, rejoignit vivement son poste, non sans fracas, et se mit à regarder dans le gaulis, comme si quelque nymphe y eût montré ses belles fesses.

A peine était-il aux aguets qu'un ouragan survint sous le taillis, un roulement terrible : cinq ragots, groupés, qui passèrent loin de moi, mais se rabattirent sur mon siffleur, pour sauter, me croira qui voudra, à trente mètres de lui. Il tira, et, l'admettra-t-on ? je vis une chose vexante, une des bêtes s'arrêter net, s'asseoir sur son cul en poussant des cris de goret en abattoir ; l'autre exultait déjà en esquissant une gigue.

Je lui criai :

— Redoublez, cré nom !

Je le vis épauler à nouveau, viser lentement et j'en vins à faire une prière à saint Hubert pour l'insuccès de ce coup de fusil ; saint Hubert dut m'entendre car il ne permit pas le scandale. Le sanglier n'attendait que cette deuxième décharge pour repartir de plus belle, quoique en boitant bas. L'autre Jocrisse se mit à hurler en levant les bras :

— Il en a !

Se jetant d'un coup dans la vallée, le blessé longea un fourré et l'homme au sifflet le poursuivit en lançant son « il en a ! il en a ! » Il me cria :

— Suivons-le ! Venez !

J'en étais bien tenté mais j'osais à peine quitter ma place par esprit de discipline ; mais il me revint, ou peut-être l'inventai-je, que mon grand-père admettait qu'un chasseur placé en bout de chasse pouvait se déplacer si la chasse sortait du massif gardé, surtout pour poursuivre une bête grièvement blessée. Et nous voilà partis tous trois, le cochon d'abord, que l'on suivait à vue et au sang, le Mirliflor ensuite, qui brandissait son fusil comme les zouaves que l'on voit sur les gravures d'époque, donnant l'assaut à Solférino, et moi, cent mètres derrière. Mais je courais plus vite que lui et je le rattrapai bientôt. Le sanglier descendit les éboulis, sauta dans les pâturages qu'il se mit en devoir de dévaler, nous entraînant vers le fond de la vallée. La bête enfiévrée par la blessure se dirigeait tout bonnement vers le lac, dont la grande flaque brillait au bas du versant. Il gagna des passages faciles et nous le perdîmes de vue, mais cela ne nous découragea pas.

J'étais devant, j'arrivai le premier au bord de l'eau et je vis, vautré dans la vase jusqu'au mufle, notre cochon qui soufflait comme une otarie. Nous voilà pataugeant pour le rejoindre, mais c'était la queue du lac, un marais de petites herbes fines jaillissant d'une eau basse. Tout noir, le sanglier émergeait quatre-vingt mètres plus loin. Nous le croyions à bout et, ma foi, nous allions le rejoindre, dussions-nous nous embourber jusqu'aux aisselles, mais aux cris que nous poussions, il se reprit, se redressa et se mit à trotter vers le large. Lorsqu'il eut assez d'eau, il se mit à la nage.

— Tirons ! beuglait mon camarade.

Il tira, puis rechargea, puis déchargea son arme ; on voyait les chevrotines ricocher sur l'eau, à plus de trente mètres à droite ou à gauche.

— Dessus ! dessus ! criait le maladroit.

L'animal nageait vivement vers le large, coupant le lac en deux.

— Suivez-le par la rive droite, disait mon gnaulu, moi, par la rive gauche et nous le cueillons à l'arrivée !

Nous voilà partis à travers les roseaux, les mouilles et les joncs. Je me faisais fort d'aller plus vite que mon voisin que j'apercevais progressant tout là-bas sur la rive opposée, haut comme un bécasseau, mais moins agile, à coup sûr ; je rageais de le voir se maintenir à hauteur. Je sautais, il sautait et le sanglier nageait. Je m'étalai dans maintes flaques bien gelées et laissai de ma peau à plus d'un églantier. J'entendis tout à coup sur mon épaule un coup de fusil terrible ; je me retournai, je ne vis personne. J'avais senti en même temps un choc, c'était mon propre fusil qui était parti tout seul, la détente s'étant prise dans une branche. Mais je repris ma course.

Vers le milieu du lac (il a deux kilomètres de long), le nageur prit le meilleur sur ses deux poursuivants ; il nous fallait contourner des anses, patauger, glisser, traverser des buissons, alors que l'animal filait tout droit, au plus court et nageait fort courageusement, la hure dressée. On le voyait, point noir sur la nacre de l'eau. Il atteignit avant nous un massif de roseaux qui marquait la côte et nous arrivâmes pour voir son cul disparaître hors de portée, dans un fourré. Nous restâmes là, n'ayant pas le courage de poursuivre. Pourtant la bête fut trouvée le lendemain, mangée par des renards et des chats sauvages, à peine à cinq cents mètres de là.

Des canards sauvages passaient sur nos têtes, que nous avions levés des roseaux, et ni l'autre ni moi-même n'eûmes l'idée de tirer.

Mon grand-père nous reçut le soir avec une jolie figure bien épanouie et nous dit simplement :

— Alors, la chasse à courre et le bat l'eau comme au bon vieux temps ?

— Ah ! Tremblot, Tremblot ! se pâmait le financier, quelle chasse vous nous avez fait voir ! Jamais je n'en ai vu de pareille, et pourtant Dieu sait si j'en ai eu des émotions sur le plateau éthiopien, aux trousses des hyènes rieuses !

Puisque j'ai anticipé de plus d'un an sur les événements pour parler de ce guignol malfaisant, allons jusqu'au bout et voyons tout de suite la fin de son histoire qui marqua ma jeunesse, comme on peut le penser. L'affaire Hanau-Stavisky, dont tous mes contemporains se souviennent, se termina par un énorme scandale, doublé d'une affaire criminelle non encore élucidée. On ne comprit pas bien, à l'époque, ce qui s'était passé, car, dans notre région, ces combinaisons, semblaient bien vaseuses et parfaitement ridicules, mais je sus que ce couple avait escroqué certes de braves gens comme les fermiers et artisans de nos cantons, mais aussi d'autres chevaliers d'industrie qui le méritaient bien, et même des financiers. C'était un des plus grands krach de tous les temps.

Le père Tremblot eut enfin la révélation de son imprudence et fit une superbe colère. J'étais là, justement, car c'était en août. Je le vis prendre tous les exemplaires du journal *Forces* qui avait été sa bible, et en faire en grand feu sur le pourrissoir du jardin.

— Ça fera toujours de l'engrais! hurlait-il en apostrophant tous les milliards de vains dieux de l'Olympe, furieux d'avoir perdu ses deux meilleurs champs pour acheter des liasses d'actions fictives qu'il culbuta dans le brasier.

Le soir, je pris le dictionnaire composé par mon compatriote Pierre Larousse et, je ne sais pourquoi, y cherchai le mot *Forces* qui était, je l'ai dit, le titre du journal de Marthe Hanau et je lus ceci : « Forces : du latin *forfices*, grand ciseau utilisé pour tondre les moutons. » Tondre les moutons!

Je trouvai cela si drôle que je le fis lire au vieux Tremblot, qui, ayant chaussé ses lorgnons d'acier, se mit à rire lui aussi, mais à rire à n'en plus pouvoir souffler. Il hoquetait :

— Hohohoho! la mâtine! Hahah! La youtre! Elle nous avait bien prévenus pourtant! *Forces*! Haha! et nous, beuzenots, on s'est bien laissé tondre!

Il s'était levé et toujours en poussant son rire de bon vivant, il gagna la cave en disant :

— Tondus qu'on a été mon Blaise, tondus, cocus. Hahaha!

Il revint avec deux sacrées bouteilles qu'il ouvrit en criant :

— C'est bien fait, cré milliards de vains dieux! C'est bien fait! Ça donnera à apprendre aux Gaulois!

Deux clients arrivaient pour faire regarnir un collier de trait; il sortit quatre grands verres. A les remplir, la bouteille y passa :

— Buvez! Cré vains dieux, buvez! Ne laissez pas passer si belle occasion de vous gausser des paysans! Je viens de me faire étriller jusqu'au sang!

Et il s'avéra que les deux clients avaient été, eux aussi, escroqués par l'Éthiopien. Alors le vieux éclata :

— Allez les enfants, on va aller le réveiller l'Éthiopien ! Venez avec moi ! Il va passer un peût quart d'heure !

Les deux autres lui dirent tranquillement :

— Mais il ne t'a pas attendu, Tremblot ! Il y a longtemps qu'il a quitté le pays ! Il avait déjà revendu sa maison en janvier dernier, que personne ne le savait encore !

Et une deuxième bouteille y passa, et une troisième, un fromage de tête nous y aida. Je bus crânement mon demi-litre de cet échézeau 1909 qui nous venait du cousin Petit, une des meilleures années pour les côtes-de-nuits. Le Vieux ne me fit grâce de rien.

— Prends une bonne cuite au bon vin, gamin ! Pour que tu t'en souviennes toujours du bon tour qu'elle nous a joué la Marthe Hanau, pour que, tant que tu vivras, tu te méfies des gens qui ont une belle cartouchière et qui chient dans la porcelaine...

L'affaire n'engendra pour lui, on le voit, qu'une bonne humeur sarcastique, mais elle renforça bellement l'antisémitisme qui était endémique dans nos régions, il faut dire ce qui est.

11

Le début des temps modernes ne remonte pas pour moi à la prise de Constantinople par les Croisés, ni à l'invention de l'imprimerie, ni à la très grande Révolution française, ni même à la construction du chemin de fer de Paris à Lyon et à la Méditerranée. Non. Le début des temps modernes date, pour moi, de ce qu'on a appelé dans nos pays « l'affaire de l'Éthiopien », et en France, « l'affaire Hanau-Stavisky ».

Je ne prétends pas que c'est le couple Hanau-Stavisky qui a modifié les conditions de vie dans nos campagnes, mais leur intervention dans la vie de notre vallée coïncide avec le Grand Bouleversement. C'est à cette époque-là en effet que, mes études secondaires terminées, il me faut choisir une Grande École. Il y a Polytechnique, Saint-Cyr, Navale, Centrale, les Arts et Métiers... C'est à peu près tout ce que nous connaissons dans nos régions. Même l'instituteur n'en sait pas plus, et à part Saint-Cyr qui ferait de moi un officier, ce qu'à Dieu ne plaise, ou Navale qui me transformerait en marin, ce qui est à l'envers du bon sens pour un Mandubien, né au bord du lac de Pantier qui n'a qu'une marée basse par an, en été, tous ces établissements sont des « fabriques d'ingénieurs ». Or, avec une clairvoyance étonnante pour un jeune paysan, je refuse de devenir un de ces dangereux personnages dont j'ai dit à l'instruisou, au cours d'une discussion, qu'ils allaient détraquer la planète et empoisonner les bonshommes qui vivent dessus. Je ne veux pas prendre part à cette mauvaise action, que dis-je ? à ce massacre génocide. Je n'irai donc pas dans une Grande École et ne serai jamais ingénieur. Je ne veux pas être de cette armée de malfaiteurs glorieux !

C'est la désolation dans la famille ; les femmes appuyées par le curé en profitent pour me rappeler qu'à treize ans j'avais dit : « S'il faut des prêtres, pourquoi pas moi ? » Il est encore temps de regagner la grande bâtisse du boulevard Carnot, le Grand Séminaire. J'entends même une conversation entre ma grand-mère et le curé, où celui-ci interroge habilement celle-là pour s'assurer, en termes ecclésiastiques, que je suis chaste et réservé, bref : que je ne regarde pas les filles. Elle se récrie en disant :

— Mon-on !... (ce qui est l'abréviation, chez nous, de l'exclamation : Mon Dieu !) Mon-on... Mossieu le Curé ! On peut dire que ça l'intéresse pas, mais pas du tout !

Ce qu'elle ignore, je peux bien le dire maintenant, c'est que pour ne perdre ni temps ni moelle à penser aux filles avant mon mariage, j'ai décidé il y a deux ans, sur le coup de quinze ans et demi, que je resterais fidèle au souvenir de la petite Kiaire, qui, le jour de sa mort, avait cessé d'être mon aînée de quatre ans, pour devenir pour moi une image idéale, sans âge et sans défaut, comme la princesse lointaine du Chevalier, la « Dame de mes pensées ».

C'est un bon truc que je donne aujourd'hui à tous les jeunes garçons soucieux de ne pas perdre leur adolescence en émois inutiles et ridicules, parce que trop précoces, et conserver pour leur épouse toute la force et la fraîcheur de leur enthousiasme et de leur instinct parternel.

Voilà donc pourquoi, à cette époque, je ne cours pas aux trousses des filles. Je n'ai pourtant aucune vocation au célibat, je le jure, et il m'arrive souvent même de penser à une fille qui sera belle, pure et joyeuse, la « femme forte » de l'Évangile, à qui j'apporterai mon intégrité physique et spirituelle. Elle deviendra la chair de ma chair, la mère de mes enfants. Bref, je ne suis pas de la graine de curé, j'ai mieux que ça en tête.

Donc : pas ingénieur, pas curé.

Il y a bien l'Université. C'est pour nous, modestes ruraux, une grande dame très lointaine et très impressionnante hors de notre portée ; il paraît que mes dons me dirigent pourtant tout droit et très démocratiquement sur la Faculté des lettres. Personne à la maison ne sait exactement ce qu'est cette Faculté des lettres. Lorsqu'on nous dit que j'en sortirai professeur, mais après environ huit ans d'étude, j'abandonne cette idée. Huit ans ! Mais en huit ans d'étude, j'aurais saigné à blanc ma famille et ruiné le patrimoine qui était déjà bien maigre et qui vient encore d'être amputé des escroqueries de l'Éthiopien.

Me voilà donc chevauchant une nouvelle fois le cheval de raison et je pars en guerre pour que, enfin, on considère que ma vocation c'est d'être « artisan de campagne », avec jardin devant, verger derrière, vache et cochon dans le clos. Artisan en fer comme Sandrot ou artisan menuisier comme l'oncle Lazare ou comme l'arrière-grand-père Claude, ou artisan bourrelier comme Tremblot. Un « Jacques » ! Voilà ma voie ! Ça saute aux yeux comme mildiou sur cep, au confluent de deux lignées d'artisans ruraux qui ont répandu leurs chefs-d'œuvre dans les quatre cantons depuis des siècles.

Mais Tremblot m'explique pour la centième fois que l'artisanat n'a plus que pour dix ans de vie, tout au plus, qu'il va agoniser, étouffé par le progrès, la grande industrie, la science ; c'est fini, surtout pour les bourreliers, puisqu'on parle d'atteler les charrues et les faucheuses mécaniques à des tracteurs. Il paraît même qu'en Amérique c'est ainsi. Or, tout ce qui arrive en Amérique aujourd'hui, affirme le vieux Tremblot, sera là dans dix ans !... Et dans vingt ans il n'y a plus un cheval dans la vallée ! Déjà les charrons sont tous morts et enterrés !

Moi qui viens de lire *Scènes de la vie future* de Georges Duhamel, je suis bien obligé d'avouer que l'analyse du vieux est lumineuse. Il n'est pas allé aux États-Unis, lui, mais il a flairé de loin la vérité. De leur côté, les femmes me disent :

— Tu ne nous aimes donc pas que tu refuses de devenir un Mossieu et de nous faire honneur, ingrat ?

Et elles font plusieurs neuvaines de suite, une à la Sainte Vierge, une à saint Joseph, une au Sacré-Cœur.

Le grand-père reprend l'offensive :

— Une cervelle comme la tienne dans une boutique ! Mais ce serait des confitures aux cochons ! (On appelle « boutique » l'atelier du petit artisan.)

Le village tout entier, en chœur, réclame mon départ vers « les Écoles ». Ils veulent avoir un des leurs dans ces établissements. La rumeur publique ne comprend pas qu'un homme intelligent puisse désormais envisager de vivre à la campagne pour y faire un métier d'honnête homme. Je suis victime de mon devoir familial, de ma cervelle et puis, aussi, il faut bien le dire, de ma vanité, car tout cela me flatte.

En chargeant le dernier chariot de foin avec les camarades, nous débattons gravement de cette question, mais nous parlons dans le vide, car, à cette époque, l'orientation scolaire et universitaire n'existe pas plus que l'orientation professionnelle. Nous ne savons rien sinon que l'avenir s'ouvre devant nous comme une sorte de pays vierge et merveilleux.

J'en suis là de mes hésitations lorsque le jeune comte, mon ami Charles-Louis, arrive en vacances. Lui, il est maintenant en seconde dans un grand lycée à Paris, où sa mère est allée vivre avec lui dans un appartement qu'ils possèdent sur une belle avenue, qui porte un nom de victoire napoléonienne, je crois. C'est lui qui, tout tranquillement, me dit :

— Pourquoi ne ferais-tu pas les H.E.C. comme mes amis de Warren et de Vitasse ?

— Les H.E.C. qu'est-ce que c'est que ça ?

— Les Hautes Études commerciales.

— Moi ? Commerçant ? Mais ça m'irait comme un tablier blanc à une vache noire !

— ... Mais cela ouvre aussi et surtout la porte de toutes les Administrations, de la Finance, des Affaires, des Colonies, du Chemin de fer !

Je réfléchis, tout troublé.

— Quand un fils fait H.E.C. est-ce qu'une mère peut dire qu'il est un Mossieu ?

Il rit :

— Mais bien sûr !

— Et on n'est pas ingénieur avec ce diplôme-là ?

— On a le titre d'ingénieur, mais on n'est pas obligé d'en faire état.

— Bon, mais est-ce qu'on travaille dans une usine ?

— Pas forcément.

Et c'est ainsi que j'ai choisi, si l'on peut appeler choix cette sorte de fatalité. Par la suite, lorsque je vis que les mathématiques ne figuraient au programme des H.E.C. que sous le nom de « mathématiques financières » et que la formule : $lq - a/q - 1$ suffisait, à elle seule, à résoudre tous les problèmes que l'on pouvait s'y poser, je fis acte de candidature et préparai le concours d'entrée, et tout le monde nous aida à faire les démarches pour continuer à bénéficier des bourses et des différents avantages que notre République accordait aux bons sujets.

Le sort en était jeté : je serais étudiant à Paris. Le monde basculait, je faisais le faux pas fatal, je passais dans le camp des Burgondes, des Francs, des Mossieu, je désertais celui des Gaulois, des Bagaudes, des Jacques, voués depuis si longtemps à la terre, au feu de bois, au bétail, à la forêt, aux pâturages, et à la chasse à la billebaude.

C'est cette année-là que le vieux Tremblot abandonna l'exercice de son métier de bourrelier-sellier. Je crois qu'en prophétisant la fin de l'artisanat, il s'était d'abord convaincu lui-même de la mort prochaine du compagnonnage, des grands métiers manuels et de l'élite professionnelle. Il trouva néanmoins d'autres prétextes en disant :

— J'ai fait mon temps.

Il avait soixante-cinq ans, en somme l'âge actuel de la retraite.

— Je me retire, place aux jeunes ! disait-il vingt fois par jour.

Il avait trouvé un jeune bourrelier, son ancien apprenti de 1913, qui avait eu la chance de revenir à peu près vivant du champ de bataille de Verdun et lui avait cédé son fonds. A moi, il avait donné d'autres explications en me disant :

— Avec mes abeilles, mes jardins, les arbres fruitiers, l'élevage des chiens, ce serait bien le diable si je n'arrive pas à faire bouillir la marmite ! Puis en mystère, derrière sa grosse main toute en os : « ... Et l'Éthiopien ne m'a pas tout pris, marche ! il me reste quelques sous, quelques petits bouts de terre, on ne mourra pas de faim. Quand on a " du sang " on peut faire sortir de l'eau d'une pierre ! »

Et il ajouta fièrement :

— 1 200 francs à dépenser par an, oui, mon ami, 100 francs (anciens) par mois, avec ça on est tranquille ! Va bravement faire tes études à Paris avec tes bourses et ne te fais pas de souci pour nous !

C'est ainsi que j'ai quitté le village par l'autobus du matin, pour prendre à Dijon le rapide qui m'amenait à Paris sur le coup de midi. J'y venais, comme disait le grand-père, pour « présenter le concours » national d'entrée aux H.E.C. Et j'y fus reçu avec le numéro 8. L'événement fut annoncé dans les colonnes du *Bien Public* et du *Progrès de la Côte-d'Or* et, le 2 novembre, je pénétrais dans un des immenses et sombres amphithéâtres du boulevard Malesherbes.

On y accédait par une sombre et longue allée, entre les murs aveugles des hauts immeubles voisins et, au bout de cette avenue, devinez ce que l'on rencontrait ?

Je vous le donne en mille.

Une horloge pointeuse !

Lorsque je vis cet instrument pour la première fois et

qu'un huissier m'expliqua comment je devais m'en servir, je crus à une plaisanterie de bizuthage. Je répondis bravement que je trouvais cela plaisant et je passai outre. Mais on me rattrapa vivement en me disant que le pointage était obligatoire !

Oui brave gens : à l'avant-garde du progrès et des techniques de pointe en matière de gestion des entreprises, d'économie et de sociologie, l'École des Hautes Études commerciales donnait, dès cette époque, l'exemple, en imposant aux admirables élites estudiantines, aux futurs dirigeants de la société rationnelle, standardisée, technocratique et totalitaire en pleine gestation en Europe, cet avilissement quatre fois quotidien, cette abjecte génuflexion devant la machine. Ce mouchard impavide ridiculisait tout simplement ce que le Compagnon-fini avait de plus noble et de plus efficace : la Conscience et le libre arbitre.

Le déclic de cet engin pointeur, c'était le bruit de la dignité qui se brisait et toute joie d'œuvrer et de vivre alors m'abandonna.

J'étais atterré.

A mon grand étonnement tous mes camarades « pointaient » sans sourciller. Pourtant ils appartenaient en majorité à une classe fort jalouse de ses prérogatives et de ses privilèges, mais ils faisaient bien docilement la queue, Francs, Burgondes, Sémites mêlés, même Gaulois, car il y en avait aussi, tous alignés pour présenter à la machine leurs hommages du matin et du soir.

L'envie me prit de tourner les talons et de rejoindre, sans plus attendre, mes friches et mes bois. Mais j'eus la sottise de penser que je pouvais, moi petit Auxois sans le sou, tout seul perdu dans cette masse bien moulée et conditionnée, être la petite molécule de ferment qui pouvait renverser le processus d'avilissement, bref : faire le « Jacques » à la tête d'une « jacquerie », pour redresser les torts et clamer, avant qu'il fût trop tard : Halte à la technique ! Halte à la croissance !

Belles phrases, beaux gestes, nobles sentiments bien dans la tradition de ma tribu et qui, je l'avoue, me tentèrent un instant. Un tout petit instant. Juste le temps de raffermir certaines dispositions d'esprit, congénitales et raciales, soigneusement cultivées par une forte éducation familiale et par la pratique de la vie à la billebaude.

Oui, je peux le dire, même si je ne lui consacre pas un long chapitre, cette horloge pointeuse, la première que je rencontrais sur mon chemin, était l'événement capital qui devait décider de toute ma vie.

J'avais trouvé une chambre sous Montmartre, à l'*Accueil des étudiants* qui n'était autre que le collège Rollin, dont l'étage supérieur était alors loué en chambres particulières à des étudiants, des « étudiants pauvres » eût dit Émile Zola en serrant les poings et en suçant ses larmes de bourgeois sensible et un tantinet dégénéré.

De fait, nous logions sous le toit et ma fenêtre mansardée donnait sur les larges gouttières en zinc où venaient boire les pigeons de Paris et les palombes trop grasses du square du Sacré-Cœur, alors en construction sur le flanc sud de la Butte. Si grasses ces palombes, qu'elles volaient avec peine et que dès le premier soir, j'eus la certitude de manger autant de salmis qu'à la maison. Je confectionnai immédiatement des lacets que je me proposais de poisser, selon toutes les règles, avec de la pulpe des boules de gui récoltées au parc Monceau.

Je me retrouvais là, mêlé à une population estudiantine très démocratique, faite de fils de cultivateurs, de petits fonctionnaires, d'ouvriers, de petits commerçants, d'artisans, tous premiers ou seconds de l'école gratuite, publique, laïque et obligatoire des villages français, bref, des gens comme moi, l'espoir de la France, qui montaient victorieusement à l'assaut des diplômes nationaux.

Hélas ! le plus clair de mon temps se passait dans ces immenses amphithéâtres très noirs, encastrés qu'ils étaient entre les hauts immeubles du boulevard Malesherbes et de la rue de Tocqueville, au plus confus du Paris haussmannien. J'étais perché sur les derniers gradins entre de Vitasse et de Warren, ami de Charles-Louis de Voguë. Du haut de mon perchoir, j'apercevais le professeur gros comme un pou sur l'estrade, tout en bas des degrés où s'entassaient mes deux cents camarades, sous la surveillance de deux huissiers, dont l'un passait ses longues heures de cours à dormir et à composer des arrangements musicaux, car il était musicien dans une boîte de nuit. Accordéoniste, je crois.

Ce relief montagneux de l'amphithéâtre me remettait un peu dans l'ambiance des chasses de chez nous. En ai-je entendu de là-haut des récris de chiens, des « hallahous » et des annonces de trompe ! En ai-je vu des débuchés farouches ! En ai-je rêvé des forêts bourguignonnes, aux heures où tout l'amphithéâtre semblait écrasé par un prodigieux ennui ! Ai-je assez souvent entrevu un hameau, le hameau perdu de la Peuriotte, endormi comme Belle au Bois dormant attendant le Prince charmant qui l'éveillerait ! Ainsi je tentais, sans y parvenir, d'oublier l'odieuse horloge pointeuse à laquelle je devais rendre mes devoirs en entrant et en sortant de l'établissement, et que je me promettais de faire sauter d'une cartouche de pyroxylée aussitôt que possible.

Rentré au square d'Anvers, je tendais mes lacets appâtés au grain de maïs, dans la gouttière, avec mon ami Deflisque, un étudiant en dentisterie, fils d'une veuve de guerre, couturière à Riom-ès-Montagne, en Auvergne, et je lisais les lettres de chez moi. On m'y tenait au courant de la marche des industries de mon grand-père, les ruches, les essaims, le nourrissement hivernal, la vente du miel. On me parlait des gelées et des pluies, des vents, de la germination, des graines, de la maturité des fruits, des coupes de bois, des naissances, des décès, des mariages, mais surtout de la santé des chiens. On m'informait aussi des ventes de chiens, car l'élevage du vieux Tremblot était connu maintenant. Il cédait les chiots aux bons chasseurs qui les lui retenaient dès la saillie, ou bien il les vendait après dressage. Il les mettait à sa main avec tant de conscience et de savoir qu'il arrivait, je l'ai su plus tard, à produire de pures merveilles. Lorsqu'il en vendait un, il me contait la chose en décrivant l'animal en détail et couvrant d'injures le client qui venait de le lui prendre et il m'écrivait :

« ... Et tu ne sais pas quel est le sacré vains dieux de gnaulu qui est venu me l'acheter ? Le Beurchillot ! le marchand de bois, ce grand pangnâs qui ne serait même pas capable de tuer une vache dans un couloir ! Sûr qu'il va l'abîmer mon chien, le foutu Jocrisse ! Mais, ajoutait-il en conclusion, je lui en ai tiré un bon prix, la charogne. »

Il terminait :

« ... Les affaires marchent, gamin ! »

J'appris ainsi, par lettre, la mort du maître piqueur Pierre Bonnard, la mort du vieux comte Arthur, puis de Mme la comtesse, sa femme. Ma grand-mère me contait par le menu les obsèques avec tout le beau monde des châtelains des environs, et, bien sûr, aussi tous les

mossieus venus de Paris ; elle me les nommait glorieusement et ne me faisait grâce ni de leurs costumes, ni
de leurs manières. J'apprenais aussi de quelle façon on
avait descendu le beau cercueil dans le grand caveau
des seigneurs, situé sous la chapelle du château et
comment la dalle avait donné du fil à retordre aux
hommes, car elle pesait au moins six cents kilos.

Cette chambre de l'*Accueil des étudiants,* nue et belle
comme la cellule d'un moine de Cîteaux, a été le cadre
de bien des expériences et de lumineuses méditations
qui pourraient faire un gros livre : *Les Confessions d'un
Auxois sans le sou.*

Sans le sou, certes, mais riche, oui, riche de toutes
sortes de cogitations anarchiques, voire anarchistes, de
cheminements à contre-courant, de certitudes à
rebrousse-poil, toutes ces pensées paradoxales qui
donnent toujours aux Bourguignons la certitude
d'avoir les yeux en face des trous et d'être dans le vrai.
Et riche du souvenir de la Peuriotte, la Combe-Endor-
mie.

Un jour, enfin, une lettre copieuse m'arriva qui
m'annonçait une grande nouvelle : Le vieux Tremblot
avait reçut la visite d'un homme bien habillé et bien
convenable qui lui avait vanté les mérites des écrémeuses modernes, les écrémeuses centrifuges... On n'a qu'à

tourner une signeûle [1], écrivait la grand-mère et la crème coule d'un côté et le lait de l'autre.

Cette machine devait révolutionner les fermes où l'on employait encore la méthode gauloise en versant le lait dans des pelves, des grands jadeaux de grès, où la crème mettait plus de vingt-quatre heures pour monter. On la levait ensuite avec une cuillère spéciale en bois que les commis taillaient dans une bûche d'orme. D'un seul coup pelves, jadeaux, cuillères, tout cela tombait dans le bric-à-brac inutile... avec les commis !

Cet homme bien habillé et bien convenable était tout simplement l'agent régional de la maison Singer. Il avait proposé au grand-père de placer les écrémeuses dans les fermes, chez ses anciens clients.

« Connu et estimé comme vous êtes dans la Montagne et le Haut-Auxois, vous en placerez partout, vous connaissez toutes les fermes, toutes les femmes, tous les chevaux, par la force des choses et même toutes les vaches ! »

Le Vieux avait donc accepté. Pensez ! il gagnait plus de cent francs anciens par écrémeuse vendue ! Il allait faire des démonstrations dans les fermes et arrivait à en vendre une par semaine. Cent francs par semaine ! voilà qui met du beurre dans les épinards ! Il s'agissait bien sûr d'anciens francs, des centimes d'aujourd'hui, dont un seul suffisait à l'époque pour acheter un kilo de pain. Son succès fut tel que le monsieur bien convenable lui proposa de placer aussi des machines à coudre auprès de toutes les fermières, ce qu'il fit.

Oui, l'ancien artisan, le Compagnon Passant du Devoir, le « Jacques » qui avait toujours eu pour la main, la main humaine, admiration et respect, vendait

1. *Signeûle :* manivelle, en parler bourguignon.

des machines qui ridiculisaient précisément la main humaine et cela me choqua. J'en voulus à cette époque curieuse qui transformait le maître artisan en marchand de robots.

« Y a-t-il avantage à écrémer le lait avec cette machine ? » demandai-je par retour du courrier.

« Aucunement, répondit le Vieux, la crème est même bien trop liquide, elle n'est même pas bonne à faire du tiaque-bitou [1], sans plus, mais on dit aux femmes que ça leur gagnera du temps. »

« Cela gagne-t-il vraiment du temps ? » demandai-je encore dans une lettre suivante.

« Non, répondit le Vieux. On perd à faire le nettoyage et le graissage de cette foutue mécanique compliquée, tout le temps qu'on a gagné à l'écrémage, mais j'en vends partout et je n'en achète même pas pour ta grand-mère qui n'en voudrait ni pour prix ni pour somme. Mais il ajoutait : « que j'en vende encore une vingtaine de ces sacrées vains dieux d'écrémeuses et on verra ce qu'on verra ! »

J'en arrivai bien vite à m'en vouloir à moi-même, car j'étais bien sûr que le Vieux ne se prostituait ainsi que pour me permettre d'aller aux Écoles et revenir avec ma belle peau d'âne qui ferait de moi un « Mossieu », sinon un ingénieur. C'était bien moi qui trahissais.

Il faut aussi que je note un fait, apparemment sans grande importance : un soir, en rentrant dans ma chambre, je trouvai sur ma table un drôle de petit instrument. C'était une petite boîte grosse comme une tablette de chocolat, avec une manette à pointeau et une sorte de petit caillou gris. De la boîte sortait deux

---

1. *Tiaque-bitou :* fromage blanc à la crème mêlé d'ail et de fines herbes.

fils : l'un enroulé sur une bobine, l'autre fixé sur un curieux instrument que mon ami Deflisque désigna sous le nom de « casque-écouteur ».

C'était tout simplement un poste à galène, avec son petit cristal de sulfure de plomb et ses écouteurs, en bon état de marche.

Le soir même, ayant entortillé le fil de prise de terre sur le fer de mon lit, je mis le casque-écouteur et, ayant promené le pointeau palpeur sur la galène, j'eus tout à coup un éblouissement : il me sembla qu'un flot de bruits m'envahissait des pieds à la tête et j'en perdis le souffle. Après un instant de panique, j'arrivai à comprendre que c'était de la musique. De la musique d'orchestre, comme je l'appris plus tard. Je restai là, abasourdi : un orchestre jouait et c'était la première fois que j'avais l'occasion d'entendre ça. La seule musique que j'eusse jamais entendue était celle que nous faisions, à l'église du village, pour les offices, en ânonnant, le propre du temps, les psaumes et les hymnes, accompagnés par Mlle Seguin, la fille du régisseur, qui tenait l'harmonium. Ou encore au collège en braillant d'invraisemblables cantiques.

D'un seul coup je plongeais en pleine musique « moderne » car l'orchestre jouait *Le Pierrot lunaire* de Schœnberg, je fis connaissance aussi, un instant plus tard, du blabla de la publicité, et je fus dégoûté à jamais de cette fameuse « Téhessef » qui naissait. J'en fus guéri définitivement. Comment ce poste à galène était-il venu échouer sur ma table de nuit ? J'eus beau faire une enquête dans tout l'établissement, je ne le sus jamais. Une restitution faite sans doute au camarade qui m'avait précédé dans cette cellule ?

Toujours est-il que je fis avec cet appareil ma première expérience de la « Téhessef ». Je devais l'emporter au pays aux premières vacances, et ainsi

337

faire entendre, pour la première fois, de la musique aux membres de la famille.

La vie universitaire a ceci de bon que les vacances s'allongent paresseusement jusqu'au 2 novembre. Cela nous permet de tuer le cochon avant mon départ en trichant légèrement sur la coutume, car il est écrit dans les dictons des aïeux que l'on ne tue le premier cochon de l'hiver qu'à la Saint-Martin, le 11 novembre, faute de quoi sa viande s'évente, la saumure tourne et le saloir est gâté ; on transgresse donc cette loi impérative (encore une trahison provoquée par mes sacrées études) et on n'hésite pas à assassiner le porc quelques jours avant la Toussaint.

Je vous prie de croire qu'on n'a pas besoin de charcutier. On met un bâton dans la gueule de l'animal et c'est moi qui lui tiens ainsi la gorge bien offerte au coutelas du père Tremblot. La lame entre dans ses amygdales et du même mouvement coupe la veine. Le sang gicle dans la bassine où on le recueille sur un bon demi-litre de marc en le battant à la cuillère de bois. Chacun connaît si bien son petit travail personnel qu'en moins de deux, les jambons et les épaules sont détachées, les filets levés, le filet mignon mis à l'écart, avec le foie, le cœur, les rognons et la saignette, le côtis partagé en six carrés, les pattes grattées, les ergots arrachés et jetés aux gamins qui tournent autour du sacrifice, avec les chiens, prévenus on ne sait comment.

338

Ils se les disputent pour les croquer tout crus pendant qu'on fend la hure en deux et que la cervelle jaillit, toute rose, hors de son alvéole. Tous les morceaux s'étalent sur un linge blanc sur la grande table et le grand-père prépare « les présents ».

Ce sont les morceaux traditionnels que je vais aller porter à sept ou huit voisins. Ce n'est pas charité, mais équité, car lorsque ces gens-là tuent leur cochon, ils réservent les mêmes morceaux pour nous.

On dit : « Deux façons de conserver le cochon : le sel et l'amitié. » Toujours cette morale utilitaire qui règle et stimule les élans du cœur.

Il faut comprendre que la viande qui va au saloir, on la retrouvera salée, tout au long de l'hiver, mais celle qui va au voisin, elle vous reviendra aussi, mais fraîche, sous la forme de présent en retour, avec, en plus, une intention d'amitié qui vous réchauffe.

Moi, j'emmènerai à Paris, dans ma valise, du boudin, du saucisson, du pâté. Les mémères trouvent drôle que je n'emporte pas un morceau de grillade et de filet mignon.

— Ça te remonterait, pourtant ! Tu le ferais griller sur les braises !

— Quelles braises ?

— Celles de ton feu !... J'espère bien que vous avez du feu, quand même.

— Mais non, nous n'avons pas de feu !

— Mon... on ! C'est-y bien prudent de laisser ces garçons-là se geler ? Surtout qu'ils passent des heures immobiles sur leurs livres !...

— Mais nous avons le calorifère !

Et j'explique ce qu'est le chauffage central. On s'exclame, les yeux ronds :

— Alors tu n'as pas de feu dans ta chambre ? Mais c'est affreux !

Pour tous ces gens : Pas de feu, donc pas de chaleur. Pas de flammes ? Pas de braises ? Pas de cendres ! Donc la mort ! Depuis toujours la famille vit avec le feu, et je suis le premier à ne plus voir jamais ni feu, ni flammes, ni fumée, ni cendres ! Cela laisse à penser.

J'explique qu'à l'*Accueil des étudiants* le feu est fait sous une grande chaudière dans les sous-sols. Un seul feu pour tout l'établissement.

— Qu'est-ce qu'il doit en falloir du bois ! dit une voix.

— Mais non. On est chauffé au charbon !

Je vois bien qu'il y a méprise : pour nous, le charbon, c'est le charbon de bois exclusivement. L'autre charbon, que nous n'avons jamais vu, c'est le « charbon de terre », produit douteux dont on se méfie, car on sait qu'il vient du fin fond de la terre.

Ma mère s'écrie :

— Pouih ! Moi je ne pourrais pas me chauffer tranquille, avec ça.

On lui demande pourquoi. Elle a un frisson :

— Pouih ! Rien que de penser que de pauvres diables vont chercher ça au fond de la terre, moi ça me glacerait le sang !

On rit :

Elle s'indigne :

— ... Alors ça ne vous revorcherait pas, vous, de penser que de pauvres mineurs rampent sous la terre au péril de leur vie pour que vous ayez tant seulement chaud aux fesses ?

Puis, après un temps, elle tire la conclusion en revenant à son idée :

— A ce compte-là, tu vas sûr attraper la mort !

Ma bonne mère exprime ça d'une façon un peu naïve,

mais à nous aussi cela donne froid à la moelle d'imaginer cette vie de mineur, impensable pour des forestiers. Nous, pour avoir chaud, on ne descend pas sous terre, on « monte au bois », et c'est le meilleur moment de la vie. En outre, le bois, c'est un moyen de chauffage merveilleux ; ne chauffe-t-il pas six fois ? Une fois quand on l'abat, une fois quand on le moule, une fois quand on le débarde, une fois quand on le scie, une fois quand on le fend, et enfin quand on voit sa flamme.

La flamme ! Centre de toutes nos rêveries, même de nos hypnoses collectives à la veillée. Le feu ! Dont mon maître dijonnais, Gaston Bachelard, m'a parlé avec tant de science et tant d'amour, ce feu appelé à disparaître de la maison des hommes, ce feu condamné à mort par la société que nous fabriquent Marthe Hanau, Stavisky et tous leurs ingénieurs ! Bientôt on dira : « Feu Monsieur le Feu. »

Lorsque je dis cela on me rit au nez. Plus de feu, ah ! ah ! c'est impossible !

Et pourtant...

Enfin, non sans honte, j'annonce à la famille assemblée que « nous pointons à l'horloge pointeuse ».

Je dois d'ailleurs expliquer longuement ce qu'est une horloge pointeuse et à quoi cela peut servir, car personne chez moi, et dans toute la vallée, ne peut naturellement le concevoir.

Lorsque la chose est bien comprise, c'est une explosion : les femmes restent hagardes, les yeux agrandis par la terreur. Le grand-père, lui, se lève d'un bond :

— Pas vrai ? crie-t-il... Pas vrai ?... Tu ne me diras pas qu'on ose faire ça à des Français ?

— On ose !

— Mais c'est pas Dieu possible !... Tu nous racontes des goguenettes !

— C'est pourtant la vérité ! Il y a déjà des horloges pointeuses dans plusieurs usines en France !...

Il me regarde comme si je lui annonçais que j'ai la diphtérie :

— Non ?... On fait ça à des Compagnons ?

— Pas à des Compagnons mais à des ouvriers... et à des étudiants.

— C'est vrai. Ce n'est pas la même chose ! mono-logue-t-il.

Il réfléchit. Il est rouge comme un buisson d'écrevis-ses, puis :

— J'espère que tu leur as dit leurs quatre vérités ?... Et que vous allez régler ça... avec une dizaine de garçons décidés ? Il doit bien, vains dieux, en rester ?... Moé, à ton âge, avec deux ou trois garçons de ma cayenne, j'aurais pas mis longtemps pour leur revor-cher ça !... Cré vains dieux ! Il aurait fait beau voir !... Et notre conscience alors, à quoi que ça sert ?...

Le brave vieux ! Il dit exactement ce que je pense.

Mes valises bourrées de boudins, de pâtés, de beurre, d'œufs enveloppés de papier journal, de pruneaux, de noix, de noisettes et de deux bouteilles d'échézeau du cousin Petit, je retournerai pourtant vers ce monde moderne, ce monde sans feu. Avant, j'arracherai les dernières pommes de terre, je bêcherai la moitié du jardin et surtout j'irai faire une ou deux attaques au bois avec les chiens, les nouveaux chiens, produits de l'élevage du grand-père.

... Et c'est alors, le dernier dimanche d'octobre, qu'il m'arriva la chose.

Elle fut d'une telle importance pour moi que je la veux conter dans le détail, en longueur, au risque d'importuner ceux (au diable les jean-foutre, et ils sont de plus en plus nombreux, et pour cause !) qui ignorent la vie de la chasse, et c'est tant pis pour eux.

Au petit matin, j'étais encore au lit et j'attendais lâchement, pour me lever, de sentir le parfum de la première fumée. Une automobile s'arrêta devant la maison, la petite clochette se mit à grésiller dans l'air froid, faisant envoler la tribu de moineaux qui prenait ses quartiers d'hiver dans notre lierre. Il y eut un bruit de voix, puis les visiteurs entrèrent dans la salle commune et je n'entendis presque plus rien. La visite dura une bonne demi-heure, puis, comme je me levais, la grille s'ouvrit et, m'étant porté à la fenêtre, je vis le vieux Tremblot qui accompagnait deux hommes vêtus de pelisses.

Ceux-ci montèrent dans l'automobile, après avoir retiré les fourrures qui couvraient le capot ; la voiture démarra pendant que Tremblot sur le pas de la porte les regardait partir. Un instant après, il entra dans ma chambre en disant :

— Habille-toi vite et tiens-toi prêt, nous partons dans une heure !

Dans la cuisine, le Vieux, assis dans son fauteuil, passa ses doubles chaussettes, enfila ses brodequins,

343

mit son plastron et peigna sa grande moustache tout en donnant d'une voix terrible des ordres émouvants :

— Sors mon gilet cramoisi ! Prépare mon panier ! Mets du lard et du vin dans la musette ! Roule la bouteille dans les chaussettes de rechange ! Remplis les deux gourdes ! Sors les passe-montagnes !

Ma grand-mère obéissait en silence.

— Mangeons vite un bon morceau, me dit-il enfin, dans un instant la voiture revient, je t'emmène dans une vraie chasse, dans les Tilles [1], dans une grande propriété !

Tout ce qui arriva par la suite fut rapide et merveilleux comme dans un rêve. On fit sortir trois chiens, les deux foxes et un corniaud de grande valeur, le Taïaut III. On leur donna une grosse soupe et quelques beursaudes [2]. Quand la voiture revint, on les fit sauter dans le coffre à chiens, puis, après avoir bu une bonne eau-de-vie, le coup de l'étrier, ce fut le départ. J'aurais voulu poser des questions mais les deux messieurs avaient l'air trop sévère avec leur visage rasé à l'américaine, leur faux col blanc, leurs gants fourrés ; nous avec nos grandes vestes de droguet passées comme un manteau sur nos vêtements, nos foulards noués à la diable et nos moufles tricotées par la grand-mère, nous paraissions minables.

La voiture traversait des villages glacés, comme pétrifiés par le froid. Les fontaines des places étaient déjà caparaçonnées de glace car l'hiver était précoce. La corne de l'auto résonnait clairement au passage dans les ruelles désertes sur les neiges tassées, mangées par le froid, souillées par les fientes du bétail. Parfois,

1. *Les Tilles* : pays de Bourgogne, entre le plateau de Langres et la Saône, où coulent les trois rivières appelées « Tille ».
2. *Beursaudes* : nom bourguignon du gratton des charcutiers.

on voyait un vieux, la casquette à oreilles enfoncée sur le passe-montagne, qui se glissait dans son bûcher pour y chercher du bois ; il se redressait pour nous regarder passer et on distinguait alors dans sa figure osseuse, toute rouge, de petits yeux brillants qui pétillaient.

Enfin, par les grandes forêts, on atteignit la forêt de Francheville et la vallée de l'Ignon, puis ce fut le revers de la vallée des Tilles, et enfin le début du Val de Saône. On entra dans un parc en passant sous une grille armoriée et on se rangea enfin devant un joli perron. Là nous fûmes reçus par des gens très distingués.

J'étais en admiration devant mon grand-père qui, assis dans un beau fauteuil au milieu d'un salon, tenait aussi bien sa place qu'à l'auberge du village ou sur son tabouret de bourrelier. Le maître, la moustache blanche et tombante, la redingote grise, de vieille forme, passée sur un gilet de tapisserie, les jambes serrées par des leggings de cuir fauve, avec une bonne tête de marquis (car c'en était un), s'exprimait volontiers en alexandrins. On aurait toujours dit qu'il jouait *Ruy Blas*. Il nous demanda :

— Ainsi donc vous avez amené vos trois chiens ?

— Oui, mossieu le Marquis !

— ... Et vous avez bien fait. Les nôtres sont médiocres !

— Bien, mossieu le Marquis !

— Tremblot, oui, nous comptons sur vous pour nous faire une belle chasse et pour décimer ces sangliers dont les fermiers se plaignent !

— Comptez sur moi, mossieu le Marquis, surtout si comme je le pense nous avons un petit dégel dans la nuit.

— Vous entendez, Tremblot, il est bien entendu que

nous chassons demain, mais aussi mercredi, si Dieu nous prête vie.

— Oui, mossieu le Marquis !

Le marquis ne fit pas plus attention à moi que si je n'existais pas et j'en fus vexé. Mon grand-père le vit bien et quand nous fûmes seuls, il me dit :

— C'est un bon renard et ses bois sont parmi les mieux entretenus, nous aurons une belle chasse, je te donnerai une chance de te distinguer.

Cela me réconforta un peu, mais je sentais bien que, dans ces terrains plats, je n'étais pas tellement à mon aise. Ce fut bien pis lorsque je vis le terrain de chasse ; il n'y avait pas de montagnes, ni d'accidents de terrain comparables aux nôtres, c'était un léger vallonnement. Aussitôt entré dans le premier taillis, je fus désappointé : le sol était couvert de joncs et de mousse ; le sous-bois bien plat était coupé de mares gelées, de mouilles que la première glace rendait toutes blanches. Des grandes herbes et des prêles masquaient des rigoles tourbeuses et, de temps à autre, un fossé drainait les eaux dormantes où les aulnes miraient leurs branches ; il me sembla que je ne saurais chasser dans ce marécage.

Après cette première reconnaissance du terrain, nous revînmes au château où quelques invités étaient arrivés ; ils se chauffaient au feu de cheminée de la grande salle, vêtus de jolis costumes de chasse comme on en voyait dans les catalogues. Ils parlaient de vénerie, et de politique. Quand nous entrâmes dans cette grande pièce, les cinq invités nous regardèrent à peine ; ils retournèrent à leur conversation, mais lorsque le marquis eut posé une question au vieux Tremblot, ces messieurs se turent pour écouter. Le Vieux était debout devant les flammes, droit et solide dans sa maigreur, la figure rougeaude et l'œil clair. Il attendit pour répondre que les voix se fussent toutes tues. On entendait pétiller le grand feu ; les messieurs se calèrent dans les fauteuils en tirant quelques bouffées de leur cigarette, puis le Vieux répondit. Près de moi, un homme se pencha à l'oreille de son voisin :

— Qui est-ce ? dit-il.

— C'est Tremblot ! répondit l'autre.

J'étais intimidé quoique heureux car tous ces messieurs formaient une belle société où il était de bon ton de prononcer des termes de vénerie. On sentait déjà les parfums de cuir des cartouchières de luxe et des brodequins de marque, mêlés à celui, tout nouveau pour moi, du tabac fin. Oui, cela ressemblait à quelque chose !

Nous nous couchâmes tôt, mais je ne m'endormis pas tout de suite, car j'étais inquiet à la pensée de mon maigre équipement et de mon inexpérience.

Donc le lendemain, au petit jour, nous étions tous deux sur la grande sommière, le Vieux et moi, les mains dans les poches, la bouche encore toute parfumée d'un vin de Santenay et d'un jambon qu'on nous avait fait servir dans la cuisine. Il faisait plus doux, un petit brouillard flottait. Bientôt, on vit la ligne claire des jachères à travers les baliveaux. Elles étaient désertes, mais des monticules sombres, sous une lune mourante, marquaient le travail de la nuit. On en voyait à gauche et à droite, et sans un mot le vieux Tremblot me montra celui de gauche, puis il me tourna le dos en disant :

— Maintenant, pars de ce côté-là et chacun pour soi.

Fais de belles brisées. Ne retiens que les rentrées sûres. Le rendez-vous est à neuf heures, au grand rond-point !

Puis il s'éloigna sur la droite. Le parfum du sous-bois m'enivrait. Une journée mémorable commençait. J'exerçais pour la première fois, à mon compte, le métier de piqueur dans un finage inconnu. J'aurais pu perdre contenance, mais grâce à Dieu, et grâce aussi à mon amour de la liberté et de la chasse, je partis d'un pied ferme.

Tout mon flair montait à fleur de peau. J'avais comme du sang de griffon dans les veines. Tout à coup au revers d'un buisson, je vis, sous les premières lueurs de l'aube, des traces sombres, toutes fraîches qui venaient sur la friche et entraient au bois. Mon cœur battit, c'était mes quatre premières bêtes. J'aurais baisé la terre qui avait retenu ces empreintes sacrées. Je recomptai les pieds, c'étaient bien quatre adultes de soixante-cinq kilos, environ, des ragots, des bêtes de compagnie, bien groupées. Je pris mes repères avec beaucoup de soin me sembla-t-il, et pour la première brisée de ma carrière de piqueur, je cassai un bon coudrier qui se brisa sec dans le silence de l'aube.

Et, me voilà parti, le cœur chaviré, certain du succès, l'œil rivé au sol. J'allais bon train, dans la grisaille et je ne vis rien d'anormal. A la première ligne je me rabattis. Il me fallait patauger dans les tourbières, un clocher sonna au loin sept heures. Il y avait une heure que je travaillais. Je fis bien sagement, et point par point, mon métier, comme le Vieux me l'avait appris. Ah ! j'étais loin des amphithéâtres noirs du boulevard Malesherbes ! Mon enthousiasme était tel, que je dus oublier de bien m'orienter, car les huit heures étaient passées lorsque je ralliai le rendez-vous. J'eus l'impression que la grande sommière tardait à se montrer. J'eus même une certaine angoisse lorsque, croyant la voir devant moi, je me trouvai simplement dans une clairière bordant une futaie. Je me mis à courir, je rencontrai un fossé que je ne pus identifier puis une coupe de cinq ans qui m'était inconnue. Je sentis que je m'étais dévoyé gravement, pourtant j'entendis des voix. Mon espoir revint et je perdis mes craintes à la pensée du beau rapport que j'allais faire.

Je débouchai sur le carrefour du rendez-vous, alors que le marquis la montre en main s'écriait :

— Il est neuf heures précises.

Et tout le monde me vit venir. J'allai directement vers le marquis et, ayant tiré mon béret, j'attendis. Le marquis souriait d'un air bizarre.

— A la bonne heure, Tremblot ! dit-il à mon grand-père qui était assis sur le tertre, un peu à l'écart pour rajuster ses houseaux mouillés. A la bonne heure ! Vous l'avez habitué à l'exactitude !

Le vieux Tremblot sourit, sans mot dire. Je fis mon rapport. Je croyais m'en tirer habilement, mais le marquis me posa tant de questions que je m'embrouillai bien un peu. J'étais sûr d'avoir quatre sangliers groupés et par ailleurs une laie suivie. Mais je perdis un peu contenance lorsqu'il me fallu les situer. Le marquis connaissait ses deux mille hectares de bois comme sa poche.

— Cela ne me paraît pas clair ! Nous verrons bien ! dit-il, toujours en alexandrins.

Puis, ayant médité en mordillant sa moustache, il dit doucement :

— Tremblot, je vous écoute, organisez la chasse.

Le Vieux se leva, cracha, lissa sa longue moustache d'étoupe brûlée, puis récita :

— Ben, je commencerai par les bêtes du petit. Il les a bien remises et m'est avis que nous aurons plaisir à voir d'abord les cinq adultes...

— Quatre ! coupai-je.

Les invités me regardèrent, et le marquis fit une grimace d'agacement.

— Moi, je dis qu'il y en a cinq, dit mon grand-père d'une voix ferme, mais courtoise, que je ne lui connaissais pas.

Puis, il fut question de tactique. Tremblot prit le vent de son doigt mouillé, dessina le secteur sur la terre, plaça une ligne de quatre tireurs ici, une autre là, et désigna la place et l'heure de l'attaque, et se tut.

— Cela paraît parfait, dit le marquis.

Puis, après un silence :

— A-t-on une question, messieurs ? demanda-t-il.

Ah ! j'étais loin de nos réunions de village où la discipline et le ton laissent souvent à désirer. Ici, pas un Humblot gueulard, pas un Maitrot ivrogne, pas un Jacotot vantard et mal rasé, mais des hommes impassibles et glabres comme des Américains, dont l'image se gravait profondément dans ma mémoire.

— J'appuierai les chiens avec le piqueur, dit mon grand-père en employant pour la première fois ce mot de « piqueur » pour me désigner.

— Non pas ! Car je voudrais l'accompagner moi-même ! dit le marquis.

Cette phrase me brisa les jambes et me donna froid dans le ventre. En effet, seul avec moi, mon grand-père eût pu discrètement réparer mon erreur d'orientation. Le marquis au contraire allait m'humilier. Je réunis dans ma main gauche les traits des chiens ; on me donna mon fusil, et, précédé de M. le Marquis, je partis, la mort dans l'âme, vers le déshonneur.

Le marquis, qui portait une casquette de cuir à oreilles, me fit, à voix basse, ce petit monologue, digne de Rostand :

— Ainsi mon bon jeune homme, on est déjà

piqueur ? C'est bien ça ! Ça me plaît ! On sera bon veneur ! Bon sang ne peut mentir, bon chien chasse de race, et vos succès le prouvent, mâtin : dix sangliers abattus à votre âge ?

Je dus rougir jusqu'aux aisselles, sans pouvoir comprendre pourquoi mon grand-père avait fait ce mensonge. Je n'avais encore jamais tué un sanglier de ma vie et c'est lui qui avait répandu cette fable. Pourquoi. A ce moment, j'aurais dû dire :

— Monsieur, je ne suis pas très sûr de mes repères de départ. Aidez-moi car avec vous j'aurai tôt fait de retrouver ma brisée !

Mais, je vous le demande, un homme qui a tué dix sangliers, peut-il se tromper ? Aussi je me tus et me lançai tête baissée dans l'aventure. Le sort en était jeté. Je portais sur mes épaules la réputation de toute la race des Tremblot, hommes et chiens.

Avec quelle angoisse je m'aperçus que le grand jour avait complètement modifié les dispositions essentielles du pays. Oui, le soleil est un grand magicien, il faut le croire, à moins que ce ne soit la lune, car rien, absolument rien, ne ressemblait à ce que j'avais vu à l'aube. J'étais transporté dans une autre région, aux antipodes et je sentais le sol se dérober sous moi. Je fis faire demi-tour en disant :

— Nous aurons passé sans voir ma brisée.

— Sans doute mon garçon ! Revenons je vous prie.

Au retour pas plus qu'à l'aller je ne vis mon coudrier cassé. S'était-il redressé en mon absence ? Ou bien en étais-je à un kilomètre ? Une sueur froide m'inondait. Le marquis avait l'air plus amusé que fâché. Pourtant, il regardait sa montre en disant :

— Plus que dix minutes... plus que cinq minutes...

Tout à coup, il me montra une branche d'aulne brisée très bas.

— Ne serait-ce point là ? me dit-il avec bienveillance.

— Oui, monsieur le Marquis, c'est là ! m'écriais-je, bien que je fusse certain d'avoir brisé un coudrier et non un aulne. C'est bien là !

Je m'apprêtais à découpler les chiens. En regardant son chronomètre, le marquis jeta un coup d'œil vers la branche cassée, il était visible que la brisure remontait à plusieurs semaines, et il était certain qu'il s'en apercevait. Je devais être pâle comme un mort. Le marquis remit tranquillement sa montre dans sa poche d'un geste solennel en prononçant cet hémistiche avec une certaine emphase :

— Il est l'heure, à Dieu vat !

Il rabattit les oreilles de sa casquette de chasse, boutonna soigneusement sa veste, vérifia son équipement, chargea son fusil, le mit au cran d'arrêt et, pénétrant dans le fourré, il suivit les chiens que je venais de découpler. J'étais dans l'état d'esprit du soliste qui, au concert, se met au clavier sachant que l'instrument n'a pas de cordes.

Mais le hasard est aussi grand que Dieu, dont il est d'ailleurs la manifestation la moins contestable. A peine étions-nous rentrés dans le fourré que Blaireau, mon fox, rencontra et se mit à glapir. Sa sœur et les trois corniauds entrèrent en transes, rallièrent son moignon de queue blanche et, à sa suite, partirent à fond de train. Le marquis eut vers moi un regard délicieux qui signifiait : « Bravo ! Mes compliments ! » ou bien : « Vous avez eu de la chance ! » J'étais sauvé.

— C'est peut-être un lièvre, murmura le marquis d'un air ironique au bout d'une minute d'écoute.

— Non, dis-je avec aplomb, mes foxes refusent le lièvre !

— Hoho ! fit le marquis.

Et la chasse commence.

Cela débute par un beau ferme à trois cents mètres, un ferme furieux dans lequel la voix aiguë des foxes fait fureur. Nous nous précipitons dans l'épine.

— C'est curieux, marmonne le marquis, c'est la première fois que je vois quatre ragots adultes, en compagnie, commencer par un ferme !

Il veut ainsi me ridiculiser, c'est certain, car il est à peu près sûr que nous venons de rencontrer une laie suivie ou un solitaire alors que je prétends avoir remisé là quatre jeunes adultes.

Ah ! Tremblot, bon vieux grand-père, quelle distance me sépare de toi ! Je ne suis pas digne de délier le lacet de tes brodequins. Mais je n'ai pas le temps de battre ma coulpe : la bête tient le ferme, et ce piétinement, ces grognements, que nous entendons à soixante mètres devant nous, viennent me donner la fièvre sacrée.

— Je me place, jeune homme et vous allez au ferme ! dit le marquis, sans perdre pour autant le rythme dodécasyllabique.

J'avance dans le taillis, et je vois la bête noire, vive et agile, qui, à coup de hure, renvoie les chiens. Blaireau est déchaîné, il attaque, il virevolte, se replie avec adresse en sautant et en se déplaçant sans cesse. Sa sœur l'imite et les trois corniauds, déployés en tirailleurs, bien cambrés, le menacent en tête et sur les flancs.

C'est mon premier ferme. A dix mètres de moi pour la première fois de ma vie, je vois un sanglier tenir tête à mes chiens. Mon fusil me brûle les doigts, le sang court sous ma peau comme mille fourmis. Je vais épauler, j'épaule, le canon monte lentement, mon cœur

353

bat, ma joue se couche sur la crosse. La bête est toujours là, bien accrochée à la boue, je la couvre du canon, tout à coup Blaireau, d'un bond, se porte sur son flanc et, d'un deuxième bond saute sur sa hure, les pattes blanches perdues dans les soies noires, la gueule mordant au toupet de la nuque. Je ne peux plus tirer sans risquer d'atteindre mon chien, et j'attends. Lui il glapit en arrachant les longs poils raides à pleine gueulée. Il a déjà des taches de sang sur son poitrail blanc, il écume, le sanglier donne des coups de reins. M'apercevant enfin, il fait volte-face et détale. La chasse repart plus ardente que jamais, c'est à ce moment précis que je découvre que j'ai tout simplement oublié de charger mon fusil. Le marquis tire alors sa trompe pendue à son cou en sautoir et il sonne l'hallahou du sanglier pour prévenir tout le monde.

Le sanglier qui était bien plus malin que moi restait d'ailleurs le seul maître des opérations bien que je crusse en être le grand ordonnateur. Il remonta au vent, gagna la ligne des chasseurs qu'il suivit en se tenant prudemment hors de portée. Arrivé au bout du secteur gardé, il éventa le tireur qui lui barrait la route et, rondement, rebroussa chemin, pour nous ramener d'où il venait. Là, il s'assit un peu, pour se reposer et réfléchir. Ce fut une deuxième ferme plus court et plus ardent que le premier. On eût dit que la bête nous narguait.

Puis comme je me mettais en vue pour la deuxième fois, il partit comme une flèche à contrevent pour sauter en un point où nous n'avions placé personne. Je sentis mon exploit fondre comme neige au soleil. Mais un miracle se produisit que je crus imputable à saint Hubert : comme le sanglier passait la sommière, suivi de tous les chiens, un coup de fusil partit. Tout de suite après j'entendis la petite trompe sonner l'hallali du sanglier : c'était le marquis, fatigué de marcher dans le fourré avec moi, qui s'était placé à bon escient et venait de terminer victorieusement l'attaque, il était dix heures, tout juste.

J'arrivai peu après. Le marquis, d'un air modeste, flattait notre Blaireau, qui léchait la plaie du cadavre ; il leva la tête lorsqu'il m'entendit, pour me dire :

— Compliments, vous avez mené ça rondement !

J'aurais pu dire : « Ce sont plutôt les chiens, monsieur le Marquis ! » mais je ne voulais pas voiler ma réussite de la moindre fausse modestie.

Le maître sonna la fin de l'attaque et bientôt on vit sortir du fourré, isolés ou par groupes, les onze chasseurs qui, sous un givre tombant dru, se rassemblèrent autour de la bête. Assis sur le talus ou accroupis, les invités commentaient l'attaque et chacun me questionnait. Seul mon grand-père manquait à l'appel.

— Attendons-le ici et mangeons un morceau ! dit le marquis du même ton qu'il eût dit : Prends un siège Cinna...

On sortit les gourdes et les casse-croûte et chacun se restaura un peu. Bientôt mon grand-père apparut, la figure joviale, l'air ravi, s'approcha de la victime, regarda la blessure pour la juger et me dit vivement :

— Où sont tes chiens ?

Les trois vautraits reniflaient le sang du sanglier, mais les deux foxes, les nôtres, avaient disparu.

— Voilà du mauvais travail, dit-il à voix basse. Puis à voix haute : Messieurs, il serait bon de se placer tout de suite ! Mes chiens ont commencé la deuxième attaque sans vous !

Il n'avait pas terminé sa phrase que la voix des foxes éclata à moins de deux cents mètres. On entendit des jurons. Chacun jeta en hâte les reliefs du casse-croûte, et prit, en silence, le pas de gymnastique en chargeant son fusil. Il était trop tard pour organiser quoi que ce fût. Chacun se précipitait au hasard.

Mon jeune âge me permit d'enfiler, en tête, une ligne et de courir à perdre haleine, en prêtant l'oreille pour suivre la voix des chiens. Derrière moi tous les invités, comme des moutons de Panurge, se suivaient à la queue leu leu avec des fortunes diverses. Tout à coup, je vis dans le taillis cinq formes noires qui couraient dans le même sens que moi et semblaient vouloir se rabattre sur la ligne et sauter. Je fis encore vingt mètres au grand galop puis je m'arrêtai, je mis un genou en terre et, posément, je vérifiai l'arme, retirai le cran d'arrêt et épaulai.

Les cinq bêtes, car elles étaient bien cinq comme l'illustre Tremblot l'avait dit, s'avançaient avec fracas dans un taillis épais de hêtres. On les entrevoyait bourrues et puissantes, fracassant les branches mortes, traversant les buissons en grognant d'excitation. Sans un seul chien à leur trousse, elles fuyaient le danger de toute leur force en un puissant roulement qui semblait venir des entrailles de la terre. Fonçant droit devant, elles devaient sauter ma ligne et si quelque incident imprévisible ne se produisait pas, j'allais pouvoir tirer dans les meilleures conditions.

Loin derrière moi, les invités arrivaient en sourdine pour voir tirer le petit-fils du célèbre Tremblot. Le silence parfait rendait plus impressionnant le fracas grandissant des bêtes lancées à toute allure. Lorsqu'elles arrivèrent à la ligne, à quarante mètres de moi, elle forcèrent le train. J'étais bien trop ému pour me souvenir des recommandations de mon grand-père, j'épaulai au hasard, la tête bourdonnante et, au petit bonheur, j'appuyai sur la détente au moment où le premier sautait. A ma grande surprise, je le vis se recevoir à merveille sur ses antérieurs et repartir de plus belle. Je n'eus pas l'idée de redoubler. J'étais écrasé sous le poids du déshonneur et la chasse perdait d'un coup tout attrait pour moi. Derrière moi, j'entendis des clameurs. Comment échapper à ce scandale ? Je me redressai lentement. Essoufflé, un gros invité poussif arrivait à ma hauteur :

— Magnifique ! s'écria-t-il.

— Splendide, quel beau coup de fusil ! ajouta un autre.

Je m'attendais à des railleries de ce genre, aussi n'ajoutèrent-elles rien à mon désespoir. Mais en me relevant je vis, derrière une touffe de viburnum, une grosse forme noire étendue sur le sol, agitée de petits soubresauts spasmodiques. Je rechargeai mon fusil et, l'arme en arrêt, j'avançai, c'était bel et bien un sanglier, étendu sur les feuilles mortes, la gueule sanguinolente et la queue encore frétillante. De l'arrière-train, il essayait de se soulever par petits mouvements grotesques. Alors le sang Tremblot qui coulait dans mes veines se mit à bouillonner de telle sorte que je sortis mon couteau et d'un pas décidé j'avançai vers la bête pendant que l'invité me criait :

— N'y allez pas, n'y allez pas, il va vous charger !

J'entendis la voix de mon grand-père qui disait, fort calme :

— Laissez-le faire, laissez-le faire.

Et m'étant agenouillé sur le corps palpitant, je servis mon premier sanglier. Il se mit à hurler d'une voix perçante et gargouillante. J'étais fou. J'aurais bu à même la plaie ce beau sang noir et fort, au parfum de truffe. La sueur perlait sur mon front, comme au plus fort d'une fièvre.

Lorsque le sanglier fut immobile, je pris conscience de tout, et je m'aperçus que tout le monde faisait cercle autour de moi. Le marquis s'avança, se baissa, cherchant la balle.

— Au défaut de l'épaule ! Voilà du beau travail ! dit-il.

Ces deux hémistiches firent grosse impression sur tous les invités qui n'eurent point de repos tant qu'ils n'eurent pas tous mis l'un après l'autre, comme autant de saints Thomas, leur index dans la plaie. Puis ils échangèrent leurs impressions. Le gros poussif exultait :

— Je l'ai vu tomber, disait-il. Ah ! la belle chute ! Jeune homme, on voit que vous n'en êtes pas à votre coup d'essai !

Un autre disait au marquis :

— Il a jeté son coup de fusil avec une grande précision !

— Je l'ai vu, je l'ai vu ! Mon Dieu c'était parfait ! déclamait M. le Marquis.

Moi, je buvais à grands traits l'élixir de la gloire. On traînait la bête pour la ramener sur la sommière, je la suivais, les yeux fixés sur sa blessure noirâtre, j'étais ivre. Mon enthousiasme allait éclater en discours et en vantardises, ce qui eût été fâcheux, lorsqu'un chasseur me demanda :

— Vous aviez cinq bêtes à même portée, n'est-ce pas ? Alors dites-moi, mon ami, pourquoi avez-vous choisi la troisième ?

Mon enthousiasme tomba d'un coup. J'avais bel et bien visé la première et j'avais tué la troisième. Mais je ne l'avouai à personne et j'empochai, argent comptant, tout le succès qui m'en revenait. Combien de héros ne le sont qu'à ce compte ?

Là-dessus, je m'accroupis près de la bête. C'était un mâle qu'il fallait châtrer tout de suite. Les cinq chiens devant moi guettaient mes gestes. Je leur abandonnai la poche des suites qui disparut en une seconde pendant que le docteur, chasseur novice, disait au marquis :

— Ce que j'admire, c'est la façon dont ces piqueurs reconnaissent les bêtes sans les avoir vues le moins du monde. Ils nous promettent une laie ici, cinq adultes de soixante-quinze kilos là, et effectivement, nous les trouvons !

— C'est leur métier, docteur et c'est leur art aussi ! répondit le marquis qui ajouta par souci du rythme et de la rime : Et c'est très bien ainsi !

Et tous les invités s'exclamèrent :

— Mais, c'est très facile, voyons ! Rien de plus simple ! Rien de plus simple ! C'est enfantin !

... Alors que le vieux Tremblot, goguenard, les écoutait dire...

Enfin, tout de suite après, ce fut la fin du casse-croûte. On ne perdit pas de temps à mâcher car il faisait bon et c'était le meilleur moment pour chasser. Pourtant, M. le Marquis ne permit pas que l'on se remît en marche avant que j'eusse mangé les deux petits pains blancs, le pâté, la petite moitié de poulet et bu la bouteille de vin qu'il m'avait fait donner. C'était bien peu pour me satisfaire, mais suffisant pour me redonner du cœur. Pendant que j'avalais ces quelques bouchées, un jeune homme s'approcha de moi, et me dit d'un ton hautain :

— Comment tirez-vous le sanglier ?

— Ben, parbleu, avec un fusil !

Il devint tout rouge, et reprit :

— Je ne plaisante pas ! Le visez-vous un peu devant le nez lorsqu'il saute ?

— Mais oui, en plein travers, lui dis-je d'un air compétent, en plein travers à soixante centimètres devant le nez.

— Ah ! C'est tout à fait ce que recommandent les ouvrages ! dit-il.

Et voici comment j'appris de quelle façon on tire le sanglier, dans les ouvrages.

Ce jeune homme était bien vêtu en coutil caca d'oie et chaussé de leggings rouges. Rien qu'à la façon dont il mettait les mains dans ses poches, on voyait qu'il n'avait jamais tué de sanglier. Il reprit à voix basse :

— Vous venez de nous donner une belle attaque.

— Oh ! ce n'est rien, dis-je modestement, vous verrez autre chose quand grand-père prendra les chiens.

— Le père Tremblot ? demanda respectueusement le jeune homme.

— Oui.

— On dit qu'il n'a pas son pareil ?

Je ne répondis pas tout de suite, autant pour avaler la dernière cuisse de mon poulet, que pour préparer mon effet.

— Vous verrez ça ! dis-je simplement.

Il resta près de moi jusqu'à ce que mon grand-père eût donné son avis. Il s'agissait de bêtes qu'il avait relevées le matin dans les massifs situés à l'ouest de la grande sommière. Il commença son rapport, puis le commenta ensuite. Le marquis en tira les conclusions, plaça ses tireurs et ordonna l'attaque.

Moi, je n'entendais plus rien. J'avais dans les oreilles le bourdonnement de la gloire. Je suivais, comme dans un rêve, le déroulement des événements et mes pieds ne touchaient plus le sol. C'est pourquoi je ne me souviens plus des autres attaques de la journée.

C'est avec le repas du soir que commença la fête du verbe. Au début, avec un bon verre de mercurey, on ne parla pas des ruses et des feintes du gibier et de la malice ou de la science des chiens, mais lorsqu'on eut servi la gruillotte au chambertin, chacun raconta les choses à sa façon. Aux grillades de côtes, chacun prétendit en avoir vu, à lui seul, plus que nous n'en avions levé de toute la journée. C'est à ce moment qu'on servit l'aloxe-corton. A nous entendre, personne n'avait pu tirer à bon escient, gêné par les cépées ou par le givre ! Et cependant tout le monde jurait qu'en cherchant bien dans le cuir des victimes on aurait trouvé au moins une once de son plomb ; on avait vu la bête accuser le coup, s'asseoir sur le cul, puis, harcelée par les chiens, repartir pissant le sang pour aller se faire donner à bout portant par le voisin une balle inutile. Le marquis écoutait en souriant, le vieux Tremblot clignait de l'œil.

Lorsque tout le monde eut ainsi bien jeté son feu et plastronné, la conversation tourna et partit à fond. C'était le marquis, bien rouge maintenant, qui prenait l'attaque à son compte et débuchait comme un solitaire puissant. Il ne parlait plus en alexandrins que par courtes bouffées.

— Tremblot, dit-il, en guise d'entrée en matière, vous nous avez fait voir ce que savaient vos chiens, et vous m'en voyez émerveillé ! Ces jeunes bêtes par leur harcèlement anodin poussent la harde devant eux sans la débander, sans l'affoler, et elle passe bien groupée devant tous les tireurs. La chasse est captivante de bout en bout et je vous achète deux de ces chiens !

361

Il tortilla sa moustache en toussant d'un air grave pour reprendre après avoir bu une gorgée :

— ... C'est entendu, je vous en achète deux, vos deux meilleurs. Pourtant je ne peux m'empêcher de penser, non sans nostalgie, à la vieille chasse aux chiens courants, telle qu'on la pratiquait dans notre jeunesse, Tremblot, vous souvenez-vous ? On prenait le gibier franchement, on le débuchait loyalement, on le laissait se forlonger, lui donnant ainsi toute garantie, puis ensuite, on le rapprochait par la valeur du nez, on démêlait ses erres honnêtement et, à armes égales, si j'ose dire, on livrait un combat viril où l'animal conservait sa dignité et ses chances.

Le père Tremblot hochait la tête et se taisait.

— Toutes ces ruses, voyez-vous, continuait le marquis, ces chiens trop petits envoyés à ses trousses comme derrière un troupeau de moutons, toutes ces félonies me choquent... et ces tireurs postés au coin des faux-fuyants. Mais j'y pense, Tremblot, dit le comte en se ravisant subitement, j'y pense, avez-vous lu Xénophon ? Sa cynégétique ?... Gaston de Foix ?... de Noirmont ?... de Salnove ?...

A chaque question mon grand-père faisait « non » de la tête.

— ... Avez-vous lu la chasse royale de Charle IX ?...

— Non, dit Tremblot, je n'ai lu que *Les Mystères de Paris*, de M. Sue et l'*Histoire de France* de Jules Michelet... Voilà un beau livre !

Le marquis eut un air railleur, cependant fort courtois, et d'un ton plein d'indulgence familière, en lui tapant sur la cuisse :

— De la culture, Tremblot, voilà ce qui vous manque ! Il leva la main pour dire d'une voix de tonnerre : Avec un peu plus de culture, Tremblot est un homme... un homme parfait ! Unique ! J'ose le dire. Nous dépassant tous de cent coudées car un homme qui a le sentiment du gibier comme lui, n'est-ce pas messieurs, c'est autre chose que les Français qu'on nous fait aujourd'hui, des Français de trottoirs — et de cinémas, des Français de coton, perdus aussitôt qu'ils posent le pied dans une forêt et prenant, comme je l'ai vu faire à certains de mes amis, une chevrette pour une biche ! Oui, oui, messieurs : une chevrette [1] pour une biche !

Là-dessus le marquis eut l'air de se mettre à pleurer, mais il but une bonne gorgée et le courage lui revint aussitôt :

— Bref, cette chasse, avec ces petits chiens, a ses charmes, j'avoue. Elle peut donner bien de l'émoi. Je m'y range, c'est sûr, mais ce n'est certes pas chasse de grand seigneur, mais bien de braconnier !

C'est là que Tremblot, en vieux veneur, l'attendait. Il reprit brusquement la parole et se lança :

— Mossieu le Marquis, je vous le concède, c'est une chasse de braconnier et d'homme seul, et d'homme faible. Une chasse de fraudeur. Mais la fraude, avec la société qu'on nous prépare, va n'être plus tantôt que le dernier rempart de la dignité humaine ! Fraudeurs nous allons le devenir, mossieu le Marquis, vous comme moi, tous les jours davantage et il n'y aura plus de joie de vivre que pour ceux qui sauront être braconniers !

Le marquis éclata de rire.

— Vous ne l'avez pas lue dans Eugène Sue ni dans Michelet, celle-là, Tremblot !

— ... Et braconnier vous le deviendrez comme moi, par force. Et vous prendrez votre joie de vivre en fraude !... en marge !

1. *Chevrette :* femelle du chevreuil.

Le marquis était pris. Il buvait en s'exclamant, toujours sur douze pieds :

— Oh! comme c'est bien vrai! Oh! comme il a raison!

Tremblot, encouragé par la chaleur du bon vin, continuait à le harceler :

— ... Un jour qui est proche, mossieu le Marquis, il vous faudra passer dans mon camp.... Et nous resterons les deux derniers des hommes libres! Les autres iront vivre sagement dans leur société qui ressemblera à une fourmilière, ou à un hôpital modèle!... Et nous mourrons, mossieu le Marquis, et ce sera justement l'époque où il ne restera plus une seule grive, ni une seule alouette, ni même un hérisson, empoisonnés qu'ils seront par toutes leurs vacheries!... ni un seul homme libre!

Le marquis suffoquait :

— Oh! taisez-vous, Tremblot! Oh! vous voyez trop clair! De grâce taisez-vous car vous me brisez l'âme!

— Pensez, mossieu le Marquis, continuait Tremblot, impitoyable, pensez que ce jeune homme qui est là (et il me désignait) est élève de l'École des Hautes Études commerciales...

Il laissa s'écouler un temps pour que tout le monde eût le temps de se pénétrer de mon importance, puis :

— ... Eh bien, demandez-lui, messieurs, de quelle façon on les traite, aujourd'hui, à Paris, les élèves de l'École des Hautes Études commerciales.

Et là-dessus, je dus expliquer gravement à ces messieurs comment les élèves de l'École des Hautes Études faisaient la queue devant une horloge pointeuse, et j'affirmai que ce dispositif existait déjà dans plusieurs usines et administrations, en France.

Le marquis était devenu encore plus rouge. Il leva les

bras comme le cher Abner lorsqu'il dit[1] : « Que les temps sont changés ! » et s'écria :

— On me l'avait bien dit mais je n'osais le croire !...

Puis, dans le silence provoqué par cette tragique lamentation :

— Que me dites-vous là, jeune homme ? Entends-je bien ?
Une horloge à pointer dans un amphithéâtre ?
Une horloge à pointer ! Mais c'est le déshonneur !
C'est la mort du plaisir de la tâche accomplie,
    Et librement choisie !
C'est la fin de l'esprit ! La honte ! Le scandale !
Qui rejaillit sur le monde universitaire !
Que dis-je ? Sur le monde aussi des travailleurs,
Sur le monde du labeur et de la pensée !
        Sur l'humanité tout entière !
Ah ! comme je comprends, Tremblot, votre colère !...

J'ai maladroitement tenté de reconstituer, mais sans y parvenir tout à fait, la magnifique tirade du marquis. En prononçant le dernier vers, il sanglotait presque en humant son vin. Il y eut un silence. Le marquis, maintenant rouge comme une entrecôte rassie, la figure barrée de sa moustache qui paraissait plus blanche, se leva en disant :

— Mes chers amis, buvons au dernier sanglier !

Et les verres qu'on trinquait sonnèrent un doux carillon qui nous remit les idées en bonne place.

Le maître, me voyant silencieux, m'adressa la parole :

— Alors jeune homme, quel est votre avis sur la vieille chasse à courre et sur la chasse aux foxes ?

1. Au premier acte d'*Athalie*.

— Monsieur le Marquis, dis-je, on m'a rapporté que les bêtes forcées ont une viande immangeable ?

— C'est exact, répondit le marquis. Du temps de mon grand-père, on n'y touchait jamais, quant aux lièvres, les chiens mêmes n'en mangeaient pas !

— Alors, monsieur le Marquis, laissez-moi préférer les attaques courtes, menées lentement, qui tuent la bête reposée et nous donnent, en plus des joies de la chasse, celles de la table.

— Il a cent fois raison, clama le marquis en brandissant une fourchette d'une façon fort inconvenante. Il est plus éloquent même que son grand-père ! Mangeons, buvons, tudieu et chassons sans vergogne ! Jouissons de notre reste...

— ... et, buvons du bourgogne ! ajoutai-je, lui sortant la rime de la bouche.

Il me lança un chaleureux regard complice et là-dessus, fort échauffé, il acheta ferme Blaireau et Blairotte. Le Vieux me fit un clin d'œil qui disait :

« Hardi compagnon, nous n'avons pas perdu notre temps aujourd'hui ! »

12

Dès mon premier hiver parisien, je fis une pneumonie très bien réussie car elle fut « double », paraît-il. Et un séjour de six semaines à l'Hôtel-Dieu, à l'ombre de Notre-Dame de Paris dont je ne parlerai pas plus longuement, je n'ai pas entrepris ici de conter les mémoires d'un assisté ni celles d'un étudiant pauvre à Paris, car je n'ai jamais voulu qu'on me considère ni comme l'un ni comme l'autre. Tout ce que je puis dire, c'est que ce séjour de six semaines dans cet univers concentrationnaire me fit sentir que le petit paysan des Hauts-de-Bourgogne était peu fait pour la vie collective. Ce n'était pas dans ma race, je pense, et rien ne m'y avait préparé. Au contraire, tout avait été fait depuis mon enfance, on l'a vu, pour faire de moi ce que le collectivisme généralisé d'aujourd'hui nomme « inadapté social ».

Je n'avais jusqu'alors été soigné pour mes maladies infantiles qu'au plus profond du lit à baldaquin, derrière les longs rideaux à ramages qui faisaient comme une petite chambre forte dans la salle commune, elle-même donjon imprenable au centre de la maison-forteresse où la médecine n'était admise, et avec quelle méfiance, qu'à la toute dernière extrémité.

J'y étais défendu par le réseau farouche de mes protecteurs naturels, mes quatre vestales phytothérapeutes, qui venaient sur la pointe des pieds m'apporter la tisane qu'il fallait, à l'heure qu'il fallait, et tout cela au cœur d'un pays singulier de la Gaule chevelue, qui avait été, qu'on veuille bien s'en souvenir, le dernier bastion contre l'intrusion des gens méthodiques et organisés (Alésia, 52 av. Jésus-Christ) et qui, quoi qu'il puisse arriver, il est indispensable de le rappeler, resterait géographiquement le Toit du Monde occidental.

D'un seul coup, me trouver en pays étranger avec trois ou quatre cents autres ilotes, dans un univers aseptisé, rationnel et hautement médicalisé, me semblait être pire que le mal dont on y prétendait me guérir. Ah ! que le vieux Tremblot l'avait bien dit, chez le marquis : la plus terrible des maladies, c'est d'être le 483 entre le 482 et le 484 en face du 487 dans la salle n° 2 dans l'établissement collectif ! Là où on vous pique les fesses sans même vous en demander la permission, pour vous inoculer, de force, des produits hétérogènes et franchement inacceptables. Crever dans la solitude, même misérable m'a toujours paru être préférable à survivre, même confortablement, au milieu du troupeau ! Voilà tout au moins les réflexions que me suggéra, alors, cette expérience.

Bref, je devais être vigoureux, car je triomphai à la fois de la maladie, de la médecine et de l'hippogriffe de la collectivité. De telle sorte qu'un jour, heureux comme grive en ordon, je pris l'express à la gare de Lyon (voir la tour de l'horloge me fut déjà bénéfique, je le sentis) avec dans la poche les lettres de ma famille où le grand-père avait pris la peine de rédiger, de sa main, une phrase (mais quelle phrase !) que voici :

Guéris-toi bien vite ! Joue-leur la belle, à tes foutus

Parigots. Les fusils sont graissés, les chiens sont au mieux, il y a du noir comme jamais, et trébin de lapins. Je t'attends pour commencer les fournottières avant que les chats sauvages ne nous les dévorent tous.

Cette phrase demande quelques explications à l'usage du Français moyen d'aujourd'hui qui ne connaît plus très bien sa langue maternelle. « Du noir », veut dire du sanglier. Trébin veut dire « beaucoup », c'est tout simplement le superlatif « très beaucoup », inusité en français classique, et c'est bien dommage, car il nous manque lourdement, il oblige à employer des adverbes prétentieux, comme énormément, formidablement. Quant à « fournottière », c'est un piège, une sorte d'estrapade rustique, construite en lauzes, devant le terrier de l'animal. En sortant, la bête fait basculer une lourde pierre qui l'éreinte, c'est-à-dire lui brise les reins. Enfin, le « chat sauvage » c'est tout simplement le *Felix sylvestris,* le plus grand félin gaulois, qui loge dans les crevasses de nos roches. Un fameux prédateur, aujourd'hui protégé pour des raisons écologiques, et dont notre région est avec certains cantons jurassiens et savoyards le dernier refuge.

Je débarquai donc à la gare de Blaisy par un grand froid avec mes trois musettes bourrées de linge sale et mon pantalon vissé. C'étaient les dernières musettes de guerre de mon père, elles nous avaient évité la dépense somptueuse d'une valise. J'avais plus l'allure d'un conscrit sans le sou que d'un étudiant de la très haute École des très Hautes Études commerciales. Mais si j'avais provoqué des sourires à la gare de Lyon, ici je passais complètement inaperçu. Je ressemblais à n'importe quel Mandubien en déplacement, tout bonnement. Le Vieux m'attendait avec le petit char à banc et la nouvelle jument des frères Roux. Une fière trotteuse. Il m'enfouit sous un tas de peaux de bique et de couvertures, en compagnie de quatre chaufferettes garnies de braise, l'une sous les pieds (« Tins chauds tes ertauls, te serai faraud » : tiens tes pieds chauds tu seras bien portant.), l'autre dans le dos, la troisième sous ma fesse gauche, la quatrième sous ma fesse droite.

On traversa en flèche le village vide entre les lourdes maisons, retranchées contre le froid. La montée dans les bois fut une marche triomphale sous de grandes arches de diamant. Le givre étincelait de partout et les ruisseaux grondaient, mais le plateau était battu par un vent qui faisait siffler les graminées glacées des friches.

Enfin après deux heures de trot, on arriva en vue de la grande descente qui, en zigzag, conduisait au village. Le panorama était clair et rose comme un gâteau de sucre. Seuls émergeaient le clocher noir et les cheminées fumantes au-dessus des pâturages en pente, avec leurs abreuvoirs gelés, brillants comme des lames, et, pour couronner le tout, les bois, mes chers bois où, sur la gauche, montait une petite fumée bleue qui devait être celle du chantier du Denis Cornu.

J'étais à bout lorsque nous arrivâmes, mais rien que la vue des maisons bien closes et des ormes du lavoir me remit du baume dans le cœur. Les femmes attendaient, la goutte au nez. Je fus bien embrassé et le grand-père m'entraîna dans la grande cuisine.

— Viens boire un de ces vains dieux de brûlots ! me dit-il.

Il prit l'eau-de-vie, en remplit une écuelle à soupe, y

versa douze morceaux de sucre, y mit le feu et me dit, bien avant que les flammes ne fussent toutes éteintes :

— Avale ça, bordel de dieux de l'Olympe ! Avale ça sans broncher !

— Mais pas avec le feu dessus, tout de même ! protestait ma grand-mère.

— Bois ça, que je te dis ! Avec les flammes ! Ça revorche le mal !

Je bus mon demi-litre d'eau de vie bouillante. Je fis un bon petit repas composé d'une bécasse (c'était l'époque de la chasse à la croule), encadrée d'une soupe épaisse et d'un fromage bien coulant, puis j'allai me coucher.

Je venais de grimper dans mon lit et je commençais à transpirer, ce qui était le signe que le mal sortait de mon corps, lorsque, du haut de mes couettes empilées, je vis ma grand-mère ouvrir discrètement le placard aux eaux sacrées.

C'était une petite armoire aménagée dans la soupente de l'escalier. Elle contenait, sur le rayon inférieur, une dizaine de litres d'eau bénite, stockés là pour les besoins urgents, en cas d'extrême-onction et de décès, et aussi pour les aspersions rituelles destinées éventuellement à chasser « Celui » dont les vieilles femmes ne prononçaient jamais le vrai nom et qu'elles nommaient, par prudence, le Chien, le Peût, le Peût Chien, ou l'Autre ; ma mère, dégagée de ces superstitions ridicules, ne craignait pas de l'appeler le Diable, tout bonnement. Il n'était, à ma connaissance, jamais venu à la maison, ni dans l'étable ni même au clapier. Il ne risquait pas d'y venir car nous avions des âmes drues, vigilantes et joviales qui l'eussent découragé de rien entreprendre. D'ailleurs nous le tenions pour quantité négligeable, ce qui est la meilleure façon de le tenir en lisière ! Autant dire que jamais personne n'avait donc eu besoin de cette eau bénite mais tous les ans, le Jeudi saint, nous n'en faisions pas moins provision, comme tout le monde « en cas de quelque chose »...

Sur le rayon supérieur, il y avait une petite bonbonne de trois litres qui portait une étiquette pieusement calligraphiée : « Eau de Lourdes. »

C'était en effet de l'eau recueillie à la Source miraculeuse, sous le Rocher sacré, auprès de la Grotte de la Dame, tous éléments bien chers au cœur des Gaulois ! Elle nous avait été rapportée par les heureux paroissiens qui avaient eu la chance d'aller au pèlerinage diocésain et dont c'était la fonction d'approvisionner les autres, qui ne pouvaient faire le voyage. C'était la coutume depuis environ 1860, les apparitions ayant eu lieu en 1858 je crois. Avant cette date, nous conservions ainsi l'eau de Notre-Dame-d'Étang, une Dame trouvée de la région, mais la petite sainte bigourdane, Bernadette Soubirous, avait rejeté très loin dans les ténèbres de l'oubli ces vieilles guignes, à vrai dire un peu païennes !

Ma grand-mère prit donc cette bonbonne, m'en versa un verre que je dus boire, par-dessus mon brûlot, avant de m'endormir.

— Pas la peine, je suis guéri, lui dis-je.

— Mon pauvre enfant ! On se croit guéri et puis un jour on fait une rechute, et... rappelle-toi la pauvre petite Kiaire, justement à ton âge : dix-neuf ans ! Il y a déjà cinq ans, Mon Dieu !...

Je bus pendant qu'elle soupirait, puis :

— Crois-moi mon petit : il vaut mieux se mettre sous la protection de la Sainte Vierge !

Le lendemain matin, j'étais dispos. Mon grand-père a toujours conservé la conviction qu'il m'avait personnellement guéri d'une pneumonie double au moyen d'un brûlot d'eau-de-vie de prune en flammes...

... Et ma grand-mère est sûre de m'avoir sauvé avec de l'eau de Lourdes.

Le Feu, et l'Eau ! Valeurs sûres !

Pour moi, je sais que, de ma vie, je n'ai aussi bien dormi que cette nuit-là, bercé par le chant des grands ormes dénudés, dans le lit de plume recouvert de l'édredon rouge, après avoir changé trois fois de chemise, tant la sueur m'inondait. Cette sueur, de toute évidence, c'était le mal qui sortait de mon corps !

Dès le matin du lendemain, on me faisait voir, à peine levé, les chiens et le fusil ; c'était à croire que je n'avais contracté cette affection pulmonaire que pour retourner caresser mes bêtes et palper cet inestimable joyau. Dans la cuisine, j'entendais la voix de ma mère qui, machinalement, chantait une de ses vieilles rengaines dont voici quelques bribes :

De nos bois le silence, les bords d'un clair ruisseau
La paix et l'innocence des enfants du hameau
Ah ! voilà mon envie, voilà mon seul désir :
Rendez-moi ma patrie ou laissez-moi mourir !

Et les vieilles voix de la grand-mère et d'une voisine venue pour aider à tuer le cochon, redoublaient le couplet :

Rendez-moi ma patrie ou laissez-moi mourir !

Je me préparai pendant trois jours en démontant et en remontant l'arme, en la graissant avec soin, et en l'épaulant pour coucher en joue les moineaux qui venaient becqueter la pâtée gelée des poules. Cette pâtée que le grand-père dégelait en y jetant une chopine de vin chaud, pour contempler ensuite les poules saoules tituber sur la glace en hoquetant et en grommelant les pires injures, au grand scandale de ma grand-mère qui y voyait péché.

Le tableau de cette basse-cour en ribote devant le grand-père riant aux éclats mérite qu'on en parle. Il s'esclaffait en me bourrant de coups de coude :

— Regarde la grande jaune ! La charogne ! Regarde comme elle ferme les yeux de plaisir !

Et les poulailles ivres s'affalaient en gloussant pour gagner la genière où elles s'endormaient.

— Elles aiment ça ! marche ! Elles aiment ça ! disait le Vieux.

Dans la nuit, on entendait un grand tintamarre de ce côté-là, comme si le renard y était venu en visite. Ma grand-mère y courait avec le falot et revenait en disant :

— Non, Joseph, ce n'est pas raisonnable de mettre ces pauvres bêtes dans cet état : les voilà qui rendent partout !

J'entendais le Vieux rire dans ses draps, car il se couvrait même la tête, en disant :

— N'aie pas peur et garde-moi les œufs qu'elles vont faire demain matin. Ça fera une fameuse omelette, que tu n'auras pas besoin de beaucoup de feu pour la faire cuire !

Chose bizarre : les lendemains de cuite, bien que ce ne fût pas le temps de la ponte, toutes nos poules pondaient et l'on faisait l'omelette avec ces œufs issus du péché d'ivrognerie.

Je retrouvais aussi la maison avec ses grandes pièces glacées. On ne faisait du feu que dans la grande salle commune. Jamais dans les chambres, car cela donne la migraine au dormeur et la pituite aux enfants. Je retrouvais partout l'odeur de ces fruits que l'on y conservait tout l'hiver, étalés partout. Coings, pommes et poires sur toutes les armoires, sur toutes les commodes et même dessous, sur des claies de coudre tressé, car le cellier était plein comme un œuf d'entre les deux Notre-Dame. Les coings étaient alors bien mûrs, jaunes et dorés, et les femmes en faisaient une quarantaine de kilos de pâte qu'elles mettaient à sécher en bâtons roulés dans le sucre cristallisé. Avec la peau et les mucilages des mêmes coings, on fit de grands bocaux de gelée.

La gelée et la pâte de coing, voilà qui vous resserre le ventre lorsqu'il s'est un peu relâché ! Le coing ! Ce trésor dont plus personne ne fait rien maintenant.

Comme toujours, les femmes, augmentées de sept ou huit épaisseurs de jupons, glissaient silencieusement et emprésuraient le lait, lavaient les fromages, écrémaient, battaient le beurre, tricotaient, ravaudaient les vestes de chasse de mon grand-père et tout le linge de la famille, même les vieux torchons qui n'étaient plus que reprises, mais des reprises aussi fines que linon. Elles exploitaient aussi l'énorme trousseau qu'elles avaient ourlé, brodé elles-mêmes dès l'école des sœurs. Ce trousseau était si important que mes arrière-grand-mères ne l'avaient pas usé, tant s'en fallait, certains draps et certaines camisoles n'avaient même été dépliés que sept ou huit fois en soixante-quinze ans. Il faut dire que nous avions eu deux tissiers dans la famille, le père et l'oncle de mon arrière-grand-mère Nannette. Deux pauvres tisserands de village, noirs comme cafards et maigres comme leur canette, nourris de treuffes et de bouillie d'orge, mais qui avaient bourré les armoires de toutes les femelles de la famille. Je dors encore dix heures par nuit (merci à eux !) dans des draps qui sont sortis de leur métier il y a cent vingt-deux ans, garçon ! Des draps faits du chanvre de notre chènevière, du chanvre roui dans notre creux d'eau. Ils sont rêches comme une haire de chartreux et ça me fait des rêves de jeune homme. Même les machines à laver d'aujourd'hui n'arrivent pas à dégnaper ces draps-là, et Dieu sait pourtant qu'elles s'y entendent, les charaignes !

Nos femmes tenaient prêts aussi des vêtements pour la Gazette, qui pouvait arriver d'un moment à l'autre en trottinant, par les raccourcis du Terreplaine ou du Morvan de Saulieu, et se dirigeant vers Alésia ou le Mont-Saint-Vincent, toujours plein d'histoires et de nouvelles souvent imaginaires et qu'il nous débitait au coin du feu. Il avait ainsi, dans de nombreux villages de Bourgogne, un foyer où il pouvait troquer ses hardes usées jusqu'à la corde et durcies de bouerbe et de crotte, contre des vêtements de rebut que les femmes lui réservaient. Il exigeait que les boutons fussent cousus au fil de laiton recuit, celui avec lequel il faisait ses collets, et il acceptait toutes les sortes de chapeaux, même les hauts-de-forme où il fixait, avec un ruban, des poignées de fleurs ou des brins d'herbe et, l'hiver, une branche de genévrier toujours vert. Symbole éloquent.

Elles faisaient encore bien autre chose, les femmes :

des chaussons neufs taillés dans les vieux pantalons, des pantalons coupés dans de vieilles daumères [1], des jupes neuves tirées de vieux manteaux ! Elles faisaient ainsi tous les vêtements de toute la famille, sauf les roupanes de noces, mon costume de Première Communion et celui de mon départ pour Paris, qui venaient du tailleur du chef-lieu de canton. Mais tout le reste, tout ce que l'on portait sur le dos, sortait de leurs mains.

Elles tricotaient aussi, « aux cinq aiguilles », les chaussettes et les bas de tous, et « aux deux aiguilles » et « au crochet », les chandails, les passe-montagne, les fanchons, les épaulières, les pèlerines et les fichus.

Pour couper les étoffes, elles avaient de longs conciliabules pour déterminer s'il fallait prendre le tissu « de biais », ou « droit fil », et quand elles délibéraient ainsi, elles cessaient même de fredonner leurs romances : *Si j'étais une dame* ou *Le Carnaval de Venise*.

Un jour, dans un de ces silences, j'avais entonné, machinalement, la célèbre *Nuit de Chine* que j'avais entendu seriner par les « chanteurs de rues » sur le boulevard de Clichy à Paris, mais je n'avais pas pu aller plus loin que le deuxième vers :

> *Nuit de Chine, nuit câline, nuit d'amour*
> *Nuit d'ivresse, de caresse...*

Amour ? ivresse ? caresse ?... Pas de ça, Lisette ! Trois mots tout juste bons à vous précipiter en enfer, rien que pour les avoir écoutés, ou même simplement entendus ! On m'avait bien vite fait taire.

Elles avaient aussi voulu savoir ce qu'on disait « dans le poste », ce poste à galène que j'avais rapporté de Paris, mais elles avaient dû enlever le casque-écouteur, scandalisées de ce qu'elles venaient d'enten-

---

1. *Daumère :* veste à longues basques.

dre. Il y avait de quoi : c'était, je crois, *La Fille du bédouin* et de la musique de jazz.

— Pouih ! Qu'est-ce que c'est que ce tintamarre de sauvages ? avait dit ma mère horrifiée. Et ma grand-mère avait refusé même de mettre le casque sur ses oreilles :

— ... Que j'écoute ces horreurs, moi ? Ben, pour sûr que non !

Et elles étaient retournées à leurs antiennes.

Je dois peut-être là-dessus quelques explications : leurs oraisons étaient alors savamment organisées et constituaient une sorte de croisade populaire qui s'appelait l'Apostolat de la prière.

C'était un vaste mouvement qui constituait, dans toute la province, une sorte de « Clearing office de l'eucologie ». Par exemple : si l'on arrivait à dire cent Avé Maria par jour, ou à réciter dix fois certaines prières composées à cet effet, on pouvait les négocier contre un certain nombre de « jours d'indulgences ». Et ces jours d'indulgences pouvaient être applicables à soi-même ou à une ou plusieurs « âmes du Purgatoire »...

Mais je vois bien que tout cela échappe à l'entendement de l'homme d'aujourd'hui, trop occupé à liquider ses complexes et à résoudre ses problèmes mécaniques quotidiens pour comprendre cette métaphysique. Je m'explique donc : Le Purgatoire est un lieu où se morfondent les âmes coupables de péchés véniels, et qui ont donc échappé à l'Enfer, mais qui sont cependant condamnées, par le Saint Tribunal, à deux ans, dix ans, cent ans, ou même trois cents ans de Purgatoire.

A cette époque, on pouvait, en adhérant à ce mouvement national de prières, gagner dix jours, vingt jours, même trois cents jours d'indulgences et les appliquer à une de ces pauvres âmes, abrégeant ainsi d'autant ses tourments. Car ce Purgatoire, je regrette d'avoir à vous le rappeler, ou même à vous l'apprendre, bande d'ignorants, est bel et bien un lieu de douleurs ! Douleurs temporaires certes, et incomparables aux atroces et perpétuelles souffrances de l'Enfer, mais bien pénibles quand même.

L'Apostolat de la prière était cette sorte de mouvement d'entraide, organisé par une sainte congrégation, qui, en outre, distribuait à ses adhérents, et par le canal de M. le Curé, un opuscule bleu, contre une modeste cotisation.

Nos femmes y adhéraient toutes pour venir en aide à tel ou tel défunt qui, elles en étaient sûres, se morfondait en Purgatoire, mais aussi pour bénéficier des prières des autres lorsqu'à leur tour elles y seraient emprisonnées, ce qui pouvait très bien arriver, même aux plus vertueuses. Supposez un instant que vous veniez à mourir en état de péché véniel, sans pouvoir recevoir l'Absolution et vous voilà précipité en Purgatoire ! Ne seriez-vous pas heureux, alors, d'en être tiré par un vivant qui, sur terre, prierait alors pour vous ?

Bref, je retrouvais la vie lente, traditionnelle, paisible, simple, affairée, grave et souriante que j'avais abandonnée pour le métro, le bitume parisien, les grands amphithéâtres, et les plus hautes spéculations économiques, politiques, philosophiques et financières... et l'horloge pointeuse.

Le grand-père, sa casquette de velours sur les oreilles, son passe-montagne roux ramassé sous sa moustache brûlée, sertissait ses cartouches, nourrissait ses chiens, curait la vache et le cochon, allait à l'eau, sciait et fendait le bois, car c'était lui qui avait hérité de mes travaux depuis mon départ pour la capitale.

Mais il avait voulu, lui aussi, coiffer le casque-écouteur et entendre la bonne parole « radiodiffusée », et en quelques instants, il avait appris tant de catastrophes et de menaçantes foutaises, qu'il avait piqué une colère noire. D'un seul coup, il avait été informé du krach de Wall Street, de plusieurs crimes odieux, de la chute du ministère, et enfin de l'arrivée de la Crise, la Grande Crise[1], et il s'était mis à manger moins, à ne plus pouvoir s'endormir avant neuf heures du soir, à rabrouer son monde. On n'entendait plus son rire en hahaha ! Les femmes elles-mêmes n'osaient plus chanter cantique. Bref la famille sombra, en quelques jours, dans la plus noire des hypocondries, écrasée par la plus maligne des maladies épidémiques :

L'INFORMATION !

Le grand-père le comprit le premier. Un jour que le bavard du micro rendait compte de l'effondrement des cours, de « l'effroyable montée du chômage », des grèves et des premières occupations d'usines, je le vis se congestionner comme un coq-dinde amoureux, arracher les écouteurs, en faire, avec le fil de prise de terre, un paquet qu'il envoya directement dans les cendres de la cheminée en criant :

— ... Mais qu'est-ce que j'en ai à faire de vos goguenettes et de vos parigoteries ?... Vous voyez pas que je vais en perdre salive avec leurs racontars ?... Vous voyez pas que ce sacré vains dieux d'appareil va me ruiner l'appétit et me gâcher mon bon temps ?... Allez allez, gamin ! va me jeter ça sur le fumier !...

Puis, se reprenant :

— ... Non, pas sur le fumier. Ça serait encore capable de faire avorter mes salades !... Va mettre ça

1. Celle de 1930-1935.

où tu voudras, mais ne me ramène jamais cette espèce d'encolpion dans notre maison !

Mon grand-père venait, sans peut-être s'en rendre compte, de prolonger sa vie de vingt ans et sans doute davantage. Et il reprit bien vite ses allées et venues et son air magnifique.

C'était très certainement en cette saison-là l'homme le plus occupé de la région. Des tilburys arrivaient. On entendait le cocher passer le licol dans l'anneau, et pendant que le cheval piaffait, recouvert de deux épaisseurs de couvertures, la porte s'ouvrait en grinçant.

Entrait alors l'homme, énorme dans sa peau de bique brune. Il poussait un grand :

— *Salutas* la compagnie !

Puis un bon rire qui n'avait rien à voir avec l'effondrement du franc.

Assis sur la cuisinière brûlante, le Vieux recevait et lui offrait « la goutte », cette eau-de-vie de nos prunes, qu'il bouillait lui-même à la diable dans la chambre à four, dans un alambic de contrebande fait d'une bassine à confitures, d'un entonnoir renversé en guise de dôme et d'un serpentin baignant dans une petite lessiveuse. Tout cela luté avec de la colle de pâte. Ou bien il débouchait une de ces bouteilles de marc que les propriétaires vignerons lui offraient chaque fois qu'il appuyait les chiens dans leur chasse.

J'étais, je l'ai déjà dit, grand amateur de barbes, moustaches, barbiches, mouches, gauloises et favoris, j'étais donc comblé vraiment, car tout ce que la région comptait comme poils, je l'ai vu défiler là. Les moustaches rousseaudes, blondasses, rougeaudes, de tous les éleveurs, marchands de bois et maquignons du canton se sont trempées dans notre eau-de-vie pour y faire fondre la glace pendante qui s'y était formée car au bout de chaque poil fleurissait un givre croustillant qui mettait dix minutes à disparaître et souvent, sous les narines, des mèches se trouvaient prises en stalactites jaunâtres qui eussent été écœurantes si, là-dessus, un bon nez flanqué de deux pommettes bien rouges n'avait brillé de malice et de santé.

Toutefois ma surprise fut aussi profonde que ma déception de voir que, depuis mon départ, bien des hommes avaient raclé leur couenne, comme on disait ! Rasés étaient-ils ! Rasés comme des curés. Chaque figure ressemblait à une paire de fesses, ils étaient devenus des Américains ! Et plus de la moitié avaient troqué le tilbury et le trotteur contre une automobile.

En plus, il ne me fallut pas longtemps pour constater que pendant mon absence, pourtant courte, plusieurs commis avaient quitté le pays, et que d'autres s'apprêtaient à le faire.

Lorsque je leur demandais pourquoi, ils répondaient :

— Le patron n'a plus besoin de moi : il vient d'acheter des machines agricoles qui font mon travail. Je n'ai plus qu'à m'en aller !

Et si j'en parlais au patron, il répondait :

— Bien obligé d'acheter des machines : les jeunes gens, les commis partent tous à la ville, à l'usine ! Ils s'imaginent que c'est le paradis, là-bas !

On ne savait trop qui il fallait croire.

Plusieurs transfuges disaient encore :

— Et puis ici, va-t'en trouver une fille. Si tu lui dis que tu es cultivateur, elle te rit au nez. Mais que n'importe quel chien galeux vienne lui raconter qu'il a trouvé une place en ville, elle lui saute au cou !... Je n'ai pas envie de rester vieux gars moi !

Là-dessus, j'en parlais aux filles. Pour savoir. Elles répondaient :

— ... Bien sûr que je vais pas continuer à mener cette vie d'esclave au cul des vaches ! Moi je veux vivre ma vie ! Je veux aller vivre en ville !...

Sans doute se passait-il quelque chose « en ville », et toutes ces filles, ni meilleures ni pires que d'autres, voulaient y aller pour y fourrer leur nez et tortiller leurs fesses. Mais ce qui se passait, en réalité, c'était peut-être la lumière triomphante, le bruit glorieux, le cinéma, le tourbillon, mais surtout la récession, le chômage, la fameuse Crise, la Grande Crise, comme allaient l'appeler les économistes. Et, chose curieuse, plus le chômage prenait de l'importance, et plus les gens partaient grossir les rangs de ceux que la Gazette nous avait appelés « les mendiants-de-l'industrie », « les jamais-contents-main-tendue », « les toujours-la-gueule-ouverte ».

C'est ainsi que la vallée, en peu de temps, venait de perdre une cinquantaine d'habitants — des jeunes — et l'on sentait bien que ce n'était que le commencement.

C'était à vous en donner le vertige.

Mais moi-même ? N'étais-je pas parmi les fuyards, avec ma chasse au diplôme qui me conduisait, à coup sûr, à aller grossir le troupeau processionnaire et à me faire prendre dans la Grande Nasse de l'expansion industrielle.

J'en parlais avec Denis Cornu, le bûcheron-charbonnier, alors qu'il construisait ses meules à charbon dans le bois du Vôtu. Il fermait alors ses petits yeux, pour « se regarder en dedans » et m'écoutait.

— Denis Cornu, lui disais-je, qui est coupable ?
l'industrie et ses machines agricoles ? les cultivateurs
qui les achètent ?... Les bas salaires ici, les hauts
salaires là-bas ?

Denis Cornu hochait sa petite tête d'oiseau :

— ... Ce serait pas plutôt tout bêtement ces sacrées
vains dieux de femmes, qui ont le feu aux fesses et qui
vous mettront le monde cupoudsutête si on ne leur
passe pas le mors et le bridon aussitôt que le poil leur
pousse ?

On restait tous deux le regard perdu dans les
lointains morvandiaux, moi, l'élève, et lui, le professeur, si différents des Demangeon, des Ripert, des
Carré et autres que j'entendais à l'école des Hautes
Études. Après un silence, il ajoutait :

— Tant vaut la femme, tant vaut le monde.

Encore un long silence pendant lequel je regardais
une scille sortir de terre, puis :

— Quand lai fonne s'époulvaude, le monde s'en-
vorne !

Ce qui veut dire à peu près : « Quand la femme
s'émancipe, le monde va de travers », mais cette
traduction ne rend pas, tant s'en faut, la subtilité du
propos.

Étant un jour monté au bois, je m'aperçus, de là-
haut, que le village changeait aussi de couleur. De gris
et de brun qu'étaient les toits de lauzes et de tuiles
plates, ils devenaient roses. Une à une les très lourdes
toitures de pierre étaient remplacées par la tuile
nouvelle. J'étais pour lors dans le chantier de Denis
Cornu qui, ce jour-là, abattait dans le bois des Roches

face au grand panorama. Je lui en fis la remarque et, clignant de l'œil sous son grand feutre noir, il répondit, boutant sa chique dans sa bajoue droite :

— Cré mille lougarous ! C'est la mécanique !

Il voulait dire « la tuile mécanique ».

— C'est joli tout plein, ajouta-t-il, mais ça ne vaudra jamais la lave.

Pour lui la lave était la seule, la vraie couverture pour la maison des hommes. Cette énorme épaisseur de pierres plates empilées sur la tête des gens et des bestiaux, les protégeait des malandres qui viennent d'en haut et rabattaient sur eux les bienfaits qui sortent de notre mère d'en bas : la terre. Faute de couvercle, tous ces courants bénéfiques s'en vont èn l'air sans profiter à personne. En plus, cette couche de cinquante centimètres de dalles étalées sur les énormes charpentes de chêne vous faisait une maison bigrement facile à chauffer et lente à se refroidir. Sa maison, à lui, Denis Cornu, était et serait toujours couverte en lave et lorsqu'il travaillait au bois, il vivait toujours dans la cayute des bûcherons, faite par lui, selon les règles, de baliveaux de chêne, en faisceaux, recouverts d'une épaisse coquille de mottes de terre. Il m'expliqua, pour la centième fois peut-être, que les baliveaux de châgne assemblés en forme de cône (il insistait sur ce point) vous attrapaient les courants du ciel par la pointe pour vous les étaler dans la masse de la terre et tout cela formait une sacrée carapace protectrice. C'était la raison pour laquelle tous les bûcherons étaient des gens forts et que lui, Denis Cornu, abattait quotidiennement ses trois stères moulés à quatre-vingts ans. Il disait ça en tisonnant son brasier pour y déposer sa marmite sur un lit de braise rouge. Il avait toujours à la portée de sa main ses fourchettes et ses cuillères à long manche, sa grande

385

poêle et sa cafetière magique, ses casseroles à rallonge, ses portemanteaux pliants, ses étagères escamotables, sa meule à pédales, sa couchette à bascule, sa serrure à secret et son xylophone mystérieux, qu'il appelait son « téléphone », et tout cet étonnant bric-à-brac dont il tirait un confort inattendu. En mâchant sa couenne de lard, il m'expliqua que j'avais été malade à Paris, c'était normal car là-bas, « je ne touchais plus la terre ».

— Chaque fois que tu marches dans les villes, hein ! disait-il, tu marches sur du goudron, sur du bitume, sur du ciment, jamais sur la terre, tu entends ? Jamais sur la terre ! Jamais sur l'herbe ! Alors plus rien ne passe entre la terre et toi. Tu ne reçois plus rien d'elle, tu dépéris, t'attrapes tous les malandres qui passent car sans elle, c'est fini ! Sans elle l'houme ce n'ast ren ! (L'homme ce n'est rien.)

J'étais tout ému de retrouver ce mysticisme cosmique, ce délire tellurien, cette piété géodésique et cette poésie qui sortait comme eau de source de sa bouche édentée, car Denis Cornu n'avait plus, depuis vingt-cinq ans, aucune dent, ce qui ne l'empêchait ni de casser les noix et les noisettes ni de faire sauter les bouchons, ni de ronger les os, ni de croquer une pomme avec ses gencives devenues dures comme molaire.

13

Je commençais à me sentir dru sur mes jambes lorsque quelque Grand Conseil improvisé décida de faire une grande chasse en raison des dégâts causés par les sangliers. En vérité, il était bien tard pour déclarer la guerre aux hardes qui, cet été, avaient travaillé hardiment dans les cultures. Tout était récolté depuis belle heurette, et les champs ne craignaient plus guère les boutoirs, mais tout le monde en avait assez de rester à l'abri dans les étables à regarder rigoler la pluie en curant les bêtes, qui étaient toutes rentrées depuis les lendemains de la Saint-Martin.

Les poitrines se gonflaient d'un grand espoir populaire : courir les bois. Et vive la liberté loin des femmes qui veulent tout diriger (et en fait elles dirigent tout, sauf la chasse justement). On avait vu arriver des hommes des six villages qui venaient boire la goutte et tenir conseil de guerre. Pour une fois les six paroisses voisines semblaient avoir combiné une attaque commune. C'était le miracle. Je n'avais jamais vu, d'un village à l'autre, que batailles et moqueries collectives, surtout en matière de chasse. Les pointillés, qui sur les plans cadastraux délimitent les communes, étaient frontières. Jamais on n'avait pu réaliser un mouvement commun, dans quelque domaine que ce fût. Déjà Jules César avait constaté ça en s'en réjouissant. Pourtant la chasse, habituellement principale source de rivalité et d'animosité entre les villages, avait cette fois rassemblé les hommes. Il fut convenu que toutes les communautés synchroniseraient leurs efforts et utiliseraient une stratégie commune déployée sur les deux mille hectares que l'on pouvait ainsi rassembler. Je ne sais quel fut le Vercingétorix capable de réunir les quatre clans voisins et de les convaincre de la nécessité de s'unir, toujours est-il que cela fut réalisé, bien que chaque village eût voulu imposer son chef de chasse et que faute d'entente là-dessus, nous allâmes quand même à l'attaque en ordre dispersé. Mais les heures étaient convenues ainsi que la stratégie.

Miracle ! vous dis-je. Et je reprenais les armes à cette occasion.

Le grand-père prépara une douzaine de cartouches de neuf grains. Il mesura la poudre, et je le vois encore la bourrer avec le mandrin, enfoncer la bourre grasse, puis donner un coup de dent à chacune de ses chevrotines pour les fendre en deux et les rendre plus meurtrières en disant : « Aïe donc, chareigne ! Et perce-lui le cuir comme je te casse les reins ! » Vieille formule incantatoire datant du premier projectile.

Le temps s'était plombé. Le Vieux m'invita à me coucher de très bonne heure, comme lui (il était rare que l'angélus du soir le surprît sans son bonnet de nuit sur la tête) et à sept heures de relevée nous étions au lit, après un repas terminé par un bon brûlot d'eau-de-vie de prune vieille de dix ans.

Lorsque je fus envasé dans mon lit de plume, couette dessus, couette dessous, j'entendis le grand-père réclamer, par trois fois, une chemise sèche, après quoi ce fut son ronflement sonore qui me berça.

Il faisait encore grand-nuit lorsque Tremblot se leva. Il fit réchauffer la soupe au lard qui restait de la veille, en versa une soupière pour son chien et une soupière pour lui. J'entendis encore grincer la porte du placard à eau-de-vie. J'en profitai pour me lever, car je sentais la santé revenir à bride abattue.

Je regardai le ciel, palpai le sol et reniflai la neige proche, la dernière de l'année. Dans la nuit, on entendait la sourde rumeur du village, formée de la profonde respiration de toutes les étables : trois cents bêtes à cornes étaient là, enfermées depuis le gros de l'hiver, dans la chaude moiteur de leur haleine, lançant de temps à autre un brame sourd pour appeler le soleil et la liberté du printemps.

Lorsque la demie de cinq heures eut sonné au clocher, le Vieux partit pour être, à l'aube, à l'orée afin de « faire le pied ». Le rendez-vous était pour neuf heures. J'avais plus de deux heures devant moi. Je les employai à me bourrer les boyaux de tout ce que je trouvai à manger dans le cellier. Les femmes se joignirent à moi et m'apportèrent toutes sortes de victuailles : lard, fromage fort, beursaudes et cancoillotte, terrine de porc et de la graisse d'oie dont j'enduisis de grandes rôties que je fis griller en les présentant au feu, embrochées au bout d'une baguette de houx vert.

Après quoi, je gagnai la forge du maréchal-ferrant, puis le fournil du boulanger, les deux seuls endroits où l'on pouvait deviser au chaud.

Enfin je me joignis à deux chasseurs qui passaient sur la route et nous arrivâmes bons premiers au rendez-vous.

A neuf heures tout le monde était là. Les piqueurs

firent leur rapport, on expliqua la chasse avec précision et les fumeurs écrasèrent leur cigarette.

Il fut convenu que c'était moi qui irais me poster en fond de chasse, au poste le plus éloigné, au Gros-Foyard, à plus de trois kilomètres des autres. Cela s'expliquait du fait que le vent soufflant d'est, les bêtes de chasse risquaient de se dérober de ce côté-là ; c'était un poste de confiance pour un solide marcheur et bon fusil. J'en fus très flatté.

La colonne s'ébranla et s'enfonça dans le massif forestier, en file indienne. De temps en temps, cette file perdait un chasseur qui s'arrêtait pour se poster. On l'entendait alors casser son fusil, charger et verrouiller son arme, puis il disparaissait, confondu avec un tronc, figé.

Lorsque tous furent placés, il me restait donc à gagner seul le Gros-Foyard que je connaissais bien. Arrivé à une barre de roches que je devais laisser à main droite, la neige se mit à tomber, d'un seul coup, en grands tourbillons. J'insistai donc dans la tourmente, sûr de moi.

Je devais croiser une sommière, je le savais, puis une clairière qu'il me fallait traverser en biais pour trouver le bon layon et le suivre jusqu'au bout. Mais sans y voir à plus de deux mètres, allez donc vous orienter avec précision ! Je tombai au contraire sur une combotte dont le gaulis et la neige me cachaient les profondeurs. Je fis une estimation fausse et je résolus, dans la bourrasque, de redresser ma marche vers l'est que je situai au jugé, car le soleil était invisible.

Je dus tourner en rond, m'élancer vers le nord pour revenir au levant, toujours est-il qu'alors que l'attaque devait être commencée depuis longtemps, je marchais comme un dératé en voulant couper au court. Je ne réussis qu'à me dévoyer davantage et, m'en étant avisé, je voulus revenir sur mes pas. Mais ouiche ! La neige tombait si dru qu'elle recouvrait vite mes traces. Je pris le pas de gymnastique et m'arrêtai pile au bord d'une roche à pic qui plongeait dans le vide.

J'entendis alors des récris de chiens.

— Me voilà revenu sur la chasse ! pensai-je.

Puis ce fut une trompe, et j'allais sauter de joie, pensant avoir rallié mes camarades, mais une déchirure se fit dans la nuée, à mes pieds et je vis, tout au fond d'une vallée, une petite route sinueuse, et sur cette route, la voiture du boulanger qui, au trot, arrivait dans une cour de ferme. C'étaient les chiens de cette ferme qui le saluaient de leurs aboiements et c'était lui, le boulanger en tournée, qui, selon l'habitude, sonnait de la trompe pour appeler la pratique.

J'étais à cinq kilomètres de mon poste et à neuf kilomètres de chez moi.

La tourmente était terminée et je pus m'orienter, mais comme j'étais très près de ma Combe-Morte, cette Peuriotte découverte le jour des obsèques de la petite Kiaire, je résolus d'y retourner ; j'y parvins après deux petits quarts d'heure de trot et cette fois, je la vis de loin, car les arbres étaient tout à fait dégarnis. Elle m'apparut, plus mystérieuse que jamais, à travers les branchages, blottie sur son avers, tout illuminée par le faible soleil qui s'était mis à briller. On entendait seulement le glouglou de la source qui culbutait dans le lavoir.

Je m'approchai sur la pointe des pieds, Prince charmant soucieux de ne pas éveiller, trop tôt, la Belle. Je lui murmurai, comme dans la berceuse de Jocelyn :

— Ah ! ne t'éveille pas encore !... Je reviendrai... je reviendrai te prendre un jour, mais pas tout de suite ! Il faut d'abord que je devienne un Mossieu, pour combler mes parents, c'est la règle ! et contenter instituteur et curé, je leur dois bien ça !... Peut-être faudra-t-il même que je te fasse attendre un peu... le temps de gagner la somme nécessaire pour te posséder... mais je reviendrai, je te le jure !

C'étaient là des paroles bien téméraires. Comment posséder un jour ces maisons et ces terres retournées à la ruine et à l'épine ? Puis l'épaisseur de ce maquis me donna à penser combien les propriétaires se souciaient peu d'elle et je répétai, pour me convaincre :

— Pratiquement, elle n'est à personne !... Peut-être même ne serai-je pas obligé de l'acheter ?... Peut-être me suffira-t-il de m'y installer, comme le vieux Baptiste, sans rien dire à personne ?... Puisqu'ils l'ont tous abandonnée ?

Je restai là, allumant un feu dans la cheminée froide de la grande salle, ouverte à tous les vents, faisant chauffer la tranche de lard que la grand-mère m'avait donnée, en « en-cas », buvant l'eau de « ma » source, regardant, assis sur le rebord de pierre de « ma » fenêtre, vers l'aval, entre les deux croupes de forêts qui se bousculaient pour risquer un œil vers l'échappée de l'Ouche et les forêts des Hautes-Côtes, vers le sud.

Je passai l'après-midi dans ce très grand silence. Je fis le tour des ruines, pénétrai dans la ruelle où débouchaient les étables effondrées.

Je jetai des brassées de bois mort sur le brasier pour faire crier le feu et marquer ma possession par la vie de « ma » flamme.

Je mis deux heures pour rejoindre le village où j'arrivai à la nuit tombée. Les autres, qui découpaient les deux bêtes tuées, m'accueillirent par un silence lourd d'ironie. Je m'excusai en disant que j'avais tenu mon poste jusqu'au crépuscule, que je n'avais pas entendu la sonnerie de fin de chasse et que j'avais attendu pour être sûr de ne pas manquer une bête qui se serait dérobée en fin d'attaque.

Je ne sais ce que les autres en pensèrent, et cela m'était indifférent : j'avais emmagasiné tant d'images précises, tant de prétextes à rêver au fond de mes amphithéâtres, que les autres pouvaient bien en penser ce qu'ils voudraient.

Le repas de gruillotte eut lieu comme tous les autres, à l'auberge Plasse. Nous fîmes un concours de fourchette où je fus *ex æquo* avec le plus grand gousier des trois cantons, chacun chanta sa petite chanson, toujours la même, reprise par toute l'assistance, en chœur, mais sur des tons différents ; et à onze heures du soir, j'étais mollement blotti entre mes deux couettes de plume.

Mais je me gardai bien de m'endormir tout de suite. Je revis la combe morte, ses maisons, son lavoir, et, tout à coup, j'eus l'idée que cette joie n'était pas complète. Oui, il manquait quelque chose...

... Ou plutôt il manquait quelqu'un à mes côtés. Il manquait une fille. LA FILLE. La seule, l'unique, l'inconnue pour laquelle j'avais, dans ma chambre d'étudiant du square d'Anvers, écrit en grosses lettres sur le mur, cette phrase lue dans *La Divine Comédie*, du Dante :

« TU VERRAS BÉATRICE »

Une fille ?
Mais laquelle ?

Je m'endormis en pensant qu'elle viendrait, que je la rencontrerais, au bon moment, et qu'avec elle j'irais à la Combe-Morte, et que je lui ferais découvrir la source et le verger, les seuils déserts. Je compris que je choisirais ainsi celle qui serait mon épouse : ce serait celle qui, devant ce spectacle insolite, dirait, comme la Mignon de Goethe, que nous traduisions :

— Que c'est beau !... C'est là que je voudrais vivre !

Oui c'était celle-là qui serait digne de porter mon nom !

On comprend qu'en prenant cette résolution, je réduisais fort mes chances de trouver femme, car, comme l'avait si bien dit le Denis Cornu, le temps commençait où les filles étaient décidées à ne se laisser toucher que par le garçon qui lui promettrait de les emmener vivre à Dijon, au moins, et à Paris, si possible.

On était en carême depuis trente-deux jours.

Le carême était un exercice sévère, dont la rigueur allait en croissant au fur et à mesure que l'on se rapprochait de l'anniversaire de la Crucifixion.

La Semaine Sainte, la dernière du jeûne rituel, était la plus dure, car on faisait maigre tous les jours jusqu'au matin du Samedi saint, veille de Pâques — et un maigre qui n'était pas pour rire chez Tremblot, croyez-m'en.

Et pourtant, pendant cette semaine inhumaine, alors que l'estomac récriminait sans vergogne, les femmes sortaient du saloir le jambon du dernier cochon, qui avait quarante-cinq jours de saumure, pour préparer le jambon de Pâques, le fameux « jambon persillé » national.

Oui : le ventre creux, la mine battue, car depuis trente-deux jours on se contentait de « graisser » les plats en y ajoutant deux gousses d'ail, elles manipulaient ce beau jambon bien gras, elles l'attachaient

394

solidement à une corde et le descendaient dans le puits où il dessalait pendant trois jours. Et le Jeudi saint, après l'office du « lavement des pieds » et de « la bénédiction de l'eau », elles le retiraient du puits, le décortiquaient, le désossaient, le découpaient, le trituraient, pour en faire des terrines où il marinait dans sa graisse en compagnie d'un généreux hachis d'ail et de persil, et tout cela sans y mettre le menton ! Tentation terrible, je m'en porte garant, à laquelle il ne fallait pas succomber, car si on se laissait aller à tant seulement croquer une couenne, il fallait bien vite faire un acte de contrition parfaite, accompagné d'un sacrifice équivalent, par exemple se priver, discrètement, de mettre du sel dans sa soupe, ou de se contraindre à mettre de l'eau dans son vin, et surtout ne pas oublier de s'en accuser en confession, le Vendredi saint, qui était jour de confession générale pour les femmes, ou le Samedi saint pour les hommes, que le curé recevait non pas au confessionnal, comme les femelles, mais à la sacristie, plus spacieuse et donc mieux à la mesure du tombereau de péchés qu'y déversaient les mâles.

A vrai dire, ma convalescence me valait d'avoir, cette année-là, un régime spécial, ma grand-mère ayant pour moi demandé au curé une dérogation au mandement de Carême. Il la lui avait accordée en lui demandant de remplacer ce « sacrifice » alimentaire par quelque autre, par exemple une bonne action particulièrement pénible, ou mieux : une aumône déposée dans le tronc de l'église.

Je pus donc « goûter » au jambon avant même qu'il fût cuit et persillé, et ainsi savoir s'il était suffisamment dessalé.

Bien sûr, il était parfait — car c'était une spécialité de la Tremblotte. Une recette qu'elle tenait, paraît-il, d'un aïeul qui avait été charcutier de Jean de Chaudenay, seigneur de Châteauneuf, en 1100, et qu'on avait encore perfectionnée de mère en fille, sans aucune interruption, depuis ces temps lointains. Elle avait un secret qu'elle ne devait me livrer que sur son lit de mort et que je ne céderai qu'à celui de mes petits-enfants qui s'en montrera digne.

Pour mon grand-père, lorsqu'on lui disait :

— Tremblot, votre jambon persillé est unique au monde !

Il répondait :

— C'est l'eau !

— C'est l'eau ?

— Oui, l'eau du puits !

Il tenait dur comme fer que les qualités exceptionnelles de ce jambon rituel venaient de l'eau de notre puits où, pendant trois jours de la Semaine sainte, on le mettait à dessaler...

... Et je veux bien le croire, car ayant pratiqué cette recette à l'étranger, à Paris, par exemple, je n'ai obtenu qu'un vulgaire trompe-bourgeois, qu'un pâle abuse-gogo.

— Vous croyez, Tremblot, que votre eau aurait des propriétés particulières ?... lui demandait-on. Il tapait du poing sur la table pour dire :

— Pardi ! C'est l'eau de la grande Vouivre. Le courant vient de Baume-la-Roche et gagne tout droit Maconge et Lacanche et il traverse tout juste le village par le plein travers !...

Cette pneumonie double, de combien de joies allais-je lui être redevable ! Les docteurs avaient décrété qu'il me fallait un minimum de trois mois de convalescence, ce qui me menait, au moins, à la fin mai. L'année universitaire était donc perdue pour moi. Et il me fallait un séjour en « montagne de moyenne altitude » : on ne pouvait pas mieux trouver que nos cantons, dont l'altitude varie entre trois cents et six cents mètres ! Chacun de nos villages n'est-il pas une station climatique ?

Le docteur fit les démarches pour qu'un sursis universitaire me fût accordé, qui me mettait en vacances jusqu'à la rentrée de novembre et me permettait de reprendre mon année manquée.

... Et, comme disait ma grand-mère, vous allez voir comme le Bon Dieu fait bien les choses :

Et d'abord je pus participer à ces deux expéditions annuelles qui conduisaient alors les gens de la Montagne bourguignonne, les « gens d'En Haut », à travers les « Arrière-Côtes », vers le Vignoble, vers cette « Côte-d'Or », cette fameuse côte d'Orient, car de là vient son nom, située à quelques lieues gauloises de notre vallée.

Il me faut vous dire, pour votre instruction, que la Montagne et le Vignoble, immédiatement voisins, si différents et si intimement complémentaires, ont pratiqué depuis le fin fond des temps, un échange astucieux, un « troc » naturel et bien préférable à n'importe quel système bancaire ou fiduciaire, car il échappe à tout contrôle, toute fiscalité directe ou indirecte, à tout contingentement, à tout dirigisme, tout en provoquant les fameux contacts humains dont on vient de découvrir scientifiquement, après des millénaires de pratique sauvage, qu'ils étaient nécessaires à l'harmonie collective et à l'équilibre individuel. Comme on verra, ces contacts-là avaient en outre l'avantage d'être aussi anarchiques que spontanés.

C'est ainsi qu'un matin, avant que l'aube ne fût levée, nous formions une caravane de cinq véhicules : quatre tombereaux de fumier et un chariot chargé d'un saloir plein, de bâches de pommes de terre, de cabas de fromages, de bures de crème et de mottes de beurre, richesses de notre pays d'herbages, de bois et de rudes terres.

On avait, bien sûr, mobilisé à cette occasion toutes les juments du village, car il fallait trois bêtes solides par voiture. C'est qu'il s'agissait d'escalader par le plein travers les trois chaînes jurassiques parallèles et fort abruptes qui nous séparent de ce fameux Vignoble. Et ce n'est pas là chose facile !

Lorsque le jour se leva, nous avions déjà franchi le premier chaînon, par le val-travers d'Arvault, traversé le ravin de l'Ouche au pont de Labussière et nous étions au plus dur des raidillons qui ont raison, non sans peine, de la falaise de Saint-Jean-de-Bœuf.

Dans les lacets du chemin, le convoi se signalait par

une brume chaude qui montait de la croupe de nos bêtes et par le claquement de nos fouets.

Disons, en passant, que le nom de Saint-Jean-de-Bœuf était, dans les anciens temps, Saint-Jean-de-Bôs, ce qui veut dire, dans notre parler, Saint-Jean-des-Bois. Ce sont cartographes, géomètres, et autres ingénieurs du XIXe siècle, chargés d'établir la carte d'état-major, qui n'ont rien compris du tout à nos lieux-dits et ont massacré toute la poésie de notre toponymie.

Lorsque nous arrivâmes à la cote 572, à l'entrée de la forêt d'Antheuil, nous pûmes dételer les juments de tête qui reprirent, haut le pied, la direction de notre village. En effet la traversée de la grande forêt de Gergeuil, qui tient le sommet du deuxième chaînon, est à peu près tabulaire. Après quoi on redescendait sur la combe de Détain, qui partage le massif en deux, comme la fente d'une miche de quatre livres.

Face au vent, qui court librement sur ces hauts lieux perdus, les mains dans les poches, le col relevé, nous marchions, chacun aux côtés de notre attelage, l'œil aux aguets, toujours prêts, aussitôt que sauterait chevreuil ou cochon, à prendre le fusil caché dans les voitures.

Sur le coup de la demie d'onze heures, nous tombions sur les toits de pierre grise des maisons de Détain, au creux de la Grand-Combe. C'était la halte classique. C'est là qu'un brave homme, qui gagnait sa vie à gratter la terre rouge dans sa clairière, nous débouchait bouteille pour nous réchauffer à chacun de nos passages en cassant la croûte au coin de son feu.

Après le coup de l'étrier, il nous prêtait ses quatre juments pour nous aider à remonter la côte jusqu'au calvaire d'En-Bruant. Et c'était là que nous passions le dernier col au pied du Bois-Janson, qui, du haut de ses six cent trente-six mètres surveille toutes les hautes terres forestières.

En Bruant, on renvoyait les chevaux de renfort, et c'était, par le dessus des falaises de la Combe-Perthuis, la brutale descente sur Arcenant.

Là-haut, c'était encore l'hiver mais d'un seul coup le paysage s'ouvrait sur la Saône dont on voyait, tout en bas, la dépression noyée de brume dorée et, très loin, vers le franc sud-est, la pyramide basse du mont Blanc émergeant toute rose du feston du Revermont et du Jura...

... Et alors, tout à coup, dans les derniers lacets de la route : les vignes ! Les premières vignes étagées, la terre rose, les pêchers déjà en fleur, et, dans les ordons, les layottes qui taillaient, chantant, en cotillon court.

Un autre monde s'offrait à nous, lumineux et grouillant de vie. Là-haut, ce matin, chez nous, encore les bois noirs et l'hiver ; ici, en soirée, le printemps, les gens dans les vignes et le claquement joyeux des sécateurs.

En passant, on faisait de grands signes aux femmes en leur criant la vieille chanson que nous adaptions aux circonstances :

C'est les gens d'Arcenant
Qui sont de bons enfants mes enfants !
A-z-élevant des biques
Po corner les passants mes enfants !

Et les filles, se redressant, les mains aux reins, répondaient sur le même air, jamais prises de court :

C'ast les bouseux d'Ivry
Les mégeux d'pissenlits
Les raiguignoteux d'harbe

Et les mairchands d'fagots,
Que nos aippoutaint d'lai marde
Po povouèr boère in cop
Larigot[1] !

Oui, nous leur apportions des tombereaux de
merde : du fumier pour leurs vignes, des tombereaux
d'or, pour tout dire, et des quartiers de cochon mort, et
du laitage, toutes choses qui manquaient grandement
aux vignerons, monoculteurs impénitents qui, au
retour, allaient charger nos voitures de tonneaux
pleins. C'était là le troc en question.

On arrivait bientôt dans le village, admirant la
propreté des chemins et des cours. Quelle différence
avec chez nous, où les rues étaient pavées de bouses !

Prenons maintenant dignement notre temps pour
conter ce qui suit, car c'est là que je devais entamer la
fameuse et inépuisable bouteille qui allait faire les
délices, que dis-je ? l'ivresse de ma vie !

Oui, quelqu'un était là qui, par la grâce de Dieu,
devait me révéler à moi-même : il était cinq heures du
« tantôt » (ainsi nommait-on la soirée, chez nous).
Nous étions en train de désharnacher nos bêtes et de
les bouchonner avec une poignée de paille avant de
leur donner leur picotin, lorsque les filles, revenant des
vignes, entrèrent dans la cour.

Je les connaissais presque toutes, pour les avoir vues
à de précédents voyages, mais parmi elles je vis une
brune qui me regardait. D'un geste qui me restera là,
éternellement, elle enleva la capeline qui enchâssait

1. Ce sont les bouseux d'Evry — les mangeurs de pissenlits — les
grignoteurs d'herbe — les marchands de fagots — qui nous apportent
de la merde — pour pouvoir boire un coup.

ses bonnes joues rouges, et je la vis, avec ses cheveux bruns, sa peau dorée.

Moi, je restais, le bouchon de paille en l'air, la bouche ouverte comme pour avaler la pleine lune. Ma jument piaffait pour me dire : « Frotte ! Mais frotte donc ! Tu vois bien que je suis fourbue et en moiteur, et que je vais prendre un chaurefroidi ! Allons, allons frotte, pangnias ! »

Lorsque la fille eut disparu dans la maison, alors seulement je retrouvai la force de bouchonner, mais les camarades avaient fait le travail à ma place : la jument était avoinée, les tombereaux vidés, les harnais étalés sur la murette, et je restais, les yeux grands ouverts, comme un loir devant une chaufferette.

Heureusement le maître était arrivé, un panier de bouteilles à chaque bras, et je me trouvai entraîné vers la table où devait désormais se concentrer toute notre activité.

— Buvez ! Mais buvez donc, cré vains dieux ! Vous devez avoir soif après sept lieues de mauvais chemins à trotter à côté de vos attelages ! lançait l'homme en jouant du tire-bouchon avec une grande efficacité.

Assoiffé pourtant par la marche et les rudes caresses du vent d'est, je ne m'occupais guère de mon verre et, dans la demi-obscurité de la salle je cherchais des yeux cette fille.

Elle apparut enfin avec ses camarades, pour nous prier de retirer nos coudes de la table, afin de pouvoir y poser les assiettes et les couverts. Elle était maintenant dégagée des épais caracos que les vigneronnes super-posent pour aller aux vignes : son corps tenait les promesses de son minois, elle était de la race et de l'humeur convenables, cambrée comme pouliche, han-chée à merveille, jambée comme pas une, et ses bras,

402

ah ! ses bras ! nus jusqu'à l'épaule, à vous en donner le virot !

Et voyez comme vont les choses, pour peu que le bon vent veuille franchement les pousser : elle se trouva placée à côté de moi pour le repas. N'avait-elle pas choisi cette place elle-même ? J'en eus la certitude intime. (Alors que chez nous les femmes ne prenaient pas place à table, les vigneronnes, elles, mangeaient avec les hommes.)

L'heure était arrivée pour moi de parler. Je le sentis dans ma tête, mais aussi dans tout mon corps et je n'avais pas encore fini ma soupe ni mon chabrot que je lui avais déjà raconté ma vie. Sans oublier ma bronchite double.

Je sentis bien que le Grand Veneur éternel ne m'avait, dans ma prime adolescence, lancé sur la fausse piste de la petite Kiaire, mon aînée de cinq ans, que pour me conserver tout neuf et bien en souffle pour me découpler sur cette voie chaude, au bon moment.

Et la chevrette, sans forfanterie, mais sans non plus de retenue excessive, se laissa approcher ; je devais toujours me souvenir qu'elle me dit bien gentiment, en rougissant comme griotte, alors que nous attaquions le bœuf bouilli :

— C'est drôle : il me semble que je vous ai toujours connu !

C'était la chose qui devait être dite, à la face de Jehovah. Bien sûr, je lui répondis :

— Comme c'est curieux : moi aussi !

Et je ne mentais certes pas. Sa voix, son odeur, sa peau duveteuse, son regard droit, tout cela m'était déjà familier depuis des siècles. Je l'attendais. Depuis toujours je savais que ce grand éblouissement me prendrait et ne me lâcherait plus jamais. C'était déjà ce que j'avais voulu affirmer en écrivant sur les murs de ma cellule de *l'Accueil des étudiants,* cette phrase du Dante : TU VERRAS BÉATRICE !

Je lui dis aussitôt :

— Comme c'est étonnant : si je n'avais pas attrapé cette foutue pneumonie double à lécher l'asphalte parisien, je ne serais pas là aujourd'hui !

Vérité de La Palice, mais qui avait désormais un sens dans notre langage secret. Elle serra les lèvres en pâlissant un peu et, en regardant le fond de son écuelle :

— Et cela vous ferait faute, peut-être ?

— Ah ! sûr que ça me ferait faute ! répondis-je fortement en avalant ma bouchée de travers.

J'étais persuadé qu'on ne pouvait être plus explicite ni faire de déclaration plus hardie, pourtant je devais aller beaucoup plus loin encore, comme on verra.

Elle était venue dans cette maison, invitée pour les vacances de Pâques par les deux filles du patron, ses camarades, mais elle était des Maranges, le pays des vins aligotés. Son père y était maître chaudronnier, fabricant d'alambics :

— ... Pas de ces casseroles en cuivre laminé, soudé et embouti, comme il en sort des grandes usines ! gronda-t-elle avec mépris, mais de vrais alambics, tout faits au petit marteau à mater, d'une pièce, avec un col de cygne qui est à lui tout seul une merveille !

Je pensais : « Pas si beau que le tien, ma belle, le col de cygne des alambics paternels », mais je me contentai de dire :

— Je voudrais voir ça ! Les choses qui sortent de la main des hommes de l'art, ça me plaît ! Pensez : j'ai un grand-père maître ferronnier, Sandrot la Gaieté du Tour de France, et un autre qui est...

Mais les yeux pleins d'étincelles, elle me coupa joyeusement en riant :

— Vrai ? Alors nous sommes de la même coterie ?

Ah ! sûr que sa coterie était la mienne ! Elle me parlait bien en face et son haleine m'arrivait, directe, fraîche comme le parfum d'une églantine, et je me rapprochais, malgré moi, pour le humer, au risque de paraître inconvenant, mais elle ne paraissait pas s'en offusquer et s'approchait aussi :

— C'est une chance qu'on se soit rencontrés ! roucoulai-je.

— Voyez : c'est votre pneumonie double... A quelque chose malheur est bon !

On éclata de rire.

— Faire un alambic ! dis-je enfin pour relancer le dialogue sur une voie plus prudente, je voudrais voir ça !

Elle eut alors un pli douloureux sur la lèvre et un nuage passa dans son regard :

— Malheureusement..., commença-t-elle.

Et elle me raconta le drame : son père était un de ces vrais maîtres chaudronniers bourguignons, spécialisés dans le matériel vinicole, un artiste, exigeant, intransigeant qui fabriquait des alambics éternels, avec des parois de deux millimètres d'épaisseur, des alambics honnêtes et francs. Mais les grandes usines du Creusot, et d'ailleurs, lançaient sur le marché d'autres alambics fabriqués en série comme des boîtes de conserve, avec des cuivres minces comme feuille de papier à cigarettes et qui, forcément, pouvaient se vendre deux ou trois fois moins cher. Et ces mêmes grands voleurs ne se faisaient pas faute de les fourguer momentanément à perte pour tuer tous les artisans de la bonne école et monopoliser la chose.

Je compris que le maître-chaudronnier-de-père-enfils-depuis-deux-ou-trois-siècles, l'artisan de « la bonne école » compagnonnique, avait bien de la peine à vivre et même qu'il était dans de très mauvaises affaires.

Auprès de sa fille j'avais bonne mine à faire le joli cœur, moi, élève de cette École des Hautes Études commerciales où l'on m'apprenait justement toutes les méthodes modernes de dumping, de marketing, de standardisation, de taylorisation, de productivité et autres criminelles sornettes, au rythme d'une horloge pointeuse !

J'en fus tellement honteux que je me tus, le nez dans ma meurette d'œufs, à laquelle je ne trouvais plus qu'amertume. Mais la fille était là, près de moi. Bien que séparé d'elle, honnêtement, par un intervalle d'une dizaine de centimètres, je sentais le chaud de son corps qui traversait l'espace et le velours d'Amiens de mon pantalon. Il était évident que des choses définitives, bien plus importantes que la grande crise économique qui commençait, se passaient entre elle et moi.

On en était à développer nos vues, parfaitement communes, sur la vie, l'amour, le mariage, les enfants (quatre enfants, c'était son rêve. Surtout pas d'enfant unique !). Nous étions tout seuls au milieu de cette frairie bruyante que devient facilement le souper dans nos pays. Si seuls que depuis quatre bonnes minutes on se gaussait de nous à pleine voix sans que nous nous en fussions aperçus.

— Coucou ! disaient les uns, revenez parmi nous, les deux pigeons !

— S'il vous plaît ! Nous sommes là ! hélaient les autres.

— Holà, les amoureux ! Vous n'êtes pas seuls !

Ce fut sans doute le mot « amoureux », que l'on ne prononçait alors que très rarement en Auxois, qui nous réveilla et, du point fort élevé où nous étions montés, nous fit retomber brutalement sur nos chaises. Elle devint cramoisie comme une oronge et, la figure dans les mains, s'enfuit au fond de la pièce avec ses deux camarades, et toutes trois se mirent à rire à en perdre le souffle.

Ce fut le signal d'une danserie improvisée. Faute d'instruments, tout le monde chantait et les vieux tapaient leurs sabots l'un contre l'autre, à la vieille mode, ou bien sur la table avec les cuillères.

Au début, un peu honteux, j'évitai de danser avec elle, invitant par politesse les deux filles de la maison, mais après trois ou quatre tournées, nous nous rejoignîmes, rassemblés inexorablement par un magnétisme prodigieux, comme deux jeunes mariés se retrouvant après une semaine de séparation. Mais elle refusa de danser en disant, avec l'accent des Maranges :

— J'y sais pas ! Et j'y saurai jamais !

— J'y aime pas tant non plus ! mentis-je, avec mon accent de l'Auxois. J'avais pourtant grande envie de la « gigouégner », comme disait la chanson, mais nous revînmes sagement nous asseoir, pour parler, alors que les autres riaient et que la patronne, nous regardant en joignant les mains, s'écriait :

— Mon Dieu ! Mon Dieu ! Mais y est pas possible ! Mais regardez-les donc ! Si on aurait pensé à ça !

Il est sûr que « ça » devait sauter aux yeux. Pourtant nous ne nous connaissions que depuis quatre heures !

Après quoi les filles et les femmes disparurent dans le « lévier » pour aller échauder la vaisselle et les hommes se mirent à boire. Le maître avait bien des bouteilles à nous faire goûter : « Et celle-ci, toute jeunette ?... Et cette autre, plus grandette ?... Et celle-là, déjà bien en chair ?! » avant d'en arriver à celles des grandes années, qui avaient du corps, de la jambe, du corsage... voire de la cuisse !

Certains alors chantèrent. Les filles surtout, mais pas elle. On lui disait :

— Allez Dédée ! Tu nous le chantes ton « gai pinson » ?

— Oh ! pour sûr que non ! disait-elle, confuse, en s'allant cacher derrière le rideau de baldaquin.

Avec mes camarades charretiers, on leur lança, comme l'on put, sur un air de Noël, ces paroles que nous avions faites tout exprès pour les vignerons :

Sans les gars de la Montaigne,
Mon gentil layot,
te n'éros po feumer tai veigne
Que tes vieux pessaux[1] *!*

... Et puis, le passetougrain aidant, le ton monta, et une voix de grand-père lança les premières notes du fameux chibrelis, qui ne se chantait plus guère à l'époque :

Le vieux gigouégnot la veille
Peu lai veille gigouégnot le vieux
Ah qu'i gigouégnot ben tous deux !
Et tins donc bon, belle Madeleine !
Et tins donc bon, belle Madelon !

Ce refrain, sur un rythme des plus coquins, était laissé à l'improvisation des gens, aussi les autres ne se firent pas faute de lancer, à notre adresse :

1. Sans les gars de la Montagne — mon gentil vigneron — tu n'aurais, pour fumer ta vigne — que tes vieux échalas.

408

Et tins le bon, belle Drélotte
Et tins le bon, ton maquignon !
Et tins le bon, ton bûcheron !

Le maquignon, le bûcheron, c'était moi, homme de pâturage et de forêt, et la Drélotte, c'était elle, Drélot étant le diminutif d'André.

Elle prit cette allusion sans baisser les paupières, et même en se rengorgeant, comme pour dire : Eh bien, oui, je le tiens bon et je ne lâcherai pas !

Comment être en reste. Je me lançai à mon tour dans l'improvisation, en chantant, tapant du talon, *Lai feulotte* (la fileuse), une très vieille rengaine de mes aïeules, dont l'air et le rythme, un peu hypnotiques, étaient seuls fixes, les paroles étant laissées à la fantaisie de l'improvisateur, le refrain : *Tojors dru dru, tojors drûment,* permettant toutes les intentions personnelles.

Je m'en donnai à cœur joie en intercalant les allusions les plus subtiles à cet enthousiasme qui me soulevait de terre et à cet espoir qui laissait entrevoir un avenir enivrant... *toujours dru dru, toujours drûment !...*

Enfin, comme l'on put aussi, on alla se coucher. Comme tous les lits étaient pleins, on étala, sur une couche de sarments, nos bottes de paille dans la cuverie, réchauffés que nous étions extérieurement par la fermentation de vin en cuve et intérieurement par le travail de vin en panse, et moi-même par un drôle de réchaud qui n'avait rien à voir avec la chimie organique[1]

Le lendemain, très tôt avant le jour, on chargea chaque tombereau de deux feuillettes pleines, calées de quartauds, de bouteilles de marc et de ratafia que l'on couvrit de sarments et de fagots, on attela les juments, et ce fut le départ, alors que les poulettes dormaient encore ; tout au moins je le pensais ; mais, alors que les essieux se mettaient à chanter, les volets d'en haut s'ouvrirent et trois minois ébouriffés se montrèrent.

Une voix cria : « A bientôt ! » C'était la sienne, je le savais.

En pleine nuit, et non par la route mais par le chemin forestier qui remonte la combe Perthuis jusqu'à la source du Raccordon. Un affreux chemin de thalweg, à moitié torrent, en plein bois, avec des fondrières d'un mètre de profondeur où les voitures plongeaient jusqu'au moyeu dans les cascades. Puis ce fut la montée dans le bois de Montmain par la grande desserte, ou aucun charroi n'était passé, c'est sûr, depuis au moins dix ans.

Pourquoi tant de détours et de difficultés ? direz-vous.

Tout simplement parce qu'il fallait éviter les routes et surtout les carrefours souvent tenus par les équipes volantes des gabelous, les hommes des « Indirectes ». Car vous pensez bien que tout ce liquide voyageait sans passe-debout, sans congé. Où eussent été le bénéfice et le plaisir, si nous avions payé les droits, je vous le demande ?

La montée était roide. Il fallait s'élever du fond de combe jusqu'à la cote 600 ; nous dûmes dételer pour mettre toutes les juments à chaque tombereau. Arrivés au sommet il fallait dételer et redescendre pour remonter chaque véhicule, en jurant. Par endroits, les fondrières étaient si profondes qu'il fallut les combler avant de s'y engager. Heureusement qu'il y avait là des piles de bois de moule abandonnées depuis la dernière coupe. On en jeta deux ou trois stères par-ci, par-là dans la gouillasse, où les roues trouvèrent appui.

410

A onze heures seulement nous étions tous regroupés pour traverser au trot la première route et reprendre en hâte une vague piste qui nous conduisit dans le bas de Gouey, dans les friches, les tailles et les épines noires.

C'est là que nous vîmes arriver devant nous, tout courant, dans les éteules, devinez qui ?... La Gazette, le vieux fou, pas si fou que ça, qui agitait ses bras en sémaphores :

— Je me suis détourné de ma grande tournée de printemps pour vous prévenir ! dit-il en soufflant comme fouine enragée.

— Quelle tournée ?... Nous prévenir de quoi ?

— J'accomplissais le grand pèlerinage du solstice ! Je suis le dernier druide à savoir où et comment...

— Allez allez ! Raconte ton conte !

— ... Sans moi, vous le savez bien, la Bourgogne ne rendrait plus le culte au soleil, le culte de ses ancêtres...

— On sait, on sait !... Alors ? Nous prévenir de quoi ?

Il eut un grand geste du bras :

— Mes pauvres beuzenots, dit-il, n'allez pas par là : « Ils » sont au carrefour d'En-Bruant !

On détacha des avant-gardes qui s'avancèrent en reconnaissance dans l'épais taillis. Une heure plus tard, ils revinrent pour nous confirmer que les argousins étaient postés sur la départementale 25, juste sur le passage obligé de la ligne de faîte qui fait frontière entre le pays du vin et le nôtre. Le bon endroit pour pincer les contrebandiers.

On décida de tenter le passage un peu plus à l'ouest dans le virage, par la desserte de Trentinière.

Le coup fut fait promptement, au grand trot, sans un juron ni un coup de fouet, après qu'on eut prudemment graissé les essieux. Au-delà de cette route, c'étaient les grandes forêts profondes de Détain, qui vont, comme chacun sait, jusqu'aux abords d'Antheuil et aux friches de Saint-Jean-de-Bœuf. Arrivés là nous étions chez nous comme truite en eau courante ! Quel était le gabelou qui eût pu nous suivre dans ces fourrés, ces rochettes, ces noirs genévriers où seuls les chevreuils et les cochons sont à leur aise.

La Gazette nous quitta bien vite, car son culte l'appelait aux dolmens de Ternant, un peu plus loin vers le nord-est, à proximité du bois de la Dame.

— ... Au bois de la Dame ! clamait le vieil eubage... Au bois de la Dame où sont les souvenirs !...

Et, me prenant par le revers de ma veste :

— La Dame !... T'entends ?... La Dame !... Tu sais qui est la Dame ?

— Boh... La Sainte Vierge, probable !

Il éclata de rire :

— Mon pauvre gnâlu ! L'arrière-grand-mère de l'arrière-grand-mère de la bonne Vierge n'était pas encore née que cette Dame-là avait déjà un temple au fond de la vallée de Taro !... Taronantos !... Ternant !

— Mais cette Dame, Gazette... ?

— Je te dirai ça une autre fois ! cria le Vieux qui déjà trottinait en piquant tout droit vers le nord-est, dans l'immensité.

Ce n'est que le soir que nous montrions notre nez à l'entrée des hautes friches, et, à la nuit noire, nous arrivions, les oreilles rouges, le sang tapant à grands coups après quatorze heures de charroi sauvage, fourbus, mais fiers et tout émoustillés d'avoir « passé » de la boisson !

J'avais une autre raison d'être émoustillé.

Je ne pus me retenir de dire à mes vieux que j'avais rencontré une fille, mais je biaisai en racontant l'histoire de son père, le maître chaudronnier, assassiné par les grandes usines.

412

Le vieux Tremblot me prit par le bras :

— Tu vois, me dit-il en grondant, tu vois, c'est partout pareil : l'artisanat est mort !... Mort, qu'il est !... Mort !

Puis s'étant mis à vaticiner :

— ... Des alambics en série !... Des automobiles en série !... Tu vois à quoi ça nous conduit ça ?... A la surproduction... au chômage... A l'inflation ! (la fréquentation de l'Éthiopien et la lecture de *Forces*, de Marthe Hanau, lui avaient donné le nouveau vocabulaire sans lui retirer son écrasant bon sens)... Attends ! Ils n'ont pas fini d'endêver[1], tes conscrits, leurs enfants, leurs petits-enfants !... Hahaha !

Et son rire.

Six mois plus tard, avant de repartir pour l'École, lui ayant annoncé que cette fille des Maranges était à mon goût, je vis ses oreilles bouger, comme s'il avait eu grand-peine à avaler. Il prit un drôle d'air :

— On verra ça... Cré vains dieux tu la connais à peine !

— Cré vains dieux, oui, je la connais ! Je la connais comme Adam connaissait Ève le jour de l'inauguration du Paradis terrestre ! osai-je crier.

— Peut-être bien. Peut-être bien ! ronchonna-t-il, très surpris de ma première rébellion.

Puis, se ravisant, sur un ton faussement conciliant, et en vérité très cinglant :

— C'est égal ! Il y avait pourtant assez de filles par ici. A fallu que tu en ailles chercher une chez les mécréants !

Je m'attendais à celle-là ! Les « mécréants » ! Pardieu oui, je savais bien qu'au-delà de la falaise du

---

1. *Endêver* : rager, enrager, endiabler, être violemment contrarié. (En celte : *devin* : brûler, notion diabolique.)

Bout-du-Monde, du Mont-de-Sène et de Rome-Château, aussitôt qu'on entrait en Saône-et-Loire, c'était, pour nous, le pays des mécréants. Oui, je savais bien qu'une frontière se faufilait par là, séparant encore deux tribus gauloises qui n'avaient pas encore réglé leurs comptes. Mais que pouvais-je y faire ? Peut-on éteindre l'éblouissement ? Peut-on faire taire les trompettes d'or ? Même si l'on est Mandubien et que l'on rencontre une belle Eduenne ?

Et puis enfin : tout cela n'est-il pas du Bourguignon-Salé ? N'avions-nous pas, à quelques expressions près, le même parler, la même rondeur du verbe ? Le même amour sensuel et absolu : tellement sensuel qu'il tournait à la mystique, tellement absolu qu'il atteignait carrément au *fatum* des Anciens ?... Et surtout les mêmes vues sur le mariage, la famille, sur le travail, le respect de soi-même...

Ah ! qu'ils étaient donc stupides, ces vieux rabâcheurs attachés à ces ridicules préjugés de race !

Je n'ai pas employé alors le mot « raciste », car il n'était pas en usage en ce temps-là, mais le cœur y était.

Mais peu importait : j'avais vu Béatrice !

Il me restait toutefois à la mettre à l'épreuve devant la Combe-Morte.

Et d'abord la revoir.

Voilà ce qu'il me fallait réussir sans tarder, car pour

414

avoir si longtemps et si sagement attendu Béatrice, mon impatience n'était que plus grande. En vérité, ce n'était pas de l'impatience, mais une vague profonde, comme un de ces séismes fracassants qui, je le suppose, firent culbuter notre planète d'une ère dans l'autre. Moi, je passais de l'ère solitaire à l'ère conjugale, ni plus ni moins, et le maire et le curé ne pourraient que consacrer le phénomène.

Il n'existait, entre nos deux vallées, aucun service de patache ni d'autobus. Sur la carte d'état-major que me prêta le comte Charles-Louis, j'étudiai donc très soigneusement la possibilité de faire, à pied, dans la matinée, en partant avant le jour, les quarante kilomètres de l'aller et de revenir dans la nuit suivante. En tout seize petites heures de marche, ce qui était, franchement, à la portée du premier amoureux venu.

Comme je repérais, un par un, les raccourcis, tout en graissant mes souliers, Charles-Louis me proposa tout simplement sa bicyclette.

La bicyclette! l'engin le plus merveilleux qui ait jamais été inventé par l'homme! Avec elle je pouvais faire l'aller et le retour en quatre heures seulement.

Je fis le premier voyage à la fin d'avril et je la revis. Je déboulai dans son village sans crier gare, par un beau jour de printemps, comme dans les livres, et sans tambour ni trompette.

Me croira qui voudra, elle m'attendait.

Elle me le dit aussitôt que je m'arrêtai devant sa fenêtre. J'en fus émerveillé. Je ne l'avais pas prévenue, personne ne lui avait soufflé mot et la première phrase qu'elle prononça fut pourtant, j'en donne ma parole :

— Je vous attendais !

Elle accrut encore mon émerveillement en ajoutant :

— Je savais que vous deviez venir !

Et moi, je savais qu'elle savait, bien sûr !

— Et comment aviez-vous deviné ça ? ne pus-je m'empêcher de lui demander, pour me donner contenance.

Elle devint toute rouge et balbutia :

— Une idée... comme ça !

Ainsi commençait le prodigieux dialogue, le dialogue d'amour, qui paraît si ridicule aux autres, mais dont chaque phrase, chaque mot, chaque souffle a un sens profond qui vous entre dans le corps et semble se mélanger avec votre sang. Véritable coït verbal où le seul son de la voix, et de cette voix-là seulement, commande l'orgasme.

Combien de fois fis-je ce voyage, par-dessus les crêtes d'Auvenay ou de Santosse ? Combien de fois ai-je chanté mon cocorico en découvrant, du haut d'Aubigny-la-Ronce, et par-dessus la vallée de l'Arroux, tout le Morvan ? Combien de fois ? La Gazette pourrait mieux que moi le dire, car je ne sais où se cachait le vieux faune, mais il ne manquait pas, en débitant sa chronique, de faire état de tous mes passages. C'est ainsi que la nouvelle en parvenait aux oreilles des miens, souvent même avant que je fusse revenu, en sueur, langue pendante. Et si ce n'était la Gazette qui jasait, c'était quelque autre. Le télégraphe montagnard ronflait comme la foudre, même par-dessus la frontière de la tribu. La brigade des mœurs nous tenait à l'œil !

On aurait dit que le vent, les étourneaux et les ramiers se faisaient agents de transmission.

A mon retour j'arrivais donc innocemment au village. Je filais remettre le vélo du comte dans son garage et je rentrais au bercail en traînant les pieds, avec l'air d'un gaillard trop nourri qui a promené sa flemme de fenil en grange, à longueur de journée.

Je n'avais pas posé le pouce sur la chevillette du loquet que j'entendais une voix, venant du fond de l'atelier :

— Alors ? Ils ne t'ont pas encore détroussé, cette fois, les Eduens ?

Ou bien, d'un air ingénu :

— Ils te laissent toujours passer à la douane de Nolay ?

Ou encore, curieux :

— Ça ne les fait pas trop endêver, ceux des Maranges, de voir un gars de la Montagne rôder autour de leurs layottes ?

Puis, en confidence :

— Méfie-toi bien qu'ils ne t'attaquent dans les défilés de la Cozanne ! ou dans le ravin du Bout-du-Monde !

Et enfin :

— La frontière du pays de Joudru n'est pas encore fermée ?

Et ce jeu-là dura tout l'été avant que j'ose parler à la belle de la Combe-Morte. Je m'étais bien gardé de lui dire que j'étais étudiant à Paris. Je voulais être choisi pour moi. Enfin, un jour, j'osai lui confier mon secret : j'avais découvert un hameau abandonné, dans les bois, et j'avais formé le projet de le reconstruire et de le faire revivre.

Ayant dit, j'attendis la réponse. Elle ne se fit pas attendre : elle me regarda droit dans les yeux, me prit la main et je vis ses pupilles se dilater :

— Non ?... Y est pas possible ? dit-elle sans perdre son parler.

— Hé si !

— Alors, je voudrais voir ça ! Sûr oui, je voudrais voir ça !

— Tu le verras quand tu voudras.

C'est ainsi qu'il fut convenu tacitement que nous irions nous fiancer secrètement là-haut, dans un cadre qui serait au diapason de cette sacrée symphonie qui nous faisait tremblants comme feuilles et pourtant confiants et solides comme roc.

Le voyage eut lieu le deuxième dimanche de septembre, jour d'ouverture de la chasse. Mais au diable la chasse ! Je venais de mettre sur pied un autre gibier et d'empaumer la vraie voie chaude !

Il était convenu qu'elle viendrait jusqu'au-dessus des falaises du Bout-du-Monde, où la Cozanne fait ses premiers sauts de cabri, sur les pierres blanches. C'est là que je l'attendrais, juste à l'entrée de notre Montagne.

J'étais au carrefour de Vauchignon alors que, tout au fond, derrière le Revermont, se levait le soleil, dans sa gloire de septembre. Les dernières vignes montaient courageusement à l'assaut du socle où je me trouvais perché. Elles s'arrêtaient à mes pieds, au bas des falaises, rebutées par la caillasse, vite étouffées par la forêt qui, elle, semblait déferler de l'arrière-pays, qui est le mien, pour submerger le pays-bas des vignes.

Je la vis alors monter vivement les derniers raidillons, poussant sa bicyclette, et elle arriva, le nuque embaumée de sueur, comme une fleur perlée de rosée.

Je tremblais qu'elle ne fît la moue à l'idée d'aller se perdre dans une combe abandonnée de la Montagne forestière, toute pleine de ronces et d'épines, en pleine tribu ennemie. Eh bien, tant s'en fallut ! Ses yeux brillèrent de joie à la pensée d'aller s'y égarer, au péril de sa réputation et elle se mit à pédaler comme une dératée. C'était signe d'un grand enthousiasme et une preuve de la grande confiance qu'elle me faisait.

On traversa les merveilles habituelles de notre pays : des zones de terres cultivées, œuvre de civilisation, donc de long amour, perdues entre d'autres passages, plus vastes, œuvre de nature, venus tels quels du fond des âges. Enfin des villages, rares, mais si beaux qu'ils nous obligeaient à mettre pied à terre pour les embrasser.

Très vite, au fur et à mesure que nous avancions, le type des habitations se modifiait. Même la couleur et la rudesse de la pierre, car les pays de Bourgogne sont tranchés si nettement qu'en quelques kilomètres on change de latitude, de climat et d'âme.

Je vis qu'elle était saisie par la façon dont les maisons s'arc-boutaient solidement au revers des murgers, par les belles proportions de ces bâtisses en pierres crues, par l'habileté et la douceur avec lesquelles on en avait raccordé les inégalités, et accolé les différences. Elle me dit là-dessus des choses qui firent battre mon sang plus vite. Par exemple :

— Qu'on sentait, à l'évidence, qu'une population heureuse avait vécu là, en accord fervent avec la terre et le ciel, dans l'amour des tâches répétées à l'infini et dans le respect d'elle-même et des saisons. Une population heureuse, oui.

... D'où venait alors que la plupart de ces maisons étaient vides ? Que les ronces envahissaient les chènevières et les jardins et que le coq gaulois du clocher pendait, au bout de sa croix, et battait sur le toit crevé ?

Venue du pays de la vigne, encore peuplé, elle était indignée. Mon cœur battait fort en l'écoutant, je vous prie de le croire, car ce qu'elle disait, c'était la quintessence de ma pensée. J'avais la preuve et la certitude que nous ne faisions déjà qu'une seule chair, car elle exprimait la même révolte charnelle. Et je pensais : « Que va-t-elle alors dire en voyant Ma Combe-Morte ? »

Et tout à coup, enfin, nous arrivâmes en vue de cette combe.

Il fallut laisser les vélos au revers d'un buisson, car le chemin était mangé, digéré par la végétation, raviné par les sources. On coupa au travers des friches folles et, tout à coup, dans son cirque de croupes boisées, apparut le petit hameau vide, sur son versant, au milieu d'une avancée des taillis. Je lui fis faire un long détour d'approche, pour qu'elle le vît bien, sous toutes ses faces.

Lui, on aurait dit qu'il savait qu'une belle fille le regardait : il faisait le beau, au mitan des hautes herbes sèches, il ronronnait, pelotonné comme chat sauvage, au revers des grands bois qui le surplombaient, immobiles de chaleur.

On y entra par le haut, pour voir l'échine des toits se découper dans l'échancrure que formaient les deux lèvres de la Combe. Les maisons béaient, fraîches, avec une haleine sauvage. On eut bien du mal à gagner l'escalier de pierre et le grand seuil, car les ronces et la couleuvrine en défendaient vaillamment l'accès.

Elle ne dit plus un mot.

On entre enfin dans la grande salle.

Elle ramasse une brassée de bois sec, une poignée de paille qui jonche un placard ouvert, construit un feu avec un fagot, laissé là par des chasseurs sans doute, et j'y jette une allumette. Dans la première bouffée de fumée qui hésite à monter dans la cheminée, je lui dis :

— Ça doit être ce qu'on appelle « fonder un foyer ».

— Je ne peux pas voir une cheminée sans y allumer feu ! dit-elle, pour bien cacher son émoi.

Je viens de me trouver femme, pour l'éternité !

Elle se met tout aussitôt à préparer le repas. Bien entendu, de peur de « manquer », nous avons chacun apporté pour restaurer au moins trois personnes (« manquer », la grande peur des Bourguignons). Cela fait, ma foi, un joli tas de victuailles dont la vue nous met de belle humeur.

Sous la cendre vive, elle met cuire les œufs. Sur la cendre morte, elle fait tiédir le saucisson brioché et les goujères, deux spécialités de son canton. Dans ma timbale de bûcheron j'ai apporté une gibelotte qu'elle installe au fond de l'âtre, sur deux pierres. Je ne parle ni des fromages ni des flans, ni du Joudru de Nolay avec lequel nous commençons le repas de fiançailles.

Mon pépère Sandrot, « Persévérant la Gaieté du Tour de France », me l'avait bien dit :

— Quand tu prendras femme, regarde-la faire le feu : tu sauras tout !

Je la regarde, et ce que j'apprends d'elle, je l'avais déjà deviné : elle sait. Son feu est dru, rassemblé et franc. Elle le conduit comme on mène un chien fidèle. Sans hésiter, et presque machinalement, elle s'est fait un petit balai avec une touffe de « bois-la-ratte » que je lui ai apportée, et elle se met à faire une place nette sur la pierre du foyer, pendant qu'avec une lame de faucille rouillée, trouvée dans les gravats, je grave, en bonne place, sur le manteau de la cheminée, un écusson fait de nos deux initiales entrelacées, qu'elle regarde, l'œil humide, émerveillée

Tout à coup, elle s'écrie, déjà maîtresse :

— Y'ost prôt ! Vins mérender [1] ! (C'est prêt ! Viens manger !)

J'ai parfaitement compris car, phonétiquement c'est très proche de mon propre parler. Chez nous, on eût dit : « C'ast prôt ! Vins méger ! » Mais je fais mine de ne pas comprendre, car elle s'exprime là dans son langage d'outre-Cozanne. Hé oui, bien que notre langue soit la même, nous avons pourtant chacun notre façon de conjuguer le verbe être, et le mot « manger » est différent !

Elle répète, en tapant joliment du pied :

— Vins mérender !

Je m'entête :

— Vins méger !

— Vins mérender !

— Vins méger !

— Vins mérender !

— Vins méger !

Elle s'arrête, prend un air contrit, lève ses beaux bras au ciel et soupire, avec le sens le plus parfaitement bourguignon de la litote ironique :

— Las ! Ma c'ment don qu'i ailons fâre ? I ne porons don jémâ nos aiccorder ? !

(— Hélas ! Mais comment donc allons-nous faire ? Nous ne pourrons donc jamais nous entendre ? !)

... Et ainsi commencera la querelle qui nous amuse encore, à chaque repas, quarante-sept ans plus tard — et qui se terminera en amoureux batifolages chaque fois que les circonstances le permettront.

Pour que ce voyage fût parfait, il suffisait que quelques sangliers vinssent nous saluer. Ce fut une laie

1. *Mérender* : manger — dialectal. (En celte : *merenn* : manger.) *Mérende* : nourriture (dialectal).

que nous découvrîmes, lorsque nous partions, à la corne d'une friche, suitée de ses six marcassins rayés, gros et vifs comme des roquets, qui disparurent à notre approche, en frétillant de la queue, la mère protégeant leur retraite.

Avant de reprendre nos vélos, nous nous sommes retournés pour regarder encore une fois la combe, et je ne sais plus lequel de nous deux a prononcé cette phrase :
— Il est grand temps qu'on s'en occupe !
Le sort en était jeté ! C'était le commencement d'un nouvel âge pour le vieux pays.

Commarin, février 1978.

*Lexique des quelques mots
du langage bourguignon ou de vénerie
que l'on rencontre fatalement
dans ce récit*

A

Abois, aboyer : les chiens crient, ils n'aboient que lorsqu'ils sont devant une bête qui « tient ferme » (voir ce mot) ; on dit alors qu'elle est « aux abois ».

Afaûtri : rendu mou comme du feutre (dialectal). (En celte : feutre = *feltr*.)

Allures : façon d'aller de l'animal de chasse, décelable par ses empreintes.

Andin : rang d'herbe fauchée (dialectal). (En celte = *anden*, prononc. : andin = rangée.)

Appuyer, appuyer les chiens : entrer au bois avec eux pour diriger leur quête.

Aria (probablement du vieux français : *arroi*) : activité, train de vie, et par extension : tintouin, tracas, difficulté (dialectal).

Arnottes : petites racines de crucifères sauvages que les sangliers déterrent en fouissant la terre de leur groin (dialectal).

Arrière-main : partie postérieure d'un animal (surtout cheval et chien).

Attaquer : mettre les chiens sur une rentrée de gibier et les découpler. Faire une attaque sur une brisée (voir ce mot).

Avant-main : partie antérieure d'un animal (surtout cheval et chien).

Azerote : larve de libellule, « larve » en général ; par extension : individu mou, sans consistance, invertébré (dialectal).

B

Bagades : bandes, du celte *bagad,* équipe, troupe ; qui a donné « bagaudes » en français.

Baisser pied : un chien ou un animal fatigué « baisse pied ».

Balancer : un chien qui hésite entre deux voies (voir ce mot).

Balonge ou *ballonge :* cuve ovale pour recueillir la vendange (dialectal). (Celte : *balok,* pluriel : *balogen* = cuvier.)

Battre, se faire battre : pour un gibier, se faire chasser dans une « enceinte » (voir ce mot) sans vouloir en sortir.

Battre aux champs : se dit d'un gibier chassé qui quitte la forêt et se lance en terrain découvert.

Bauge : gîte fangeux du sanglier.

Benaton : gros panier à vendange (dialectal). (En celte : *benn* = récipient ; fait penser au français : benne.)

Beurdal : individu brouillon, agité et brutal (dialectal).

Beurdaûler : (de beurdal) malmener, brutaliser (dialectal).

Beurder : voir « veurder » (dialectal).

Beurrot : individu à peau mate et assez foncée (dialectal) ; bête à robe « beurre rance ».

Beursaude : le « gratton » du charcutier (dialectal).

Beuzenot : niais, naïf. (En celte : *beuz* = grimaud, homme naïf.) Terme employé par les paysans pour désigner un homme de bureau, un homme de la ville : un grimaud, un gratte-papier (dialectal).

Billebauder : chasser au hasard des enceintes et des voies ; faire les choses au hasard. *Chasse à la billebaude :* chasse au hasard des rencontres.

Bois-la-rate : petit arbuste à branches fines dont on fait les balais en Bourgogne calcaire.

Bouerbe : boue épaisse.

Brisée : branche que l'on brise pour marquer un passage de gibier sur lequel on pourra faire une « attaque ». *Aller sur les brisées de quelqu'un :* mettre ses chiens sur une rentrée découverte par un autre chasseur ; chasser le gibier levé par un autre.

Brocard : chevreuil mâle, âgé d'un an.

Buisson, enceinte : portion de forêt où l'on a remisé un gibier et où l'on chasse. *Faire buisson creux :* ne trouver aucune bête dans une enceinte.

C

Cancoillote : sorte de fromage obtenu en faisant fermenter la caséine du lait après une certaine préparation (dialectal).

Capucin : le lièvre, par sa couleur et la forme de ses oreilles qui, rabattues, figurent une capuche.

Cépée : touffe de tiges ou de rejets issus de la souche d'un arbre coupé.

Chabrot, faire chabrot : verser du vin rouge dans l'assiette de soupe (dialectal).

Change : bête qui s'est substituée à la bête de chasse. Ruse employée par la bête chassée pour lancer les chiens sur la voie d'un autre gibier.

Charbonnier : renard à pelage foncé.

Charpaigne : panier fait avec de la « charpe » ou lamelles de bois de charme.

Châtron : jeune bœuf (dialectal).

Chènevière : terre proche des maisons où l'on cultivait le chanvre.

Chevrette : femelle du chevreuil.

Chevrotine : gros plomb de chasse pour le gros gibier.

Clabaud : chien qui donne de la voix à tout propos et mal à propos.

Clabauder : donner de la voix pour rien en cours de chasse.

Combotte : petite combe (dialectal).

Compagnie : se dit d'un groupe de sangliers. *Bête de compagnie :* sanglier de un à trois ans, qui n'a pas encore pris son indépendance et n'est pas devenu « solitaire ».

Contre-pied : suivre une « voie » à l'envers, en allant du côté d'où vient la bête.

Corbin : corbeau.

Corniaud : chien résultant du croisement d'un chien courant et d'une chienne d'arrêt. Par extension : chien bon à tout... et, peut-être, à rien. Homme incapable, et, comme le chien, bon à tout et à rien.

Côtis : quartier de côtes de porc mis au saloir. Il entre dans la recette de la potée bourguignonne (dialectal).

Coupe : portion de bois que l'on abat. « Une coupe de trois ans » : portion abattue depuis trois années.

Coyer (se) : se tenir coi.

Cras : friche sèche, brûlée de soleil. (En celte : *kra :* brûlé, desséché par le soleil. Racine de *kramé.*)

Creuteu (patois auxois) : la partie postérieure du crâne.

Croule : cri des bécasses au moment des amours. Chasse que l'on fait à ce moment, à l'écoute du cri de la bécasse.

Croupière : partie du harnais reposant sur la croupe du cheval.

D

Débuché : sortie de la bête de sa « remise » (voir ce mot). *Débucher :* sortir du bois, en parlant du gros gibier.

Découpler : détacher les chiens sur une « voie ».

Défaut : « être pris en défaut », avoir perdu la voie d'un gibier.

Déjuger, se déjuger : se dit d'un animal qui ne met pas ses pattes postérieures dans les traces des antérieures.

Déniaper ou *dégniaper :* déchirer, froisser (dialectal).

Dérober, se dérober : se dit d'un animal de chasse qui, ayant trompé les chiens, sort discrètement des enceintes chassées.

Détourner ou *détourer :* faire le tour d'une enceinte pour s'assurer que le gibier n'en est pas sorti.

Devant, prendre les devants : recouper la voie de l'animal de chasse en avant des chiens ; ou, en Bourgogne, aller se placer en avance sur l'animal de chasse sur son passage supposé.

Devanté : tablier à bavette (dialectal).

Disette : betterave (dialectal).

Doubler ses voies : lorsque la bête de chasse, pour ruser, repasse sur sa voie.

Draille : chemin du bétail.

E

Écagnards : courbatures. « Avoir les écagnards » : être courbatu. Au figuré : n'avoir pas envie de travailler.

Effroi, en effroi : se dit de l'animal surpris qui fuit au plus vite droit devant lui et, de ce fait, va commettre des fautes.

Émouchet : petit oiseau de proie très rapide.

Empaumer, empaumer une voie : trouver une voie et la suivre sans « balancer ».

Enceinte : zone de la forêt où l'on a « remisé » des animaux.

Encolpions (terme d'alchimie) : accessoires du magicien ou de l'alchimiste, amulette. Par extension : instrument bizarre, matériel de médecin ou de chirurgien, voire objet du culte. Par dérision : accessoire de guérisseur (dialectal).

Endêver : rager, enrager, endiabler, être violemment contrarié. (En celte : *devin* = brûler, notion diabolique.)

Épars : éclairs de chaleur.

Erres : passage du gibier, stratégie du gibier qui complique et brouille ses traces.

Ételle : copeaux faits à la cognée en abattant un arbre (dialectal). (Celte *etev* = petit morceau de bois.)

428

F

Fars : sorte de crêpe épaisse aux fruits, brioche très lourde. (En breton armoricain : *fars,* même signification.)

Faux-fuyant : petit sentier sous bois pour raccourcir ou se dérober.

Faviaud : haricot ; même racine celtique que fève. A donné + « fayot ».

Ferme, « faire ferme », « être au ferme », « tenir ferme » : l'animal de chasse, interrompant sa fuite, se retourne et tient tête aux chiens.

Ferme roulant : l'animal de chasse fait des fermes successifs pour renvoyer les chiens.

Feuillette : fût bourguignon ; contenance une demi-pièce, soit 108 litres environ (dialectal).

Feulère : bûcher de fagots pour faire un feu rituel à l'occasion du solstice d'été (Saint-Jean) ou de la Fête des brandons (dialectal).

Forhuer : crier pour rappeler les chiens.

Forlonger (se) : prendre de l'avance sur les poursuivants et filer grand train.

Forme : gîte du lièvre. Un « lièvre en forme » = un lièvre au gîte.

Forts : endroit très fourré, taillis impénétrable au cœur de la forêt. (Toujours employé au pluriel.)

Fouet : queue du chien.

Foyard : nom usuel du hêtre.

Frâcher : froisser.

Frâchis : endroit froissé où une bête s'est « relaissée » (dialectal).

Frâchoux : individu sans soin qui froisse ses vêtements (dialectal).

G

Gagnage : terrain cultivé ou pré où les animaux sauvages vont paître ou « travailler » (sanglier) pour déterrer des arnottes ou des pommes de terre.

Gaudé : repu (dialectal) ; plein de « gaudes » (voir ce mot).

Gaudes (pluriel) : bouillie bourguignonne de farine de maïs grillé (dialectal). (Racine celtique : *god* ou *yod* = bouillie.)

Gaulis : bois de jeune taillis assez serré, bois à charbonnette (dialectal). (En celte = *gawl,* prononcer gaoul = perche ; origine du mot gaule : perche de ligne.)

Genière : poulailler.

Glapissement : cri du renard.

Golotte : petit goulot. (Celte : *goul :* la bouche ; origine de « gueule ».)

Grangier : fermier ou métayer des fermes isolées, appelées « granges » et créées par les moines de Cîteaux.

Greppot : montée courte et raide (dialectal).

Grès : les deux crocs de la mâchoire supérieure du sanglier ; ils servent à aiguiser les défenses.

Gruyotte ou *gruillotte* : civet confectionné avec les abats, la saignette des bêtes tuées et avec le sang qu'on a pu recueillir au dépeçage. On sert la *gruillotte* au repas que les chasseurs prennent en commun (dialectal).

Guéret : terre labourée et non ensemencée.

H

Hallahou : cri pour annoncer la vue du sanglier = quatre coups longs.

Hallali : cri pour annoncer la mort du sanglier = quatre coups longs et une série de petits coups de langue brefs.

Hallier : bois composé surtout de ronces et de taillis serrés, qui peut servir de forts aux animaux.

Harpé : se dit d'un chien qui a la poitrine et l'estomac bas et profond et le flanc haut et convexe.

Hourvari : désordre parmi les chiens après une ruse de la bête de chasse.

Hucher : appeler à haute voix.

J

Japper : cri particulier du chien qui évente un animal.

Joudru : gros saucisson sec fait dans le gros intestin du porc, spécialité du Haut-Auxois et du Morvan.

K

Keule ou *queulle* : souche, gros morceau de bois. (En celte : *keun*.)

L

Laie : femelle du sanglier. *Laie suitée* ou *laie suivie* : laie qui allaite une portée de marcassins.

430

Layon : sentier rectiligne et étroit, ouvert dans une forêt pour séparer les coupes.

Layot(te) : vigneron, vigneronne (dialectal).

Leutot : pomme d'Adam, le gosier. A donné + luette.

Ligne : même sens que layon, mais considéré comme ligne de tir pour la chasse.

Ligneul : gros fil enduit de poix.

M

Magnien : étameur, chaudronnier ambulant (dialectal).

Mancennes : pousses d'un arbrisseau appelé *Viburnum arvensis*.

Marcassin : ou « bête à livrée » ou « bête rayée » : jeune sanglier jusqu'au moment où il perd sa livrée à rayures et devient « bête noire » (6 mois) ou « bête de compagnie ».

Médio : midi ; repas de midi et sieste de midi. *Faire médio* (dialectal).

Mérender : manger (dialectal). (Celte : *merenn* = manger.)

Mérende : nourriture (dialectal).

Mouille : bourbier provoqué par une résurgence, un suintement à la surface du sol.

Murger ou *murée* : tas de pierres, en bordure des champs, provenant de l'épierrage des terres, et servant de limites ou de restanques.

N

Niouffer : pousser des petits cris maladroits (niouf, niouf).

Noue : méandre d'une rivière et terre grasse d'alluvions. (Celte : *nauda* : même sens.)

O

Ordon : rang de pieds de vigne (dialectal).

Otu : poisson ; par extension poisson de mauvaise qualité.

Outrepasser : se dit d'une bête de chasse qui, en courant, pose ses pattes postérieures au-delà des traces des pattes antérieures. Il se « déjuge par excès ».

Ouvrée : surface que l'on peut piocher en une journée.

P

Passe ou *passée* : lieu de passage habituel d'un gibier.

Passetougrain : vin rouge de Bourgogne fait avec des raisins de différentes espèces.

Pâtis : terre communale sur laquelle on fait paître le bétail.

Perré : berge renforcée de pierres sèches savamment empilées.

Pessaux : échalas (dialectal).

Peût ou *Peûh* : le diable ; par extension = laid, méchant (dialectal).

Piautre : gouvernail, la barre qui commande au gouvernail (dialectal).

Pied : empreinte du grand gibier. *Faire le pied* : relever les traces et les étudier en vue d'une chasse ; c'est le travail du piqueur.

Pigache : sanglier qui a une pince plus longue que l'autre.

Pince : sabot du sanglier : extrémité des deux doigts médians.

Piolé : piqueté de taches de rousseur (dialectal).

Pyroxylée : poudre de chasse sans fumée.

Q

Quartaud : petit fût bourguignon (contenance = un quart de feuillette)

Quartenier : sanglier de quatre ans, à l'apogée de sa force, qui quitte la « compagnie » et va vivre en « solitaire ».

Quête : recherche du gibier. *De grande quête* : qui a un flair puissant, à longue distance (contraire : *de courte quête*).

R

Rabâcher : se dit d'un chien qui revient sans cesse sur la même voie.

Ragasse : averse violente (dialectal).

Ragonner : ronchonner (dialectal).

Ragot : sanglier de deux et trois ans. Il vit en « compagnie ».

Rain : branche (dialectal). A donné + rameau.

Rallier : regagner le point de ralliement. Appeler les chiens et les remettre sur la « bonne voie », la « voie chaude ».

Rauche : roseaux qui poussent en bordure des rivières ; zone où poussent ces roseaux. Également nom local de la diphtérie (dialectal).

Rebrousser : lorsque le gibier traqué se retourne et force les chiens.

Récri : un chien qui donne de la voix lorsqu'il retrouve la voie après défaut.

Refoux ou *reffoux* : hirsute, mal peigné (dialectal).

Regingot : repas de fête (dialectal).

Regôgner : remettre, rebouter (dialectal). *Se regôgner* ou *se regôner* : se remettre, s'étoffer. Littéralement : se rhabiller (de *gone* : la robe).

Regôgnoux (ouse) : rebouteux (dialectal). *Gôgnots* : travestis du carnaval.

Relaisser : la bête se relaisse : elle se rase et laisse passer les chiens.

Remettre (une bête) : s'assurer qu'elle est bien baugée dans l'enceinte.

Remise : lieu où un gibier s'est remis ou remisé.

Rempaumer : retrouver la voie d'un gibier et la suivre.

Rentrée : passage par où le gibier est rentré au bois.

Revorcher : bouleverser — au propre et au figuré — (dialectal).

Riaux ou *rios* : petits ruisseaux (dialectal).

Rogômer : mijoter pour constituer un « rogôme ».

Rompre : se dit d'un gibier qui fait un écart et sème la meute.

S

Sapine ou *sapeigne* : petite cuve en boissellerie — à l'origine fabriquée en douelles de sapin — (dialectal).

Servir : achever une bête au poignard.

Signeûle : manivelle, en parler bourguignon (dialectal).

Soiture : mesure agraire bourguignonne = 34 ares 8 centiares (dialectal).

Sombre : premier labour profond sur une vieille jachère.

Sommière : chemin principal de desserte forestière. Sur elle se greffent les « layons » et les « lignes ».

Suites : testicules du sanglier.

T

Taborgniau : petit espace ; petite pièce inconfortable ou sordide ; auberge malpropre et mal famée — penser à *taverne* (dialectal).

Tarbote : jeu d'adresse.

Taure : génisse (dialectal).

Tiaque-bitou : fromage blanc à la crème mêlé d'ail et de fines herbes.

Trait : corde ou chaîne pour *tirer* un fardeau — notamment les sangliers morts.

Tréjer : tourner et retourner un peu partout. Tournicoter à droite et à gauche (dialectal). (Celte *trei* = même signification.)

Treuffe : pomme de terre.

V

Vautrait ou *vautre :* chiens spéciaux pour le courre du sanglier.
  Vautrayer : chasser avec des vautraits.
Veurder ou *beurder :* ronfler comme une toupie ; tourner très vite ;
  s'agiter en faisant du bruit (dialectal). *Beurdauler :* malmener.
Viander : les animaux qui se rendent au « gagnage » vont « viander »,
  se nourrir.
Viandis : lieux où les animaux se nourrissent.
Virot : vertige (dialectal).
Voie : ensemble des traces qui permettent d'identifier un animal.
  Démêler la voie : retrouver la voie de la bête que l'on chasse parmi
  d'autres voies. *Empaumer la voie :* trouver le passage d'un gibier et
  le suivre.

DU MÊME AUTEUR

Aux Éditions Denoël

À REBROUSSE-POIL

JE FUS UN SAINT

LA PIE SAOULE

LES CHEVALIERS DU CHAUDRON (Prix Chatrian)

LA PRINCESSE DU RAIL (Feuilleton télévisé)

WALTHER CE BOCHE, MON AMI

LES YEUX EN FACE DES TROUS

LE PAPE DES ESCARGOTS (Prix Olivier de Serres)

LE SANG DE L'ATLAS (Prix Franco-Belge)

LES ÉTOILES DE COMPOSTELLE

LES VOYAGES DU PROFESSEUR LORGNON

LOCOGRAPHIE

L'ÂGE DU CHEMIN DE FER

L'ŒUVRE DE CHAIR

LE MAÎTRE DES ABEILLES

LE LIVRE DE RAISON DE CLAUDE BOURGUIGNON

Aux Éditions NM

LE PROFESSEUR LORGNON PREND LE TRAIN

Aux Éditions Hachette

LA VIE QUOTIDIENNE DANS LES CHEMINS DE
FER AU XIXᵉ SIÈCLE (Bourse Goncourt et Prix de la
Revue indépendante)

LA VIE QUOTIDIENNE DES PAYSANS BOURGUI-
GNONS AU TEMPS DE LAMARTINE (Prix Lamartine)

LES MÉMOIRES D'UN ENFANT DU RAIL

Aux Éditions Nathan

LE CHEF DE GARE
LE BOULANGER

COLLECTION FOLIO

Dernières parutions

Impression Bussière à Saint-Amand (Cher),
le 28 août 1991.
Dépôt légal : août 1991.
1er dépôt légal dans la collection : avril 1982.
Numéro d'imprimeur : 2534.
ISBN 2-07-037370-3./Imprimé en France.
Précédemment publié par les éditions Denoël
ISBN 2-207-22458-9

54109